서정시학 신서 71

현대시론

김종훈 · 김진희 · 이경수 · 최현식 외

서정시학 신서 71
현대시론

2020년 3월 25일 초판 1쇄 발행
2025년 2월 14일 2쇄 발행

지 은 이 · 김종훈 · 김진희 · 이경수 · 최현식 외
펴 낸 이 · 최단아
펴 낸 곳 · 도서출판 서정시학
인 쇄 소 · (주) 상지사

주소 · 서울특별시 서초구 서초중앙로 18, 504호 (서초동, 서초쌍용플래티넘)
전화 · 02-928-7016
팩스 · 02-922-7017
이 메 일 · lyricpoetics@gmail.com
출판등록 · 209-91-66271

ISBN 978-11-88903-44-3 93810

계좌번호: (국민은행) 070101-04-072847(최단아 서정시학)

값 23,000원

현대시론

서정시학

책머리에

2020년 『현대시론』을 발간한다. 인간과 함께 하지 않은 적이 없으며 인간을 초월하려 하지 않은 적이 없는 문학 양식이 시다. 시대와 함께 시대 너머를 꿈꾸었던 시는 당대성과 초월성이라는 이중 과제를 떠안고 지속되었다. 모든 시대의 독자는 시를 통해 당대 언어 표현 능력의 최대치를 체험하며 인식의 영역을 확장했다.

현대시와 마찬가지로 현대시론의 범위는 개방적이며 가변적이다. 한국의 현대시는 최근 전대의 미학에 균열을 내는 다양한 목소리를 선보였다. 주어진 관례나 규범이 없는 현대시의 미학적 특성을 정리하여, 시를 쓰고 싶은 마음에는 시 쓰기의 방향성을 제시하고 시를 잘 읽고 싶은 마음에는 시 읽기의 토대를 마련하는 것이 현대시론의 역할이다. 이 책은 시의 지형도 중심과 주변에 나타난 새로운 목소리를 갈피 짓는 동시에 그 목소리가 어디에서 유래하는지 살펴보고자 하였다.

특히 2010년대는 한국 현대사와 한국 현대시의 격동기라 할 만하다. 이 책과 관련하여 말하자면 인용할 시를 선택하는 데 또 하나의 필터가 끼워졌던 시기, 시적인 것과 윤리적인 것의 접합점을 모색해야 하는 시기가 이때였다. 독자들이 이 책을 통해 재편된 '시적인 것'을 주목하고 체험하는 것이 필자들의 바람이다.

이 책은 대학의 한 학기 수업 주간을 참조하여 열다섯 개의 주제를 선정했다. 그런데 이는 현대시학의 중요 개념을 체계적으로 다루었으면 하는 일반 독자, 시 관련자의 요청을 반영한 결과이기도 하다. 시의 언어, 시의 화자 같은 시론의 전통적인 대상뿐만 아니라 시적 정의, 인공지능의 시 같은 최근의 현상들이 주제에 포함된 까닭이 이와 같다. 필자들은 주제별로 개념을 규정하고 그 역사를 되짚어 본 뒤 현장의 시와 접목하는 형식적인 통일성을 느슨하게나마 고려했다.

도서출판 서정시학은 꾸준히 '시론'과 관련한 여러 책을 출간하며 현대시학의 미적 규준을 제시하고자 노력해 왔다. 여러 필자들이 참여한 이번 작업도 그 기획 중 하나이다. 지속적으로 시에 대해 관심을 기울이는 출판사에 감사드린다. 그리고 이 시대에 산출되는 다양한 시들을 감상하는 데에 이 책이 길잡이 역할을 하기를 기대한다.

2020년 봄

『현대시론』 저자 일동

차례

시적인 것

김행숙

시적인 것과 시

'시적인 것'은 '시'라는 문학 장르를 가로지른다. 시적인 것은 일상회화, 문자메세지, 카톡(kakao talk), 트윗(tweet) 들 속에서도, 다양한 서사물 가운데서도, 15초 예술이라 불리는 영상광고물에서도 적극적으로 활용된다. 시적인 것은 시라는 장르 바깥에서, 특히 이미지 산업의 전면적인 확산에 힘입어 풍요롭고 현란하게 실현되고 있다. 외려 우리는 다음과 같은 시를 앞에 놓고서 '시적이지 않다'고, '비非시적'이고 '반反시적'이라고 당연스레 말할 수 있다.

> 예비군편성및훈련기피자일제자진신고기간
>
> 　자: 83. 4. 1. ~ 지: 83. 5. 31.
>
> — 황지우, 「벽 1」

우리는 벽에 나붙어 있는 공문을 그대로 옮긴 듯한 이 시에서 '무릇 시란 이런 것이지'하고 끄덕일 수 있도록 하는 우리의 상식적인 기대지평을 구성하고 있는 시적인 상상력, 서정성, 주관성, 리듬, 상징, 비유, 이미지 등등의 자질을 발견하지 못할 것이다. '서정시'란 용어는 시, 소설, 희곡으로 문학 장르를 가르거나, 서정, 서사, 희곡, 교술敎述로 분할하거나 간에 시 혹은 서정 장르를 가리키는 큰 갈래 명으로 사용된다. 또한 이 용어는 시 장르 내에서 통상적으로 서정시, 실험시 등으로 분류되는 작은 갈래 개념으로도 쓰인다. 이런 용어상의 혼란은 현대시가 서정장르의 개념과 그 조건으로부터 벗어나는 경우가 많아서 생긴 현상이라고 할 수 있다. 현대시의 다양한 양상들은 자주 서정시라는 용어가 간직하고 있는 서정적 기대를 저버린다. 자아와 세계의 동일성에 대한 감각과 내적 경험의 순간적 통일성에 기초하고 있는 서정적 비전은 여전히 시적이지만 현대시에 작동하는 다양한 예술 의지들을 한데 그러모을 수 있는 최종 심급이 되지는 못한다.

그러므로 '시란 무엇인가'라는 질문은 접어두기로 하자. 야콥슨의 비유를 빌려 말한다면, 시작품과 그렇지 않은 것을 가르는 기준은 옛 중국 제국의 변경에 못지않게 가변적이다.1) 시에 국경선 같은 선을 그어 놓고 달밤에 보초를 서듯 한다는 것은 우스꽝스러운 일이다. 이 책에서 중요하게 생각하는 것은 '시(혹은 문학)란 무엇인가'라는 인식론적인 물음이 아니라 '시(혹은 문학)는 어떻게 있는가'라는 존재론적인 물음이다. 이 존재론적 질문을 통해 우리는 시의 역사성과 맞닥뜨리게 된다. 또한 우리는 장르의 경계까지 의심하고 해체하려는 전위적 시도들까지 확인하게 될 것이다. 이미 인정된 '시적인 것'은 시 안에서 의식적으로 거부당하거나 배반당하기도 한다. 달리 말해서, 시적인 것은 시를 통해 새롭게 발굴되고 재구성된다. 따라서 시적인 것은 시를 통해 한편으론 보존되면서 또 다른 한편으론 적극적으로 변화한다. 오늘 '시적이지 않은 것'이 내일 '시적인 것'이 되기도 한다.

위의 예에서, "예비군편성및훈련기피자일제자진신고기간/ 자: 83. 4. 1. ~

---

1) 로만 야콥슨, 「시란 무엇인가?」, 『문학 속의 언어학』(신문수 편역), 문학과지성사, 1989, 148쪽.

지: 183. 5. 31."은 벽보에서 시로 옮겨졌다. 이 같은 자리의 전환은 뒤샹이 공산품 변기에 「샘」이라는 제목을 붙여 미술관에 전시했을 때 극적으로 실현된 바 있다. 미술관에 놓여 있게 된 변기가 그 실용성을 잃어버렸듯이, 시 본문의 자리에 놓인 위의 문구는 원래 지녔던 정보의 기능을 전혀 수행하지 못한다. 이 경우에 우리는 이렇게 말할 수도 있다. 의미 정보가 사라지는 지점에서 미적 정보가 발생한다. 일군의 누군가에게 83년 4월 1일부터(자自) 83년 5월 31일까지(지至) 지극히 현실적인 이유에서 유효했을 법한 지시적 정보 대신, 이를 시집에서 읽는 우리는 군사용어와 경찰용어로 조합된 비非시적인 문구와 시의 연결에서 미학적인 낯설음과 함께 우리의 일상 속에 스며있는 규율권력을 날카롭게 느끼게 된다. 또 어떤 이는 '자'와 '지'를 붙여 읽으면서, 군대문화와 성문화가 교착된 비틀린 풍경을 환기하게 될지도 모르겠다. 물론 그 전에 '이것도 시야?'와 같은 반응이 즉각적으로 뒤따를 것이다. 이 시의 효과는 역설적이게도 '이것도 시야?'라는 반응이 충분히 예상되는 지점에서 발생한다.

그렇지만 '이것도 시가 된다'는, 나아가 '이것도 시적인 것이 된다'는 주장은 다시 한 번 더 야콥슨의 다음과 같은 진술에서 힘을 보탤 수 있다. 다시 말해, 이러한 주장은 이미 그다지 놀랄 만한 발언이 아니다.

> 시작품과 그렇지 않은 것을 가르는 기준은 비유컨대 옛 중국 제국의 변경에 못지 않게 가변적이다. 노발리스와 말라르메는 알파벳이 가장 뛰어난 시라고 생각하였다. 러시아 시인들은 술 품목표(바젬스키), 황제의 의복 일람표(고골리), 시간표(파스테르나크), 심지어는 세탁소의 요금표(크루체니흐)에 깃들어 있는 시적 자질을 상찬하기도 하였다. 오늘날에는 얼마나 많은 시인들이 르포르타지가 소설이나 단편소설보다 더 예술적인 장르임을 주장하고 있는가.

낯설게 하기

우리의 지각작용은 습관화되면서 자동화된다. 이러한 지각작용 속에서는 눈을 뜨고 있었기 때문에, 귀가 달려 있었기 때문에 뭔가를 보고 들었겠지만, 그 무엇도 기억에 남질 않는다. 그것들은 존재하지 않고 사라져버린다. "바닷가에 사는 사람들은 점점 파도의 속삭임에 익숙해져서 그걸 듣지 않는다. 마찬가지로 우리도 우리들이 말하는 언어를 거의 듣지 않는다. 우리는 서로 바라보지(see) 더 이상 서로를 주의 깊게 쳐다보지는(look) 않는다." 쉬끌로프스키는 「기법으로서의 예술」에서, 삶의 감각을 되찾고 사물을 느끼기 위해서, 돌을 돌답게 만들어주기 위해서 예술은 다양한 방법으로 대상에서 지각의 자동화를 제거한다고 했다. '낯설게 하기Ostranenie 기법'은 그에게서 예술의 일반법칙으로 떠오른다. 그리하여 그는 시를 지연되고 뒤틀린 말이라고 정의한다. 다시 말해, 예술기법은 사물을 '낯설게 하고' 형식을 어렵게 하여, 지각을 힘들게 하고(제동) 지각에 소요되는 시간을 연장시키는(지연) 기법이다. 이 제동과 지연을 통해 인식의 갱신이 이루어진다.

이 제동과 지연의 '낯설게 하기' 방법론으로 어떤 시인은 '비문'의 시적 가능성을 모색하기도 한다. 김언이 자신의 두 번째 시집 『거인』에 붙인 산문에서(「詩도아닌것들이—문장 생각」) 개진한 비문론非文論을 조금 들춰 보자. "한동안 탐색했던 불구의 문장들. 주어가 하나 더 있거나 술어가 엉뚱하게 달려 있거나 앞뒤가 안 맞는 문장들. 팔다리가 하나 더 있거나 머리가 둘이거나 아무튼 정상과는 거리가 먼 문장들. (……) 장애인이 사람이라면 이 문장들도 하나의 문장이라는 생각. 비문에서 문장을 발견한다는 것. 장애인에게서 인간을 발견한다는 것. 다르지 않다고 생각한다." 김언이 "장애인에게서 인간을 발견한다"고 할 때, 그것은 장애인'도' 인간이라는 의미가 아니라 장애 '때문에' 인간이 보이는 지점을 가리키고 있는 것이다. 그는 문장에 대해서 바로 그렇게 하고자 한다. '시적 허용'이라는 시 장르가 가진 관습의 틈새를 실험의 수준에서 자의식적으로 들쑤시고 횡단하면서 시적 언어의 실험적이고 낯선 풍경을 보여주는 어떤 시인들.[2)]

'낯설게 하기'에 도달하는 또 다른 방식 한 가지. '낯설게 하기'의 근본적인 목적은 '기법'이 아니라 '세계'다. 감각에 덧씌워져 있는 관습의 꺼풀을 벗기고, 맨눈, 맨살의 감각을 유지하고자 하는 시적 태도가 있다. 이를테면 다음과 같은 시.

> 내가 신세졌던 이층집의 이층에서
>
> 도무지 내려오지 않는 그를 기다리는 내가 있고, 일본의 주택가에서는 까마귀가 자주 보인다 까마귀는 생각보다 크구나
>
> 놀라울 일이 없는데도 나는 놀란다
>
> 창이 넓게 트인 거실에서
> 많은 것을 볼 수 있었다
>
> 희박하고 조용한 생활, 이층에서도 같은 것이 보일까? 의문은 이층에 가로막히고, 거실의 조도는 최대치에 달했다 거실의 공기는 너무 희박해서 숨 쉬는 일도 어려운 것 같다 사물들이 자꾸 투명해지는데 그가 내려오는 것이 보였다 선명하게
>
> 대체 저게 뭐지? 갑자기 그가 물어서
> 저건 까마귀야, 나는 대답했고

---

2) 졸저, 『마주침의 발명- 김행숙이 만난 사람들』, 케포이북스, 2009, 226~228쪽 참조.

까마귀에 대해 자신 있게 말할 수 있다는 것이 또 놀랍다

— 황인찬, 「거주자」

"까마귀는 생각보다 크구나"라고 중얼거리고서는, "놀라울 일이 없는데도 나는 놀란다". 이 놀람! 나는 갑자기 까마귀가 낯설다. 까마귀는 내 인간적인 생각 안에 있는 것이 아니라 그 바깥에 존재하고, 그 존재 자체가 사건처럼 나를 놀라게 한다. 까마귀는 미학적인 가공 없이 '그냥' 나타난다. 이 시인에게 '그냥' 말하겠다는 것은 미적 망각이 아니라 미적 의지다. 이 시를 찾아 읽을 수 있는 황인찬의 첫 시집 『구관조 씻기기』의 표제는 그의 미학을 함축하고 있다고도 하겠다. 그는 언어에게 새 옷을 입히는 방식이 아니라 언어를 씻기는 방식으로 세계를 낯설게 바라보게 한다. "대체 저건 뭐지?"라고 묻는 것, 그리고 "저건 까마귀야"라고 대답하고서는 "까마귀에 대해 자신 있게 말할 수 있다는 것"에 또 놀라는 것. 목소리를 잃어버린 사물의 침묵이 인간적인 목소리(언어) 너머에서 깨어나는 순간이 여기에 있다.

보들레르는 '회복기의 환자'에게서 그 순간을 찾았고 그래서 그는 항상 회복기 환자와 같은 상태에 있는 예술가를 꿈꾸었다. 회복기의 환자는 죽음이라는 망각의 강으로부터 살아 돌아왔기 때문에 모든 것을 다시 기억하기를 열망하는 존재다.

너와 마주치기 전에는
삶이 그렇게 놀라운 것도 외로운 것도 아니었다.
네가 나에게 창을 던졌을 때
작살에 찔려 허공에 버둥거리는 물고기처럼
눈은 휘둥그레졌고
세상은 놀라움의 광채를 띠게 되었다.
죽음을 품고 햇빛을 더 강하게

죽음을 품고 어둠을 더 거칠게

그리고 낯설음을

더욱 낯설게 느낄 수 있는

회복기恢復期 병자들의 거울,

거울 속의 해골바가지여.

너와 마주치기 전에는

삶이 그렇게 놀라운 것도 외로운 것도 아니었다.

— 최승호, 「휘둥그레진 눈」

최승호의 시에서 회복기 병자는 '놀람의 능력'을 회복한 자다. 회복기 환자가 마주한 거울은 죽음을 품어서 더 강렬해진 햇빛, 더 거칠어진 어둠을 보여준다. 그 거울은 자신의 익숙한 얼굴에 깊숙하게 파묻혀 있던 "해골바가지"를 낯설게 보여준다. 회복기 환자의 시선에서 예술가의 시선을 발견했던 보들레르는 '죽음'을 경유하여 감각적 싱싱함을 회복한 상태에 주목하였다. 예술가는 다시 태어난 사람의 감각으로 모든 것을 새롭게 바라보고 기억하는 상태에 자신을 놓아두어야 한다는 것이다. "낯설음을/ 더욱 낯설게 느낄 수 있는" 상태, 그것이 바로 예술가가 점유해야 할 감각적 위치라는 것이다.

보들레르는 회복기 환자의 감각이 어떤 면에서 보자면 모든 것을 처음 보기 때문에 항상 도취되어 있는 '아이'와 흡사하다고 말한다.[3] 아이의 지각은 자동화되고 관습화되기 이전 상태다. "미美는 언제나 엉뚱하다"고 보들레르는 말했다.

3) 보들레르는 회복기 환자의 감각과 아이의 감각의 상동성에 주목했다. 아이는 처음 보는 것이 많아서 보는 것마다 매사가 새롭고 신기하다. 그러나 최승호의 시에서 더욱 중요한 것은 회복기 병자가 '죽음'을 몸의 감각으로 가장 가깝게 경험한 존재라는 점이다. 때문에 회복기 병자의 시선을 죽음의 경험으로부터 멀리 떨어져 있는 아이의 시선으로 그대로 대체할 수는 없을 것이다. "죽음을 품고" 삶은 "놀라운 것", "외로운 것"이 된다. 이 놀라움은 "작살에 찔려 허공에 버둥거리는 물고기"의 필사적인 감각으로 극화된다. (졸고, 「공포의 윤리학 -최승호 시의 생태학」, 『천사의 멜랑콜리』, 소명출판, 2016, 248~250쪽 참조)

이윤기의 소설 「나비넥타이」의 한 대목에서 우리는 엉뚱한 '아이의 정신 상태'라는 것이 어떠한 것인지 암시 받을 수 있다. 노수란 인물이 이런 얘길 들려준다. 이발소에서 읽은 만화책 얘기. "정말 만화 이야기다. 대학에서 연극부원을 선발하는데 말이다, 선발 <오디션 룸> 한가운데 조그만 탁자 하나, 탁자 위에는 사과가 한 알 놓여 있다. 주위에는 상급학년 부원들이 주욱 둘러앉아 있고……. 신입생 지원자는 하나씩 그 방에 들어와 상급생 심사위원들이 보는 가운데 그 사과 앞에서 어떤 연극적인 반응, 어떤 예술적인 반응, 말하자면 어떤 창조적인 반응을 어떤 수준까지 보이는가에 따라 당락이 결정된다." 자, 노수가 들려주는 만화 얘길 좀 더 들어 보자. 그의 말대로 그 만화 칸 속으로 들어가 심사위원의 자리에 앉아보자.

> 한 남학생이 들어온다. 이 학생은 자신을 로미오, 사과를 줄리엣으로 상정하고 현란한 수사학이 곁들여진 사랑을 고백한다. / 너는 아니고…….
>
> 또 한 학생이 들어온다. 이 학생은 자신을 낙원에서 추방당한 아담, 사과를 선악과로 가정하고 대사를 읊는다. 이 학생의 상상력은 사과에서 출발, 자기가 낙원에서 추방된 것이 과연 이브 때문이었는지, 아니면 사과와 이브는 신의 각본에 동원된 애꿎은 들러리에 지나지 않는지를 논증하는 데까지 비약한다. / 너도 아니고…….
>
> 또 한 학생이 들어온다. 이 학생은 사과 앞에서 사과가 연상시키는 역사적인 사건을 두름으로 꿰어낸다. 에덴의 사과, 불화의 여신 이리스가, 미스 그리스라고 생각하는 여신이 집으라면서 아프로디테와 아테네와 헤라 앞으로 던진 사과, 이로써 트로이 전쟁의 도화선이 되고 만 그 <디스코드(불화)>의 사과, 윌리엄 텔이 아들의 머리 위에 올리고 활을 쏘아야 했던 <레지스탕스(저항)>의 사과, 만유인력 사유의 실마리를 제공했다는 뉴턴의 사과 타령을 줄줄이 이어낸다. / 너도 아니고, / 그 밖에도 많은 학생들이 들어온다. 너도 아니고, 너도 아니고…….
>
> 그런데 마지막으로 한 학생이 들어온다. 아니다. 사실은 마지막 학생이 아니

다. 그러나 그 학생의 등장과 함께 내가 만화책을 덮어버렸으니까 마지막 학생이다. 그 학생은 천천히 걸어 들어와 가만히 사과를 보고 있다가 덥석 집어 들고는 우적우적 베어 먹기 시작한다. / 바로 너다…….

웃기지?

노수에게 이 장면은 그의 존재론적 변신을 가능하게 한 계기로 얘기된다. "아, 나는 남들이 껍데기로만 사는 것을 본받으려 했구나, 그걸 본받으려고 하다 잘 안되니까 자꾸만 그거 드러나는 것을 숨기려 했구나, 그러느라고 그렇게 부끄러워하고, 그렇게 망설이고, 그렇게 더듬거렸던 것이구나……." 한 개의 사과 앞에서 그것의 유구한 상징적 의미망에 미리 주눅 들지 않고 천진한 아이처럼 만지고 먹어보는 것, 그리하여 그 순간에 내가 느끼는 사과를 표현하는 것, 그래도 된다는 것, 그게 진짜 '나의 사과'라는 것, 그것이 '나의 언어'라는 것, 노수는 바로 여기에서 자신의 실존적 자유를 찾게 된다. 그는 자신의 언어를 새로 만들게 되었다고 말한다. "배운 정의를 폐기하고 내 느낌으로 내 것으로 내가 만나는 단어를 다시 정의했다. 사랑? 조만간 끝날 미끄럼……. 믿음? 가역 반응……. 공포? 무방비 도시……. 증오? 나비 넥타이……. 물? 죽음……. 불? 잠……. 바위? 존재론적 시한 폭탄……." 이 장면에서 노수는 시인에 다름 아니다.

어떤 한 시인은 자신의 첫 시집 한 귀퉁이에다 "자, 밤은 길고/ 자신을 평가하는 모든 시인은/ 자신의 고유한 사전을 가져야만 한다"는 파라의 말을 적어놓고 있다. '자신의 고유한 사전'이 에센스 국어사전 같은 것일 리는 없겠지.

봄, 놀라서 뒷걸음질치다

맨발로 푸른 뱀의 머리를 밟다

슬픔
물에 불은 나무토막, 그 위로 또 비가 내린다

자본주의
형형색색의 어둠 혹은
바다 밑으로 뚫린 백만 킬로의 컴컴한 터널
—여길 어떻게 혼자 걸어서 지나가?

문학
길을 잃고 흉가에서 잠들 때
멀리서 백열전구처럼 반짝이는 개구리 울음

시인의 독백
"어둠 속에 이 소리마저 없다면"
부러진 피리로 벽을 탕탕 치면서

혁명
눈 감을 때만 보이는 별들의 회오리
가로등 밑에서 투명하게 보이는 잎맥의 길

시, 일부러 뜯어본 주소 불명의 아름다운 편지
너는 그곳에 살지 않는다

— 진은영, 「일곱 개의 단어로 된 사전」

이 시인의 개인사전엔 '봄'이라는 단어가 "놀라서 뒷걸음질치다/ 맨발로 푸른 뱀의 머리를 밟다"로 풀이된다. 이 징그럽고 싱싱한 동물적인 봄의 감각 속으로 한 번 들어가 보는 것, 그런 봄의 감각을 처음으로 맛보는 것, 그것이 시적 경험일 것이다. 당신의 사전에서는 어떤 봄이 깨어날까? 일곱 사람의 봄은 일곱 개의 모습으로 나타날 것이다. 아니, 한 사람의 봄도 일곱 개, 여덟 개의 모습을 할 것이다. 매순간 봄은 다르게 우리를 찾아올 것이다. 그러므로 봄은 매번 새로운 봄이다. 내 느낌으로 내 것으로 내가 만나는 언어를 '새로' 정의하고 발명하는 것, 이것은 보들레르가 '어린이의 감각'을 예찬한 이유에 닿아있다. 우리도 한번 해 보자.

그리고 배수아는 '이방인 놀이'를 제안한다. 그녀는 쾌활한 이방인의 표정을 지어 보인다. 그녀가 왜 '이방인'의 위치, '바깥'의 시선을 글 쓰는 자신에게 요청하는지, 우리는 그 이유에 대해 지금까지 얘기했다.

> '이방인'됨을 즐기고 싶다면, "나는 지금 외국에 있다. 나는 이제 금방 비행기에서 내려 이곳에 방을 구했다. 나는 이곳에 아는 사람이 단 한 명도 없다. 이곳의 모든 광경은 나에게 익숙한 것이 아니다"라는 식으로 규정한다. 단지 마음을 그렇게 먹는 것이다. 그런데 일단 '이방인'이 되면, 자신에게 피부처럼 익숙했던 사물이나 현상들이 좀 다른 각도로 보이기 시작한다. 항상 보아오던 아파트 계단이나 집 앞 버스 정류장을 사진으로 찍고 싶을 정도로.
>
> — 배수아, 「동물원 킨트」 서문

모호성

"자신에게 피부처럼 익숙했던 사물이나 현상들이 좀 다른 각도로 보이기 시작"하면, 그래서 다른 각도로 사물이나 현상을 드러내면, 이 다른 앵글에 맞춰져 있지 않은 독자들은 낯설음과 더불어 어떤 종류의 모호함을 느끼게 된다. 이러한 모호함은 경우에 따라 신선하고 즐거운 경험일 수도 있고, 다소 불편한 것일 수도, 다만 짜증나는 것일 수도 있다. 지각작용에 제동이 걸리고 판단은 자꾸만 지연된다.

엠프슨(W. Empson)이 모호성을 시적 가치로 내세울 수 있었던 것은 시에서 사용되는 언어의 다의성을 존중해서다. 과학적·논리적 언어가 사실이나 대상을 1:1로 가리키는 '지시적(외연적) 언어'라고 하면, 이와 비교할 때 시어는 대체로 한 낱말을 통해 가능한 한 많은 느낌과 의미를 환기시키는 '함축적(내포적) 언어'라고 할 수 있다. 여기서 모호성은 시어가 내장하고 있는 풍요로움에서 발생한다.

또한 모호성은, 시어가 매우 개인적인 언어이며 구체적인 언어라는 데서도 발생한다. 한 알의 사과에 덮어씌워져 있는 신화적 역사적 의미를 걷어내고, 사과의 사전적 의미도 괄호 치고, 내가 보고, 내가 만지고, 내가 냄새 맡고, 내가 우적우적 베어 먹으면서 내가 만난 사과로부터 예술적 사과는 탄생한다. 이 사과는 시인이 특수하고 새로운 느낌과 의미를 부여한 언어다. 이제 갓 알에서 깨어난 언어다. 이 사과에서 날개가 돋게 될지도 모른다.

시는 산문에 비해 의미의 전달보다 언어 자체의 뉘앙스와 미감을 존중한다. 의미론적인 소통에 대한 고려는 시에서 부차적일 때가 많다. 의미론적으로, 산문이 명쾌하고 선명하다면 시는 모호하다. 시는 요약될 수 없다. 데생화가 드가와 시인 말라르메의 대화다. 드가가 말하길, "나는 머릿속에 많은 관념을 가지고 있어. 나도 언젠가는 시를 쓸 수 있을 거야" 이에 대해 말라르메가 응수한다. "그렇지만 사랑하는 친구야, 시란 관념으로 쓰는 게 아니라, 낱말로 쓰는 거야" 시는 다른 어떤 장르보다 말의 울림과 리듬에 이끌린다. 그런 뜻에서도 시는 감각적이다.

모호성은 단어의 수준에서만 이루어지는 것은 아니다. 낱말과 낱말, 구와 구, 행과 행, 연과 연의 예기치 못한 배치에서 우리는 종종 당혹감을 느끼거나 묘한 해방감을 맛보기도 하며 특이하고 엉뚱한 발견을 하기도 한다. 우리는 주로 이때 '시적 비약'이라는 말을 쓴다. 우리에게 익숙한 논리의 사슬이 여기저기에서 툭툭 끊겨져 버린다. '그리고' '그런데' '그러나' '그래서' 등등의 접속사를 총동원해서 연결시켜 본 후에도 우리는 종종 고개를 갸웃거리게 된다. 이 경험 또한 즐거운 것일 수도, 불편한 것일 수도, 짜증나는 것일 수도 있다. 그런데, 때로는 어떤 불편함과 짜증은 감수할 만한 가치가 있다. 시는 종종 새로운 소통 코드를 제출한다. 이 코드를 아주 느리게 통과하는 과정에서 우리는 뜻밖에도 전혀 새로운 세계와 접촉할 수 있다. 이때, 중요한 것은 결론이 아니라 그 과정이다.

정보이론에서는 美를 '엔트로피와 네그엔트로피의 최적의 관계'로 규명한다. 엔트로피는 불확실성이다. 다시 말해, 엔트로피는 예측가능성에 반비례한다. 변수가 너무 많아 주가변동이 극심할 때, 주식시장의 엔트로피는 높아진다. 상황이 예측하기 어려울수록 엔트로피는 커지게 되고, 정보량도 그만큼 커진다. 가령, 애정의 구도가 2인으로 이루어지는 것보다는 3인, 4인, 5인이 얽혀서 짜여지는 경우 스토리 전개는 복잡해지게 된다. 다양한 조합이 예상될 수 있는데, 이는 우리가 이 구도에서 보다 많은 정보를 갖는다는 뜻이다. 반면 '내일 해가 뜬다'는 예상은 아무런 정보도 제공해주지 않는다. 결과가 뻔할 때보다 귀추를 예측하기 힘들수록 더 많은 정보를 내포하게 된다. 불확실한 정보가 더 많은 정보라는 얘기다. 이를 우리의 논의에 적용시켜 보면, 언어와 대상이 1:1로 짝지어지는 지시적 언어에 비해, 1:多의 관계를 지탱하는 함축적 언어가 더 많은 정보를 가지고 있으며 더 높은 엔트로피를 보유하고 있다고 말할 수 있다. 또한 '시적 비약'은 논리적 연결에 비해 더 많은 정보를 갖고 더 높은 엔트로피를 보유한다. 여기서 중요한 것은, 미적 쾌감은 '엔트로피와 네그엔트로피의 최적의 관계'에서 발생한다는 점이다. 엔트로피가 너무 높아지면, 시를 읽는 일이 다만 짜증스러워지고 고통스러워진다. 그런데 더욱 중요한 것은, 당연한 말이겠지만 이 최적의 관계를 정량화할 수 없다는 것이다. '엔트로피와 네그엔트로피의 최적의 관계' 또한 예측

불가능하다고, 달리 말해 엔트로피가 높은 규정이라고 할 수 있다.

어둠에 대해, 우주의 암흑물질4)에 대해 매혹을 드러내는 한 편의 시에서 모호성은 존재의 비밀과 우주의 신비를 우리로 하여금 간직할 수 있게 해주는 본질적인 요소다. 이제, "아, 얼마나 다행인가/ 어둠이 아직 어둠으로 남겨져 있다는 것은"이라고 노래하는 나희덕의 시 「어둠이 아직」을 읽어볼 차례다.

얼마나 다행인가
눈에 보이는 별들이 우주의
아주 작은 일부에 불과하다는 것은
눈에 보이지 않는 암흑물질이
별들을 온통 둘러싸고 있다는 것은
우리가 그 어둠을 뜯어보지 못했다는 것은

별은 어둠의 문을 여는 손잡이
별은 어둠의 망토에 달린 단추
별은 어둠의 거미줄에 맺힌 밤이슬
별은 어둠의 상자에 새겨진 문양
별은 어둠의 웅덩이에 떠 있는 이파리
별은 어둠의 노래를 들려주는 입술

별들이 반짝이는 동안에도

---

4) '암흑물질(dark matter)'이 뭔가에 대해서는 김연수의 소설 「케이케이의 이름을 불러봤어」에서 그 설명을 빌리기로 한다. "별의 이동속도를 이용해 질량을 계산한 과학자들은 이 우주에 존재하는 모든 별의 무게를 합한다고 해도 전체 우주의 질량에는 10퍼센트에도 미치지 못한다는 사실을 알게 됐다. 그럼 90퍼센트 이상을 차지하는 건 뭘까? 과학자들은 그걸 암흑물질이라고 이름을 붙였다. 암흑물질은 관측이 불가능하므로 존재를 증명할 수가 없다. 우리에게는 존재하지 않는 것임에 틀림없는 이 어둡고 비밀스럽고 거무스름한 물질이 우리 우주의 90퍼센트를 차지한다."

눈꺼풀이 깜박이는 동안에도
어둠의 지느러미는 우리 곁을 스쳐가지만
우리는 어둠을 보지도 듣지도 만지지도 못하지
뜨거운 어둠은 빠르게
차가운 어둠은 느리게 흘러간다지만
우리는 어둠의 온도와 속도도 느낄 수 없지

알 수 없기에 두렵고 달콤한 어둠,
아, 얼마나 다행인가
어둠이 아직 어둠으로 남겨져 있다는 것은

어둠이 매혹적인 이유는 무엇일까. "알 수 없기에 두렵고 달콤한 어둠"은 꿈과 비밀의 바탕색이며 보자기다. 우주가 그토록 매혹적인 것도 어둠에 싸여 있고 어둠을 펼치고 있기 때문일 것이다. 눈에 보이지 않는 암흑물질이 눈에 보이는 별들을 온통 둘러싸고 있으므로, 우주는 우리의 꿈을 부풀게 하고 비밀의 화원으로 이어지는 샛길들을 상상하게 한다. 미지와 무지의 영역, 모호성의 장소는 우리의 영혼을 굶기는 곤궁한 부엌이 아니라 딱딱해진 영혼을 새롭게 태어나게 하는 뜨거운 자궁이다. 모르는 것이 없다고 느낄 때, 그 인간의 영혼은 가장 빈곤하다. 그러므로 내 영혼이 고양될 때 우리는 까만 밤하늘을 올려다보게 되겠지.

그러므로 황현산의 책 제목처럼 "밤이 선생이다"고 할 수 있을 것이다.[5] 황현산이 생전에 septuor1이라는 아이디로 SNS 공간에 남긴(2014.11~2018.6) 트

5) "내 책 제목 '밤이 선생이다'는 프랑스의 속담 'La nuit porte conseil'를 자유번역한 말이다. 직역하면 '밤이 좋은 생각을 가져오지'라는 말로 어떤 고민에 빠진 사람에게 '한 밤 자고 나면 해결책이 떠오를 것'이라는 위로의 인사다."(@septuor1 2015년 8월 3일 오전 7:30) 나는 선생의 트윗 모음집 『내가 모르는 것이 참 많다』(난다, 2019. 8.8)를 잠들지 못해 뒤척이는 밤처럼 들추어본다.

윗, 140자 짧은 글들의 모음집 제목이 '내가 모르는 것이 참 많다'라는 것은, '모르는 것'을 지적 패배가 아니라 시적 가능성으로 사유했던 비평가에게 참 잘 어울린다는 생각이 든다. "진정한 분석은 분석되지 않는 것에 이르는 것을 목표로 삼는다. 거기에 한 정신의 고통이 있고 미래의 희망을 위한 원기가 있다. 분석하는 사람으로서 나는 그 원기를 사랑하였다"고, 그는 자신의 첫 비평집 『말과 시간의 깊이』의 머릿글에 썼다.

김수영은 그의 대표적인 시론 「시여, 침을 뱉어라」에서, 시작詩作에 있어서 '모호성'은 그의 정신구조의 상부上部 중에서도 가장 첨단을 차지하고 있는 것이라고 말했다. 그는 모호성을 무한대의 혼돈에의 접근을 위한 유일한 도구로 간주했다. 그가 말하는 혼돈은 자유와 연결되어 있다. 그는 "이 세계가 자유를 보유하는 한, 거기에 따르는 혼란은 허용되어야 한다"는 그레이브스의 말을 인용하면서, 혼란이 없는 시멘트회사나 발전소의 건설은 시멘트회사나 발전소가 없는 혼란보다 조금도 나을 게 없을 것 같다고 말한다. 이런 문맥에서 그는 1968년에 쓰인 이 글에서 또 이렇게 중얼거리게 된다. "우리의 주변에서는 기인이나 바보얼간이들이 자유당 때하고만 비교해 보더라도 완전히 소탕되어 있다. (……) 서울의 내가 다니는 주점은 문인들이 많이 모이기로 이름난 집인데도 벌써 주정꾼다운 주정꾼 구경을 못한 지가 까마득하게 오래된다. 주정은커녕 막걸리를 먹으러 나오는 글쓰는 친구들의 얼굴이 메콩강변의 진주를 발견하기보다도 더 힘이 든다. 이러한 '근대화'의 해독은 문학주점에만 한한 일이 아니다." 왜 모두들 말을 조심하고 시간을 아껴야 할까. 죽은 시인의 사회다. 김수영에게 있어서, 모호성은 혼돈과 자유에 대한 긍정에 잇닿아 있고, 혼돈과 자유를 제약하는 경직된 사회에 대한 저항 논리로까지 나아가게 된다. 특히 정치적 부자유를 문제시하게 될 때, 그의 말대로 "모호성의 탐색은 급기야는 참여시의 효용성의 주장에까지 다다르"게 된다.[6]

숨은 꽃과 곰팡이꽃

> 바다속에서 전복따파는 濟州海女도
> 제일좋은건 님오시는날 따다주려고
> 물속바위에 붙은그대로 남겨둔단다.
> 詩의전복도 제일좋은건 거기두어라.
> 다캐어내고 허전하여서 헤매이리요?
> 바다에 두고 바다바래어 詩人인것을…….
>
> — 서정주, 「詩論」

제일 좋은 것을 '거기'에 두고, '여기'에서 동경하는 것을 서정주는 시인의 태도로 생각했다. 그는 한 산문(「머리로 하는 시와 가슴으로 하는 시」)에서, 한용운의 「수繡의 비밀」이라는 시의 이런 구절을 인용한 일이 있다. "이 적은 주머니는 짓기 싫어서 짓지 못하는 것이 아니라, 짓고 싶어서 다 짓지 않는 것입니다." 그리고 그는 이 시 속의 여인의 심리를 다음과 같이 이해한다. 여인은 객지에 가 있는 애인에게 보낼 옷을 해 놓고, 마지막으로 주머니를 만들고 있는데, 이 걸마저 끝내 버리면 사랑하는 사람과의 사이에 마음의 다리를 놓고 있는 일이 끝나 버릴까를 겁내고 있다. 그는 이러한 여인의 심리에 빗대어, 시인이 겁내야 할 것도 무엇을 다 못하고 끌고 가는 안타까움과 그리움이 아니라, 참으로 냉큼 다 먹어치워 버리거나 끝내 버리고 마는 일이라고 적었다. 이 마음의 결을 서정주는 '매력과 절제 사이'라고 말한다.

이때, '이상적인 것', '최상의 상태'에 대한 믿음은 그보다 낮은 자리에서 유지된다. 내가 놓여 있는 자리가 비록 비천하고 비루하다할지라도 지극한 진실과 아름다움의 존재는 부정되지 않는다. '이 자리'(현실)는 '저 자리'(이상)

---

6) 졸고, 「'시적인 것'과 '정치적인 것'」, 『에로스와 아우라』, 민음사, 2012 참조.

에 의해 구원될 수 있다. 그런데, 이 낭만적인 믿음이 흔들릴 때, 도저히 '저 자리'가 보이지 않을 때, 어떤 작가들은 글쓰기에 위기를 느낀다.

한 소설가는 이렇게 고백한다. '꽃이 숨어버렸다.'(양귀자, 「숨은 꽃」) "문제는 '슬픔도 힘이 된다'는 진술이 아무런 감동도 주지 못하는 세상의 변화에 있었다. 세상이 갑자기 텅 비어버린 듯했다. 써야 할 것이 우글대던 머릿속도 세상을 따라 멍한 혼돈에 빠져버렸다." 이제, '제일 좋은 것'은 거기에 두고, 그 그리움의 힘으로 글을 쓸 수 없게 된 것이다. 이 작가는 이제, "그 숨어버린 꽃 속으로 삼투해 들어"가야 할 것이라고 말한다. "숨어 있는 꽃들의 꽃말 찾기". 「숨은 꽃」의 작가는 우리의 속악한 현실논리에 의해 파묻혀 버린 꽃 속으로 삼투해 들어가는 일을, "와해된 세계의 폐허 어딘가에 숨어사는 거인"의 초상으로 형상화한 김종구란 인물의 입을 빌려, 흰자위가 아니라 검은자위로 세상을 보아야 하는 이치와 연결시킨다.

> "소설을 팔아 밥을 먹는다구요? 아니, 아직도 그런 것을 읽는 사람이 있답니까? 대체 무슨 소리를 늘어놓는 것이 소설인가요? 작가선생님, 이런 말은 어떤지 한번 들어보세요. 하나님이 인간의 눈을 만들 때 흰자위와 검은자위를 동시에 만들어놓고도 왜 검은자위로만 세상을 보게 만들었는지, 그거에 대해서 선생님은 혹시 아십니까? 아, 이거야 나도 어디서 주워들은 이야긴데, 그게 말예요, 어둠을 통해서 세상을 보라는 신의 섭리라는 거예요. 세상을 보는 일이야 우리 같은 떠돌이들 말고 선생님 같은 분들에게 떠맡겨진 숙제 아닙니까. 그러니 애시당초 편하게 앉아서 헤드라이트 비춰놓고 들여다보듯 그렇게 수월한 일은 아닐 거라 이 말씀이죠. 흰자위 놔두고 검은자위로 세상을 보랄 적에는 다 그만한 이유가 있어서 그랬을 것입니다."

다른 한 소설가의 작품에서 우리는 '곰팡이꽃'이라는 다소 생경한 표현을 만날 수 있다.(하성란, 「곰팡이꽃」) 쓰레기장을 조사하여 그 지역에 사는 사람들의 생활 실태를 알아보는 '가볼러지garbology'라는 사회학에서 사용하는 방법이 있다고 한다. 「곰팡이꽃」이라는 소설 속에서 한 남자는 "쓰레기는 거짓말을 하지 않는다. 쓰레기야말로 숨은그림찾기의 모범답안이다"고 중얼거린다. 이 쓰레기에서 피는 꽃이 곰팡이다. 쓰레기는 왜 거짓말을 하지 않을까. 우리는 누군가에 의해 내 쓰레기봉투가 해부되리라곤 좀처럼 상상하지 않는다. 그래서 우리는 뭔가를 가리거나 포장하지 않고 마음 놓고 버릴 수 있다. 가령, 어제 결별한 애인의 찢어진 편지나 사진 같은 것도. 그러니, 밤에 아파트 공동 쓰레기통에서 쓰레기봉투를 몰래 주워 와서 쓰레기를 헤집으면서 노트에 그 내용물을 분석하고 정리하는 한 남자가 우리에게 엽기적이고 무섭게 느껴지는 건 당연하다. 남자의 노트엔 아파트 주민들의 자질구레한 일상과 비밀이 기재된다. 이 남자는 중얼거린다. "도대체 알 수가 없다니까. 진실이란 것은 쓰레기봉투 속에서 썩어가고 있으니 말야." '곰팡이+꽃'이라는 조어의 역설은 여기에 놓여 있다.

'곰팡이꽃'이라는 말은 현대예술의 어떤 핵심적인 성격을 드러내는 메타포가 될 수도 있겠다. 현대예술은 우리를 추하고 고통스러운 경험 속으로 자꾸 밀어 넣는다. 우리를 행복하게 하지 않고 오히려 불쾌하고 괴롭게 한다. 이 세계가 추하고 끔찍하다면, 그 속에서 고통의 비명소리가 계속 들려온다면, 이토록 야만적인 세계에 대한 어떠한 질문이나 회의도 없이 '아름다운 가상'을 통해 현실을 힐링하고 유토피아로 초월하려는 태도는 위선적이거나 순진한 미학적 포즈로 전락하고 만다. 브레이트가 "서정시를 쓰기 힘든 시대"라 하였고, 아도르노가 "아우슈비츠 이후에 서정시를 쓰는 것은 야만"이라 했던 것에서, 그러나 인간은 서정시의 불가능성에 갇히고 만 것이 아니라 시의 새로운 가능성들을 더듬어나갔다고 할 수 있다. 어떤 시는 '쓰레기가 하는 말'을 들으려고 한다. 이쯤에서 성기완의 「푸른 큰 쓰레기통의 뜻을 지나며 묻는 새벽」이라는 시를 읽어봐도 좋을 것 같다. "쓰레기통의 뜻"이란 게 뭘까. 시인은 질문만 던져 놓은 것 같다.

새벽이 무어냐고 물으신다면 아직 지하철이 다니지 않는 시간이라 말하겠어 대신 나는 푸른 큰 쓰레기통을 지나며 내음을 맡지 그것들이 퍼르스름한 대기 속을 엎드려 있어 새벽을 여는 사람들이라 일컬어지는 형광 조끼 입은 아저씨들이 큰 젓가락으로 그 시체를 후비고 있어 심호흡을 할까 나는 세기말의 부랑자 걷고 또 걸어도 대답 없는 저 푸른 큰 쓰레기통 왜 도대체 왜? 새벽이 무어냐고 물으신다면 좆도 아니라고 말하겠어 그냥 큰 푸른 쓰레기통을 지나치는 시간이라 말하겠어

새벽은 관용적으로 희망이나 새 시대에 대한 기대감에 빗대지곤 했던 시간이었다. 그런데 우리가 새벽이 무어냐고 물으면 시인은 이렇게 대답하겠단다. '좆도 아니야. 그냥 큰 푸른 쓰레기통을 지나치는 시간이지.' 소비가 미덕이 되는 우리 사회의 뒷면에는 거대한 쓰레기통이 버티고 있다. 그리고 "새벽을 여는 사람들이라 일컬어지는 형광 조끼 입은" 청소부들이 쓰레기통을 후비고 있다. 세기말을 통과하여 새천년을 지나 우리는 대체 어디로 가고 있는 것일까.

이미 오래 전에 시적 소재나 주제를 특권화하거나 한정하는 유의 주장은 타당성을 잃어버렸다. 보들레르의 『악의 꽃』이 출간 당시 일으켰던 파문이 오늘날 그대로 재현될 순 없을 것이다.?(나는 마침표를 찍고 그 옆에 물음표를 붙여두기로 한다.) 1857년 6월 25일에 발매된 『악의 꽃』으로 인해 보들레르는 같은 해 8월 20일 법원으로부터 유죄판결을 받는다. 그 해 초에는 플로베르가 『보봐리 부인』의 출판으로 기소되기도 했다. 그러나 당대 大시인 빅토르 위고는 유죄판결을 받은 보들레르에게 찬사와 격려의 뜻을 전하는 다음과 같은 편지를 보냈다. "당신의 아름다운 책(『악의 꽃』)을 받아 보았습니다. 예술이란 창공과 같은 것이어서, 무한한 분야입니다. 당신은 최근에 그 사실을 보여주었습니다. 당신의 『악의 꽃』은 별들처럼 빛나고 눈부십니다. (……)

현 사회가 줄 수 있는 아주 진귀한 훈장, 당신은 방금 그것을 받았습니다. 이 사회의 제도가 정의와 윤리라는 이름으로 당신을 처벌했습니다. 그것은 또 하나의 명예의 관입니다. 시인이여, 악수를 보냅니다." 추와 악은 전적으로 아이러니와 풍자의 범주에서 규명되는 게 아니라, 때로는 우리 존재의 정직성과 깊이에 관련되기도 하고, 세계와 타인 고통에 동참하게 만들기도 하며, 또 때로는 미학적인 매혹 속에서 진지하게 탐구되기도 한다.

> 그러나 나의 악기는 아직도 어둡고 격렬하다
>
> 그대들은 그걸 모른다, 라는 말밖에 할 수가 없구나
>
> 그때 그대들을 나무랐던 만큼 그대들은 또 나를 다그치고
> 나는 휘파람을 불며 가까스로 슬픈 노래의 유혹을 이겨내고 있는데
>
> 오늘 밤도 그대들은 나에게 할 말이 너무 많고
> 우리는 함께 그걸 나눠 갖기는 틀렸구나, 라는 말밖에 할 수가 없구나
>
> 불의 악기며 어둠으로부터의 신앙信仰……
> 그렇다, 나는 혼돈의 음악을 연주하는 대담한 공주를 두었나니
> 고리타분한 백성들이여,
> 기절하라! 단 몇 초만이라도
> 내가 뭐, 라는 말밖에 나는 할 수가 없구나
>
> 저기 붉은빛이 방문하고 푸른빛이 주저앉는다,
> 라는 암시밖에는 할 수가 없구나

— 황병승, 「왕은 죽어가다*」(*이오네스코의 희곡 제목)

"불의 악기"가 고리타분한 백성들을 기절시키고 고리타분한 세계에 불을 지르려 한다. "저기 붉은 빛이 방문하고 푸른빛이 주저앉는다, 라는 암시"를 받고서, 성급하게 다그치지 말자. 김수영이 말했듯이, "적들과 함께/ 적들의 적들과 함께/ 무한한 연습과 함께"(「아픈 몸이」) 가자.

우리는 미/추, 선/악, 정상/비정상, 주체/타자, 시적인 것/ 비非시적인 것 등등을 가르는 이분법 자체를 끊임없이 되물어야 한다. 이분법적 체계는 언제나 그 어딘가에 어떤 종류의 억압과 폭력을 숨기고 있으니까. 어쨌든 수많은 이분법적 경계가 진동하고 애매해지는 자리에서 혼란과 함께 시적 영역과 존재의 자유가 좀 더 확장될 수 있을 것이다.

시의 언어

이경수

시는 언어로 이루어진 고도의 예술작품이다. 시의 언어는 시를 이루는 가장 중요한 구성 요소이다. 따라서 시의 언어가 어떤 특징을 갖는지 살펴보는 일은 시의 특징을 살펴보는 일이 될 것이다. 시의 언어는 고정된 실체가 아니며 모호성ambiguity을 특징으로 한다. 고정된 하나의 의미에 매이지 않고 다의성을 갖는다는 뜻이다. 시의 언어는 지시적 기능만을 가진 기호가 아니다. 지시적 기능을 가지면서 동시에 지시성을 초월한다. 최근의 시들은 오히려 지시성을 초월하여 의미의 모호성을 추구하는 경향이 있다. 요즘 젊은 시인들은 언어의 지시적 의미보다는 용법을 중시한다.

시의 언어는 일상적인 언어와는 다르다. 객관적이고 개념적인 과학의 언어와도 다르다. 하지만 부정의 방식으로 이루어지는 정의를 통해서는 시의 언어가 어떻게 일상적인 언어와 다르고 객관적이고 개념적인 과학의 언어와 다르다는 것인지 정확히 알기는 어렵다. 배제나 부정의 방식으로 시의 언어를 정의하는 일이 가능할까? '시의 언어는 일상적인 언어가 아니다.' '시의 언어는 객관적이고 개념적인 과학의 언어가 아니다.' 대체로 시의 언어에 대해 많은 사람들이 합의하는 이 두 가지 특징에 대한 정보를 가지고 다음 중 시의 언어가 아닌 것을 한 번 골라 보기로 하자.

1) A+B+C=A A+B+C=B A+B+C=C

2) 1항, 2항, 3항 그렇게 10항까지 써나간 수학 선생님이 점 딱 찍고 '시방'이라고 발음하는데 웃겼어요 왜? 여고생이니까 고향이 충청도라는 거? 몰랐어요

3) 무엇이 필요한가? 신청서를 쓰고, 이력서를 첨부해야지. 살아온 세월에 상관없이 이력서는 짧아야 하는 법. 간결함과 적절한 경력 발췌는 이력서의 의무조항. 풍경은 주소로 대체하고, 불완전한 기억은 확고한 날짜로 탈바꿈시킬 것.

4) 그리움도 버릇이다 치통처럼 깨어나는 밤 욱신거리는 한밤중에 너에게 쓰는 편지는 필경 지친다

시의 언어가 아닌 것으로 1)번이나 2)번이나 3)번을 선택하는 경우가 제일 많을 것이다. 1)번을 선택한 사람들은 시의 언어는 객관적이고 개념적인 과학의 언어와 다르다는 믿음에 따라 판단했을 것이다. 수학 공식처럼 보이는 1)은 시의 언어로는 어울리지 않아 보인다. 2)번을 선택한 사람들은 일상적인 대화체의 말이 시의 언어와는 달라 보여서 그랬을 것이다. 3)번을 선택한 사람들도 비슷한 이유에서 그런 선택을 했을 것이다. 이력서 쓰는 방법을 간략히 설명하고 있는 것으로 보이는 3)번의 문장들은 지극히 일상적인 언어처럼 보인다.

그러면 실제의 결과는 어떨까? 놀랍게도 1)~4)의 언어들은 모두 시의 한 부분을 차지하는 시의 언어들이다. 어떤 시들인지 먼저 확인해 보기로 하자.

1)

1+3

3+1

3+1　1+3

1+3　3+1

1+3　1+3

3+1　3+1

3+1

1+3

線上의一點 A

線上의一點 B

線上의一點 C

A+B+C=A

A+B+C=B

A+B+C=C

二線의交點 A

三線의交點 B

數線의交點 C

3+1

1+3

1+3　3+1

3+1　1+3

3+1　3+1

1+3　1+3

1+3

3+1

(太陽光線은, 凸렌즈 때문에收斂光線이되어一點에있어서爀爀히빛나고爀爀히불탔다, 太初의僥倖은무엇보다도大氣의層과層이이루는層으로하여금凸렌즈되게하지아니하였던것에있다는것을생각하니樂이된다, 幾何學은凸렌즈와같은불작란은아닐른지, 유우크리트는死亡해버린오늘유우크리트의焦點은到處에있어서人文의腦髓를마른풀과같이燒却하는收斂作用을羅列하는것에依하여最大의收斂作用을재촉하는危險을재촉한다, 사람은絶望하라, 사람은誕生하라, 사람은誕生하라, 사람은絶望하라)

— 이상, 「線에關한覺書 2」

2)

1항, 2항, 3항 그렇게 10항까지 써나간 수학 선생님이 점 딱 찍고 '시방'이라 발음하는데 웃겼어요 왜? 여고생이니까 고향이 충청도라는 거? 몰랐어요 허리 디스크 수술이요? 제가 왜 무시를 해요, 마누라도 아닌데 다시는 '시방' 때문에 웃지 않겠습니다, 칠판 앞에 서서 반성문을 읽어나가는데 뭐시냐 또 웃기지 뭐예요 풋 하고 터지는 웃음에 다닥다닥 잰걸음으로 바삐 오시는 선생님, 부디 서둘지 마세요 했거늘 저만치 앞서 밀려나간 슬리퍼를 어쩌면 좋아요 좀 빨기라도 하시지 얻어맞아 부어오른 볼때기에 발냄새가 밸까 때 타월로 문지르니 그게 볼터치라 했고, 내 화장의 역사는 그로부터 비롯하게 된 거랍니다

— 김민정, 「김정미도 아닌데 '시방' 이건 너무 하잖아요」

3)

무엇이 필요한가?

신청서를 쓰고,

이력서를 첨부해야지.

살아온 세월에 상관없이
이력서는 짧아야 하는 법.

간결함과 적절한 경력 발췌는 이력서의 의무 조항.
풍경은 주소로 대체하고,
불완전한 기억은 확고한 날짜로 탈바꿈시킬 것.

결혼으로 맺어진 경우만 사랑으로 취급하고
그 안에서 태어난 아이만 자식으로 인정할 것.

네가 누구를 아느냐보다, 누가 널 아느냐가 더 중요한 법.
여행은 오직 해외여행만 기입할 것.
가입 동기는 생략하고, 무슨 협회 소속인지만 적을 것.
업적은 제외하고, 표창 받은 사실만 기록할 것.

이렇게 쓰는 거야. 마치 자기 자신과 단 한번도 대화한 적 없고,
언제나 한 발자국 떨어져 객관적인 거리를 유지해왔던 것처럼.

개와 고양이, 새, 추억의 기념품들, 친구,
그리고 꿈에 대해서는 조용히 입을 다물어야지.

가치보다는 가격이,
내용보다는 제목이 더 중요하고,
네가 행세하는 '너'라는 사람이

어디로 가느냐보다는

네 신발의 치수가 더 중요한 법이야.

게다가 한쪽 귀가 잘 보이도록 찍은 선명한 증명사진은 필수.

그 귀에 무슨 소리가 들리느냐보다는

귀 모양이 어떻게 생겼는지가 더 중요하지.

그런데 이게 무슨 소리?

이런, 서류 분쇄기가 덜그럭거리는 소리잖아.

— 비스와바 심보르스카, 「이력서 쓰기」

4)

그리움도 버릇이다 치통처럼 깨어나는 밤

욱신거리는 한밤중에 너에게 쓰는 편지는

필경 지친다 더 이상 감추어둔 패가 없어

자리 털고 일어선 노름꾼처럼

막막히 오줌을 누면 내 삶도 이렇게 방뇨되어

어디론가 흘러갈 만큼만 흐를 것이다

흐르다 말라붙을 것이다 덕지덕지 얼룩진

세월이라기에 옷섶 채 여미기도 전에

너에게 쓰는 편지는 필경 구겨버릴 테지만

지금은 삼류 주간지에서도 쓰지 않는 말

넘지 못할 선, 넘지 말아야 할 선을 넘어 너에게

가고 싶다 빨래집게로 꾹꾹 눌러놓은

어둠의 둘레 어디쯤 너는 기다리고 있을 테지만

마음은 늘 송사리떼처럼 몰려다니다가

문득 일행을 놓치고 하염없이 두리번거리는 것

저 별빛 새벽까지 욱신거릴 것이다

— 강연호, 「저 별빛」

이상과 같이 1)~4)는 모두 시의 한 부분임을 알 수 있다. 그렇다면 시의 한 부분을 차지하는 것은 모두 시의 언어라고 할 수 있을까? 1)의 수학 공식처럼 보이는 것이 이상의 「선에관한각서 2」의 한 부분이라고 해서 과연 1)을 시의 언어라고 볼 수 있을까? 행갈이를 하지 않은 채 늘여 쓴 'A+B+C=A A+B+C=B A+B+C=C'와 「선에관한각서 2」에 등장하는 행갈이 된 'A+B+C=A/ A+B+C=B/ A+B+C=C'를 같은 언어라고 볼 수 있을까? 엄밀하게 말하면 1)과 「선에관한각서 2」에 등장하는 동일해 보이는 공식은 같은 언어가 아니다. 한 부분만 도려내진 언어와 시의 언어가 동일할 수는 없다. 시의 언어는 고정된 실체라기보다는 그것이 어떤 말과 말 사이에 어떻게 배치되느냐에 따라 달라지기 때문이다. 이상의 「선에관한각서 2」는 구조적으로 잘 짜여진 시이다. 1연과 5연은 각각 마치 거울에 서로를 비춰 보듯이 상하좌우 대칭을 이루고 있으며, 1연과 5연도 마주 보고 있는 것처럼 상호 대칭을 이루고 있다. 1+3과 3+1이라는 요소를 가지고 상하좌우 대칭의 거울놀이를 즐기고 있는 셈이다. 2, 3, 4연도 대칭적 관계로 구성되어 있다. 연과 연이 만나 이루어지는 이런 관계가 'A+B+C=A/ A+B+C=B/ A+B+C=C'를 시의 언어로 만든 것이다.

일상적인 대화체의 말로 읽히는 2) 역시 시의 나머지 부분이 받쳐주지 않았다면 온전한 '시의 언어'가 될 수 없었을 것이다. 진술한 여성 화자의 목소리를 빌려 여고시절의 기억을 고백하고 있는 시적 진술에 2)의 언어가 위치할 때 그것은 비로소 시의 언어가 된다. 화장의 역사는 여성으로서의 역사를 환유한다. 이 땅에서 여성으로서 살아가기 위해 필요한 기술이 화장임을 여고시절 부당한 학교 폭력에 노출되었던 여성 화자의 고백을 통해 폭로하고 있는 시이다. "얻어맞아 부어오른 볼때기", 즉 위계에 의한 권력형 폭력의 흔적을 감추기 위해 시작되었고, 더 나아가 솔직한 감정을 있는 그대로 드러내지 않고 자신을 감추는 기술을 습득해야만 무사히 이 사회에서 살아나갈 수 있음을 체득한 것이 '화장'임을 김민정의 시는 고발한다. 제도에 대한 부정적 태도와 비아냥거림과 풍자적 웃음을 동시에 띠고 있는 김민정 시의 화자에겐 자기 고백적이고 수다스런 말이 잘 어울린다. 일상적인 고백의 말은 이렇게 시의 언어가 된다.

3)은 이력서 쓰는 방법을 알기 쉽게 설명해주는 말이다. 시의 언어는 설명적이거나 일상적인 언어와는 거리가 멀다고 일반적으로 말해지므로, 3) 역시 시의 언어가 아닌 것처럼 보인다. 하지만 '이력서 쓰기'라는 소재를 통해 이력서라는 고정된 형식에 실질적으로 진정한 의미의 '나'가 담길 수 없음을 우회적으로 보여주는 시에서는 이렇듯 설명적이고 단조로운 일상의 언어가 시의 언어가 될 수 있다. 중요한 것은 배치의 문제이다.

4)는 전형적인 시의 언어를 보여준다. 두 개의 문장으로 이루어진 4) 부분에서는 은유와 직유가 쓰였다. 시 전문을 보면 욱신거림이 '그리움-치통-별빛'으로 이어지는데 시의 언어가 환기하는 이런 이미지가 그리움으로 인해 잠 못 이루며 앓는 밤의 낭만적이고 서정적인 분위기를 형성한다. "그리움도 버릇이다"는 'A는 B이다' 형식의 전형적인 치환은유이다. 그러면서 이 한 문장은 많은 것을 환기한다. 그리움이 버릇이 될 정도면 도대체 얼마나 많은 밤을 그리움 때문에 앓았단 말일까? 엄살이든 아니든 저 첫 문장에서 느껴지는 아픔은 "치통처럼 깨어나는 밤"으로 이미지가 이어진다. 이가 아파 고생해 본 사람이라면 치통이 얼마나 고통스러운지, 치통처럼 깨어나는 밤이 어떤 밤인지 단번에 알 수 있을 것이다. 그 아픔은 욱신거림으로 표현된다. 너를 그리워하다가 별을 보며 밤을 지새우게 된 화자의 아픔은 2연에 가서 "저 별빛 새벽까지 욱신거릴 것이다"라는 발화로 전환된다. 너를 향한 그리움으로 새벽까지 잠 못 이루며 욱신거리는 화자의 통증은 '저 별빛'으로 치환되면서 시각적 감각으로 전환된다. 별빛의 반짝거림과 화자의 욱신거림이,

시각적 이미지와 통각적 이미지가 교묘히 맞물리면서 화자의 아픔이 독자에게 전해진다.

비유에 의해 운용되는 함축적인 4)의 언어는 전통적인 시론에서 시의 언어가 가지는 특징으로 흔히 거론되던 것이다. 그러나 더 이상 함축적이고 서정적이고 장식적인 언어만 시의 언어라고 고집하기는 어려워졌다. 앞서 살펴본 것처럼 일상적이고 논리적인 언어, 수학공식 같은 과학적 언어조차도 어떻게 배치되느냐에 따라 시의 언어가 될 수 있다. 일찍이 무카로브스키는 시의 언어에 대한 전통적인 견해들을 비판하면서[1] 총체적 언어 체계 속에서의 시적 언어의 위치에 대해 논한 바 있다. 무카로브스키는 시의 언어는 다만 그 기능에 의해서만 영원히 특징지어진다고 보았다. 시의 언어를 구조적으로 인식했다는 점에서 그의 관점은 선구적인 것이었다. 하지만 오늘날에 와서는 총체적 언어 체계로서의 시에 대한 믿음도 얼마간 변하고 있다고 말할 수 있겠다. 시의 언어에서 구축의 욕망보다 해체의 욕망이 더 강하게 작동하는 경우도 흔히 볼 수 있기 때문이다. 무엇이 시의 언어가 될 수 있고, 무엇이 시의 언어를 만드는 요소인지에 대해서 더 이상 균일한 대답을 하기는 쉽지 않다. 아마도 오류를 최소화하는 답은 이런 것이 아닐까 싶다. 무엇이든 시의 언어가 될 수 있기도 하고 그렇지 않기도 하며, 시의 언어를 만드는 요소 또한 여러 가지다. 시적인 논리 구조로 인해 시의 언어가 되기도 하고, 언어의 결이나 리듬이 시의 언어를 만들기도 하며, 지시성을 초월하는 모호성이 시의 언어를 만들기도 한다.

---

1) 무카로브스키의 비판 내용을 요약해서 말하면 다음과 같다. 1) 시적 언어는 장식적인 언어가 아니다. 2) 시적언어의 특징은 아름다움에 있지 않다. 3) 시적 언어는 정서적 언어가 아니다. 4) 시적 언어는 구체성의 세계가 아니다. 5) 시적 언어의 특징은 개성에 있지 않다.(J. Mukarovsky, “On Poetic Language,” 『무카로브스키의 시학』, 김성곤 역, 현대문학, 1987, pp.6~9.) 물론 무카로브스키가 부정한 이러한 특징들은 아직도 시의 언어의 특징으로 거론되는 것들이기도 하다. 하지만 더 이상 고정된 실체로서 시의 언어를 규정하기란 쉽지 않다. 선배 시인들의 언어를 극복하고 새로운 언어를 구축하려는 욕망을 가지고 있는 시인들은 새로움이라는 가치를 포기하지 않을 것이며, 그들에 의해 시의 언어에 대한 전통적인 정의들은 끊임없이 부정될 것이기 때문이다.

시의 언어가 언어의 조직에 있어서 일상적인 언어와 다르다는 것은 오늘날에도 통용되는 상식이다. 전통적인 시론에서는 그 중에서도 리듬과 이미지와 어조가 시의 언어 형성에 중요한 역할을 한다고 보았는데 이는 요즘의 시에도 해당된다. 리듬과 이미지와 어조가 유기적으로 관련되어 일상의 언어와는 다른 시의 언어가 조직된다. 조사 하나, 단어 하나의 선택이 시의 언어에서는 훨씬 중요해질 수밖에 없다. 시의 언어는 다른 것으로 대체 불가능하다는 생각도 언어의 조직성을 강조한 데서 온 결과일 것이다.

그러나 현대시로 올수록 시의 언어의 범위는 넓어졌다. 사실상 요즘 시를 읽다 보면 시의 언어라는 특별한 제한이 없는 것처럼 느껴지기도 한다. 그도 그럴 것이 1930년대 이후 한국 현대시의 언어는 그 범위를 점점 더 확장해 왔다. 정지용은 감각적인 언어의 극치를 보여 주었으며, 이상은 수학적이고 건축학적인 용어들을 사용하여 시에 색다른 조형미를 불어넣었고, 백석은 평북 정주 지방의 방언을 적극적으로 활용한 토속어를 사용함으로써 '낯설게 하기'라는 현대적인 감각과 미를 시에 구현했으며, 김수영은 일상적인 언어가 시의 언어가 될 수 없다는 편견을 불식시켰다. 그런가 하면 고정희는 여성의 경험과 역사성을 체화한 '여성적 글쓰기'를 실천함으로써 남성 중심적인 제도적 언어에 저항하는 젠더적 감수성을 우리 시에 부여하기도 했다.

현대시의 역사는 시 언어의 확장의 역사이자 시 언어의 고정관념에 대한 반란의 역사라고 해도 과언이 아니다. 동시대를 살아가는 시인들조차 시의 언어에 대한 생각이 서로 일치하지 않는다. 그 다양한 차이와 균열에 시의 언어의 특징이자 매력이 있다고 말할 수도 있겠다. 범박하게 말해서 시의 언어는 수동적인 지시 기능으로부터 능동적이고 창조적인 생성 기능으로 점차 이동하고 있는 중이다. 최근의 젊은 시인들 중 상당수는 시의 언어의 새로운 용법을 창조하는 데 몰두하고 있다.

봄, 놀라서 뒷걸음질치다

맨발로 푸른 뱀의 머리를 밟다

슬픔
물에 불은 나무토막, 그 위로 또 비가 내린다

자본주의
형형색색의 어둠 혹은
바다 밑으로 뚫린 백만 킬로의 컴컴한 터널
-여길 어떻게 혼자 걸어서 지나가?

문학
길을 잃고 흉가에서 잠들 때
멀리서 백열전구처럼 반짝이는 개구리 울음

시인의 독백
"어둠 속에 이 소리마저 없다면"
부러진 피리로 벽을 탕탕 치면서

혁명
눈 감을 때만 보이는 별들의 회오리
가로등 밑에서는 투명하게 보이는 잎맥의 길

시, 일부러 뜯어본 주소 불명의 아름다운 편지
너는 그곳에 살지 않는다

— 진은영, 「일곱 개의 단어로 된 사전」

진은영의 사전에 등재된 일곱 개의 단어의 뜻은 국어사전에 등재된 동일한 단어의 보편적인 뜻과는 거리가 멀다. 그녀는 자신의 방식으로 일곱 개의 단어를 새롭게 정의한다. 아마도 첫 시집을 낼 당시에 저 일곱 개의 단어는 그녀에게 중요한 의미를 가지는 단어들이었을 것이다. 저 새로운 정의들은 고정된 의미를 배반하는 기능을 하지만, 시인은 그것이 또 하나의 고정된 의미의 집을 짓는 것은 원하지 않을 것이다. "그곳에 살지 않는" 시처럼 진은영은 이미 저 새로운 정의들로부터 떠나 다른 곳을 떠돌고 있을지도 모른다. 시의 언어는 고정된 집을 짓지 않는다.

아무도 모르게 체조 선수가 되었다.

옷 속에 팔과 다리를 잘 집어넣은 채로
나는 태연하게 걸어 다닌다.

잠 속에서만 팔다리가 길어진다는 건
억울한 일이지만
줄 없이도 줄넘기를 할 수 있는 밤들.
나쁘지는 않다.

달리면 나 대신
공중의 시간이 부드러워지지만
아주 약간일 뿐.
내가 나에게로
어이없이 돌아오는 일은 없다.

세상에는 언제나

한 명의 체조 선수가 부족하고
나는 심장이 뛴다.

그것은 아무도 모르는
무척 아름답고 투명한 일이다.

— 신해욱, 「비밀과 거짓말」

신해욱의 시는 여백의 언어를 창출하고 있다. 그녀의 시에서 쓰인 말 못지않게 쓰이지 않은 여백의 말은 중요하다. 연과 연 사이, 행과 행 사이에는 많은 말들이 숨겨져 있다. 침묵 또한 훌륭한 시의 언어임을 그녀는 누구보다 잘 알고 있는 듯하다. 신해욱의 시에서 언어는 지시성을 초월해 모호성을 창출해낸다.

아무도 모르게 체조 선수가 되었다고 시의 화자는 고백한다. 이것은 비밀일까, 거짓말일까. 그것은 '나'만의 비밀이지만 다른 사람들에겐 거짓말이기도 하다. 비밀을 들키면 안 되므로 "옷 속에 팔과 다리를 잘 집어넣은 채로/ 나는 태연하게 걸어 다닌다." '나'에게 체조 선수가 된 '나'는 비밀이므로 그런 '나'를 숨기고 그냥 '나'인 척한다. 그런 속임의 나날이 계속되다 보면 어떤 것이 진짜 '나'인지 알 도리가 없어질 것이다. '나'는 체조 선수가 된 '나'이기도 하고 그냥 '나'이기도 하다. '나'의 목소리는 체조 선수의 것이기도 하고 내 것이기도 하다. '나'의 발화로부터 체조 선수의 발화와 '나'의 발화를 분리하기는 쉽지 않다. '나'는 그 균열을 포함하고 있는 '나'이다. '나'는 "잠 속에서만 팔다리가 길어진다". 꿈속은 논리나 이성이 통하지 않는 무의식의 세계이므로 무슨 일이든 가능하다. 줄 없이도 줄넘기를 할 수 있고 팔다리도 무한대로 길어질 수 있다. 그곳에선 애써 비밀을 지키려 들거나 애써 거짓말을 꾸며댈 필요가 없다. 그런 밤들을 가지고 있다는 건 분명 "나쁘지는 않다."

시의 제목과 본문 사이에도, 연과 연 사이나 행과 행 사이에도 넓은 여백이 있다. 그 여백이 신해욱의 시에서 새로운 시의 언어를 만든다. 같은 언어도 배치에 따라 전혀 다른 언어가 될 수 있음을 신해욱의 시는 다른 방식으로 보여준다. 여백이 많은 그녀의 언어는 의미의 구조화에 대한 반란이기도 하다. 꽉 짜여진 시를 신해욱의 시는 거부한다. "내가 나에게로/ 어이없이 돌아오는 일은 없"듯이, 신해욱의 언어는 지시적인 의미로 돌아오지 않고, 지시성을 초월해 모호성을 창출한다. 신해욱에게 시를 쓰는 일은 "아무도 모르는/ 무척 아름답고 투명한 일"인지도 모른다.

우리는 이 세계가 좋아서
골목에 서서 비를 맞는다
젖을 줄 알면서
옷을 다 챙겨 입고

지상으로 떨어지면서 잃어버렸던
비의 기억을 되돌려주기 위해
흠뻑 젖을 때까지
흰 장르가 될 때까지
비의 감정을 배운다

단지 이 세계가 좋아서
비의 기억으로 골목이 넘치고
비의 나쁜 기억으로
발이 퉁퉁 붇는다

외투를 입고 구두끈을 고쳐 맨다

우리는 우리가 좋을 세계에서
흠뻑 젖을 수 있는 것이
다행이라고 생각하면서
골목에 서서 비의 냄새를 훔친다

— 이근화, 「소울 메이트」

이근화의 시에서 '우리'는 나와 너를 포괄하는 1인칭 복수대명사가 아니다. 공동체의식으로 묶이는 친밀한 대상을 지칭할 때 흔히 사용하는 '우리'와 언뜻 보면 비슷해 보이지만 정확하게 일치하지는 않는다. 이근화의 시는 '우리'가 쓰이던 기존의 용법이 아닌 다른 용법을 창조해낸다. 그녀의 시에 등장하는 '우리'는 기존의 용법에서 보면 오히려 '나'에 가깝다. 서정시의 화자로 흔히 등장하는 1인칭 '나'가 이근화의 시에서 '우리'로 바뀌어 있는 것을 어렵지 않게 확인할 수 있다.

그렇다고 해서 이근화의 시에서 모든 '나'가 '우리'로 대체되는 것은 아니다. 인용한 시에서 '우리'는 사실상 모두 '나'로 바뀌어도 무방하다. '이 세계가 좋다'는 감정의 표현 주체로 더 적합해 보이는 것은 '우리'가 아닌 '나'이다. '우리'는 "이 세계가 좋아서/ 골목에서 비를 맞는" 감정적이고 낭만적인 행위를 함께 하기도 하고 "비의 감정을 배"우기도 하며 "우리가 좋을 세계에서/ 흠뻑 젖을 수 있는 것이/ 다행이라"는 생각을 공유하기도 한다. 이근화의 시에서 대개 '우리'라는 이름으로 이들이 함께 하는 것은 감정적인 공유이거나 그것이 좀 더 확장된 행위이다. 시의 제목처럼 일종의 '소울 메이트'로 '우리'라는 말의 용법을 쓰고 있는 셈이다. 그녀의 시는 감정의 주체를 겨냥하고 있다. 이근화 시의 언어는 감정의 촉수를 예민하게 곤두세우고 감정을 표현하는 다양한 용법들을 새롭게 창조하고 있는 것으로 보인다.

내가 태어났는데 어쩌다 너도 태어났다. 하나에서 둘. 우리는 비좁은 유모차에 구겨 앉는다.

우리는 같은 교복을, 남자를, 방을 쓴다.

언니, 의사 선생님이 나 하고 싶은 대로 하래. 그러니까 언니, 나 이제 너라고 부를래. 사랑하니까 너라고 부를래. 사실 너 같은 건 언니도 아니지. 동생은 식칼로 사과를 깎으면서 말한다. 마지막 사과니까 남기면 죽어. 동생은 나를 향해 식칼을 들고, 사과를 깎는다. 바득바득 사과를 먹는다.

나는 동생의 팔목을 대신 그어 준다. 넌 배 속에 있을 때 무덤처럼 잠만 잤대. 한 번 더 동생의 팔목을 그었다. 자장자장, 넌 잘 때가 제일 예뻐. 동생을 뒤집어 놓고 재운다. 이불을 머리끝까지 덮어 주고 재운다. 비좁다 비좁다 밤이. 하나에서 둘. 하나에서 둘.

— 이소호, 「동거」

그런가 하면 2016년 말 이후 최근의 시에서는 훨씬 더 예민해진 젠더 감수성이 시의 언어에 반영되고 있다. 이소호의 시는 오늘의 젊은 시인들이 지닌 젠더 감각이 얼마나 다른지 단적으로 보여준다. 첫 시집 『캣콜링』 수록 시에서 시인의 개명 전 이름이기도 한 '경진이'와 동생의 이름인 '시진이' 자매가 자주 출현하고 이들을 중심으로 한 가족 구성원이 등장해 가족이라는 이름으로 행사되어 온 폭력이 얼마나 끔찍한 것이었는지를 적나라하게 보여준다. 그런 점에서 이소호의 시는 일종의 '미러링'의 시라고 부를 수도 있겠다. 감추거나 꾸미거나 윤색하는 일 없이 적나라하게 까발려진 언어로 이소호의 시는 가족, 또는 애인이라는 이름으로 우리가 주고받는 언어폭력과 물리적 폭력을 가감 없이 보여준다.

가족주의가 아직도 남아 있는 한국 사회에서 가정 폭력의 문제가 더 쉽게 은폐된다는 사실을 우리는 이제 모르지 않는다. 그럼에도 이소호의 시에 그려진 적나라한 말이나 장면을 마주하면 충격을 받게 된다. "하나에서 둘"이 된 자매는 "비좁은 유모차"를 공유해야 했고 자라면서도 "같은 교복을, 남자를, 방을" 써야 했다. 그 공유의 세월이 이들의 관계를 뒤틀리게 만든다. "언니, 나 이제 너라고 부를래. 사랑하니까 너라고 부를래. 사실 너 같은 건 언니도 아니지."에서 드러나듯 동생은 언니를 향해 막말을 휘두르고 "마지막 사과니까 남기면 죽어."라고 협박한다. 사랑한다는 이유로 죄의식 없이 폭력을 행사하는 관계가 자매라는 이름의, 가족이라는 이름의 관계임을 우리는 대개 경험을 통해 터득한다. 그런 동생의 언어폭력에 대해 "나는 동생의 팔목을 대신 그어 준다." "동생을 뒤집어 놓고 재"우는 일은 실제로 자주 일어난다. "하나에서 둘" 동거를 해야 하는 가족이라는 숙명이 폭력적 관계를 만드는 셈인데, 대개는 사랑이라는 이름으로 포장하며 그 안의 폭력성을 은폐하고자 한다. 은폐의 시간이 길어지면 그것이 폭력임을 인지하지도 못하는 지경에 이르게 된다. 아마도 적지 않은 가족들이 이런 시간을 지나왔을 것이다.

이소호의 시가 관심을 갖는 관계의 폭력은 자매나 가족 관계에 한정되지 않는다. 사랑이라는 이름으로 연인 사이에서 벌어지는 언어폭력과 데이트 폭력, 선배 혹은 선생이라는 이유로 학교는 물론 문단에서 행해지는 언어폭력과 물리적 폭력도 이소호 시의 폭로의 대상이 된다. 사랑이라는 이름으로 여자 친구에게 행하는 폭력의 말을 잠깐 감상해 보자. "야징징짜지말고똑바로말해그리고말하기전에다시한번생각좀해봐내가이렇게무식한여자랑사귀었었나?너똑똑하잖아그런것아니잖아대화가되잖아그러니까뭘아는것처럼행동하지마오빠가차근차근알려줄게다널위한거야야너나못믿는거야?농담인데왜정색을하고그래전에도말했지만니가기세고예민해서우리연애까지불행해진거야다른남자였으면진작헤어졌겠다"(「오빠는 그런 여자가 좋더라」) 이 시의 언어야말로 맨스플레인의 대표적 사례가 아닐까 싶다. 2016년 말 이후 시작된 #문단_내_성폭력 해시태그 운동이 아니었다면 우리 시에 이런 언어가 등장하기까지 좀 더 시간이 필요했을 것이다.

사랑하는 대상을 향해서도 사랑이라는 이름으로 구속하려 들고 가르치려고 드는 일을 우리는 어렵지 않게 만날 수 있다. 먼저 등단한 선배라는 이유로 신인들을 향해 내뱉는 충고의 말은 또 어떤가? "내가 요즘 신인들 시집을 자주 보잖아. 잘 들어 시라는건 말이야 미치는 거야. 지금 네 상태에서 한 발자국 더 나아가야지. 독자들을 니 발밑에 무릎 꿇게 만들어야지. (…중략…) 시를 못 쓰면 내가 이런 얘기 하지도 않아. 근데 니가 가족 시를 쓴다는 그 행위 자체에 매몰되어 있는 거 같아." "내가 보기에는 말이야 니가 착한데 나쁜 척을 하니까 그런 거라고. 그게 진짜 너라고 생각하면 독하게 밀고 가란 말이야 미친년처럼. 시의 끝에 매달려 있으란 말이야. 거기서 한 발짝 더 나아가란 말이야. 말해 봐 넌 어떤 시인이랑 싸워서 이길 거야? 어떤 시인이랑 겨룰 수 있다고 생각해 니가. 니 시는 말야 솔직히 아직 아무도 못 이겨." (「송년회」) 한낱 술주정에 불과한 이런 말을 듣고 넘겨야 하는 일이 실제로 문단의 송년회 자리에서 벌어지곤 했음을 우리는 더 이상 모르지 않는다.

이소호의 시는 지리멸렬한 우리의 일상을 있는 그대로 노출하는 날것의 언어를 통해 우리가 살고 있는 세계의 폭력성을 고발한다. 경진이라는 화자를 통해 들여다보는 세계는 우리가 사는 일상에 대한 일종의 미러링이라고 할 수 있다. 연인 사이에서, 자매 간, 모녀간, 부녀간 등 가까운 관계에서 벌어지는 언어폭력은 상상을 초월하는 경우가 적지 않다. 가족이니까, 어차피 버릴 수 없으니까 그러려니 견디다 보면 폭력이 일상이 되고 도저히 견딜 수 없던 것에 대해서도 무감각해진다. 폭력에 대한 무감각이나 불감증은 사실상 그렇게 시작되는 것이겠다. 이소호의 시는 도발적인 미러링의 언어로 바로 그 지점을 정확히 겨냥한다.

언어학에서 화용론이 점점 중요해지듯이, 시의 언어에 대한 인식도 지시적인 의미보다는 용법을 중시하는 방향으로 변해가고 있다. 시의 언어를 어떻게 배치하느냐에 따라 새로운 용법이 만들어지기도 한다. 언어를 고도로 다루는 시인들에 의해 새로운 용법의 시의 언어가 탄생함으로써 모국어의 발전에 이바지할 수도 있을 것이다. 언중의 힘에 의해서도 언어는 변화하지만, 시인의 창조 작업에 의해 변화할 수도 있다. 시의 언어는 시대에 따라 끊임없이 변화해 왔으며, 새로운 언어의 발견에 의해 그 범위는 계속 확장되고 있다. 최근에 와서는 젠더 감수성의 변화와 함께 시적 언어에 또 다른 변동이 시작되고 있다. 경계를 자유롭게 뛰어넘고 횡단하는 새로운 시인들의 시에서는 늘 새로운 언어가 시도될 것이다. 이제 더 이상 특정한 속성을 가진 언어만이 시의 언어라고 주장하기는 어려워졌다. 언어의 조직과 배치에 따라, 또한 새로운 용법의 실험에 따라 시의 언어는 끊임없이 변화하고 진화하고 있다. 변화하는 시의 언어를 통해 우리가 간접 체험하는 인식과 감각도 한층 넓어지고 깊어질 것이다.

시의 화자

고형진

1. 시인과 퍼소나

시도 일종의 말이기 때문에 시에는 말하는 사람이 존재한다. 서구 낭만주의의 시관에 의하면 서정시란 '감정의 자발적 분출'이므로 시에서 말하는 사람은 다름 아닌 시인이라고 할 수 있다. 우리의 경우에도 시는 전통적으로 시인의 주관적 독백이었기 때문에 시에서 말하는 사람은 시인과 일치하게 된다. 우리의 옛 시가들인 향가와 고려가요와 시조 같은 작품들이 모두 대체로 그러하다. 이러한 옛 시가들은 대부분 시인들의 내면독백이었으며, 따라서 시의 화자는 다름 아닌 시인을 가리키고 있다. 이러한 시의 전통은 일단 현대시에도 그대로 이어진다.

하늘을 우러러
한 점 부끄럼이 없기를
잎새에 이는 바람에도
나는 괴로워했다.

별을 노래하는 마음으로
모든 죽어가는 것을 사랑해야지.
그리고 나한테 주어진 길을
걸어가겠다.

오늘 밤에도 별이 바람에 스치운다.

— 윤동주, 「서시」

이 시의 화자는 '나'다. '나'는 매우 진지하고 섬세하게 자기 삶을 돌아보며 앞으로 어떻게 살아갈지를 다짐하고 있다. 이 시는 '나'의 고백적 언술로 되어 있으며, 이 점에서 '나'는 시인과 밀착되어 있다. 이 시에서 우리는 시인 윤동주의 내면에서 일렁이는 감정과 생각의 편린들을 가감 없이 느끼게 된다. 시인의 내면에서 울려 퍼지는 진실한 육성은 시가 발산할 수 있는 특별한 매력의 하나이다. 그것은 시가 아니고서는 좀처럼 맛보기 힘든 문학적 즐거움의 하나이다. 윤동주 시의 매력과 감동의 상당부분은 그 사적인 목소리의 청취에서 일어난다고 할 수 있다.

그런데 현대시에서 시인들은 자신의 목소리를 육성으로만 전달하지 않는다. 윤동주처럼 자기 목소리를 일관되게 전달하는 시인들도 많지만, 또 다른 많은 시인들은 자신의 목소리를 대변하는 새로운 인물을 내세워 그 인물의 목소리를 통해 자신의 느낌과 생각을 전달한다.

나 보기가 역겨워
가실 때에는
말없이 고이 보내드리우다

영변에 약산

진달래꽃
아름따다 가실 길에 뿌리우리다

가시는 걸음걸음
놓인 그 꽃을
사뿐히 즈려밟고 가시옵소서

나 보기가 역겨워
가실 때에는
죽어도 아니 눈물 흘리우리다

— 김소월, 「진달래꽃」

이 시의 화자는 여인이다. 이 시를 쓴 시인은 소월이지만 이 시 안의 목소리는 소월이 아니라 어느 여인이다. 임과 이별에 처한 상황에서 임을 떠나보내는 여성 화자의 심정이 토로되고 있는 것이다. 이 점에서 이 시는 '극적인 상황'에서 토로되는 '극적 독백'이라고 할 수 있다. 이 시의 화자가 여인이라는 것은 이 시의 여러 정황 속에서 짐작되는 것이지만, 특히 어조에서 크게 드러난다. '가시옵소서'와 같은 종결어미가 환기하는 어조는 이 시의 화자가 여성임을 뚜렷이 확인시켜 준다. 그 외에 이 시에 구사된 섬세하고 부드럽고 순종적인 마음씨도 이 시 어조의 여성성에 일조한다. 이처럼 화자와 어조는 매우 밀접한 관련을 갖고 있다.

현대시는 극적인 정황에서 특정한 인물이 토로하는 극적 독백의 성격을 띠기 때문에 우리는 시를 읽고 감상할 때 무엇보다도 먼저 화자가 누구이며 그 화자가 처한 극적 정황이 어떠한지를 파악해야 한다. 위의 시에서는 화자와 극적 정황의 파악이 비교적 용이하지만, 어떤 시에서는 손쉽게 파악되지 않는 경우도 많다. 영화나 연극 같은 극예술에서는 주인공이 겪고 있는 극적인 정황이 시각적으로 처리되어 관객들이 자연스럽게 주인공을 쫓으면서 감상을 하게 되지만, 시의 경우 이런 처리가 모두 언어로 되어 있고, 어떤 경우는 아주 짧거나 암시되어 있는 경우도 있기 때문에 화자와 그가 처한 극적 정황이 바로 드러나지 않을 수도 있다. 따라서 독자들은 특별한 의식을 갖고 그 시의 화자와 극적 정황을 구체적으로 파악하는 노력을 해야 한다.

시인이 자신의 목소리를 직접 드러내지 않고 다른 인물을 내세워 자신의 느낌과 생각을 전달한다는 점에서 시의 화자를 '퍼소나(페르소나Persona)'라고 부르기도 한다. '퍼소나'는 원래 '연극배우가 쓰는 탈을 가리키는 말'이었는데, 시 안에서 시인의 목소리를 대변하는 창조적 화자를 가리키는 용어로 사용되고 있다. 시인은 자신의 시 안에서 여러 퍼소나를 만들어 낸다. 때로는 농부도 만들고, 신문기자도 만들고, 부랑민도 만들고, 평범한 샐러리맨을 만들기도 한다. 한 시인이 이렇게 여러 계층의 퍼소나를 만드는 경우는 흔치 않지만, 새로운 인물들을 다양하게 창조해 내는 경우는 흔히 볼 수 있는 일이다. 시인이 자신의 얼굴과 목소리에 머물지 않고 새로운 퍼소나를 다양하게 만드는 것은 시세계의 깊이와 확장을 위한 노력의 소산이다. 퍼소나의 얼굴이 다양해지는 만큼 시 세계의 영역도 깊고 넓어질 것이다. 소월이 「진달래꽃」에서 여성화자를 내세운 것은 자기가 역겨워져 돌아서는 님을 떠나보내야 하는 특별한 상황에서 솟구치는 아주 특별하고 미묘한 심리를 드러내기에 여인의 설정이 적합하기 때문이다. 이 시의 여인은 이별의 상황 속에서도 극도의 순종과 최대의 배려를 하면서도, 또 한편으로 버림받은 자신의 서글픈 처지를 암묵적으로 드러내고 있다. 그 마음은 한국의 전통적인 여인의 미덕을 보다 승화시키는 것이면서, 또 한편으론 여성 본연의 심성을 그대로 드러내고 있는 것이다.[1] 이 시는 여인 화자를 내세워서 이별의 미묘한 심리를 성공적으로 담아내고 있다. 퍼소나가 지닌 또 하나의 시적 효과는 공감의

---

1) 이에 대해서는 김종길의 해석을 참조할 만하다. 김종길, 「억지로 참는 눈물-김소월의 진달래꽃」 『시와 삶 사이에서』, 민음사, 18~24쪽.

확대에 있다. 가령, 농부의 삶은 농부의 육성으로 발화될 때 보다 설득력을 지닐 수 있다. 시인의 육성이 사생활의 진지한 고백으로 일기를 읽는 것 같은 은밀한 감동을 받게 되는 것과 마찬가지로 농부의 애환은 농부의 목소리로 전달될 때 이해와 공감의 폭이 커질 수밖에 없다. 퍼소나의 설정은 시의 전언을 형상화하는 매우 중요한 요소로 작용하는 것이다.

한편 시의 퍼소나에는 인물뿐만 아니라 무생물도 자주 등장한다. 사람이 아닌 무생물이 화자로 나서 말을 하는 것인데, 이러한 화자의 설정은 또 다른 시적 효과를 겨냥한 것이다.

언제부터
이 잉걸불 같은 그리움이
텅 빈 가슴 속에 이글거리기 시작했을까

지난 여름 내내 앓던 몸살
더 이상 견딜 수 없구나
영혼의 가마솥에 들끓던 사랑의 힘
캄캄한 골방 안에
가둘 수 없구나

나 혼자 부둥켜안고
뒹굴고 또 뒹굴어도
자꾸만 익어가는 어둠을
이젠 알알이 쏟아 놓아야 하리

무한히 새파란 심연의 하늘이 두려워
나는 땅을 향해 고개 숙인다.

온몸을 휩싸고 도는
어지러운 충만 이기지 못해
나 스스로 껍질을 부순다

아아 사랑하는 이여
지구가 쪼개지는 소리보다
더 아프게
내가 깨뜨리는 이 홍보석의 슬픔을
그대의 뜰에
받아 주서서

— 이가림, 「석류」

이 시의 화자는 일인칭인 '나'인데, 여기서 '나'는 바로 '석류'이다. 석류를 의인화시켜 일인칭 화자로 말을 하고 있다. 그러니까 이 시는 의인화된 석류가 자신의 삶에 대한 생각과 느낌을 말하고 있는 것이다. 석류는 텅 빈 캄캄한 내부에서 잉걸불 같은 그리움이 타오르고, 그 그리움이 쌓이고 쌓여 폭발할 지경에 이르러 이제 더 이상 스스로를 어둠에 가두지 못하고 껍질을 부수고 나가 알알이 쏟아 내야겠다고 말하고 있다. 석류는 내부에서 그리움과 사랑이 쌓여 스스로를 더 이상 가두지 못하고 껍질을 깨고 나가겠다는 것이다. 자기 껍질을 깨고 나갈 정도의 그리움과 사랑이란 말할 수 없이 아픈 것일 것이다. 이러한 이 시의 전언은 석류의 입장에서 말할 때 나올 수 있는 것이다. 석류를 관찰하는 사람의 입장에서 보면 석류는 껍질을 부수고 터지는 과실인 것인데, 석류의 입장에서 과실이 되기 위한 성숙과 탈각은 사랑의 성숙과 아픔이 될 수 있다. 석류에 대한 관찰자의 시점에서 석류에 대한 일인칭 시점으로서의 전이를 통해 특별한 시적 의미를 획득하고 있는 것이다. 사물의 의미는 그 사물의 시점에서 볼 때 새롭게 태어나고, 사물의 진정한 의미를 획득할 수 있다. 시에서 화자는 이처럼 사물의 새로운 의미와 시적 창조의 원천에 중요한 역할을 한다.

2. 숨어 있는 화자

시의 화자는 시의 표면 위로 등장하기도 하고 뒤에 숨어 있기도 한다. 앞서 살펴본 작품들에서는 모두 시의 화자가 시의 표면에 나타나서 말을 하고 있지만, 그렇지 않고 시의 뒤에 숨어서 말하는 경우도 많다.

4·19묘지에는 연못이 있다
그 연못가에서 젊은 남녀가
꿈꾸듯 피어 있는 수련을 바라보고 있다.

프랑스의 화가 모네가 즐겨 그린 꽃을
그들도 꿈꾸듯 바라보고 있다.

안쪽 골짜기에는 이준열사의 묘가 있다.
이른 아침이면 그 무덤 앞에서
동네 아저씨들이 보건체조를 한다.

두 팔을 벌리면서, 두 손으로 허리를 받치면서
아랫배에 끼인 비계를 좀 빼 보려고
그들은 열심히 보건체조를 한다.

— 김종길, 「풍경」

이 시에서 시의 화자는 겉으로 드러나 있지 않다. 1연에 등장하는 젊은 남녀와 2연에 등장하는 동네아저씨는 시의 화자가 아니라, 이 시의 화자가 관찰하고 있는 대상들이다. 화자는 이 시에서 직접 자기 얘기를 하는 것이 아니라, 대상의 뒤에 숨어서 자기가 관찰한 것을 서술하고 있다. 이렇게 화자가 나서서 자기 얘기를 하기보다는 자기를 숨기고 대상을 관찰하는 방식은 대상을 있는 그대로 드러내는 것이 시적으로 더 의미 있다고 보기 때문이다. 이런 경우에는 그 대상의 지배적인 인상을 얼마나 효과적으로 잘 드러냈는가가 중요한 포인트라고 할 수 있다. 그래서 화자가 숨어 있는 시에 있어서는 대상을 묘사하는 감각의 솜씨가 특별히 요청된다.

인용시의 1, 2연에서는 4·19묘지의 연못에서 수련을 바라보는 젊은 남녀를 묘사하고 있고, 3, 4연에서는 이준열사의 묘에서 보건 체조하는 동네아저씨를 묘사하고 있다. 시인이 일상에서 실제로 목격했을 법한 이 평이한 '풍경'은 특별한 의미를 내장하고 있다. 불의와 독재에 항거했던 젊은 영령들이 잠들어 있던 4·19묘지와 거기서 꿈꾸듯 데이트를 즐기고 있는 오늘의 젊은이들 사이의 풍경의 대비가 그것이다. 그 풍경의 대비는 역사의 허망함, 시간의 망각, 역사의식의 부재와 일상에 매몰된 삶, 젊은 세대의 의식의 변화 등 여러 의미를 낳고 있다. 3, 4연에 나타난 풍경의 대비에서도 이와 유사한 의미를 환기시킨다. 젊은이가 아저씨로 대치됨으로써 문제의 세대가 젊은 세대에서 중견세대로 확산되고 있다. 여기서 주목해야 할 것은 이 풍경의 대비를 효과적으로 드러내기 위해 시인이 선택하고 집중한 '풍경'의 세목이다. 시인은 묘지와 대비되는 연못에 초점을 맞추고, 할복자살한 이준열사와 대비되는 동네아저씨의 뱃살에 초점을 맞추고 있다. 시인이 의도적으로 조준한 이 대비적 풍경의 묘사를 통해 이 풍경은 단순한 '경치'가 아니라 특별한 의미를 발산시키는 시적인 풍경으로 거듭나는 것이다. 시에서 화자가 숨어 있을 때에는 이처럼 특별한 풍경의 지배적인 인상을 얼마나 적절하고 간명하게 잘 집어내 묘사하였는가가 특히 중요하다.

그런데 화자가 숨어서 대상을 묘사만 한다고 화자의 감정이 완전히 배제되어 있다고 할 순 없다. 지배적인 인상의 선택 속에 이미 시인의 감정이 개입되어 있다고 볼 수 있으며, 그 인상의 묘사에도 시인의 감정은 어느 정도 들어가기 마련이다. 4·19묘지의 연못가에서 수련을 바라보는 젊은 남녀의 모습을 모네가 그린 인상파 그림의 몽환적인 풍경처럼 꿈꾸듯 바라보고 있다고 한 묘사 속에는 젊은 남녀에 대한 시인의 생각과 감정이 얼마간 묻어 있는 것이다. 다만 숨어 있는 화자의 경우, 드러난 화자에 비해 대상과 화자와의 심리적 거리가 상대적으로 크다는 차이가 있는 것이다. 그리고 그 거리가 크면 클수록 시에서 인간의 체취는 희미해질 수밖에 없다. 화자와 대상과의 심리적 거리가 매우 커서 인간의 체취를 최대로 지워 나갈 때 시는 또 다른 시적 풍경을 제공한다.

돌에
그늘이 차고,

따로 몰리는
소소리 바람.

앞 섰거니 하여
꼬리 치날리어 세우고,

종종 다리 까칠한
산새 걸음걸이.

여울 지어

수척한 흰 물살,

갈갈이
손가락 펴고,

멎은 듯
새삼 돋는 비ㅅ낱

붉은 잎 잎
소란히 밟고 간다.

— 정지용, 「비」

인용 시에서 화자는 숨어 있다. 이 시에서 화자는 자신을 겉으로 드러내지 않고 산 속의 자연의 미세한 움직임을 묘사하고 있다. 산 속에서 비가 내리기 전후의 모습을 세밀하게 묘사하고 있는 인용 시에서 화자의 체취는 극도로 배제되어 있다. 화자의 체취가 사라지고 자연의 움직임만이 그려짐으로써, 이 시는 탈속한 자연의 고요하고 정밀한 세계가 눈앞에 생생히 펼쳐지고 있다. 붉은 나뭇잎에 떨어져 튕기는 빗소리가 소란하다는 것은 산 속의 깊은 고요를 역설적으로 전해 준다. 이 시는 화자의 존재를 가급적 지우기 위해 의도적인 표현장치를 동원했다. 간명하고 과묵한 언술, 명사로 끝맺는 각 행의 종결형태, 서술형 어미의 자제 등과 같은 표현 형식 등이 그것이다. 이러한 표현 장치는 화자의 존재를 지우기 위해 시에서 흔히 사용하는 것들이다. 지용의 후기시와 백석의 몇 몇 작품들이 이런 방식으로 '자연시'의 새로운 경지를 펼쳐 보였고, 그 중 일부 작품에서는 화자의 존재를 지움으로써 선적인 경지의 세계를 보이고 있다.

3. 화자의 변주

지금까지 시의 화자는 시인에 밀착되어 있는 일인칭 화자인 '나'인 경우와 시인의 목소리를 대변하는 다른 인물인 경우, 그리고 시의 화자가 드러나 있는 경우와 숨어 있는 경우 등을 살펴보았으며, 화자의 유형에 따라 시의 세계가 다양하게 나타나는 것을 확인하였다.

이제 시인들은 이러한 화자의 유형을 더욱 다채롭게 응용해서 시의 세계를 한층 심층적으로 드러낸다. 시의 본령은 아무래도 일인칭 화자의 내면독백이므로 화자의 응용도 일인칭 화자의 독백시에서 다채롭게 드러나고 있다.

> 어느 사이에 나는 아내도 없고, 또
> 아내와 같이 살던 집도 없어지고,
> 그리고 살뜰한 부모며 동생들과도 멀리 떨어져서,
> 그 어느 바람 세인 쓸쓸한 거리 끝에 헤매이었다
> 바로 날도 저물어서.
> 바람은 더욱 세게 불고, 추위는 점점 더해오는데,
> 나는 어느 목수네 집 헌 샷을 깐,
> 한 방에 들어서 쥔을 붙이었다.
> 이리하여 나는 이 습내 나는 춥고, 누긋한 방에서
> 낮이나 밤이나 나는 나 혼자도 너무 많은 것같이 생각하며,
> 딜옹배기에 북덕불이라도 담겨 오면,
> 이것을 안고 손을 쬐며 재 우에 뜻없이 글자를 쓰기도 하며,
> 또 문밖에 나가디두 않구 자리에 누워서

머리에 손깍지벼개를 하고 굴기도 하면서,

나는 내 슬픔이며 어리석음이며를 소처럼 연하여 쌔김질하는 것이었다.

내 가슴이 꽉 메어 올 적이며,

내 눈에 뜨거운 것이 핑 괴일 적이며,

또 내 스스로 화끈 낯이 붉도록 부끄러울 적이며,

나는 내 슬픔과 어리석음에 눌리어 죽을 수밖에 없는 것을 느끼는 것이었다.

그러나 잠시 뒤에 나는 고개를 들어,

(…)

그 드물다는 굳고 정한 갈매나무라는 나무를 생각하는 것이었다.

— 백석, 「南新義州柳洞朴時逢方」 부분

인용시의 화자는 일인칭 화자인 '나'다. 객지에 머물며 지난날을 되돌아보고 있는 인용시의 화자는 윤동주의 서시처럼 시인 자신을 가리키고 있다. 인용 시는 전형적인 일인칭 화자의 내면독백을 보여주지만, 이 시의 화자는 「서시」와 같은 기존의 일인칭 독백시의 화자와 다르다. 기존의 일인칭 독백시가 시종일관 화자의 내면을 일방적으로 토로하는 단선적 구조라면, 이 시는 화자는 복합적이고 중층적이다.

1~8행까지의 화자 '나'는 스스로 자기 얘기를 하고 있다. 가족과 떨어져 객지에서 떠돌다 누추한 거처를 하나 마련했다는 '나'의 근황을 말하고 있다. 여기서 화자인 '나'는 경험의 주체이다. 그런데 8행에서 마지막까지의 '나'는 경험의 주체가 아니다. 누추한 방안에서 지나간 삶을 돌아보며, 회한, 절망, 미래의 삶의 자세 등을 차례로 생각하고 있는 '나'는 시의 대상이 되고 있다. 8행부터 시의 진술은 시종일관 '~것이다'라는 구문으로 토로되고 있는데, 이러한 발화는 '나"에 대해 말하는 다른 화자가 있음을 가리킨다. 즉, 8행부터는 숨은 화자가 '나"에 대해 말하고 있는 것이다. '나'에 대해 말하는 숨어 있는 화자는 바로 '나'일 수밖에 없다. 그러니까 8행부터는 숨어 있는 화자 '나'

가 '나'의 회고에 대해 말하고 있는 것이다. '나'가 자기회고를 직접 토로하기보다는 회고하는 '나'를 바라보는 또 하나의 '나'를 설정함으로써 깊이 회고하는 자아의 심리과정이 잘 드러난다. 또 '나'가 자신의 회고를 타인에게 전하는 서술방식이 됨으로써, 일방적인 자기주장이 아닌 객관적인 이야기 전달의 효과를 낳게 되어 공감의 폭을 넓히고 있다.[2)]

위의 시가 숨은 화자와 드러난 화자를 구문의 활용과 함께 새로운 방식으로 혼용함으로써 일인칭 화자의 독백을 입체적으로 형상화하고 있다면, 다음 시에서는 인칭의 활용으로 일인칭 화자의 내면에서 일렁이는 복수의 자아를 드러내고 있다.

> 네겐 햇빛이 필요하단다. 여자는 나를 유모차에 태우고 공원을 산책했다. 햇빛은 어디 있지요? 난 뭔가 만지고 놀 게 필요해요. 나는 여자를 올려다 보았다. 여자도 어딘가를 올려다 보았다.
>
> 나는 엄마, 라고 말했다.
>
> 애야, 너는 잠시 옛날 생각을 하고 있을 뿐이란다. 그리고 세상은 많이 변했단다. 여자가 유모차를 밀던 손을 놓았다.
>
> 구른 건 바퀴뿐이었을까? …… 내 차가 들이박은 나무는 허리를 꺾었다. 나뭇잎 나뭇잎이 자지러지게 웃는 소리를 들은 것 같다. 아아아, 내가 처박힌 여기는 어딜까?
>
> 당신, 왜 그래? 헝클어진 당신이 묻는다. 나는 핸들에 머리를 박고 있다. 내가 어디로 가고 있었나요? 멈출 수가 없었어요. 나는 천천히 당신을 올려다본다.
>
> 당신도 어딘가를 올려다본다. 답을 구하는 태도는 누구나 유아적이군요. 그

2) 백석 시 「남신의주유동박시봉방」에서 '~것이다' 구문이 지닌 시적 효과에 대해서는 이경수, 고형진의 선행 연구가 있다. 이경수, 「백석시에 쓰인 '~는 것이다'의 문체적 효과」 『우리어문학연구』 22집 2004, 6쪽; 고형진, 「백석시에 쓰인 '~이다'와 '~것이다' 구문의 시적 효과」, 『한국시학연구』 14집, 2005, 12쪽.

런데 구른 건 정말 바퀴뿐이었을까요?

나는 엄마, 생각을 했다. 나는 방향을 틀기 위해 잠시 후진을 해야 한다. 천천히 핸들에 손을 얹고 뒤를 돌아다보았다.

— 김행숙, 「삼십세」

1연에 나타난 일인칭 화자 '나'는 유모차에 타 있고, '여자'가 내가 탄 유모차를 끌고 공원을 산책하고 있다. 여기서 '나'는 유아임에 틀림없다. '여자'는 아이에게 햇빛을 씌우기 위해 공원으로 아이를 데리고 나온 것이고, 아이는 햇빛보다 장난감을 더 필요로 한다. 그런데 여기서 유모차를 모는 사람은 왜 그냥 '여자'로 지칭되었을까? 이에 대한 의문은 뒤에서 규명된다. 2연의 '너는 잠시 옛날 생각을 하고 있을 뿐이란다' 는 진술은 1연의 진술이 시인의 어린 시절의 회상임을 가리킨다. 그 연장선에서 2연부턴 유아 이후의 생에 대한 회상이 진술된다. 여자가 유모차를 놓고, 그렇게 여자의 보호를 벗어난 '나'의 독립된 삶은 정신없이 빠른 속력으로 내몰리다 누군가에 처박힌다. 그때 '당신'이 내 곁에 나타나고, 핸들에 머리를 처박힌 '나'를 새삼 의식한다. '나'는 이제 어른이 되었고, 제목을 염두에 두면 삼십세의 나이가 되었다. 이어지는 '나는 엄마'라는 진술은 핸들에 처박힌 삼십세의 '나'는 엄마가 되었음을 가리킨다. 엄마가 된 '나'는 처박힌 유모차의 핸들을 붙잡고 후진하기 위해 뒤를 돌아본다. 이제 '나'가 유모차를 모는 것이다. 유모차를 모는 '나'는 1연의 상황과 겹친다. 그래서 1연의 여자는 '나'로 대치되고 있다. 그렇다면 1연의 '나'는 유모차를 모는 엄마인 '나'의 아이로 전환된다. 이 시에서 일인칭 '나'는 유년의 시인이 되기도 하고, 시인의 아이가 되기도 한다. '여자'도 시인의 엄마가 되기도 하고, 시인 자신이 되기도 한다. 고모나 이모나 이웃집 여자나 또 다른 여자로 대치될 수도 있다. 그래서 '여자'라는 말을 썼을 것이다. 이 시의 상황은 대부분의 여자에게 해당하는 얘기다. 이 시는 삼십세의 시인이 아이를 유모차에 싣고 햇빛을 쬐기 위해 공원을 거니는 상황에서 촉발되었을 것이다. 시인은 순간적으로 어린 시절과 그 이후의 생을 떠올렸을 것이다. 그럴 때 '나'의 '자아'는 순간적으로 여러 개의 얼굴을 하고 있는 것이다. 이 시는 그런 복수의 '나'를 인칭과 회상기법의 활용을 통해 절묘하게 드러내고 있다.

시도 말인 이상 화자는 시에서 반드시 존재하는 것이고, 화자의 유형에 따라 시의 성격과 특징이 크게 달라진다. 시인은 화자를 적절히 조절함으로써 시의 세계를 다채롭게 창조하고, 깊이 있게 형상화시킨다. 일인칭 화자의 독백시에서 화자의 활용은 특히 주목된다. 시인의 내성적 목소리로 시작된 일인칭 화자의 독백시는 단선적인 구조에서 벗어나 구문과 인칭의 활용 등으로 '나'의 내면에서 떠오르는 복합적인 심리를 입체적으로 그려낸다. 화자의 활용은 현대시로 올수록 더욱 세련되고 기발한 방식으로 진화하면서 시의 표현영역을 확장시키고 있다.

시적 성찰로서의 고백

정끝별

정직한 고백은 아프다

좋은 시란 어떤 시일까. 좋은 시의 요건은 무엇일까. 이런 물음에 감동과 위안을 먼저 꼽는 사람들이 많다. 그런 사람들은 시의 본질을 시인의 '내적 경험의 순간적 통일성'에서 찾곤 한다. 실제로 시의 화자가 주로 일인칭인 이유이자 내면을 드러내는 고백 형식을 띠는 이유이기도 하다. 시인 특유의 내적 체험이 보편적인 정서와 연계됨으로써 독자들은 주관적이고 사적인 시인의 내면을 공감하고 공유하는 것이다. 개성화된 '나만의 고백'이 공감과 공유를 매개로 '우리의 고백'으로 일반화될 수 있는 것이며, 감동과 위안은 거기에서 비롯되는 것이다. 시 쓰기가 왜 고백으로부터 출발하고, 시인은 왜 고백하는가와 연관된 문제이기도 하다.

정직한 고백은 아프다. 고백이 정직을 목표로 하고, 정직이 죄와 거짓과 비밀로부터 발설되기 때문이다. 그러한 고백의 끝은 누추할 때가 많다. 고백할 수 없는 것을 고백해야 하는 고백의 역설 앞에서 시인은 자신이 통과해온 시간의 퇴적물, 이를테면 체험이나 기억들과 마주해야 한다. 때문에 고백은 그 밑바닥의 시간 혹은 상처의 시간을 들춰내야 하는 고통을 수반할 수밖에 없다. 그 들춰냄이 고통스러운 또 다른 이유는 정직한 시선과 미적인 언어형식을 갖추고 있어야 한다는 데 있다. 감추면서 드러내야 하는 것 또한 고백의 역설이다. 시인은 무엇을 고백하는가, 어떻게 고백하는가의 문제는 이 지점에서 탐색되어야 할 것이다.

이러한 고백은 인식으로서의 발견에 이르렀을 때 완성된다. 자신의 결핍과 부재로부터 자신을 발견하고 자신을 재구성하기 위해 시인은 고백한다. 결핍과 부재로부터 자유로워지고 해방되고 마침내 타자와 소통되는 내면의 발견은 시인이 꿈꾸는 고백의 윤리이다. 자기비판에서 자기반성으로, 자기정화에서 자기고양으로 나아가도록 이끄는 한 단어, 한 구절, 한 문장의 발견이야말로 시인이 꿈꾸는 진정한 고백의 양식이다. 그러한 고백이 존재론적 변화를 이끌어낼 그 고백은 고백으로서의 에너지와 에피파니(epiphany)를 획득한다. 즉, 시 쓰기에 대한 성찰적 사유로 확대되는 것이다.

사실 모든 문학은 일정 부분의 고백적 요소를 지니고 있으며, 특히 고백은 서정시 일반에 직접 혹은 간접적으로 배경화 되어 있는 심리적 요소이기도 하다. 고백이 자아의 내면을 강조하는 기제라는 점에서 그렇다. 이렇듯 시적 자아의 내면은 고백이라는 통로를 통해서 현실화된다. 따라서 고백은 내면이 현실화되는 순간이며, 시적 자아의 현실변혁 에너지는 고백을 통하여 현실의 삶 속으로 유입된다. 그러나 시적 성찰로서의 고백을 부각시키기 위해서는 고백의 조건을 좀 더 선명하게 규정하면서 시작할 필요가 있겠다. 이때 고백은 시인과 화자가 일치하는 일인칭 시적 주체의 체험적 무게에 초점을 맞춘 '자기 드러냄'을 그 일차적 조건으로 한다.

왜 고백하는가

고백하는 자는 고백을 통해 결핍과 부재 그 너머의 질서 속으로 들어가고 싶어 하는 자이다. 불특정다수의 타인을 향해 자신을 드러낸다는 것, 그것도 자신의 치부와 상처를 흰 종이에 문장화한다는 것은 자신의 존재 이유와 본성을 설명하기 위한 시인의 자의식적 시도이다. 시인이란 본질적으로 자기 스스로를 노획물 삼아 자기 스스로에게 귀환하는 자들이 아니던가. 스스로를 노획물 삼아 스스로에게 귀환하는 고백의 비극적 역설이야말로 시인의 운명이다. 이 같은 고백의 이면에는 자기를 정당화하고 타인을 유혹하려는 욕망이 자리하고 있다. 부끄러운 자기를 고백하는 순간, 고백하는 자의 자기 정당성은 확보되고, 고백하는 자는 윤리적으로 우월한 자리에 서게 된다. 진실된 고백으로 타자 혹은 세계의 관심을 이끌어내고 그 고백의 진실성에 미학적인 형태를 부여함으로써 타인의 공감을 이끌어낸다. 치부와 상처, 부재와 상실의 한가운데서 그로 인한 부끄러움을 고백함으로써 시적 정체성을 찾아가는 것이고 시인으로서의 존재론적 자각에 눈을 뜨는 것이다. 이때 추문으로서의 고백은 윤리적으로 정화되고 미적으로 승화된다.

시인은 왜 고백하는가라는 물음의 답을 찾고자 할 때 가장 먼저 떠오르는 시인은 윤동주다. 그의 시편들은 고백의 본질이 결국 시 쓰기 본질과 맞닿아 있다.

> 산모퉁이를 돌아 논 가 외딴 우물을 홀로 찾아가선 가만히 들여다봅니다.
>
> 우물 속에는 달이 밝고 구름이 흐르고 하늘이 펼치고 파아란 바람이 불고 가

을이 있습니다.

그리고 한 사나이가 있습니다.
어쩐지 그 사나이가 미워져 돌아갑니다.

돌아가다 생각하니 그 사나이가 가엾어집니다.
도로 가 들여다보니 사나이는 그대로 있습니다.

다시 그 사나이가 미워져 돌아갑니다.
돌아가다 생각하니 그 사나이가 그리워집니다.

우물 속에는 달이 밝고 구름이 흐르고 하늘이 펼치고 파아란 바람이 불고 가을이 있고 추억처럼 사나이가 있습니다.

— 윤동주, 「자화상」

고백이 시적 의미를 갖는 것은, 시의 화자를 시인과 동일시하거나 시인의 또 다른 페르소나로 받아들이는 태도에서 비롯된다. 이때 시인의 삶은 시적 의미 구축에 기여하고 시의 언어는 진실성을 획득하게 되는 것이다. 그런 의미에서 시적 자서전에 해당하는 '자화상'류의 시는 고백의 가장 일반적인 시 형식이다. 윤동주의 「자화상」은 스스로를 들여다보는 행위, 이른바 자기성찰에 따른 고백의 정수를 보여주는 시다. 과거 및 현재를 '들여다보'면서 나의 현존재를 새롭게 확인하는 것은 고백의 전제 상황이다. '들여다보다'라는 술어를 통해 시인은 자신의 내면을 고백 대상으로 삼는다. 이때 고백은 세계와 대면하는 내면을 구축하는 장치이며, 파탄된 세계에 대응하여 자신의 고유한 시 쓰기의 출발점이 된다.

현실로부터 동떨어진 '외딴 우물'은 자연과의 친화력을 가진 좁고 깊은 자아의 세계다. 시인은 그 우물 속을 들여다보며 자신의 존재를 응시한다. 자신의 내면이 고백의 대상이 될 때 그 내면을 응시하는 주체는 타자화된 자아의 시선이다. 타자화된 시인의 시선 속에서 시인 스스로는 '미워'지기도 하고 '그리워'지기도 한다. 이때의 우물은 자신을 되비쳐주는 '거울'의 기능을 한다. '가을'의 '우물' 속을 배경으로 미움/ 그리움, 들여다보다/ 돌아가다, 자기동경/ 자기혐오(자기연민)가 교차한다. '현실적'인 나와 '이상적'인 나에 대한 애증의 교차다. 현실의 결핍과 부재로 인해 고통을 겪는 시인은 평온하게 고여 있는 자아를 그리워하면서도 미워한다. 이미 지나가버린 '추억' 속의 자신을 다시 현재로 소급하는 것은, 현재의 추한 자신을 뛰어넘어 미래의 순수한 자신이 되고자 하는 열망의 소산이다. 그러므로 우물 안의 자기가 미워져서 돌아간다는 것은 현재의 불완전한 자기 자신으로부터 더 나은 상태로 발전해 나아가고자 하는 자기성찰의 과정에 해당한다. 나아가 추억 속의 자신을 자연 속의 일부로 인식하면서 비로소 '그리워'하는 자기긍정에 이르는 과정이기도 하다. 그러므로 그의 '들여다보는' 행위는 곧 자아의 실존이나 실체를 파악하고자 하는 행위라 할 수 있다.

"죽는 날까지 하늘을 우러러/ 한 점 부끄럼이 없기를" 소망하고, "잎새에 이는 바람에도" "괴로워"(「서시」)하는 시인에게 과거와 현재는 부끄러움 그 자체이다. '잎새에 이는' 미세한 바람에도 괴로워하는 이 민감한 영혼의 소유자에게, '하늘'이 윤리적 부끄러움을 일깨운다면 '바람'은 실존적 괴로움을 일깨운다. 부끄러움과 괴로움은 한 몸을 이루는 동전의 양면과도 같다. 부끄러움과의 마주함은 곧 자신과의 싸움이자 타락한 세계와의 싸움이기에 괴로움 그 자체이다. 시 쓰기가 괴로운 까닭은 덮고 싶은, 잊고 싶은, 지워버리고 싶은 순간들을 호명하여 그 순간들과 겨루어야 하기 때문이다. 그러므로 고백으로서의 시 쓰기는 자신과의 싸움이고 시간과의 싸움이다. 그 고통스런 싸움을 통해 시인은 자신을 드러내는 동시에 수치심과 죄의식을 덜어낸다. 그리하여 자기정화에 도달하게 된다. 약점투성이의 '저지른 자아'에서 정직하게

'고백하는 자아'로 나아간다는 것은, 스스로는 물론 타자까지를 '용서하는 자아,' 그리고 '소통하는 자아'로의 존재론적 전이를 모색한다는 것이다. 이러한 고백의 과정은 고통의 가해자이기도 했던 타자들의 관심을 이끌어낼 뿐만 아니라 자신과 타인을 규정할 수 있도록 하며 타인과의 소통의 장을 열어 주기도 한다. 부끄러움이 없이는 실상 어떠한 고백도 불가능하며, 부끄러움이야말로 고백의 발화를 가능하게 하는 출발점이자 일종의 현장검증인 셈이다.

어쨌든 모든 고백은 이러한 들여다봄으로부터 출발한다. 들여다본다는 것은 자신의 내면을 찾아 떠나는 도정에 들어선다는 것인바, 타자화된 시선을 경유하여 자신에게 되돌아오는 시선 속에서 고백은 부끄러움을 동반한다. 부끄러운 자신을 고백함으로써 역설적으로 자신의 삶의 균형을 회복하고자 하는 것이다. 부끄러운 자기발견, 자기반성, 자기폭로는 그러므로 가장 실존적 행위가 된다. 먼저 부끄러워하는 자, 그리고 먼저 용서하는 자, 먼저 소통하려는 자가 시인이다. 한 마디로 먼저 고백하는 자가 바로 시인이다. 시인은 부끄러움에의 고백을 통해 시인으로서의 운명을 수락한다. 이 말은 곧, 시를 쓴다는 것은 다가갈 수 없는 것에 다가간다는 것이자 보았던 것을 다르게 본다는 것이며, 나아가 감춰진 것을 드러낸다는 것이자 사라지는 것에 다시 생명을 불어넣는 작업이라는 말과 다르지 않다. 이로써 시는 깊이와 진정성과 새로움을 획득하고, 영원히 사라질 운명에 놓인 파토스(pathos)의 시간을 시적인 순간으로 받아들이는 것이다. 시적 고백의 목적은 여기에 있을 것이다.

무엇을 고백하는가

거듭 말하거니와 고백은 결핍과 부재로부터 출발한다. 자신에게 부족한 것, 자신이 가지지 못한 것, 자신에게 없는 것, 그것들로 인해 저지른 죄의 목록들이 고백의 내용들이다. 자신의 부끄러움과 상처를 숙주삼아 드러낼 수 없는 것들까지를 드러낼 때 고백의 내용은 무한하다. 자아의 혼돈과 분열, 개체 혹은 집단의 붕괴, 실패나 고립과 같은 극단적인 좌절, 육체적 한계와 죽음의 공포, 절박하고 고통스러운 불행, 특별한 심리적 혹은 정신적 체험의 기록들이 이에 해당한다. 보다 구체적으로는 가문의 몰락, 가족의 붕괴, 친지들의 폭력과 이상행동, 가난과 무능, 사랑과 애증, 이별과 파탄, 성적性的 소외나 과잉, 정신질환이나 질병, 변절과 범법행위 등이 시에 자주 등장하는 고백의 내용들이다. 수치스러운 사적인 체험을 핍진성 있게 드러내는 고백은 솔직하고 용기 있는 행위다. 나아가 개체로서의 한 개인이 겪은 다양한 상처의 흔적과 기억의 파편들이 드러날 때 사적 체험으로서의 고백은 실제적이고 역사적인 문맥을 획득하기도 한다. 고백은 지극히 사적인 영역에서 이루어지는 행위이기도 하지만 시대적 문맥에 따라 역사를 재구성하고 새로운 주체들을 생성해내는 중요한 동인이 되기도 하기 때문이다. 고백이 지닌 리얼리즘적 특성이다.

무엇을 고백하는가 라는 물음의 답을 찾고자 할 때 먼저 떠오르는 시인은 함민복이다. 가난에서 비롯되는 모든 욕망으로부터의 소외는 그의 주된 시적 주제이자 소재다. 인간의 욕망이 무한한 만큼 그의 시에서 고백의 내용 또한 무한하다.

> 박수소리. 나는 박수소리에 등 떠밀려 조회단 앞에 선다. 운동화 발로 차며 나온 시선, 눈이 많아 어지러운 잠자리 머리. 나를 옭아매는 박수의 낙하산 그물, 그 탄력을, 튕, 끊어버리고 싶지만, 아랫배에서 악식으로 부글거리는 어머니. 오오 전투 같은, 늘 새마을기와 동향으로 나부끼던 국기마저 미동도 않는, 등 뒤에 아이들의 눈동자가, 검은 교복에 돋보기처럼 열을 가한다. 천여 개의 돋보기 조명. 불개미떼가 스물스물 빈혈의 육체를 버리고 피난한다. 몸에서 팽그르 파르란 연기가 피어난다. 팽이, 내려서고 싶어요. 둥그런 현기증이, 사람멀미가, 전교생

대표가, 절도 있게 불우이웃에게로, 다가와, 쌀푸대를 배경으로, 라면 박스를, 나는, 라면 박스를, 그 가난의 징표를, 햇살을 등지고 사진 찍는 선생님에게, 노출된, 나는, 비지처럼, 푸석푸석, 어지러워요 햇볕, 햇볕의 설사, 박수소리가, 늘어지며, 라면 박스를 껴안은 채, 슬로우비디오로, 쓰러진, 오, 나의 유년!! 그 구겨진 정신에 유리 조각으로 박혀 빛나던 박수소리, 박수소리.

— 함민복, 「박수소리 · 1」

함민복 시인만큼 자신의 시와 삶의 거리가 가까운 시인이 또 있을까. 그는 시라는 용매를 통해, 자신의 삶이라는 용질을, 세계라는 용액 속에 고스란히 녹여내곤 한다. 자신의 가족사와 후기 자본주의의 일상을 근간으로 하는 고백, 기록, 그리고 체험의 진정성은 유쾌한 우울과 날선 냉소와 적막한 비애의 옷을 입고 있다. 그는 기능사 2급 자격증을 따고 공업고등학교를 졸업해(「박수소리 · 2」) 울산 근처 원자력 발전소에서 일하다(「나는 여대생의 가방과 카섹스를 즐겨보려 한 적이 있다」) 서울로 올라와 한국전력 부속병원 정신과에서 치료받은 적(「우울씨의 일일 · 1」)이 있다. 그리고 형님이 대준 등록금으로 만학을 하면서(「그날 나는 슬픔도 배불렀다」) 지방신문에도 당선되지 못한 습작시를 불태우기도 했고(「붉은 겨울」) 카페에서 일한 적(「우울씨의 일일 · 1」)도 있으며 4백여 마리의 돼지를 키워본 적(「기록, 어설픈 하나님」)도 있다. 그의 시들은 그가 살아낸 삶의 기록이라는 확신이 들만큼 시 속에 그의 삶을 고스란히 들앉혀 놓곤 한다.

시 쓰기에서 즐겨 고백의 내용으로 삼는 것이 유년에의 묘사이고 그것도 가난에의 서사이다. 인용시 「박수소리 · 1」은 전교생이 모인 조회 시간에 "전교생 대표가, 절도 있게 불우이웃에게로, 다가와, 쌀푸대를 배경으로, 라면 박스를," 전달하는 폭력적인 순간을 위태롭게 그러나 속도감 있게 묘사하고 있다. 그 폭력은 순간적으로 쏟아지는 전교생들의 박수소리로 집약된다. 여기에 불우이웃을 '대표'하는 화자에게 쏟아지는 검은 교복을 입은 전교생의 눈빛들과, 그 수혜의 장면을 찍으려는 카메라 렌즈와, 그리고 환하디환한 햇볕이 가세하고 있다. 장면화된 압축적인 서사, 선명하게 이미지화된 묘사, 그리고 쉼표를 활용한 단속적인 산문적 호흡이 상처로 각인된 예민한 사춘기의 한 기억을 절묘하게 복원해내고 있다. 고백에 의존한 기록성과 산문성은 체험의 진정성과 생생한 감동을 전달해줄 뿐만 아니라 한 개인이 겪은 삶의 현장을 들여다보는 리얼한 현장성을 제공한다. 이러한 고백은 기억과, 묘사와 서사, 그리고 용기를 필요로 한다.

보통 사람들에게 과거는 미화되기 마련이다. 어렸을 적에는 꽤 살았던 것 같고, 옛사랑은 꽤 멋있었던 것 같고, 옛날에는 꽤 순수했던 것 같다. 시간의 망각 혹은 치유의 결과일 것이고, 인간의 자기위장 혹은 자기합리화의 결과일 것이다. 인용시는 그러한 망각이나 자기위장과의 가차 없는 투쟁의 노획물이다. 자신의 결핍과 부재를 독대하여 그것들을 낱낱이 파헤치는 일이란 스스로와의 지난한 싸움이다. 가난이든 파탄이든, 거짓이든 위반이든, 그것을 추상적으로 고백하기는 어렵지 않다. 그러나 그렇게 일반화되고 관념화된 고백에는 감동이 없다. 무엇을 고백할 것인가라는 물음 앞에 우리가 놓치지 말아야 할 점이다. 인용시 「박수소리·1」의 미덕은 고백의 절묘한 순간포착과 고백의 구체성과 핍진성에 있다. 체험한 자만이, 예민한 감각의 소유자만이, 오래 들여다본 시인만이, 의미 있는 고백의 내용을 포착하곤 한다.

성기는 족보 쓰는 신성한 필기구다
낙서하지 말자, 다시는

— 함민복, 「자위」

고백의 한 극점은 금기시된 성性에 대한 발설이 차지한다. 남성의 성기가 펜으로 비유되는 것은 새삼스러울 것 없다. 첫 행은 이러한 일반적인 비유에 의지해 '족보'라는 의미를 새롭게 끌어들인 후, 글쓰기의 행위와 종족보존을 위한 성행위를 겹쳐 놓는다. 시의 의미는 끝행의 '낙서'와 제목의 '자위'를 연결시켰을 때 보다 분명해진다. 타인과 관계를 맺고자 하는 욕망에서 비롯되는 것이 성행위인데, 그것이 자위에 그쳐버릴 때 그 관계 맺기의 소통회로는 차단되고 자아는 고립된다. 욕망의 실현으로부터 소외되는 것이다. 시인은 이 왜곡된 관계를 일상의 영역에서 일어나는 자위행위로 전경화시킴으로써 위악적인 조소와 익살을 제조한다. 자신의 성적 소외를 폭로하면서 빚어내는 씁쓸한 웃음을 유발하는 고백이다.

고백은 분명 내용의 사실성과 정직성에 중요한 의미가 있다. 그러나 주의할 점은 '무엇을' 고백할 것인가에 지나치게 몰두할 경우 자칫 고백의 선정성에 휘말릴 위험이 있다는 것이다. '나만의 고백'에 집착할 경우 고백은 기록화되고 변태화되고 폭력화되기 십상이다. 그러한 고백을 일삼는 시인들을 농담 삼아 '노출증 환자'라거나 '자해공갈단'이라 속칭하는 까닭이다. 그러므로 자신의 삶 속에 깃든 수많은 실패와 상처의 흔적을 직시하고 그것을 토로해내는 데 그칠 것이 아니라, 자신의 과거를 내보임으로써 현재의 자아를 점검하고 미래의 실존적 의미를 묻는 웅숭깊은 시적 성찰을 겸비한, 존재탐구의 고백이 되어야 하는 까닭이다. 이 지점에서 어떻게 고백해야 하는가라는 미학적 문제가 대두된다.

어떻게 고백하는가

고백은 사물과 세계에 대한 인식의 자동화로부터 사물과 세계를 새롭게 바라보게 해준다. 자기폭로라는 극단적인 방법을 통해 시인 자신에 대한 환상을 깨고, 나아가 독자가 시인에 대해 가지고 있던 환상과 독자 자신에 대한 환상을 깨고, 당대의 세계에 대한 환상을 깬다. 거짓과 위선, 변절과 배반으로 점철된 환상들을 깨기 위해 자신의 추악하고 고통스러운 모습을 보여주는 것이다. 그야말로 있는 그대로의 자기를 폭로하는 적나라한 고백이다. 이때 자신의 체험을 사실적이고 정직하게 기록할 수 있는 언어와 문학적 장치들이 필요하다. 이를테면 복잡한 형식과 난해한 상징을 피하고 구어 및 일상어가 주조를 이루는 산문체 형식을 사용하거나, 추상적이고 관념적인 진술을 피하고 체험의 구체적인 세부를 강조하는 방법들은 고백의 흔한 양식적 특징들이다. 여기서 한 단계 더 나아간 다음의 시는 속어와 욕설을 고백의 주된 방법으로 삼고 있다.

> 난 원래 그런 놈이다 저 날뛰는 세월에 대책 없이 꽃피우다 들켜버린 놈이고 대놓고 물건 흔드는 정신의 나체주의자이다 오오 좆같은 새끼들 앞에서 이 좆새끼는 얼마나 당당하냐 한 시대가 무너져도 끝끝내 살아 남는 놈들 앞에서 내 가시로 내 대가리 찍어서 반쯤 죽을 만큼만 얼굴 붉히는 이 짓은 또한 얼마나 당당하며 변절의 첩첩 산성山城 속에서 나의 노출증은 얼마나 순결한 할례냐 정당방위냐 우우 좆같은 새끼들아 면죄를 구걸하는 고백告白도 못 하는 씨발놈들아
>
> — 김중식, 「호라지좆」

김중식은 세계와 갈등하는 자아, 즉 억압된 자아와 욕망하는 자아 사이의 첨예한 대립을 날것 그대로의 욕설로 표면화시킨다. "내 가시로 내 대가리 찍어서 반쯤 죽을 만큼만 얼굴 붉히는 이 짓"을 고백하면서 "면죄를 구걸하"는 스스로를 시인은 온갖 야유와 조롱으로 경멸하고 희화화한다. 시대에 야합하는 속물은 물론 시대에 맞서는 반항인으로도 존재하지 못하는 자신에 대한 혐오와 모멸로 인해 시인은 스스로를 혹독하게 부정한다. 그러나 이 자기부정의 이면에는 시인의 자신감 혹은 우월감이 반영되어 있다. 그 '짓'조차 못하는 '좆같은 새끼들' 혹은 '씨발놈들'의 세계를 향해 자신의 노출증이 순결한 할례고 정당방위임을 도리어 역설力說하고 있기 때문이다.

비속어와 욕설을 통해 자신과 자신을 억압하는 대상 전체를 폭로하고 있는데, 이는 스스로를 먼저 폭로한 후 그 바닥에서 세계의 거짓을 폭로하려는 전략이다. 시대와 타협하지 않으려는 반항의 정신이 묻어나는 이러한 자학적이고 역설逆說적인 고백에서는 현실에 압도되지 않으려는 지성의 힘이 배어난다. 절망을 절망 그 자체로 반복 묘사하지 않고 반어적으로 역습하면서 그 절망을 극복하려는 시인의 의지적 발현일 것이다. 그런 자기폭로의 고백을 통해 독자는 희비극적 카타르시스를 느끼게 된다. 이렇듯 자기부정 혹은 자기폭로에 기반을 둔 고백은, 정직과 사실성을 주된 방법으로 삼는 그 밖의 다른 고백 형식이 먹혀들어가지 않는 상황에서 발생하는 극단적인 고백의 형식이다. 그것은 세계에 대한 자신의 무력함을 시인하는 고백인 동시에 그러한 사실을 폭로하는 하나의 전략인 셈이다.

고백의 시적 양식은 늘 새로운 돌파구를 찾는다. 다양한 화자를 활용하여 가면의 익명성을 전략화 할 수도 있다. 체험의 허구화라고나 할까. 시인=화자라는 단면성에서 벗어나 시인≠화자라는 다면성 혹은 복합성으로 나아갈 때 고백의 양상과 방법은 다양해진다. 극화劇化된 일인칭 화자에 의한 고백의 형식도 있을 것이고, 픽션화된 고백의 형식도 가능할 것이다. 서정시의 일인칭 화자가 '고백'을 통해서 표현할 수 없는 다양한 양태의 죄의식과 초월의 의지를 표현할 수 있도록 하는 극적 고백의 형식도 마찬가지다. 일인칭이 아닌 이인칭 혹은 삼인칭으로 시의 화자를 내세울 경우 그 고백은 픽션의 성격은 물론이고 더 나아가면 고백의 유희, 은폐된 고백 등의 성격이 강화될 것이다. 이때 고백의 진정성이나 고백을 통한 세계 변혁의 의지 등은 약화될 수밖에 없다. 그러나 다른 한편으로는 시인이 픽션이라는 상상의 울타리를 활용함으로써 현실 부정과 현실 비판의 치열성을 얻을 수 있다. 시적 자아가 픽션의 틀이라는 가면을 쓰게 됨으로써 오히려 고백할 수 없는 것을 보다 쉽게 고백할 수 있으며, 독자들 또한 시인의 간접화된 목소리에 의해 보다 편안하고 객관적으로 시인의 고백을 감상할 수 있을 것이다. 그럼에도 불구하고 화자의 탈을 쓴 고백하는 시인의 한 발은 분명 현실에 내디디고 있어야 한다.

그날 마구 비틀거리는 겨울이었네
그때 우리는 섞여 있었네
모든 것이 나의 잘못이었지만
너무도 가까운 거리가 나를 안심시켰네
나 그 술집 잊으려네
기억이 오면 도망치려네
사내들은 있는 힘 다해 취했네
나의 눈빛 지푸라기처럼 쏟아졌네
어떤 고함 소리도 내 마음 치지 못했네
이 세상에 같은 사람은 없네
모든 추억은 설 곳을 잃었네
나 그 술집에서 흐느꼈네
그날 마구 취한 겨울이었네
그때 우리는 섞여 있었네
사내들은 남은 힘 붙들고 비틀거렸네
나 못생긴 입술 가졌네
모든 것이 나의 잘못이었지만
벗어둔 외투 곁에서 나 흐느꼈네
어떤 조롱도 무거운 마음 일으키지 못했네
나 그 술집 잊으려네
이 세상에 같은 사람은 없네
그토록 좁은 곳에서 나 내 사랑 잃었네

— 기형도, 「그 집 앞」

기형도 시에는 자아성찰적이며 자기반성적인 고백시들이 많다. 특히 극화된 일인칭 화자를 내세우는 경우가 많은데, 화자의 내면을 직접 고백하기 보다는 화자의 외부에서 이루어지는 서사나 묘사를 중심으로 고백하곤 한다. 일종의 삼인칭 관찰자적 시선을 취하는 일인칭 고백의 형식이라 할 수 있다. 위의 인용시에서 시인은 무엇을 고백할 것인가 보다는 어떻게 고백할 것인가를 더 고심한 듯하다. 겨울의 술집이었고, 나를 비롯한 많은 사람들이 취했고, 시인은 하지 말아야 할 말을 내뱉었고, 흐느꼈고, 그로 인해 소중한 내 사랑을 잃었다는 것이 고백의 전모이다. 기형도의 전기적 기록을 끌어들여, 짝사랑하고 있던 여학생이 동석한 대학로 술자리에서 술에 취한 시인이 그 여학생에게 입맞춤을 하는 추태를 범하게 되고 이로 인해 친구들에게 모욕을 받고 짝사랑의 여학생까지 잃어버리게 된 일을 고백하는 시라고 설명하기도 한다. 시인의 전기적인 사실과 얼마나 부합하는지는 알 수 없으나, 전기적인 요소가 첨가된 이러한 설명은 사실여부를 떠나 고백의 요소를 한껏 증폭시키는 것은 분명하다.

그러나 이 시가 가진 감동의 본질은 고백의 전기적 요소에 있지 않다. 구체적인 서사를 에두른 비유적 서사와, 앞서 언급한 극화된 일인칭 화자의 시선과 그 어조에 감동의 본질이 있다. "이 세상에 같은 사람은 없네" "사람들은 모두 쉴 곳을 잃었네"라는 구절에서는 현대인의 절대적 고독이나 인간소외의 일 단면을 암시하고 있으며, "내 사랑 잃었네"라는 마지막 구절에서는 존재론적인 상실감과 후회감과 절망감을 구현하고 있다. 겨울, 술집, 술, 취함, 비틀거림 등도 비전을 상실한 현대인의 일상적인 모습에 대한 은유를 내포한다. 은유적 서사와 일인칭 화자의 극적인 어조에 깃들어 있는 막막한 실존적 비애가 고백의 비극적 정조를 두드러지게 한다. 이처럼, 자아의 어긋남이나 억눌린 상처를 고백함에 있어서 어떠한 시적 화자와 어떠한 어조를 선택하느냐 하는 문제는 중요하다. 고백한다는 것은 자신의 현재 상황에 대한 결핍과 부재의 토로이고, 자신의 현존재에 대한 불만과 부정에 다름 아니다. 나아가 현존재에 대한 반성과 자아회복에의 의지적 발현이기도 하다. 이처럼 화자와 어조는 고백하는 행위에 영향을 미치며 그 고백의 성격을 규정짓는 결정적인 요소로 작용한다.

스스로를 창조하고 승인하는 과정으로서의 고백

시인의 고백은 자신의 정체성에 대한 질문에서 비롯된다. '내가 누구인지'에 대한 인식론적 탐구의 발현이고, 파편화된 기억들을 모으고 그 기억들의 연쇄적 생성 속에서 존재의 통일성과 정체성을 구성하려는 의지적 발현이다. 정체성이란 현재의 조건 속에서 기억의 축적인 자신의 역사를 능동적으로 재구성하는 것인 동시에, 그 역사를 언어적으로 구축한 스스로에 대한 존재론적 해석일 것이다. 그러한 기억의 현재화를 통해서 자신의 정체성을 확인하는 작업이 바로 고백으로서의 시 쓰기다. 고백이 시적 성찰과 맞닿아 있는 까닭이다. 여기서 성찰한다는 것은 단순한 내면적 반성을 넘어서는, 자기 자신을 대상으로 하는 타자화된 혹은 초월적 의식을 통하여 스스로를 다시 바라보는 시선의 구조를 의미한다. 그러므로 시적 성찰로서의 고백은 스스로를 창조하는 과정이자 창조된 자기를 승인하는 과정이다. 또한 나-나, 나-너, 나-우리, 나-시간, 나-세계와의 연대를 생성하는 과정이기도 하다. '나'라는 한 개인의 정체성이 거듭나는 것을 의미하는 동시에, 개인이 관계하는 우리의 정체성 역시 새롭게 형성됨을 의미하는 것이다.

많은 사람들이 사랑하는 백석의 「남신의주 유동 박시봉방」은 시적 성찰로서의 고백이 닿아야 할 지향점을 보여주는 좋은 본보기다. '~에게'라는 뜻을 함의하는 '~방方'이라는 제목에 주목해볼 때 이 시는 편지형식으로 보낸 고백시다. '나'라는 맨 얼굴의 일인칭 화자나, '-이며' '-해서' '-인데'와 같은 말 건넴의 나열 혹은 연결어미나, '것이었다'와 같은 단호한 종결어미 등의 반복이 어우러진 산문적 진술과 나직한 어조는 이 시의 백미다. '이' 습내 나는 춥고 누긋한 방에서 '그' 드물다는 굳고 정한 갈매나무를 생각하기까지의 시적 주체의 의연한 회복 과정이 유장한 리듬과 어우러져, 운명과의 독대하는 한편의 거대한 인생 고백 서사를 떠올리게 한다.

어느 사이에 나는 아내도 없고, 또,
아내와 같이 살던 집도 없어지고,
그리고 살뜰한 부모며 동생들과도 멀리 떨어져서,
그 어느 바람 세인 쓸쓸한 거리 끝에 헤매이었다.
바로 날도 저물어서,
바람은 더욱 세게 불고, 추위는 점점 더해 오는데,
나는 어느 목수木手네 집 헌 삿을 깐,
한 방에 들어서 쥔을 붙이었다.
이리하여 나는 이 습내 나는 춥고, 누긋한 방에서,
낮이나 밤이나 나는 나 혼자도 너무 많은 것 같이 생각하며,
딜옹배기에 북덕불이라도 담겨 오면,
이것을 안고 손을 쬐며 재 우에 뜻없이 글자를 쓰기도 하며,
또 문밖에 나가디두 않구 자리에 누어서,
머리에 손깍지벼개를 하고 굴기도 하면서,
나는 내 슬픔이며 어리석음이며를 소처럼 연하여 쌔김질하는 것이었다.
내 가슴이 꽉 메여 올 적이며,
내 눈에 뜨거운 것이 핑 괴일 적이며,
또 내 스스로 화끈 낯이 붉도록 부끄러울 적이며,
나는 내 슬픔과 어리석음에 눌리어 죽을 수밖에 없는 것을 느끼는 것이었다.
그러나 잠시 뒤에 나는 고개를 들어,

허연 문창을 바라보든가 또 눈을 떠서 높은 턴정을 쳐다보는 것인데,

이 때 나는 내 뜻이며 힘으로, 나를 이끌어 가는 것이 힘든 일인 것을 생각하고,

이것들보다 더 크고, 높은 것이 있어서, 나를 마음대로 굴려 가는 것을 생각하는 것인데,

이렇게 하여 여러 날이 지나는 동안에,

내 어지러운 마음에는 슬픔이며, 한탄이며, 가라앉을 것은 차츰 앙금이 되어 가라앉고,

외로운 생각만이 드는 때쯤 해서는,

더러 나줏손에 쌀랑쌀랑 싸락눈이 와서 문창을 치기도 하는 때도 있는데,

나는 이런 저녁에는 화로를 더욱 다가 끼며, 무릎을 꿇어 보며,

어니 먼 산 뒷옆에 바우섶에 따로 외로이 서서,

어두어 오는데 하이야니 눈을 맞을, 그 마른 잎새에는,

쌀랑쌀랑 소리도 나며 눈을 맞을,

그 드물다는 굳고 정한 갈매나무라는 나무를 생각하는 것이었다.

— 백석, 「남신의주 유동 박시봉방南新義州 柳洞 朴時逢方」

시와 서정

김종훈

1. 서정시 혹은 리릭

20세기 이후 서정시에 대한 말은 이것이 가장 대표적이다. “아우슈비츠 이후 서정시를 쓰는 것은 야만이다.”(아도르노, 「문화비평과 사회」, 『프리즘』, 문학동네, 2004. 29쪽) 계몽주의 시대가 저물고 광기와 폭력의 시대가 찾아왔을 때였다. 아우슈비츠는 전체성의 압도적 폭력을, 서정시는 개별성의 위태로움을 대변한다. 이 말에는 인간의 개별성을 무시하는 야만의 시대에 서정시를 쓰기 힘들다는 뜻과 이제부터라도 서정시를 쓸 수 있는 시대를 만들어야 한다는 뜻이 동시에 포함되어 있다.

같은 시대를 배경으로 쓴 브레히트의 시 또한 널리 알려졌다. 「서정시를 쓰기 힘든 시대」에서 먼저 시인은 행복한 자만이 사랑받고 있다는 것을 전제로 둔다. 달리 말하면 불행한 자는 미움을 받기 때문에 그러한 것이다. 행복과 불행의 차이를 빚어내는 원인은 이상하게도 자신에게 있지 않고 누군가에게 달려 있다. 이어지는 대목은 다음과 같다.

마당의 구부러진 나무가
토질 나쁜 땅을 가리키고 있다. 그러나
지나가는 사람들은 으레 나무를
못생겼다 욕한다.

해협의 산뜻한 보트와 즐거운 돛단배들이
내게는 보이지 않는다. 내게는 무엇보다도
어부들의 찢어진 어망이 눈에 띌 뿐이다.
왜 나는 자꾸
40대의 소작인 처가 허리를 꼬부리고 걸어가는 것만 이야기하는가?
처녀들의 젖가슴은
예나 이제나 따스한데.

나의 시에 운을 맞춘다면 그것은
내게 거의 오만처럼 생각된다.

— 브레히트, 「서정시를 쓰기 힘든 시대」(김광규 역) 부분

마당의 구부러진 나무가, 어부들의 찢어진 어망이, 허리가 구부러진 소작인이 시야에 들어왔다. 이들은 사랑을 받지 못해 상처 나고 추한 것들이다. 사랑을 주기도 하고 주지 않기도 하는 '누가'는 제목을 참조하면 시대를 뜻하는 듯하다. 여기에서 서정시는 사랑을 받으면 운율에 맞춰 쓸 수 있는, 가령 해협의 산뜻한 보트와 즐거운 돛단배에 대한 시이다. 몇 가지 질문이 떠오른다. 파시즘이 장악한 야만의 시대가 끝나면, 서정시를 쓸 수 있는 시대가 올까. 아니면 서정시는 영원히 닿을 수 없는 노스탤지어로 자리하게 된 것일까. 서정시의 종말 선언은 시 자체를 부정하기보다는 시심을 부정하는 당대 세계에 대한 비판의 성격이 짙다. 서정시는 시대가 억압한 바로 그 인

간성을 존중하는 예술 장르이다. 오랜 역사를 염두에 두면 서정시의 부정은 인간성의 부정이자 인간의 역사에 대한 부정처럼 들린다. 서정시가 무엇이기에, 왜 저 거대한 질문을 감당해야 할까.

서정시는 리릭 Lyric의 번역어이고, 리릭은 악기 리라 Lyra에 기원을 둔다. 현악기 리라를 켜며 가사를 붙여 노래하는 시인을 상상해보자. 음유시인이라 불렸던 이가 연회에서 분위기를 잡고 노래를 불렀을 것이다. 서사시가 그때도 있었으니 가사의 내용은 영웅의 장엄한 이야기는 아니었을 테고, 연회 주관자에 대한 찬송이나 홀로 있던 밤의 정서 정도가 어울리지 않았을까. 오늘날 가사는 시로 남았고 선율은 악기를 환기하는 리릭의 어원에 묻어 있다. '서정시抒情詩'는 어떤가. 선율은 자취를 감추고 대신 '감정의 분출'이라는 축자적인 뜻이 그 안에 담긴다.

정서, 정념, 정감, 느낌, 감성, 심지어는 정동, 영어로도 emotion, affection, affect, passion, feeling 등 한국어이건 영어이건 '정情'을 가리키는 말은 여러 가지이다. 그 뜻은 미세하게 다르지만 그것이 다른 장르와 변별되는 문학의 고유한 특성이라는 점은 변함이 없다. 이광수는 일찍이 「문학이란 하何오」에서 "情의 方面이 有하매 吾人은 何를 追求하리요. 즉, 美라"(『매일신보』, 1916. 11)며 예술을 미적 영역으로 규정하고 그 핵심을 정서적 기능으로 꼽았다. 지知와 정情과 의意를 구분한 뒤 '정'을 진선미의 '미'와 연결한 것인데 감정은 지성이나 정의와 변별되고 예술은 진리나 선함과 구분되는 것으로 독자성을 갖추었다. 실제로는 진선미가 그렇듯 감정도 지성이나 정의와 반듯하게 구분되는 것은 아니다. 내면의 감정은 바깥에 대한 반응과 긴밀히 연관되었으며, 그 바깥은 정의를 토대로 구성된 공동체인 경우가 많다.

조지훈은 "감성의 윤리는 양심의 발로요, 감성의 지혜는 사랑의 발로이다. 다만, 여기서 말하는 감성이란 지성과 이성을 포함하여 거느린 감성임을 알아야 할 것이다"(조지훈, 『조지훈전집2: 시의 원리』, 나남, 1996. 47쪽)라 하며 윤리와 지혜, 즉 선과 진과 연계된 감성이 시의 정수라는 점을 강조한 바 있다.

미적 자율성의 확립이 시대정신일 때에는 선함이나 진리와 구분되는 아름다움을 추구하게 된다. 그러나 그것이 관례화되면 시대와 단절된 미의 고립을 불러온다. 동시대와의 소통뿐만 아니라 후대 독자와의 소통까지 끊어질 경우 아름다움은 자기만족과 자기과시로 이어지기 쉽다. 예술의 옳고 그름을 따지는 '시적 정의'나 예술적인 것과 정치적인 것의 접목을 타진한 '감성의 분할(감각적인 것의 재분배)'과 같은 견해는 예술의 고립이 시대적 문제라는 자각에서 제기된 것이다.

'서정시'의 '정'에 대해서 살펴보았으니 '리릭'에 남아 있는 음악성에 대해 살펴보자. 가장 오래된 문학 장르인 시에서 음악성은 비유와 함께 핵심 미학으로 꼽힌다. 시의 미학적 특성이 무엇인가의 질문에서 산문이나 다른 문학 장르와 변별되는 요소가 바로 리듬과 비유이다. 근대에 이르러 이 음악성은 위기에 빠진다. 극단적인 실험시의 경우 낭송이 불가하다. 그림, 도해, 도표 같은 시를 어떻게 낭송할 수 있는가. 근대 이전의 시는 '시가詩歌'를, 근대 이후는 '시'를 양식의 명칭으로 사용한다. 리릭은, 그리고 이와 연동된 서정시는, 전체 시를 대변하기보다는 전통적인 시를 가리키곤 한다.

> "(시에서는) 논리적 및 시간적 관계는 이차적인 면으로 물러나거나 사라져 버리고, 작품의 조직을 이룩하는 것은 단위 요소들의 공간적 관계가 된다."
>
> — 츠베탕 토도로프, 『구조시학』(곽광수 역), 문학과지성사, 1977. 93쪽.

러시아 형식주의에서는 현대시의 특성을 시간이 아니라 공간에서 찾으려 했다. 같은 요소가 반복하며 형성되는 리듬까지도 배치의 문제로 인식하는 이들에게 현대시는 시간의 흐름에 저항하며 한순간 고양된 감정을 공간에 배치하는 장르이다. 시의 시간을 무시간이라 규정하는 경우가 있는데 이는 시간을 부정하는 것이 아니라 기억과 역사와 신화까지 거의 모든 시간이 한순간에 응축되어 있다는 뜻이다. 현대시뿐만 아니라 시 전체에 두루 해당되는 특성이므로 이들의 시각은 없는 것의 발견이라기보다는 있던 것에 대해 인식을 전환한 결과라 할 수 있다.

소리 내어 읽을 수 없는 실험시 또한 공간적 특성을 극한까지 밀어붙인 결과일 것이다. 낭독하는 데에도 시간이 걸리는 것을 고려하면 더욱 그러하다. 현대시와 음악성은 결별의 수순을 밟고 있으며, 따라서 '리릭'을 고답적인 시로 여기면 되는 것일까. 그러나 음악성은 시적 언어의 특성과 관련된 또 다른 맥락에 닿아 있다. 리듬이 생성되는 곳은 음운이나 음절 등 말의 생김새이며, 시가 주목하는 언어의 성격은 말의 물질성이다. 리듬은 시니피에보다는 시니피앙에서 생성되며 시는 리듬과 관련된 부분을 차치하고서라도 시니피에만큼 시니피앙에 주목한다. 시와 리듬의 관련성은 계속해서 거듭 질문해야 하는 과제이다.

리릭과 서정의 어원에 주목한 결과 서정시는 산문과 변별되는 리듬을 가지고 있으며 내면의 정서를 표출하는 특징을 지녔다. 그러나 서정시의 위기와 종언을 경계한 목소리를 참조하면 그 특성이 음악과 감정에만 있는 것은 아닌 듯하다. 서정시는 인간을 인간이게 하는 특성과 대상을 목적으로 대하는 태도와 연관되어 있다. 그러므로 문학 내부에서는 서정시가, 그리고 서정성이 어떻게 인식되어 왔는지 살펴보아야 한다.

2. 넓은 의미의 서정과 좁은 의미의 서정

서정시는 문학 장르이면서 동시에 문예 사조 중 하나인데, 두 가지 의미는 정확히 포개지지 않는다. 먼저 장르로서의 서정시에 대해 알아보자. 서사는 시간의 흐름에 따라 여러 인물이 엮어내는 사건을 배치하고, 서정은 앞에서 살펴보았듯 한순간에 내면의 감정을 표출한다. 서정 장르와 서사 장르를 통합하는 곳에 극 장르가 있다. 서사 장르는 '객관성'을 지향하고 서정 장르는 '주관성'을 지향하고 극 장르는 '총체성'을 지향한다. 이 세 가지를 대표적인 문학의 장르로 여겨왔다. 헤겔의 구분이 이와 같다.(헤겔, 『헤겔 예술철학』(한동원·권정임 역), 미술문화, 2008. 378쪽)

서정시-서사시-극시로 나눈 그리스 시대의 장르를 떠올리면 그때는 문학이 시밖에 없었나 의문이 들겠지만 당시 '시'는 '문학'과 동일 개념이었다. 시 poetry의 어원에는 '제작하다', '창작하다'의 뜻이 담겨 있으므로 당시 문학을 시로 명명했던 것이다. 근대에 이르러 서정 장르의 대표는 시, 서사 장르의 대표는 소설, 극 장르의 대표는 희곡이 물려받았다. 시가 곧 서정시라고 말하는 까닭은 이와 연관되어 있다. 장르로서의 서정시는 서사와 극과 견줘 내면의 고양된 감정에 충실하다. 객관적 세계를 제시하는 서사나 주관의 '행위'에 주목하는 극 장르를 염두에 두면 내면의 주관성은 다른 양식과 변별되는 서정시 고유의 특성이다. 그리고 이는 곧 시의 특성이기도 하다.

서정시에 대한 다양한 정의도 '주관성'의 변주이다. 에밀 슈타이거는 『시학의 근본개념』(이유영·오현일 역, 삼중당, 1978. 49, 72쪽)에서 서정적 양식은 '돌연 솟아올랐다 형체 없이 이내 사라지는 찰나의 정조'인 '회감'을 중시한다고 했다. '엿듣는 발화'(N 프라이), '일원론적 언어의식'의 발현(미하일 바흐친), '대상적 영역과 정신적 영역의 결합과 융합'(볼프강 카이저), '대상의 극점을 떠나서 주체의 극점의 영역으로 이끌려 들어 온 것'(캐테 함부르거) '자기 발언'(디이터 람핑) 등의 정의도 표현의 차이가 있으나 모두 장르론에 기대 서정시의 주관성을 강조한 것이다. '세계의 자아화'(조동일) '자아와 세계의 동일성'(김준오) 등도 사정은 마찬가지이다.

그렇다면 앞서 브레히트가 서정시를 쓰기 힘든 시대를 언급하며 주목한 '구멍 난 그물을 손질하는 노동자의 모습'은 주관성을 벗어나는 것인가. 어부의 손에서 억압 받는 노동자가 떠오르고, 곧 이어 계급 차이가 엄연히 존재하는 세계상이 환기된다는 면에서 그런 부분이 없다고는 할 수 없다. 하지만 그가 쓰기 힘들다고 말한 '서정시'가 곧 양식으로서의 서정시를 가리킨다고 보기는 어렵다. 노동자의 손 반대편에 설정된 것이 산뜻한 보트와 즐거운 돛단배다. 서정시의 전형적인 모습으로 꼽은 이것들은 누구나 떠올릴 수 있는 관례화된 낭만적 풍경 속에서 찾을 수 있다. 참여시나 실험시가 그의 서정시 안에 포함될까. 이들 시는 장르로서의 서정시에는 포함되지만 브레히트가 상정한 서정시 안에는 포함되지 못할 것이다.

시 장르 안에서도 특정한 감정을 노래한 시를 서정시라고 부른다면 이는 장르가 아닌 내용을 고려한 결과이다. 내용을 고려한 서정시는 낭만주의가 중시하는 다른 세계에 대한 동경과 현실에 대한 좌절의 감정을 공유한다. 보트와 돛단배가 환기하는 사조가 바로 그것이다. 장르로서의 서정시를 넓은 의미의 서정이라고 한다면 사조를 고려한 서정시는 좁은 의미의 서정이라고 할 수 있을 텐데, 이들과 시의 포함관계를 설정하면 다음과 같을 것이다.

시= 넓은 의미의 서정시, 시⊃ 좁은 의미의 서정시

좁은 의미의 서정시에는 포함되지 않지만 넓은 의미의 서정시에 포함되는 것은 참여시나 실험시며, 그 둘 모두에 포함되는 것은 전통적이고 낭만적인 시다. 그러나 우리는 서정시 앞에 보통 넓음과 좁음, 또는 양식과 내용, 장르와 사조 등의 수식어를 두지 않는다. 착종이 일어나는 부분이 여기이다. 가령 '시는 서정시이다'라는 전언은 '넓은 의미의 서정'을 대상으로 할 때 진실이지만, '좁은 의미의 서정'을 염두에 두면 선언이다. 전통적인 시의 범주에 들지 않지만 시의 영역에 포함되는 실험시가 이 선언에 의해 졸지에 시가 아닌 것이 된다. '서정시'에 대한 섬세한 접근은 이러한 착종이 일어나는 것을 막을 뿐만 아니라 전형적인 시와 예외적인 시로 구성된 시의 지형도를 상정할 수 있도록 도와준다. 중심에는 주관성의 토대 위에서 표출된 낭만적 감정이 모여 있을 것이며, 조금 떨어진 곳에는 객관적 세계를 환기하는 여러 진술이 있을 것이며, 가장 멀리 떨어진 변방에는 다양한 형식의 실험들이 산재할 것이다.

산산이 부서진 이름이여!
허공중에 헤어진 이름이여!
불러도 주인 없는 이름이여!
부르다가 내가 죽을 이름이여!

심중心中에 남아 있는 말 한 마디는
끝끝내 마저 하지 못하였구나.
사랑하던 그 사람이여!
사랑하던 그 사람이여!

(중략)

선 채로 이 자리에 돌이 되어도
부르다가 내가 죽을 이름이여!
사랑하던 그 사람이여!
사랑하던 그 사람이여!

— 김소월, 「초혼招魂」

한국 현대시의 지형도 한가운데에는 「초혼」을 설정할 수 있다. 어떠한 여과 없이 감정이 분출되는 김소월의 「초혼」은 전형적인 '서정시'이다. 현재 감정의 상태는 "사람이여!"에 표출되었으며, 망자와 함께 한 모든 시간은 "사랑하던"에 응축되었고, 앞으로 보낼 시간의 성격은 풍화 작용에도 오래 버틸 "돌이 되어도"에 예견되었다. 진술의 시간에 과거 현재 미래 모두 포함되었다. 어떠한 시간에도 구애받지 않는다는 면에서 이 시는 무시간의 영역에 속한다. 삶과 죽음의 사이에 울리는 그의 말이 시간을 건너뛰는 보편성을 가진 까닭이 여기에 있다.

느낌표에 대해 조금 더 살펴보자. 「초혼」에는 느낌표가 거의 모든 문장에 찍혔다. 그리고 독자는 그 안에 담긴 감정의 밀도를 온전히 체감할 수 있다. 이것은 사실 예외적인 경우이다. 고양된 감정을 표현하기 위해 많은 이들이 느낌표를 사용한다. 그 자체로 문제가 되지는 않는다. 정작 문제는 그들이 이를 '편히' 사용하고 있다는 점이다. 이 과정에서 내면에 있는 감정의 유일성은 훼손되기 쉬우며, 독자는 이를 일방적인 강요처럼 느끼기 쉽다. 글로 고백하는 순간을 가정해 보자. "사랑한다"는 말은 내 마음을 얼마큼 표현했을까. 혹시 고육지책이나 절충안이 저 말 아니었나. 그대를 향한 나의 마음은 강렬하고도 유일한 것인데, 조금 더 마음을 정확히 표현할 수 있는 방법은 없을까. "사랑한다!" 또는 "사랑한다…"고 해볼까. 이들은 모두 남들이 많이 쓰는 표현 아닌가. 고백을 앞둔 사람 앞에는 훤히 뚫려 있는 넓은 길과 앞이 잘 보이지 않는 좁은 길이 놓여 있다.

좁은 길에 들어섰을 때 헤매지 않도록 도움을 주는 것이 바깥의 대상이다. 경우에 따라 이미지, 객관적 상관물, 비유 등으로 부를 수 있는데, 시인은 누구나 감각할 수 있는 대상 중 하나를 골라 거기에 기대어 마음을 표현한다. 기존의 표현으로는 감정을 정확히 표현하는 데 한계를 느낀 시인이 이 길을 택할 것이다. 그는 다른 말과의 조합을 통해 자신이 느낀 유일한 감정의 상태를 관철시키려 한다. 바깥의 대상을 이용하는 것은 세계를 자아 안으로 끌고 들어와 마음대로 표현할 수 있다는 뜻이 아니다. 내면의 감정과 바깥의 대상을 존중하는 태도가 없다면 그의 계획은 실패할 것이 틀림없다. 성공적인 표현은 의도를 살리는 동시에 공감대를 넓힌다. 물론 이러한 시는 시의 지형도 한가운데에 있다고 보기 어렵다. 감정이 직접 분출되지 않기 때문이다. 하지만 수많은 경우의 수가 서정시의 중심부를 풍요롭게 할 것이다.

눈이 오는가 북쪽엔
함박눈 쏟아져 내리는가

험한 벼랑을 구비 구비 돌아 간
백무선 철 길 우에
느릿 느릿 밤 새어 달리는
화물차의 검은 지붕에

연달린 산과 산 사이
너를 남기고 온
작은 마을에도 복된 눈 내리는가

잉크병 얼어드는 이러한 밤에
어쩌자고 잠을 깨어
그리운 곳 참아 그리운 곳

눈이 오는가 북쪽엔
함박눈 쏟아져 내리는가

— 이용악, 「그리움」

시인이 지닌 감정의 세목은 그리움이다. 나라 잃은 시대에 유랑 노동자로 살면서 시를 써 왔던 이용악에게 북쪽과 그곳의 '너'에 대한 그리움은 직정적인 감정의 표출뿐 아니라 여러 시적인 장치를 통해 심화된다. 먼저 감정의 직접적 노출에 대해 살펴보자. 눈에 띄는 것은 구절의 반복이다. 고향에 대한 그리움과 탈향의 아쉬움이 구체적으로 드러나는 부분에서 눈이 '내리는

가'는 반복된다. 그것은 그리움을 증폭시키는 동시에 시의 고유한 리듬을 형성한다. 절정부의 "그리운 곳 차마 그리운 곳"은 그리움을 집약하는 결정적 역할을 반복이 맡고 있다는 것을 새삼 일깨워주는 구절이다.

다른 한쪽에는 구체적인 대상의 이미지가 있다. 눈은 이곳과 그곳을, 이때와 그때를 잇는 매개로 작용하며 독자 앞에 고향과 탈향의 겨울 풍경을 펼쳐놓는다. 시인은 추운 그곳에 눈이 오는지 물으면서 백무선 철 길 위와 화물차 검은 지붕에 눈이 쌓이는 장면을 회상한다. 그리움의 감정을 입고 고향을 등질 때가 현시되는 것인데, 기차가 도는 굽이굽이 길은 떠나기 싫은 당시의 심경을 대변하는 것이리라. '객관적 상관물'이나 '동일성'이라는 개념을 여기에서 활용할 수 있을 것이다. 이것과 저것의 유사하다는 인식 아래 공감의 영역이 확대된다. 이것과 저것에는 주관과 객관, 객관과 객관 등 다양한 조합이 가능하다.

바깥의 대상 목록에 잉크병을 빼놓을 수 없다. "잉크" 색은 어둠의 심도를, 병이 "얼어드는" 것은 밤의 추위를 압축했다. 고향을 떠난 뒤의 마음이 이러할 것이다. 게다가 잉크병은 어둠 속에서 홀로 깨어 시를 쓰려 했던 당시 상황까지 환기한다. 눈은 내려 마음은 고향을 향하고, 잉크병은 검고 차가워 엄혹한 현실이 떠오른다. 이를 발판 삼아 "어쩌자고 잠을 깨어"와 같은 속수무책의 감정이 재차 드러난다. 「그리움」은 직정적인 감정 표현이 진술의 골격을 이루고 여러 구체적 이미지가 살을 붙여 입체적으로 구성된 시이다. 체험이 기반이 된 구체성은 일견 낡아 보이는 그리움이란 감정을 새롭게 한다. 시의 중심 영역에 켜켜이 쌓여 있는 그리움이란 감정이 구체적인 표현에 의해 갱신되는 장면 하나를 보았다. 이제 또 다른 예를 통해 서정시의 당면 과제가 무엇인지 헤아려 볼 수 있겠다.

3. 서정의 갱신과 보존

시는 주관성의 장르이자 일인칭의 장르이다. 장르를 염두에 둔 넓은 의미의 서정시이건, 사조를 염두에 둔 좁은 의미의 서정시이건 그 핵심에는 일인칭 내면이 있다. 일인칭의 흔적을 드러내지 않는 것처럼 보이는 시조차도 주체의 내면은 어떠한 방식으로건 감지된다. 서정시의 미학적 갱신은 장르의 특성인 내면의 부정이 아니라 표현 방식의 극복으로 이뤄진다.

가령 낭만적 동경을 오랫동안 대신했던 '우주'와 '영혼', '별빛'과 '세월' 같은 낱말을 떠올려 보자. 이 낱말들은 낡은 것인가. 시라고 해서 새로운 말을 발명해서 쓰지는 않는다. 사람은 동경하는 대상에 늘 가닿기를 원한다. 기존의 언어와 내면의 감정은 문제가 없다. 낡았다는 인식은 사랑 고백의 예처럼 편하고 쉬운 표현을 찾는 관습에서 비롯한 것이다. 동경의 대상으로 별을 상정하는 것은 너무 쉽지 않은지, 고독의 배경으로 우주를 상정하는 것은 너무 편하지 않은지 생각해 볼 필요가 있다. 기존의 맥락을 갱신하려는 의지가 지속된다면 저 낡은 말을 포함한 모든 말이 시어가 될 수 있다. 용기 어린 말들은 자기 과시를 목적으로 사용하는 깨달음의 포즈를 지울 것이다. 예술은 관례를 깨고 의미의 갱신을 이루는 것을 목적으로 한다.

골짝에는 흔히
유성이 묻힌다.

황혼에
누뤼가 소란히 쌓이기도 하고,

꽃도

귀향 사는 곳,

절 터ㅅ드랬는데
바람도 모이지 않고

산 그림자 설핏하면
사슴이 일어나 등을 넘어간다.

— 정지용, 「구성동九城洞」

한국의 현대시도 자기 갱신을 거듭하며 영역을 넓혀왔다. 일인칭 내면과 관련하여 관례를 깨는 거의 앞자리에는 감각에 주목하는 시가 놓여 있다. 1930년 전후 시단의 과제는 전대의 감정 과잉의 시들을 극복하는 것이었다. 새로운 시인들은 늘 변화하는 바깥 세계와 접면하는 감각을 활용하여 새롭고 다양한 표현을 연출하였다. 정지용은 감정의 절제와 참신한 감각을 통해 공감대의 영역을 넓힌 시인으로 평가 받는다. 「그리움」에서의 '눈'이나 '잉크병'이 맡은 기능을, 그보다 앞선 정지용의 시에서는 더 많이 확인할 수 있다. 「구성동」도 예외가 아니다. 그럼에도 불구하고 이 시를 서정시의 변방에 배치하는 사람은 없다.

금강산 계곡 구성동의 고즈넉함은 절제된 묘사에 의해 시에 드러난다. 그곳은 황혼녘 우박이 쌓일 정도로 춥고 음습하다. 절터만 남아 있을 정도로 스산하며 사슴이 산 그림자에도 반응할 정도로 적막한 곳이 그곳이다. 구성동을 포착한 시인의 내면 또한 그러했을 것이다. 이러한 추측을 돕는 것은 '꽃'이다. 그는 꽃도 드물다는 전언을 "꽃도 귀양살이하는 곳"이라 표현했다. 낯선 풍경을 찾아 구성동에 다다른 것이 아니라 자신의 내면 풍경과 닮은 곳을 찾아 그곳까지 갔으리라. 구성동이 곧 시인의 내면이다.

정지용의 시같이 감각적 표현을 중시한 시를 당대에는 '모더니즘 시'라 불렀다. 명칭 안에 담겨 있는 '현대성'은 비판적 인식이 작동하는 지성을 필요로 한다. 근대 문명, 정치 체제, 낭만적 동경 등 지성의 비판적 대상은 여러 가지일 테지만 나라 잃은 시대에 그 목록은 제한적일 수밖에 없었다. 당대 현실 인식을 괄호에 넣은 채 발휘할 수 있는 지성의 영역이 감각적 표현 정도였던 것이다. 김기림의 『기상도』와 같은 문명 비판의 시가 한국의 모더니즘 시 변방에 자리하고 정지용, 김영랑, 박용철 등이 중심에 있었던 이유가 이와 관련된다. 이들 시의 면면을 떠올려 보자. 한국의 '모더니즘 시'는 내면의 감정을 부정하는 것이 아니라 포함하고 갱신하며 확장해 왔다.

언제부턴가
내 눈 속에
까만 염소 두 마리가 들어와 살고 있다

새로운 풀밭을 찾아 만삭의 배를 채우라고
말뚝에 묶어두지는 않았다

저녁을 다 뜯어 먹고
나보다 먼저 집으로 돌아와
어두운 마당을 중얼거리고
묶어달라고
목청을 떨며
나를 기다리고

나는 까만 염소가 되고 싶다
봄의 저녁을 다 울고 있겠지

아직은 혼자가 아닌,

태어나지 않은 나의 염소

— 문태준, 「염소」

일인칭 내면을 중시하는 서정시는 마음에 염소를 키울 수 있다. 그것도 두 마리나 키울 수 있다. 마음대로 수를 늘릴 수 있으나 그 수와 미학적 성취는 별개의 문제다. 인용시의 마음 속 염소는 일인칭이 마음대로 부릴 수 있는 대상이 아니라 반대로 어쩌지 못하는 대상을 뜻한다. 시인은 자진해서 장악할 수 없는 것들을 마음에 들였다. 2000년대 한국 시단의 중심에서 좁은 의미의 서정시가 낡았다는 오해를 불식시킨 시인이 문태준이다. 그는 일인칭의 권능을 대상을 존중하는 데 할애하며 겸손하고 진중한 서정의 모습을 선보였다.

「염소」도 마찬가지다. 염소는 어두운 마당에서 묶어 달라며 목청을 떤다. 하지만 화자는 오히려 "까만 염소가 되고 싶다"고 고백한다. '염소'와 '나'가 일방향이 아니라 쌍방향의 관계가 되는 게 이때인데, 아마도 덜 외롭고 덜 찌들고 싶어서 그런 생각이 들었을 것이다. "혼자가 아닌,/ 태어나지 않은 나의 염소"를 염두에 두면 그러하다. 하지만 그리 되더라도 외로움이 사라지지는 않을 것 같다. 기존의 염소가 두 마리이다. 그들은 서로 의존한다. 염소가 되면 염소와 함께 있다는 점에서 외로움이 줄 수도 있으나, 기존의 염소가 이미 짝을 이뤘다는 점에서 외로움이 늘 수도 있다. 후자의 경우 기존의 염소 공동체 밖에서 화자의 외로움은 깊어진다.

어쩌지 못하는 것을 마음에 떠올리는 일은 일인칭의 내면을 지키면서 관례를 깨는 방식 중 하나이다. 시에서 대상을 마음대로 표현할 수 있는 권능을 가지고 있는 화자이지만 여기에서는 건조한 어조로 객관적 진술을 유지하며 자제하는 모습을 보인다. 아니, 자제를 넘어 그의 권능은 어쩌지 못하는 것을 설정하여 자신의 권능을 줄이는 데 쓰인다. 쉬운 깨달음과 뻔한 표현이 유입될 가능성은 이것으로 차단된다.

앞집에 살던 염殮장이는
평소 도장을 파면서 생계를 이어가다
사람이 죽어야 집 밖으로 나왔다

죽은 사람이 입던 옷들을 가져와
지붕에 빨아 너는 것도 그의 일이었다

바람이 많이 불던 날에는
속옷이며 광목 셔츠 같은 것들이
우리가 살던 집 마당으로 날아 들어왔다

마루로 나와 앉은 당신과 나는
희고 붉고 검고 하던 그 옷들의 색을
눈에 넣으며 여름의 끝을 보냈다

— 박준, 「처서處暑」

감정의 여운은 어디에서 발생할까. '처서'라는 절기가 제시되었다. 이야기의 주인공은 '앞집 염장이'이다. 일인칭 '나'는 소설로 치면 관찰자의 역할을 하고 있으므로 심리를 드러내는 몫은 그의 것이 아니다. 장르를 따지면 주인공인데 실제로는 주변인인 '나'는 감정을 드러내는 데 곤란을 겪는데, 바로 곤란한 상황으로 독자의 감정에 파문을 일으킨다.

"당신과 나"가 마루에 앉은 시간은 장례를 치른 다음에 온다. 그 시간이 여유롭고 한가로워 보이지만 그러기 위해서는 누군가의 죽음을 겪어야 하는 것이다. 차가운 바람에 흩날리는 빨래는 떠나보낸 사람과 남아 있는 사람의 기억 사이에서 흔들린다. 이웃 간 감정의 교류가 이승과 저승의 구분과 겹친다. 살아 있어야 정서적으로 연대할 수 있다는 뜻일까, 죽음을 기억해야 정서적 연대감이 높아진다는 뜻일까.

지성의 개입 없이도 감정은 배면으로 물러날 수 있으며, 사건과 관찰이 진술의 주를 이루어도 감정의 여운은 깊어질 수 있다. 박준의 「처서」 또한 앞의 시들과 마찬가지로 서정시의 중심부를 벗어났다고 하기는 어려울 것이다. 감각적 표현에 집중하고, 타자를 불러들여 일인칭의 권위를 낮추고, 관찰자의 시선으로 인물과 상황을 제시하는 시를 살펴보았다. 이들 시도는 일인칭의 권위가 만든 관례를 깨뜨려 서정시의 중심부를 비옥하게 했다. 앞으로도 이러한 시도는 다양한 형태로 지속될 것이다.

4. 시의 위기와 극서정시

한국에서도 '시의 위기'라는 말이 간헐적이지만 지속적으로 들린다. 1980년대 '시의 시대'를 기억하는 독자는 이를 근대 문학의 위기와 같은 맥락에 놓을 것이고, 2000년대 '미래파'로 명명되었던 새로운 시를 기억하는 독자는 좁은 영역을 지닌 서정시의 위기로 인식할 것이다. 이 글의 첫머리에 있는 말과 시를 기억하는 독자는 이를 시 정신과 인류의 위기로 받아들일 것이다. 기억의 대상은 다르지만 걱정하고 대안을 찾는 부분에서 뒤의 두 독자가 염두에 둔 시는 비슷한 견해를 보인다.

시인의 발언이 사회적 영향력을 행사했던 시기를 체험한 이에게 위기를 극복하자는 말은 그 영향력의 복구로 인식된다. 그러나 1980년대 시 전반적인 상황, 장르의 역사와 영역을 고려하면 참여시가 차지하는 부분은 일부라서 이는 특수한 견해로 보인다. 2000년대 새로운 감각의 출현을 위기로 인식한 경우는 난해함 반대편에 복원해야 할 시 본연의 특성을 설정한다. '극서정시'가 간명하고 집약된 시 형식과 함께 시대를 초월하는 시 정신을 요청하는 까닭이 여기에 있다.

미래파 시에 대한 대안으로 주창된 것처럼 보이지만 사실 '극서정시'의 기원은 비분리에 기반을 둔 동양의 시학과 유물 사관 이상을 지향하는 정신주의에 있다. 난해함과 난삽함에 대한 비판을 넘어 인간성의 위기를 극복하고 나아가 모든 생명성을 지키자는 것이 극서정시 선언이다. 이 '서정의 형이상학'은 시대를 관통하는 특성을 지니는 반면 그 대척점에는 시대에 따라 다른 모습이 들어선다. 한때는 참여시나 미래파 시가 그 자리에 있었다면 오늘날에는 AI처럼 데이터의 축적과 조합으로 기억과 상상을 대신하는 기계 장치의 언어가 있을 것이다.

> 나무가 묵은 잎을 지상에 날릴 때
>
> 누군가 머리맡 꽁초를 멀리 던지고
>
> 쪼그라든 겨울 햇빛을 렌즈에 모아
>
> 겨자씨 햇살로 봄을 지피는 소년
>
> — 최동호, 「겨자씨 햇살」

소년은 이파리의 도저한 죽음 위에서 돋보기 장난으로 다음 계절을 불러오고 있다. 인간에게는 죽음이 있고 기억이 있고 그것을 바탕으로 상상하는 영원이 있다. 삶은 일회적이라서 죽으면 다시 시작하는 게임과 다르다. 그는 죽음과 삶이 엉킨 자연 속에서 마치 부활을 꿈꾸는 듯 한 줄기 빛을 받아낸다. 한 뼘도 안 되는 세계에 다른 세계를 마련하는 자는 누추한 현실에서 스스로 고귀한 삶을 영위하는 자이다. 시인의 자긍심은 자기를 초월한 생명에 대한 존중에서 비롯된 것인데 이는 서정시가 지닌 자기 초월과 자기 존중의 미학과 상응한다. 서정시는 끊임없이 자기를 초월하는 것으로 자기를 존중한다. 관례화된 자기 과시나 자연 예찬이 아니라 겨울밤 얼어붙은 잉크병을 녹이거나 겨자씨 햇살로 봄을 지피는 것으로 시의 중심은 갱신되고 보존되며 지속될 것이다.

현실과 상상력

장만호

1. 시는 현실을 모방한다

'시는 현실을 모방한다'는 말은 시가 현실 속에 존재하는 인간의 삶과 자연의 모습을 작품 속에 재현한다는 것을 의미한다. 플라톤은 그들이 살아가는 현실이란 이데아를 모방한 그림자에 지나지 않으며, 시는 이 그림자를 다시 모방한 것이라고 생각했다. 이 관점에서 보면, 원본(이데아: 진리)을 카피한 것(현실)을 다시 카피한 것이 시이므로 시는 그만큼 진리로부터 멀어진 것이 된다. 자연히 시가 담고 있는 진리 역시 흐릿해질 수밖에 없다고 생각했다. 그가 꿈꾸었던 이상사회에서 시인을 추방해야 한다고 주장한 것은, 시가 감정에 치우친 것이어서 시민들의 이성에 그릇된 영향을 미칠 우려 때문이기도 했지만, 위와 같은 시의 존재 방식 때문이기도 했다. 아리스토텔레스 역시 시의 본질이 모방에 있다고 생각했지만, 모방의 대상에 대한 판단이 달랐다. 플라톤이 생각했던 시의 모방 대상이 '진리로부터 멀어진 현실'이었던 것에 반해, 아리스토텔레스의 모방 대상은 '진리를 품고 있는 현실'이었던 것이다. 본질은 현실을 초월하여 현실의 외부에 존재하는 것이 아니라, 현실 그 자체에 내재해 있다고 생각했기 때문이다. 이 같은 관점에서 아리스토텔레스는 시를 포함한 예술이 인간과 자연을 모방해야 하며, 모방 행위로서의 예술을 통해 인간은 현실의 본질에 다가설 수 있다고 생각했다. 양자의 차이에도 불구하고 시가 현실을 모방하고 인간의 행위를 재현하는 예술이라고 생각한 점에서는 다르지 않았음을 알 수 있다.

시가 현실의 모방이며, 현실을 재현한다는 생각이 반드시 오래전 철학자들의 생각을 통해서만 이해될 수 있는 것은 아니다. 단순하게 생각하더라도 시를 창조하는 시인은 현실적 존재이며, 현실의 조건 안에서 시는 태어난다. 「사미인곡」과 「님의 침묵」에 등장하는 '님'의 차이는 작가의 성향이나 표현 방식에도 근거하지만, 무엇보다 창작 당시 사람들의 삶의 방식과 의식, 사회적 조건의 차이에서 기인한다. 일제의 폭압을 견디며 그것으로부터 벗어나려는 강렬한 의지를 불태우는 화자를 전제하지 않으면서 심훈의 「그날이 오면」을 읽는다면, 그 뜻이 오롯이 전달될 수 없음은 분명하다. 소설도 마찬가지이다. 『홍길동전』의 주인공이 이상세계를 조선 안에 세우지 않고 조선의 밖에 세운 것은 작가의 한계라고 볼 수도 있지만, 작가가 살고 있던 당대 현실과 이념 체계의 완강함 때문이기도 하다. 이처럼 시를 포함한 문학은 작품이 창조된 시대에 살고 있었던 인간들의 현실과 생활이 의식적·무의식적으로 내면화된 결과인 것이다.

2. 시는 특정한 현실을 모방한다

그러므로 문제는 시가 현실을 '모방한다'에 있지 않고, 시는 '현실'을 모방한다에 있다. 즉, 현실의 의미에 방점이 있는 것이다. 그러나 '현실'이라는 말처럼 그 의미가 모호하게 사용되는 말도 드물 것이다. 사전을 찾아보면 현실은 '현재 실제로 존재하는 일이나 상태'라고 되어 있다. 대부분의 철학 사전도 마찬가지인데, '현실'이란 말은 '실재', '세계' 등의 유사한 뉘앙스를 지닌 단어들과는 다르게 아직 철학이나 언어적 영역에서 구체적 의미를 부여받지 못하고 있는 것이다. '현실'이라는 말이 너무 자명해서 설명이 필요 없기 때문일 수 있지만, 반대로 너무 큰 개념이라서 설명하기 힘들기 때문일 것이다.

'현실' 하면 떠오르는 몇 가지의 생각들을 통해 현실의 의미를 추론해 볼 수 있겠다. 먼저 현실은 '환경'의 의미를 지닌다. 물론 여기서 환경이란 자연적 환경을 넘어 사회적이고 역사적인 환경까지 포함한 말이다. 우리는 자신을 둘러싼 환경 안에서 삶을 영위한다. 우리는 외부와 단절된 피부 내부에서 홀로 살아있는 존재가 아니며, 환경을 지각하고, 극복하고, 때론 화해하면서 살아간다. 듀이(J. Dewey)의 말처럼, 생은 단순히 환경 '속에서' 영위되는 것이 아니라 환경 '때문에', 환경을 '극복하면서', 동시에 환경과 '상호작용하면서' 영위되는 것이다. 환경과의 적응과정을 통해 발생하는 긴장과 조화가 우리 삶의 모습을 이룬다. 우리는 또한 현실의 관계 속에서 살아간다. 나와 너, 그리고 '그/그녀'와의 관계, 가족의 관계, 사회 공동체 내의 관계 안에서 살아간다. 문화의 체계 안에서도 살아가며, 보다 높은 차원의 보편적 관계의 흐름, 즉 역사와도 관계를 맺고 살아간다. 우리의 삶은 수많은 관계들로 연결되어 있으며, 맺어진 관계들은 의미를 수반한다. 우리는 의미들의 연관 안에서 존재하고 있는 것이다. 이처럼 자연적, 물리적, 사회적 환경, 그리고 그 안에서 이루어지는 수직적, 수평적 관계들의 총합을 우리는 '현실'의 조건이라고 부를 수도 있을 것이며, 환경에 적응하고 관계의 의미를 찾는 과정을 '생활'이라고 부를 수도 있을 것이다. 그러나 이것들만으로 현실을 '현실'이라고 정의할 수는 없다. 우리는 시간 속에서도 살아가기 때문이다. 현실의 세계에서는 돌멩이 하나도 매순간 마모되고 있으며, 부모님의 얼굴도 이미 어제의 얼굴이 아니다. 아이는 어른이 되고, 어른은 또 다른 무엇이 된다. 모든 것이 변화하고 있는 것이다. '본질'이라는 단어는 이처럼 모든 것이 변화하는 시간성의 뒤에 '불변하는 어떤 것'이 존재하기를 바라는 기대의 다른 표현인지도 모른다. 또한 현실은 우연성의 지평 위에 놓여 있기도 하다. 예측을 넘어서는 곳에서 사건은 발생하고, 예정되지 않은 공간에서 그 사람과 조우한다. 이 우연성이 삶을, 세상을 다른 것으로 만든다.

이처럼 현실에 관한 추론을 반복한다고 해서 현실의 의미가 오롯이 밝혀질 수는 없다. '전체는 부분의 합보다 크다'는 말을 돌려보면, 현실에 대한 설명의 합은 현실보다 작으며, 레닌(V. Lenin)의 말처럼 '현실은 언제나 현실을 파악하기 위하여 성립될 수 있는 가장 탁월하고 완전한 이론보다 훨씬 풍부하고 다양'하기 때문이다. 앎의 한 방식은 범주를 통해 대상들을 구분하는 것이지만, 범주를 나누는 것은 더 높은 차원에 대한 이해가 전제되어야 한다. 우리는 현실보다 더 큰 것을 상상하기 어렵다는 점에서 현실은 여전히 포착 불가능하고 이해 불가능한 상태로 놓여 있다. 어떻게 보면 현실은, 절대로 그 속을 열어 보여주지 않는 상자처럼 있는 듯하다. 문제는 그것이 우리를 포함하면서 있다는 사실이다.

그러므로 시가 현실을 모방한다고 할 때 우리는 이 '현실'을 우리가 이해할 수 있는 차원으로 내려놓아야 한다. 현실 전체가 아니라 우리가 그나마 조망 가능한 현실의 한 부분, 즉 부분적 현실의 문제로 돌아가야 할 필요가 있는 것이다. 그것은 우리가 마주치는 현실을 사회현실, 정치현실, 역사현실, 생활현실 등의 세부적인 부분으로 환원하여 생각한다는 것이고, 사회나 정치, 역사 등 인간의 문화나 인간적 체계를 구성하는 특정한 분야의 상황 및 조건의 현재적 상태에 대해 고민해야 한다는 것이기도 하다. 이럴 때 '시는 현실을 모방·재현·반영한다'는 말은 '시는 '특정한' 현실을 모방·재현·반영한다'라는 말로 바꿔 이해할 수 있게 된다.

3. 시는 현실에 대한 하나의 태도이며, 때로 그 태도는 자기반성으로 나타난다

시인은 현실적 존재이며 시 역시 현실을 떠나 존재할 수 없지만, 그렇다고 현실이 바로 시가 되는 것은 아니다. 현실이 시로 전환되기 위해서는 현실과의 교섭, 즉 체험이 필요하다. 체험이란 나와 현실과의 교섭을 통해 이루어진 의미의 통일체이다. 가령 내가 거리를 걸어갈 때 나는 거리의 형식과 거리의 사물들과 교섭한다. 그러나 그때 거리의 모든 사물들이 나에게 의미있는 것으로 다가오지는 않는다. 그 순간이 하나의 체험이 되기 위해서는 나 자신이 그 안의 시간을 하나의 '통일된 하나의 토막'으로 인식할 필요가 있다. 즉, 사건이어도 좋고, 감정이어도 좋지만 처음과 끝이 있으며 하나로 완결된 '토막'이 체험인 셈이다. 우리의 삶은 이 같은 무수한 체험의 집합이고, 이 체험들의 연관이 우리의 삶을 '각자의 삶'으로 구성한다.

시인은 이처럼 체험된 현실들 가운데서 특정한 체험들을 취사선택하여 한 편의 시로 형상화한다. 형상화의 과정에서 채택되고 배열된 체험들은 시인이 현실을 어떻게 이해하고 있으며, 어떻게 받아들이고 있는지를 보여준다. 즉 현실에 대한 일종의 시적 태도가 드러나는 것이다. 현실에 대한 시적 태도는 현실 체험에 대한 시인의 판단, 현실 체험의 이면에 숨겨진 어떤 질서와 법칙들을 내면화한 결과이기도 하다. 시를 이해하는 데는 여러 방법이 있지만, 그 중 대표적인 것이 이처럼 시에 드러나는 현실과 그 현실에 대처하는 시인의 태도를 살펴보는 것이다.

현실에 대한 시적 태도에는 많은 유형이 있겠지만 그중 대표적인 것은 현실과의 갈등 속에서 자신을 성찰하는 태도라 할 수 있다.

창窓밖에 밤비가 속살거려

육첩방六疊房은 남의 나라,

시인詩人이란 슬픈 천명天命인 줄 알면서도
한 줄 시詩를 적어 볼까,

땀내와 사랑 내 포근히 품긴
보내 주신 학비 봉투學費封套를 받어

대학大學 노-트를 끼고
늙은 교수敎授의 강의 들으러 간다.

생각해 보면 어린 때 동무들
하나, 둘, 죄다 잃어버리고
나는 무얼 바라
나는 다만, 홀로 침전沈澱하는 것일까?

인생人生은 살기 어렵다는데
시詩가 이렇게 쉽게 씌어지는 것은
부끄러운 일이다.

육첩방六疊房은 남의 나라
창窓밖에 밤비가 속살거리는데,

등불을 밝혀 어둠을 조금 내몰고,
시대時代처럼 올 아침을 기다리는 최후最後의 나,

나는 나에게 작은 손을 내밀어

눈물과 위안慰安으로 잡는 최초最初의 악수握手

— 윤동주, 「쉽게 씌어진 시」

현실과의 갈등 속에서 자신을 성찰하는 태도는 보통 시인의 반성적인 태도로 드러난다. 일견 반성적 태도는 현실에 대해 수동적인 자세를 취하는 것 같지만, 실상 현실에 대한 적극적인 통제의 의도를 숨기고 있다. 반성이란 과거와 현재의 삶을 비판적으로 바라보고, 미래의 삶 속에서 자신을 완성하고자 하기 때문이다. 일기를 제외한다면, 현실 체험에 대한 반성과 성찰의 가장 직접적인 형식은 자서전일 것이다. 자서전이란 자신의 삶에 대한 스스로의 성찰이면서 동시에 시간의 흐름이라는 관점에서 삶의 특정 기간이나 전체를 '일인칭 전지적 시점'으로 기술하는 문학 양식이기 때문이다. 자서전에서는 현실의 많은 사건과 체험들이 자신에게 의식되는 과정이나 의미가 표현된다. 반대로 자신의 의지와 생각이 현실에 어떻게 개진되었는지도 드러난다. 또한 자서전은 각각의 현실 체험이 자신의 삶 속에서 어떤 의미의 연관을 지니는지를 고민함으로써 자기 삶을 하나의 일관된 전체로서 파악하고자 한다. 윤동주의 여러 시들에서 우리가 감동을 느끼는 이유는 그가 자서전의 이 같은 미적 형식을 내면화함으로써 현실의 어둠을 내몰고 있기 때문이다.

인용된 시 역시 그러한 특징을 보여준다. 현실의 여러 가지 요인이 시인을 괴롭힌다. 식민모국 일본에 유학 온 식민지 청년의 현실, 그것은 "육첩방은 남의 나라"로 표현된다. 다다미(일본식 돗자리)를 여섯 개 깔아놓은 방의 협소함과 낯설음은 이 청년의 내면 공간이기도 하다. 시인이 되기 위해서는 부모의 노동을 감내해야 하고 소중한 것들까지 모두 잃어버리고 마는 현실이 "시인이란 슬픈 천명"이라는 생각을 갖게 한다. "늙은 교수의 강의" 역시 시인의 자기 침잠을 유발한다. 늙은 교수에게 청년들이 바라는 고민과 열정이 없기 때문일 수도 있지만, 어떤 것도 "땀내와 사랑내 포근히 품긴/ 보내

주신 학비 봉투"에 값하지 못하기 때문이다. 이 모든 현실이 시인을 가라앉게 만들며, 부끄러움의 감정으로 내몬다. 이런 현실의 체험을 통해 창작된 시가 '쉽게 씌어진 시'일 수 있겠는가. 시인 특유의 부끄러움이 현실과의 격렬한 갈등 속에 태어난 시마저도 '쉽게 씌어진' 것으로 보게 만드는 것일 뿐이다. 그러나 이 부끄러움을 극복하자고 하는 태도가 스스로의 삶을 돌아보게 만들고, 자신의 삶을 회고와 전망의 지평 위에 서게 만드는 힘인 것도 사실이다. "등불을 밝혀 어둠을 조금 내몰고,/ 시대時代처럼 올 아침을 기다리는 최후의 나"란 자신의 삶을 시간성 위에서 완성하고자 하는 태도이며, 자기 성찰을 통해 완성된 '미래의 나와 현재의 나가 건네는 악수'는 그래서 더욱 의지적이다. 그리고 이 의지를 가능케 한 것은 현실의 장애에 굴하지 않고 "나에게 주어진 길을 / 걸어가야겠다"(『서시』)는 다짐 때문이다. 반성이 현실에 대한 적극적인 태도인 것은 이 같은 까닭에서이다.

다음 시에서 현실은 역사적 사건과 구체적인 사실들을 통해 그 모습을 드러내고 있다.

왜 나는 조그마한 일에만 분개하는가.
저 왕궁 대신에 왕궁의 음탕 대신에
50원짜리 갈비가 기름 덩어리만 나왔다고 분개하고
옹졸하게 분개하고 설렁탕집 돼지 같은 주인 년한테 욕을 하고
옹졸하게 욕을 하고

한번 정정당당하게
붙잡혀 간 소설가를 위해서
언론의 자유를 요구하고 월남 파병에 반대하는
자유를 이행하지 못하고
20원을 받으러 세 번씩 네 번씩

찾아오는 야경꾼을 증오하고 있는가

옹졸한 나의 전통은 유구하고 이제 내 앞에 정서로
가로놓여 있다.
이를테면 이런 일이 있었다.
부산에 포로수용소의 제14 야전 병원에 있을 때
정보원이 너스들과 스폰지를 만들고 거즈를
개키고 있는 나를 보고 포로 경찰이 되지 않는다고
남자가 뭐 이런 일을 하고 있느냐고 놀린 일이 있었다
너어스들 옆에서

지금도 내가 반항하고 있는 것은 이 스폰지 만들기와
거즈 접고 있는 일과 조금도 다름없다
개의 울음소리를 듣고 그 비명에 지고
머리에 피도 안 마른 애놈의 투정에 진다
떨어지는 은행나무 잎도 내가 밟고 가는 가시밭

아무래도 나는 비켜서 있다 절정 위에는 서 있지
않고 암만해도 조금쯤 옆으로 비켜서 있다
그리고 조금쯤 옆에 서 있는 것이 조금쯤
비겁한 것이라고 알고 있다!

그러니까 이렇게 옹졸하게 반항한다.
이발쟁이에게 땅주인에게는 못 하고 이발쟁이에게
구청 직원에게는 못 하고 동회 직원에게도 못 하고
야경꾼에게 20원 때문에 10원 때문에 1원 때문에

우습지 않느냐 1원 때문에

모래야 나는 얼마큼 작으냐
바람아 먼지야 풀아 나는 얼마큼 작으냐
정말 얼마큼 작으냐……

— 김수영, 「어느 날 고궁을 나오면서」

김수영처럼 우리의 역사 현실과 사회 현실의 굴곡을 극적으로 체험한 시인도 드물 것이다. 그는 6·25 전쟁이 발발하자 북한의 의용군으로 끌려가게 되고 나중에는 거제 포로수용소에 포로로 갇히게 된다. 4·19 혁명(1960년) 전후로는 독재정권에 대항하는 시와 혁명의 진정한 완수를 촉구하는 시를 발표했으나, 5·16 쿠데타(1961년)가 발발한 직후에는 현실에 좌절한 나머지 언어유희를 포함한 자조적인 시를 쓰기도 했다. 인용한 시 「어느 날 고궁을 나오면서」(1965년)는 전쟁의 살육과 혁명의 희망, 쿠데타의 비애를 차례로 경험한 시인이 현실에 대응하는 자신의 태도를 자기 폭로의 방식으로 보여주고 있다.

시인은 왕궁과 왕궁의 음탕함 대신에 설렁탕 집 주인에게 분노하고, 붙잡혀간 소설가의 자유와 월남 파병에 반대할 수 있는 자유를 행사하는 대신 푼돈을 받으러 오는 야경꾼들만 증오하고 있다. 그는 이것을 '반항'이라고 표현한다. 포로수용소에서 간호사들과 거즈를 접는 것으로 부당함에 반항했던 것처럼, 지금 이발쟁이와 야경꾼에게 분노하는 것도 부당한 현실에 대항하는 나름의 방식이라는 것이다. 그러나 불의한 권력에 반항하지 못하고 현실의 약자에게 화를 내는 것은 전형적인 소시민의 모습에 지나지 않으며, 이것은 '비켜섬' 즉 불의에 정면으로 대항하지 못하는 비겁한 행위로 치부될 수 있다. 그러나 중요한 점은 시인이 이것까지도 알고 있다는 사실이다. 즉 자신의 옹졸함, 비켜섬, 소심한 반항이란 한낱 자기변명에 지나지 않으며 엄밀히 말하면 무작한 권력에 대한 화를 현실의 약자에게 전가하는 치졸한 일이라는 것도 알고 있다는 사실, 이 사실의 폭로가 이 시를 역동적으로 만든다. 이 폭로로 인해 이 시는 자학으로, 자기모멸로, 쓰디쓴 연민으로, 나아가서는 자기반성으로 읽히게 되기 때문이다. "작은 일에만 분개하는" 것은 결국 모래와 바람, 먼지와 풀처럼 스스로가 작다는 것을 증거하는 일이고, 역설적으로 이렇게 될 수밖에 없도록 만드는 현실의 폭압성까지 폭로하는 일이라고 할 수 있다.

4. 때로 시는 현실에 대항하는 강렬한 항의이다

윤동주와 김수영의 시가 현실과의 갈등 속에서 자신을 성찰한 것과는 반대로 여기서 비판의 대상은 자기 자신이 아니라, 현실이 된다. 이 같은 태도는 시는 현실에 내재되어 있는 모순을 파악하고 그 문제점을 지적해야 하며, 그럼으로써 시는 인간의 삶을 더 나은 것으로 만들 수 있다고 희망한다.

1983년 4월 20일, 맑음, 18℃

토큰 5개 550원, 종이컵 커피 150원, 담배 솔 500원, 한국일보 130원, 짜장면 600원, 미쓰 리와 저녁식사하고 영화 한편 8,600원, 올림픽 복권 5장 2,500원.

표를 주워 주인에게 돌려
준 청과물상 김정권金正權(46)

령=얼핏 생각하면 요즘
세상에 조세형趙世衡같이 그릇된

셨기 때문에 부모님들의 생

활 태도를 일찍부터 익혀 평

가하는 것이 더욱 중요한 것

이다. (이원주李元柱 군에게) 아

임감이 있고 용기가 있으니

공부를 하면 반드시 성공

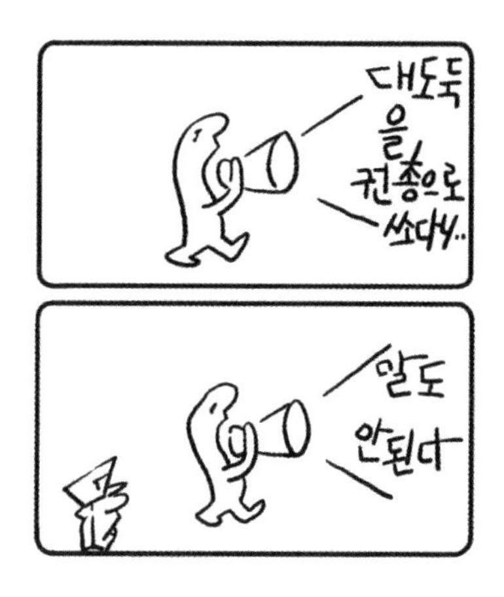

대도둑은 대포로 쏘라

— 안의섭, 「두꺼비」

(11) 제10610호

▲일화 15만엔(45만원) ▲5·75캐럿 물방울 다이아 1개(2천만원) ▲남자용 파텍 시계 1개(1천만원) ▲황금 목걸이 5돈쭝 1개(30만원) ▲금장 로렉스 시계 1개(1백만

원) ▲5캐럿 에메랄드 반지 1개(5백만원) ▲비취 나비형 브로치 2개(1천만원) ▲진주 목걸이 꼰 것 1개(3백만원) ▲라이카엠 5 카메라 1대(1백만원) ▲청자 도자기 3점(시가市價 미상) ▲현금(2백50만원)

너무 거巨하여 귀퉁이가 안 보이는 회灰의 왕궁에서 오늘도 송일환 씨는 잘 살고 있다. 생명 하나는 보장되어 있다.

— 황지우, 「한국생명보험회사 송일환 씨의 어느 날」

황지우의 이 시는 1983년 4월 20일 한국생명보험회사에 다니는 송일환 씨의 지출 내역과 실제의 신문 기사를 병치함으로써, 당시 사회 현실의 모순을 예리하게 드러내고 있다. 토큰, 커피, 담배, 신문, 짜장면 등 이날 송일환 씨의 지출 명세는 그 자체로 송일환 씨의 하루 일과표나 다름없다. 그는 이 날 출근과 영업을 위해 버스를 타고 다녔을 것이며, 이동 간에 신문을 읽었을 것이다. 짜장면으로 간단하게 점심을 때우고, 종이컵 커피 한 잔과 담배를 즐겼을 것이다. 일과 후에는 저녁식사와 영화관람을 포함한 "미쓰 리"와의 데이트를 위해 적지 않은 돈을 지불했다. "미쓰 리"와 결혼까지 생각하고 있는 것일까, 당첨을 꿈꾸며 그는 점심 값의 4배가 넘는 돈을 복권 구입에 사용한다.

이처럼 돈의 사용처와 씀씀이만으로도 그의 일과와 연애의 윤곽이 드러난다. 송일환 씨는 짜장면으로 점심을 때우고, 종이컵 커피 한 잔만을 마시는 절약을 보여주지만, 한편으로는 연애와 복권 구입에 적지 않은 돈을 지불하는 사람이다. 합리적인 지출의 의지와 욕망, 요행을 기대하는 과소비가 교차하는 일과는 당시 직장인들의 전형적인 현실을 드러낸다고 보아도 큰 무리가 없을 것이다. 이처럼 어떤 주석과 설명 없이도 지출 목록만으로 한 개인의 삶을 구성할 수 있다는 것은 그 사회가, 돈이 인간의 모든 일상과 능력, 욕망의 범위를 조절하고 있는 사회라는 것을 말해준다.

1983년 4월 20일 송일환 씨의 지출 내역을 제시한 시는 이제 그날의 신문을 보여준다. 신문이 찢어졌거나 접혀있는 걸까. 중간 중간 끊어진 문장들로 제시된 신문의 내용은 얼핏 보아서는 그 문맥을 제대로 이해하기 힘들다. 이 같은 제시 방식은 일부를 드러내고 다른 일부를 감춤으로써 호기심을 유발하며, 감춰진 일부를 독자들 나름으로 재구성하도록 하는 효과를 지닌다. 더 본질적으로는 이 시에서 황지우가 적용하고 있는 미적 방식, 즉 부분들(하루의 지출과 그날의 신문)을 통해 전체(당시 사회의 전체상)를 드러내고자 하는 의도적 표현이기도 하다. 송일환 씨의 지출 내역으로 그의 삶과 당시의 평범한 직장인들의 삶을 구성할 수 있었듯이 말이다. 확실한 것은 조세형이라는 인명이 나오는데, 이는 1980년대를 산 사람들이라면 대부분 알 수 있는 유명한 도둑의 이름이다. 당시 조세형은 사회 지도층과 고위 관료들의 집만을 대상으로 절도 행각을 벌였다. 그는 그들의 집을 절도 대상으로 삼은 이유가 도둑을 맞아도 신고를 못할 것이라고 생각했기 때문이라 했고, 실제 그의 짐작대로 대부분 신고를 하지 않았다. 도둑맞은 사실을 숨길 만큼 떳떳하지 못한 돈이었던 셈이다. 이 같은 사실을 전제하면 시의 다음 부분들이 명확한 의미를 얻는다. 시의 말미에 열거되는 물품들, 수많은 현금과 보석들은 조세형이 당시의 지도층과 고위 관료들의 집에서 훔친 물건들의 범죄 증거 목록이다. 만평은 '대도' 조세형을 권총을 쏘아 잡은 사실을 언급하며, '대도'이니 권총이 아니라 대포로 쏴야 한다고 비꼬고 있다. 물론 이 대포로 쏘아 잡아야 할 대상은 '대도 조세형'만이 아니라, 조세형이 들고 나온 그 물품들의 소유주들, 그 큰 금액들을 집에 숨겨두고 있었던 사람들을 지칭하는 것임은 분명해 보인다. 한국생명보험회사에 근무하는 평범한 샐러리맨 송일환 씨의 지출 내역과는 비교가 안 되는 이 돈이 당시 사회의 타락과 부패를 폭로하고 있음은 분명하다.

그러나 위에서 문맥이 끊겨서 의미가 모호한 부분들을 1983년 4월 20일자 신문을 통해 확인해보면, 새로운 현실이 드러난다. "표를 주워"에서 "반드시 성공"까지 이어지는 이 끊어진 문장들은 실제 하나의 기사를 의도적으로 편집한 것이다. 이를 간략하게 정리하면 다음과 같다. 당시 '대도大盜'라고 칭해졌던 도둑 조세형은 사회 지도층과 고위 관료들의 집에 들어가 많은 물품들을 도적질하다 붙잡힌다. 재판을 받다 탈주한 도둑 조세형을 지나가던 19세의 재단사 이원주가 신고했고, 조세형은 출동한 경찰과 대치하다 총을 맞고 체포된다. 다음 날 당시의 위정자가, 수천 만 원이 든 가방을 주워 주인에게 돌려준 청과물상 김정권 등과 이원주에게 표창을 수여했다는 것이다. 책"임감이 있고 용기가 있으니/ 공부를 하면 반드시 성공"할 것이라는 표현은 당시의 위정자가 이원주군에게 한 말이었다. 이 기사를 염두에 둔다면, 조세형이라는 도둑과 그가 물건을 훔쳐낸 집에 살고 있던 도둑 외에 더 큰 '대도'가 존재하고 있음을 충분히 짐작할 수 있다. 당시의 집권층들이 탱크와 대포를 가지고 정권을 강탈했음은 우리가 익히 아는 사실이다. 황지우가 대포로 겨냥해야 한다고 생각했던 자들은 바로 그 '대도둑'이었던 셈이다.

그러므로 앞의 잘려진 기사의 내용을, 축재蓄財를 하고 있던 사회 지도층과 송일환 씨 같은 보통 사람들의 대비로만 읽어서는 안 된다. 그 뒤에는 탱크와 대포를 밀고 들어와 정권을 훔친 '대도둑', 5·18 광주 민주화운동을 총칼로 진압했던 살인자들이 도리어 정직한 사람들에게 표창을 주는 아이러니한 현실에 대한 비판이 날카롭게 숨어 있다. 또한 이 기사까지 그대로 시 안에 '스크랩'할 경우 (당시의 위정자의 이름이 나올 것이므로) 검열에 걸릴 것이 뻔했던 당시의 정치 현실을 우회함으로써, 시가 정치를 '우회하도록' 만드는 현실을 비판하고자 한 것이 "표를 주워"에서 "반드시 성공"까지 이어지는 '끊어진 문장들'의 숨겨진 의도인 것이다. "너무 거巨하여 귀퉁이가 안 보이는 회灰의 왕궁"이란 관용적인 비유가 아니라 민주주의를 유린한 독재정권을 전제적인 왕정에 비유한 것으로 읽히는 것은 이 때문이다. 이 시에서 "생명 하나는 보장되어" "오늘도 잘 살고" 있는 송일환 씨가 굳이 "한국생명보험회사"의 직원이어야 하는 이유도 이 때문이다. 생명보험이란 사실 사망에 관한 보험이라는 점에서 생명을 보장하는 것이 아니다. 그것은 오히려 사망 이후를 보장한다는 점에서 가장 강력한 반어법이다. 사망 이후를 보장하려는 보험이 많을수록 그 사회는 죽음의 공포가 드리워지고 시민들이 죽어가는 사회이다. 당시 송일환 씨가 살고 있던 생명보험회사 '한국'의 현실처럼 말이다.

황지우의 이 시가 전통적인 시의 형식을 해체하고 재구성함으로써 1980년대의 정치와 사회 현실을 신랄하게 비판했다면, 박노해의 다음 시는 황지우의 시와는 달리 전통 서정시의 형식 위에 격정적이고 직정적直情的인 목소리를 실어 노동의 현실을 날것에 가깝게 들려준다.

> 올 어린이날만은
> 안사람과 아들놈 손목 잡고
> 어린이 대공원에라도 가야겠다며
> 은하수를 빨며 웃던 정형의
> 손목이 날아갔다.
>
> 작업복을 입었다고
> 사장님 그라나다 승용차도
> 공장장님 로얄살롱도
> 부장님 스텔라도 태워 주지 않아
> 한참 피를 흘린 후에
> 타이탄 짐칸에 앉아 병원을 갔다.
>
> 기계 사이에 끼어 아직 팔딱거리는 손을
> 기름먹은 장갑 속에서 꺼내어
> 36년 한 많은 노동자의 손을 보며 말을 잊는다.
> 비닐봉지에 싼 손을 품에 넣고

봉천동 산동네 정형 집을 찾아
서글한 눈매의 그의 아내와 초롱한 아들놈을 보며
차마 손만은 꺼내 주질 못하였다.

훤한 대낮에 산동네 구멍가게 주저앉아 쇠주병을 비우고
정형이 부탁한 산재 관계 책을 찾아
종로의 크다는 책방을 둘러봐도
엠병할, 산데미 같은 책들 중에
노동자가 읽을 책은 두 눈 까뒤집어도 없고

화창한 봄날 오후의 종로 거리엔
세련된 남녀들이 화사한 봄빛으로 흘러가고
영화에서 본 미국 상가처럼
외국 상표 찍힌 온갖 좋은 것들이 휘황하여
작업화를 신은 내가
마치 탈출한 죄수처럼 쫄드만

고층 사우나 빌딩 앞엔 자가용이 즐비하고
고급 요정 살롱 앞에도 승용차가 가득하고
거대한 백화점이 넘쳐 흐르고
프로 야구장엔 함성이 일고
노동자들이 칼처럼 곤두세워 좆빠져라 일할 시간에
느긋하게 즐기는 년놈들이 왜 이리 많은지
— 원하는 것은 무엇이든 얻을 수 있고
바라는 것은 무엇이든 이룰 수 있는 —

선진 조국의 종로 거리를 나는 ET가 되어
얼나간 미친 놈처럼 헤매이다
일당 4,800원짜리 노동자로 돌아와
연장 노동 도장을 찍는다.

내 품 속의 정형 손은
싸늘히 식어 푸르뎅뎅하고
우리는 손을 소주에 씻어 들고
양지바른 공장 담벼락 밑에 묻는다.
노동자의 피땀 위에서
번영의 조국을 향락하는 누런 착취의 손들을
일 안 하고 놀고먹는 하얀 손들을
묻는다.

프레스로 싹둑싹둑 짓짤라
원한의 눈물로 묻는다.
일하는 손들이
기쁨의 손짓으로 살아날 때까지
묻고 또 묻는다.

— 박노해, 「손무덤」

생존과 생활의 유지를 위해 육체와 정신을 사용하는 생산 활동으로서의 노동은 그 자체로 몇 가지 특징을 갖는다. 노동력과 노동자는 분리될 수 없으므로 노동자는 언제나 노동의 현장에 위치해야 한다. 상품과 돈과는 달리 그것은 소유주에서 분리될 수 없는 것이다. 노동자는 노동력을 파는 것이지만, 결국 자신을 파는 것처럼 되는 까닭이 여기에 있다. 노동의 형식은 관리 감독자에 의해 노동력이 배치되는 것이지만, 실질은 관리 감독자에게 노동자라는 인간이 부림을 당하는 방식으로 나타난다. 이 과정에서 인간 간의 상하관계가 형성되고 노동자는 소외된다. 노동력은 또한 기계와 달리 시간의 경과에 따라 효율이 떨어지며 그 힘이 소진된다. '인간은 기계가 아니다'라는 유명한 명제는 이와도 관련이 있다. 낮은 임금, 장시간의 노동과 잔업, 열악한 작업 환경 등은 노동력의 문제가 아니라 노동자의 문제가 되며, 경제체제가 그 사회의 성격을 규정하는 핵심 체제라는 점에서 노동의 문제는 그 사회의 근본 현실 중의 하나가 된다.

박노해의 시는 노동자 본인으로서 노동의 현실을 직시한다. 노동 현실을 체험하고 그 뒤에 숨은 경제체제의 모순을 이해하지만, 그렇다고 해서 그 모순을 높은 수준의 시적 형식으로 승화시키려고 하지 않는다. 때로는 격정적이고 직설적인 1인칭의 어조로, 때로는 '가진 자/ 가지지 못한 자'라는 이분법적 세계관으로, 때로는 도식적인 희망의 태도로 시를 쓴다. 노동의 바깥에서 노동을 생각하는 지식인의 노동시나 노동의 현장 안에 있으면서도 '노동에 대한 고민을 통해 형성되지 않은 시적 양식'을 따르는 노동자의 시와 박노해의 시의 차이가 여기에 있다.

인용한 시 역시 박노해의 이 같은 시적 전략을 고스란히 보여준다. 손은 오랫동안 노동의 상징으로 여겨졌다. '백수白手'란 일하지 않는 자를 지칭하면서 동시에 관념적인 지식인들에 대한 비아냥의 표현으로 사용되었고, 반면 못이 박힌 손은 노동의 고됨과 육체노동의 숭고함을 표현했다. 그러나 현실에서 못이 박히고 기름때가 밴 손이란 그 사람의 힘겨운 삶을 연상시킬 뿐이다. 시인은 같은 노동자인 "정형"의 손이 기계에 잘리자 "비닐 봉지에 싼 손"을 들고 어찌하지 못하다 결국 땅에 묻는다. 이 과정에서 노동자의 위치가 사장과 공장장, 부장과의 위계를 통해 드러나고, 타고 다니는 자동차의 대비를 통해서도 그들의 현실이 드러난다. "작업화"를 신은 초라한 차림이 자본주의 사회의 화려함과 대비되며, 노동자들의 비참과 다른 사람들의 즐거움이 대비된다. "원하는 것은 무엇이든 얻을 수 있고/바라는 것은 무엇이든 이룰 수 있는" "선진 조국"이라는 노래와 표어가 무색하게, 그 사회에서 이들은 철저한 '외계인'일 수밖에 없다. "양지바른 공장 담벼락 밑에" 정형의 잘린 손을 묻으며 "누런 착취의 손들을/ 일 안 하고 놀고먹는 하얀 손들"을 같이 묻는 것은 사실 일종의 원한이자 분노의 표출이다. "일하는 손들이/ 기쁨의 손짓으로 살아"날 때까지라는 단서를 달고 있지만 그 같은 현실이 쉽게 오지 않을 것임을 시인은 알고 있다. "산재 관계 책을 찾아"봐도 "노동자가 읽을 책은 두 눈 까뒤집어도 없"는 것이 현실이기 때문이다. 시인은 낮은 임금, 장시간의 노동과 잔업, 열악한 작업 환경이 엄연히 존재함에도 불구하고 이를 그럴듯한 화해로 얼버무리는 것은 자기기만에 지나지 않는다고 생각하기 때문이다. 시인 역시 노동자와 고용주를 선과 악의 이분법적 구도로 나누는 것은 분명 투박한 방식임을 모를 리 없다. 그럼에도 이 구도를 밀고 나가는 것은 어떤 사람들에게 시는 예술적인 형식이기에 앞서 불공정한 현실을 깨트리고자 던지는 돌멩이이기 때문이다.

5. 상상은 이미지를 창조하는 것이며 시적 상상력은 사유를 현시하는 힘이다

상상력은 이미지를 떠올리고 변주하는 힘이라고 할 수 있다. 그 까닭을 알아보자. '상상'의 사전적 의미는 '모습을 떠올리는 일'이다. 그런데 모습을 떠올리기 위해서는 대상이 눈앞에 없어야 한다. 즉 상상은 대상이 앞에 없다는 것을 전제하는 행위인 것이다. 상상력에 대한 독창적인 성찰을 보여주는 사르트르는 의자를 예로 들어 상상의 이 같은 작동 방식을 설명하고 있다. 간단하게 정리해보자. '내 앞에 의자가 있다. 나는 그것을 본다. 그때 나는 감각기관들을 통해 그것을 지각하고 있는 것이다. 그러나 돌아서게 되면 의자는 내 앞에 없다. 마음속으로 의자를 떠올려보자 의자의 모습이 떠오른다. 그러나 그것은 실재하는 의자가 아니라(실재하는 의자는 나의 등 뒤에 있다), 내가 마음속에서 다시 구성해낸 이미지(모습)일 뿐이다. 이 행위가 곧 상상이다'. 결국 상상이란 부재하는 대상을 떠올리는 행위이며, 시에서 그 결과는 이미지로 나타나게 된다. 상상을 의미하는 영어의 단어가 'Imagination', 불어의 경우에도 L'Imagination'인 까닭이 여기에 있다. 직역하자면, '이미지화하기', '이미지를 떠올리는 것'이라는 의미를 지니고 있는 것이다.

이처럼 상상이 대상의 부재를 전제하여 그것을 떠올리는 것이라는 사실을 인정하게 되면, 상상의 반대말은 현실이 아니라 지각(perception)이 된다. 지각하는 것은 우리의 감각을 통해 대상을 직접 대면하는 방식이고, 상상하는 것은 지각하는 것을 중지하고 대상을 떠올리는 방식이기 때문이다. 이 같은 성격으로 인해 상상은 지각으로서는 불가능한 일을 수행한다. 바로 개념이나 사유를 현시하는 일이다. 만일 '아름다움'을 설명해보라 하면 우리는 어떻게 설명할 수 있을까. 아름다움의 정의, 아름다움을 인식하는 의식의 작용과 구조, 아름다움을 촉발하는 계기들을 이어서 설명할 수 있는 사람도 드물 것이고, 그걸 한 자리에 앉아 들어줄 사람은 더욱 드물 것이다. 설령 그 설명을 다 듣고 나더라도 아름다움을 제대로 파악할 수 있을까. 그러나 아름다움에 대해 떠올려 보라 한다면, 어떤 사람은 '비너스의 모습'을, 어떤 사람은 사랑하는 사람의 얼굴을, 혹은 창밖의 풍경을 떠올릴 수 있을 것이다. 상상력이 개념이나 사유를 현시한다는 의미는 이처럼 추상적인 것을 이미지화함으로써 그것을 직관적으로 파악할 수 있게 한다는 의미이다.

특히 시에서 상상력은 이처럼 우리가 직관적으로 이해할 수 없는 개념과 현실의 복잡한 계기들을 이미지화함으로써, 우리의 앞에 그 사유와 개념을 이해 가능한 것으로 데려다놓는다.

혁명

눈 감을 때만 보이는 별들의 회오리

가로등 밑에서는 투명하게 보이는 잎맥의 길

— 진은영, 「일곱 개의 단어로 된 사전」 부분

위 작품은 "일곱 개의 단어"를, 시적 상상력을 발휘함으로써 아름답게 이미지화하고 있다. '봄', '슬픔', '자본주의', '문학', '시인의 독백', '혁명', '시'로 제시된 단어들은 문학의 주체와 핵심적인 감정, 그리고 관련 영역을 대표하는 단어들처럼 보인다. 슬픔의 감정, 봄의 아름다움, 자본주의 사회와 혁명의 관계, 어쩌면 '시인의 독백'에 지나지 않을지도 모르는 시라는 '문학' 등, 시인은 자신의 외부와 내면을 구성하고 있는 추상적인 단어들을 이미지화 하고 있는 셈이다.

인용된 부분에서 시인은 혁명을 노래하고 있다. 혁명이라는 말은 흔한 말이지만, 사실 그 본질에 접근하기는 쉽지 않다. 시인은 혁명의 이 같은 특성을 "눈 감을 때만 보이는 별들의 회오리"라고 새롭게 시각화하고 있다. 이 표현에 따르면, 진정한 혁명이란 이상에 가깝다. 진정한 혁명은 우리가 도달해야 할 '성소'이기에 "별들"처럼 아름답다. 그러나 그것은 현실에서는 이루기 힘든, "눈 감을 때만" 보이는 이상향이기도 하다. 어찌 보면 혁명이란 상상과 같은 것인지도 모르겠다는 생각이 든다. 혁명은 역동적인 것이기도 하다. 그것은 "회오리"처럼, 때로는 토네이도처럼 현실의 부조리한 질서를 해체함하고 또 다른 질서를 향해 치솟아 오른다. 그런가 하면, 혁명은 때로 우리의 옆에, 우리의 안에도 있다. "가로등 밑에서는 투명하게 보이는 잎맥의 길"처럼 혁명은 '자연의 흐름'이며, 우리가 손 뻗으면 닿을 곳에 있는 것이기도 하다. 나뭇잎에 난 잎맥의 길을 물이 타고 흐르듯 혁명도 순리의 길을 간다. 낮에는 그저 푸른 잎에 불과하지만, '세상이 어두워졌을 때', 가로등 아래에서 올려다보면 나뭇잎 하나하나에도 혁명의 노선이 펼쳐 있는 것이다.

이처럼 시적 상상력은 보이지 않는 것, 잡히지 않는 것을 구체화함으로써 독자의 상상력을 자극한다.

6. 상상력은 부재하는 것을 소유하고자 한다. 그런 점에서 시적 상상력은 일종의 마술적 행위이다.

거듭 말하지만 상상은 부재를 전제로 한다. 현실에 부재하는 것, 가능하지 않은 것을 소유하려 한다는 점에서 그것은 일종의 마술과 같다. 현실의 세계는 끊임없이 변화하며 어느 순간에도 고정적이지 않다. 바위조차도 매순간 마모되고 있는 것이 지각이 파악하는 현실세계의 성격이다. 또한 우리의 삶은 우연으로 가득 차 있다. 변화와 우연이 현실의 질서인 셈이다. 그러나 상상에서는 모든 것이 달라진다. 상상의 질서는 견고함과 예측가능함의 이미지로 이루어진다. 그곳에서는 우연이란 없으며 모든 것이 필연적인 인과의 관계로 구성된다. 필연적인 인과의 중심에 상상하는 내가 있으며, 이 세계에서 현실의 한계를 넘어서는 소유의 자유가 탄생한다.

> 가난한 내가
> 아름다운 나타샤를 사랑해서
> 오늘밤은 푹푹 눈이 나린다
>
> 나타샤를 사랑은 하고
> 눈은 푹푹 날리고
> 나는 혼자 쓸쓸히 앉어 소주를 마신다
> 소주를 마시며 생각한다

나타샤와 나는

눈이 푹푹 쌓이는 밤 흰 당나귀 타고

산골로 가자 출출이 우는 깊은 산골로 가 마가리에 살자

눈은 푹푹 나리고

나는 나타샤를 생각하고

나타샤가 아니 올 리 없다

언제 벌써 내 속에 고조곤히 와 이야기한다

산골로 가는 것은 세상한테 지는 것이 아니다

세상 같은 건 더러워 버리는 것이다

눈은 푹푹 나리고

아름다운 나타샤는 나를 사랑하고

어데서 흰 당나귀도 오늘밤이 좋아서 응앙응앙 울을 것이다

— 백석, 「나와 나타샤와 흰 당나귀」

시인은 "가난한 내가/ 아름다운 나타샤를 사랑해서/ 오늘밤은 푹푹 눈이 나린다"고 적고 있다.[3] 백석이라는 이름은 '흰 돌'을 의미하고, '나타샤'라는 이름은 러시아의 여인을 떠올리게 한다. 두 사람의 세계에 흰 눈이 내린다. 한 편의 아름다운, 백색의 이미지이다. 가난한 시인이 한 여인을 사랑한다고 해서 "푹푹 눈이" 내리지는 않을 것이지만, 이 시에서는 '내가 나타샤를 사랑'한다는 이유로 인해 발생하는 필연적인 결과이다. 일종의 마술인 셈이다. 그러므로 이 시의 2연과 3연에 등장하는 "생각한다"는 '상상한다'의 의미로

---

3) 백석, 「나와 나타샤와 흰 당나귀」에 대한 설명 부분은, 이승하 외, 『새로 쓴 시론』(소명출판사, 2019)에 실은 필자의 글 「이미지와 감각의 창조」에서 가져왔다.

받아들여야 한다. 그럴 때 이 시의 성격과 그 맥락이 분명해진다. 이 시는 일어나지 않은 일을 그린 시인의 상상도이기 때문이다.

말했듯이 "가난한 내가" 사랑하는 나타샤는 시인의 앞에 존재하지 않는 대상이다. '나는 혼자 쓸쓸히 앉어 소주를 마시며' 나타샤를 상상할 뿐이다. 그러나 사랑의 제약 -이 제약이란 "가난한" 나와 관련이 있을 것이다-과 대상의 부재에 안타까워하며 "혼자 쓸쓸히 앉어 소주를 마시"는 내가 나타샤를 상상하기 시작하자 시의 세계가 달라진다. 내가 나타샤를 상상하는 순간, 나타샤는 "언제 벌써 내 속에 고조곤히 와"서, '산골로 가는 것은 세상한테 지는 것이 아니며 세상 같은 건 더러워 버리는 것'이라고 말해준다. 현실의 세계에서는 '진 것'이 상상의 세계에서는 '승리한 것'이 된다. 자신의 존재의 정당성이 상상을 통해 확보되는 셈이다. 또한 '출출이(뱁새)'가 우는 깊은 산골의 '마가리(오막살이)'를 상상하자 "눈은 푹푹 나리고/ 아름다운 나타샤는 나를 사랑하고/ 어데서 흰 당나귀도 오늘밤이 좋아서 응앙응앙"우는 이 대동大同의 이미지가 탄생한다. 상상 속에서만 가능한 아름다운 나타샤와 나(백석)라는 흰 존재들의 사랑이 당나귀마저 희게 만들고 온 천지에 흰 눈을 내리게 만든 것이다. 상상력은 이처럼 현실의 고통과 패배를, 상상하는 사람의 내면에서 기쁨과 승리로 전환한다. 있어야 할 것과 있으면 좋을 것을 작품 속에서 이미지화함으로써 현실의 완고한 질서를 허물고 고쳐 세운다. 덧없는 우연이 확실한 필연으로 바뀌는 이 상상의 세계에서 시인은 자신의 존재 가치를 증명하고 자유로이 살아가는 힘을 얻는다.

7. 시의 상상은 현실에서 출발하지만 언제나 현실로 되돌아온다

상상은 현실로부터 우리를 자유롭게 하지만, 그 자유란 무한정의 자유는 아니다. 현실의 한계를 넘어서고 현실과 분리되고자 하는 상상은, 줄넘기와 같다. 현실이라는 땅을 벗어나기 위해서는 매번 땅에서 시작해야 하고, 매번 땅을 딛고 뛰어 올라야만 한다. 하늘을 향해 수직으로 온몸을 솟구치는 도약이란 그 자체로 땅이라는 현실을 전제로 하는 행위인 것이다. 아무리 높게 뛰어올라 높이를 획득했다 하더라도 그 높이 역시 땅으로부터 측정되는 것이다. 우리가 어떤 이미지나 세계를 상상한다는 것은 무에서 유를 창조해내는 마법이 아니다. 상상을 통해 창조된 대상은 항상 현실의 존재를 기반으로 한다. 용은 상상의 동물이다. 즉 현실에는 없는 존재이다. 그러나 용의 모습을 보면, 그것은 우리들이 이미 지각을 통해 알고 있었던 모습들의 '짜집기' 임을 알 수 있다. 인어공주와 반인반마인 켄타우로스 역시 마찬가지다. 이렇게 보면 이미지를 떠올리는 것, 즉 상상은 그 자체로 형성되는 것이 아니라, 항상 물리적인 혹은 심리적인 내용물을 바탕으로 해서만 가능한 것이다. 의식 작용으로서의 상상력은 이처럼 대상의 부재를 전제하고, 현실로부터 그 자료를 구함으로써 발휘된다.

이 같은 관점에서 상상은 현실과 무관한 것이 아니라, 현실에 대한 하나의 태도의 소산이다. 현실을 넘어서려는 상상은 이미 현실을 전제하고 있으며, 현실의 한계를 넘기 위해서는 그전에 현실을 내면화할 수밖에 없다.

시를 믿고 어떻게 살아가나
서른 먹은 사내가 하나 잠을 못 잔다.
잠들은 아내와 어린 것의 베개 맡에
밤눈이 나려 쌓이나 보다.
무수한 손에 빰을 얻어 맞으며
항시 곤두박질해 온 생활의 노래
지나는 돌팔매에도 이제는 피곤하다.

먹고 산다는 것,

너는 언제까지 나를 쫓아오느냐

등불을 켜고 일어나 앉는다.

담배를 피워 문다.

쓸쓸한 것이 오장을 씻어 내린다.

노신이여

이런 밤이면 그대가 생각난다.

온— 세계가 눈물에 젖어 있는 밤

상해上海 호마로胡馬路 어느 뒷골목에서

쓸쓸히 앉아 지키던 등불

등불이 나에게 속삭거린다.

여기 하나의 상심한 사람이 있다.

여기 하나의 굳세게 살아온 인생이 있다

— 김광균, 「노신」

대부분의 사람들이 그랬겠지만, 해방이 되고 변화된 사회 구조에서 자신과 가족을 위해 시인이 할 수 있는 일이란 별로 없었다. 광복의 기쁨을 노래하고 '새나라'의 건설을 주창할 수는 있었지만 옆에 잠든 아내와 어린 아이들의 생활을 책임질 수는 없었던 것이다. "시를 믿고 어떻게 살아가나"라는 자문 속에 "먹고 사는 것"을 충족하지 못하는 현실에 대한 번민이 고스란히 드러난다. 고민하던 시인은 등불을 켜고, 하나의 인간을 상상하기 시작한다. 중국 국민당의 탄압을 피해 상해로 피신한 뒤에도 익명으로 정부를 비판하고 개혁적인 글을 썼던 노신을 상상하는 것이다. 시인에게 노신은 개혁의 좌절에 상심한 사람이며, 그럼에도 상심을 딛고 굳세게 살아온 사람이다. 현실에 대한 상심과 현실을 딛고 일어서는 굳셈이 노신의 이미지이며, 이 사람을 상상함으로써 시인은 이 상상된 인물과 자신의 동일화를 시도한다. 현실에 상심한 사람이, 현실에 상심하고도 굳세게 살아온 사람을 상상함으로써 그의 세계에 편입되고자 하는 것이다.

잘 알다시피 김광균은 '시는 하나의 그림', 즉 이미지여야 한다는 시각을 견지하였다. "차단한 등불이 하나 비인 하늘에 걸려 있다"(「와사등」), "길은 한 줄기 구겨진 넥타이처럼 풀어져"(「추일서정」) 등 이미지에 대한 예시에 단골로 등장하는 그의 대표작들은 시각적 이미지의 창조에 집중한 것들이었다. 그러나 확인한 것처럼 해방 이후 발표한 이 시는 이전의 시들과는 전혀 다른 모습을 보여주고 있음을 알 수 있다. 이전 그의 시들이 한 줄의 상상, 단편의 이미지에 몰두하면서 시 세계와 객관적 거리를 유지한 반면, 이 시는 현실 생활에 대한 시인 자신의 고민을 육성으로 드러내면서 하나의 인물, 하나의 가치관을 상상하고 있는 것이다. 현실의 강렬한 추동과 변화가 없었다면, 김광균에게 이 같은 시는 나오지 않았을지 모른다. 이는 현실의 고민이 깊을수록 상상의 세계 역시 깊어지는 하나의 예이며, 상상이란 결국 현실의 바탕 위에서 현실을 내면화함으로써 새롭게 창출될 수 있다는 것을 보여준다.

리듬

이혜원

1. 시와 리듬

요즘 시는 시 같지가 않다는 말들을 많이 한다. 이 말은 대개 요즘 시에서는 시다운 리듬을 찾아보기 힘들다는 뜻을 포함한다. 리듬은 비유와 함께 시의 가장 본질적인 요소로 손꼽히지만 현대시의 리듬은 이전의 시들과 상이하다. 노래처럼 소리 나게 불리고 암송되던 시가 현대시에 이르러 활자화되면서 리듬은 급속도로 변하게 된다. 시의 리듬이 운율이라는 기본 틀로 정해져 있고 거기에 내용이 부가되던 이전의 시에 비하면 현대시에서 정형성은 오히려 기피의 대상이 되어 왔다.

자유와 개성을 추구해온 현대시의 큰 흐름으로 볼 때 정형률은 벗어나야 할 과거의 유산으로 치부되기가 쉽다. 이미 정해져 있는 운율의 형식이 자유로운 사고와 감정의 표출을 제한할 수 있기 때문이다. 자유시를 지향하는 시인들은 매번 새로운 형식과 의미를 창조하는 것을 창작의 목표로 삼기 때문에 기존의 형식적 틀을 벗어나려는 욕구가 강하다. 운율은 형식의 정형성과 가장 밀착되어 있는 요소로서 많은 현대시에서 해체의 대상이 되어 왔다.

현대시를 시조와 비교해보면, 또 현대시의 초기 형태와 요즘의 시들을 비교해보면 리듬의 정형성이 얼마나 많이 사라졌는지를 쉽게 확인할 수 있다. 그렇지만 시 장르 특유의 형식적 특성들은 여전히 남아있다. 이처럼 시 장르에 대한 최소한의 합의를 가능하게 하는 요소들이 현대시의 리듬과 밀접한 관련을 갖는다. 가령 산문과 구분하기 어려울 정도의 산문적 형태를 지닌 시의 경우에도 산문보다 훨씬 정교하고 내밀한 호흡을 느낄 수 있고 시의 분위기나 의미에 어울리는 음성적 배려를 살필 수 있다. 시는 언어예술의 첨단을 지향하며, 창조적인 리듬을 통해 그 최대치를 실현한다. 자유시는 운율에 대한 무조건적인 부정과 해체를 행한 것이라기보다는 기존의 틀에 안주하지 않고 새로운 운율을 생성한 것으로 이해하는 것이 마땅하다. 자유시의 창조적 리듬은 또한 전통적인 운율과의 부단한 교섭 속에서 가능한 것이다. 전통적인 운율의 이해를 배제하고는 현대시 리듬의 창조성을 설명할 수 없다. 따라서 현대시의 리듬은 전통의 계승과 창조라는 측면에서 접근할 필요가 있다.

시의 음악적 특성과 관련하여 리듬, 운율, 율격 등의 다양한 용어들이 혼용되는 경향이 있다. 리듬은 이 중에서 가장 폭넓은 개념으로, 모든 반복적인 현상을 통칭한다. 이는 소리의 반복을 뜻하는 음악 용어일 뿐 아니라 계절의 변화나 생체의 주기를 설명할 때도 널리 사용되는 용어이다. 시에서 리듬은 반복성이 느껴지는 음악적 현상을 모두 포함한다.

운율은 운(압운rhyme)과 율(율격meter)을 아우르는 말이다. 압운과 율격은 시행에서 규칙성과 반복성을 보이며 구현되는 리듬이라는 공통점이 있지만, 압운은 공간적 질서 위에서 소리가 일정한 위치에서 반복되는 현상이고 율격은 시간적 질서 위에서 소리가 일정한 거리로 반복되는 현상이라는 점에서 구분된다.

한국시의 경우 압운이 뚜렷한 한시나 영시에 비하면 상대적으로 압운의 요소가 미약하고, 율격의 경우도 뚜렷한 원리를 찾기 힘들어 논란이 분분하다. 여기서는 율격을 중심으로 한국시의 운율 구조를 파악하고 현대시에서의 계승과 창조 양상을 살펴볼 것이다. 또한 현대시에서 리듬으로서의 역할이 크게 강화된 행과 연의 다양한 양상과 기능을 고찰해본다. 이밖에 압운을 포함하여 현대시의 리듬에 기여하는 음성적 효과의 면면을 살펴보도록 한다. 이 과정에서 현대시에서 전통적 운율이 어떻게 계승되거나 변형되는지, 현대시에서 리듬의 운용 원리는 무엇인지를 검토해볼 것이다.

2. 한국시의 운율 구조

한국시의 리듬을 규정할 수 있는 가장 기본적인 원리가 무엇인지는 끊임없는 논란의 대상이다. 시조와 같은 대표적인 정형률에 대해서도 논의가 엇갈려왔기 때문에, 그보다 복잡하고 변화무쌍한 현대시에 대한 설명은 더욱 혼란이 가중된다. 한국시의 운율 체계에 대한 구조적 이해 없이는 현대시 리듬에 대한 논의가 진전되기 어렵다.

한국시의 운율 체계를 이론적으로 확립하려는 노력은 1920년대 시조부흥운동과 관련되어 시작된다. 시조 형식과 창작 방법을 구체적으로 검토하는 과정에서 운율의 원리를 추론하게 된 것이다. 조윤제는 고시조의 음절수를 통계적으로 추출하여 "3・4・4・4(3) / 3・4・4・4(3) / 3・5・4・3"의 음수율을 제시하였다. 이 모형은 오랫동안 시조의 규범으로 작동하며 시 교육과 창작 방법에 큰 영향을 미쳐왔다.

1950년대 말부터 음수율에 대한 반론이 시작된다. 정병욱, 이능우 등이 음수율의 부자연스러운 틀에 대한 대안으로 음보율을 제시한다. 한국시의 율격은 일본 시처럼 엄격한 음절수에 제한을 받지 않고 시간적 등장성을 기준으로 한다는 것이다. 이를 발전시켜 1970년대에는 조동일, 예창해, 김흥규 등이 단순음보율이라는 개념으로 한국시의 율격을 설명해낸다. 한국시의 음보(foot)는 영미시처럼 강약, 고저, 장단 등의 요소와 결합된 복합율격이 아니라 단순히 한 율행이 몇 음보로 구성된 단순율격을 지닌다는 주장이다. 음절수를 일정하게 제한하지 않는 음보율은 한국시 특유의 자연스러운 율격을 설명하기에 적절하여 이후 적극적으로 수용되었다.

그렇지만 음보율로는 시조보다 훨씬 복잡하고 다양한 현대시의 율격을 설명하기 어렵다 하여, 음수율과 음보율을 절충한 이론이 제시된다. "뒤가 가벼운 3보격/ 뒤가 무거운 3보격"(조동일), "후장 3보격/ 후단 3보격"(오세영), "층량 3보격"(성기옥), "율마디"(조창환) 등 음량이 일정치 않은 음보를 나누기 위해 다양한 시도들이 있었다.

음보율은 한 호흡의 마디 안에서 음절수가 유동적인 한국시의 자연스러운 율격을 포용할 수 있으며 각 음보 특유의 정서적, 시대적 특성을 추출하기에 유리하다. 이를테면 4음보는 사대부 계층의 지배적 질서와 안정감과 합치하여 조선시대 가사나 시조의 율격으로 작용하였고, 3음보는 서민계층의 서정적 민요에서 흔히 볼 수 있으며 유동적인 리듬이어서 사회적 변동기에 많이 나타난다고 한다. 그런데 음보율은 강약이나 고저를 기준으로 등장성을 구분하는 방식이기 때문에 그런 지표가 뚜렷하지 않은 한국시에는 적합하지 않다는 문제가 꾸준히 제기되어 왔다. 음보라는 용어 대신에 마디라는 개념을 쓰면 이런 문제에서 비교적 자유로워지면서 기존의 음보 개념으로 설명할 수 있었던 한국시 율격의 특성을 추출할 수 있다. 기존의 2음보, 3음보, 4음보를 각각 두마디율, 세마디율, 네마디율이라고 한다면, 두마디율은 경쾌하고 활달한 정서, 세마디율은 서정적이고 부드러운 정서, 네마디율은 장중하고 안정된 정서를 표출하기에 적합하다.

> 해야 / 솟아라. // 해야 / 솟아라. // 말갛게 / 씻은 얼굴 / 고운 해야 / 솟아라. // 산 넘어 / 산 넘어서 // 어둠을 / 살라먹고, // 산 넘어서 / 밤새도록 // 어둠을 / 살라먹고, // 이글이글 / 앳된 얼굴 // 고운 해야 / 솟아라. //
>
> — 박두진, 「해」 부분

박두진의 「해」는 표면적으로 산문시의 형태를 취하고 있지만, 내재한 리듬을 분석해보면 두마디율이 규칙적으로 반복되고 있다. 두마디율의 경쾌하고 힘찬 리듬감과 산문시의 유장한 호흡이 더해져 역동성을 더한 경우이다. 단순하고 반복적인 어휘를 사용하여 거침없이 읽히며 속도감이 느껴지는 힘찬 시가 되었다.

눈물 / 아롱 / 아롱 //
피리 불고 / 가신 님의 / 밟으신 길은 //
진달래 / 꽃비 오는 / 서역 삼만 리西域 三萬里. //
흰 옷깃 / 여며 여며 / 가옵신 님의 //
다시 오진 / 못하는 / 파촉 삼만 리巴蜀 三萬里. //

신이나 / 삼아줄걸 / 슬픈 사연의 //
올올이 / 아로새긴 / 육날 메투리. //
은장도 / 푸른 날로 / 이냥 베혀서 //
부질없은 / 이 머리털 / 엮어 드릴걸. //

— 서정주, 「귀촉도」 부분

서정주의 「귀촉도」는 세마디율의 서정성을 살려 아름답고 슬픈 사랑이야기를 전달하고 있다. 세마디율의 규칙적인 반복은 못 다한 사랑에 대한 미련보다는 떠나는 님을 정성스럽게 보내고 싶어 하는 심리와 상통한다. 리듬의 파격을 피하고 규칙적인 반복을 선택한 것과 아름다운 만가輓歌에 해당하는 이 시의 지향이 일치하는 것이다. "흰 옷깃 / 여며 여며"에서 "여며"의 반복은 안정된 운율을 완성하려는 의도를 반영한다. 화자는 님의 죽음을 받아들이는 상태에서 님의 가는 길을 아름답게 축복해주고 싶어 한다. 아름다움에 대한 지향이 슬픔의 정서보다 강한 상태이기 때문에 이 시는 규칙적으로 반복되는 세마디율의 유려한 선율을 살려내고 있다.

하늘은 / 날더러 / 구름이 / 되라 하고 //
땅은 / 날더러 / 바람이 / 되라 하네 //
청룡 흑룡 / 흩어져 / 비 개인 / 나루 //
잡초나 / 일깨우는 / 잔바람이 / 되라네 //
뱃길이라 / 서울 / 사흘 / 목계 나루에 //
아흐레 / 나흘 찾아 / 박가분 / 파는 //
가을볕도 / 서러운 / 방물장수 / 되라네 //
산은 / 날더러 / 들꽃이 / 되라 하고 //
강은 / 날더러 / 잔돌이 / 되라 하네 //

— 신경림, 「목계장터」

신경림의 「목계장터」는 네마디율의 규칙적인 리듬을 살려 떠돌이 장돌뱅이의 육성을 실감나게 담고 있다. 이 시에서 네마디율은 끊임없이 반복되며 광막하게 이어지는 장돌뱅이의 발걸음과 일치한다. 단순하고 경쾌한 두마디율과 달리 화자의 발걸음은 떠돌이로서의 모진 숙명을 감내해야하는 무거운 것이어서 네마디율의 유장한 율격과 어울린다. 신경림은 이 시에서 전래 민요의 가락과 정서를 적극적으로 수용하여 공동체가 교감할 수 있는 시를 의도하였다. 규칙적인 리듬과 후렴, 반복적 어구를 통해 보편적인 정서에 대한 호응을 꾀하고 있다.

위에서 두마디율, 세마디율, 네마디율 등 전통적인 율격의 특성을 뚜렷이 드러내주는 시들을 살펴보았다. 그런데 많은 현대시들은 이와 같이 규칙적이고 분명한 율격을 사용하기보다는 훨씬 복합적이고 불규칙적인 리듬을 보여준다. 리듬은 표현하고자 하는 의미에 따라 종종 자유롭게 변형된다.

뉘라 알리, / - //

어느 가지에서는 / 연신 피고 //

어느 가지에서는 / 또한 / 지고들 하는 //

움직일 줄을 아는 / 내 마음 / 꽃나무는 //

내 얼굴에 / 가지 벋은 채 //

참말로 / 참말로 //

바람 때문에 /

햇살 때문에 //

못 이겨 / 그냥 그 //

웃어진다 / 울어진다 / 하겠네. //

— 박재삼, 「자연」

이 시에는 두마디율과 세마디율이 섞여 있다. 1행은 쉼표로 휴지를 유도하며 두마디율에 가까운 호흡으로 읽힌다. 2행은 빠른 호흡으로 읽어야하는 두마디율이고, 3행은 2행과 짝을 이루면서도 '또한'이 첨가되어 세마디율을 이루고 있다. 3행을 이어 4행도 세마디율로 읽혀 반복적인 리듬감을 형성한다. 5행부터 9행까지는 두마디율로 읽히지만 글자 수나 구성이 다양해서 역동적이다. "참말로 / 참말로"와 "바람 때문에 / 햇살 때문에"에서 반복적인 어휘를 사용하여 리듬감을 배가하면서도 율격의 구성에는 변화를 주고 있다. "바람 때문에 / 햇살 때문에" 부분에서는 한 마디를 한 행으로 구성하여 시상을 집중시키는데, 이는 "내 마음"을 "자연"의 탓으로 돌리려하는 미묘한 심리를 효과적으로 드러내고 있다. "못 이겨 / 그냥 그"에서 균형을 잃고 머뭇거리는 말투는 "웃어진다 / 울어진다 / 하겠네."에서 세마디율의 구성진 가락에 담겨 봉합된다. 두마디율과 세마디율의 혼용으로 상당히 불규칙한 이 시의 호흡은 마음의 끊임없는 움직임을 섬세하게 표현해낸다.

운율은 압운과 율격을 모두 포함하지만 한국시에서 그 두 가지의 비중이 똑같이 적용되는 것은 아니다. 한국시의 운율 구조를 거론할 때 주로 언급하는 것은 율격의 모형이다. 한국시에서 압운이 시의 운율을 결정짓는 요소라 할 만큼 포괄적으로 작용하는 경우는 드물다. 그렇지만 압운의 작용을 배제하고 한국시 운율의 독특한 미감을 거론하는 것도 어려운 일이다.

압운은 영시나 한시처럼 음절syllable 의식이 강한 언어에서 선명하게 나타나는 리듬이다. 압운 중 두운頭韻은 단어의 첫 자음이 반복되고, 각운脚韻은 시행 끝에서 강음절의 모음이나 자음이 반복되고, 요운腰韻은 시행 내에서 하나 이상의 압운어가 반복되는 현상이다.

> 밤하늘에 부딪친 번갯불이니
>
> 바위에 부서지는 바다를 간다.
>
> — 송욱, 「쥬리에트에게」 부분

> 잠 이루지 못하는 밤 고향집 마늘밭에 눈은 쌓이리.
>
> 잠 이루지 못하는 밤 고향집 추녀 밑 달빛은 쌓이리.
>
> 발목을 벗고 물을 건너는 먼 마을.
>
> 고향집 마당귀 바람은 잠을 자리.
>
> — 박용래, 「겨울밤」

> 말도 없는 밤의 설움
>
> 소리 없는 봄의 가슴
>
> — 김억, 「봄은 간다」 부분

송욱의 시에서는 '밤하늘', '부딪친', '번갯불', '바위', '부서지는', '바다' 등 각 단어의 첫 자음이 'ㅂ'으로 반복되면서 두운을 형성한다. 파열음 'ㅂ'을 활용하여 시 전체에 흐르는 격렬한 정조를 실감나게 표현하고 있다.

박용래의 시에서는 각 행의 끝에 각운으로 쓰인 '리'의 반복적인 효과가 느껴진다. 대부분의 한국시처럼 이 시의 '리'도 시행의 끝에 쓰인 서술형어미이기 때문에, 한시나 영시의 압운처럼 상이한 단어들에서 동일한 음을 맞추는 방식과는 차이가 있다. 그러나 여러 서술형어미 중에 '리'를 선택하여 이 시의 단아하고 안정된 분위기를 살리고, 한시처럼 3행을 제외한 1,2,4행의 운을 맞추어 각운의 느낌을 강조하는 등 리듬에 대한 섬세한 고려를 살필 수 있다.

한국시에서 요운은 매우 드물게 보이는 압운이다. 김억의 시에서는 '설움', '가슴'에 쓰인 각운 'ㅁ'이 시행 중간의 '밤'과 '봄'에서도 반복적으로 쓰이고 있어 요운을 찾아볼 수 있다.

압운의 규칙을 엄격하게 적용할 경우 한국시에서 압운의 가능성은 크게 약화된다. 그러나 압운의 적용 범위를 음절 단위를 넘어 어절, 어구, 문장, 나아가 언술 전체로 범위를 확대하여, 소리의 반복에서 발생하는 리듬의 효과를 포괄하는 개념으로 간주한다면, 현대시의 리듬으로서 그 효과는 증폭될 것이다.

이처럼 현대시는 전통적인 율격과 압운의 개념을 바탕으로 하면서도 고정된 규칙을 고수하기보다는 자유롭고 개성 있는 리듬을 창출한다. 리듬을 지배하는 원리는 각각의 시가 지향하는 의미이다. 현대시의 리듬은 의미와 호응하는 구조로 매번 새롭게 창조된다.

3. 행과 연의 기능

현대시의 리듬에서 행과 연이 차지하는 비중은 대폭 증대하였다. 행과 연은 율격보다 상위 체계에서 작동하는 호흡과 의미의 큰 단위로서, 시에서 사고와 감정의 흐름을 나타내는 데 결정적인 역할을 한다. 행과 연의 기능이 강화된 것은 통사적 차원의 의미 작용이 중요해진 현대시의 특성과 밀접하게 관련된다. 통사적 차원에서 현대시의 리듬은 전통적인 율격과 상통하며, 소리마디의 규칙적 반복이나 다양한 변주를 통해 구현된다.

현대시에서 행과 연의 기능이 강화된 것은 20세기 이후 활자화된 시가 주를 이루면서 시각적 요소가 중요해진 변화와 관련이 깊다. 노래처럼 소리 내어 읊조리던 시를 눈으로 읽게 되면서 시각적인 리듬의 효과까지 고려하여 행과 연을 구성하게 되었기 때문이다.

현대시에서 행과 연의 형태는 매우 다양하다. 자유로워진 리듬과 마찬가지로 행과 연 역시 개별 시의 의미와 개성에 부합되기 위해 매번 새롭게 창조된다. 정제된 형태의 규칙적인 분절을 보이는 것으로부터 산문과 구분하기 힘든 형태까지 현대시에서 행과 연은 매우 다양하게 운용된다.

필요에 따라 현대시에서도 정형성이 강한 행과 연이 쓰인다. 질서와 조화를 중시하는 고전적 미학이 내재한 시에서 행과 연이 정연하게 배열된 예를 쉽게 찾을 수 있다.

> 난초蘭草닢은
> 차라리 수묵색水墨色.
>
> 난초蘭草닢에
> 엷은 안개와 꿈이 오다.
>
> 난초蘭草닢은
> 한밤에 여는 담은 입술이 있다.

난초蘭草닢은

별빛에 눈떴다 돌아눕다.

— 정지용, 「난초蘭草」 부분

2행 1연시는 정지용이 야심차게 실험했던 시 형식으로서 정형시의 고전미와 자유시의 표현력을 아우르는 방식이며, 다른 시인들에게도 큰 영향을 끼쳤다. 2행 1연시는 형태상 절제와 균형의 감각을 표현하기에 적합하다. 행과 연의 규칙이 분명한 것에 비하면 한 행에 사용된 마디의 수는 한정되지 않아, 고전시가에 비해 표현의 자유가 확장된 셈이다. 「난초蘭草」의 경우 각 연 사이에 의미의 흐름이 이어지지 않고 병치된 것이어서, 간결하게 구획되고 단절된 시의 형태와 상응한다. 절제와 균형, 전체적 조화에 대한 지향은 "난초蘭草닢"으로 시작되는 각 연의 앞부분과, 명사 혹은 "~다"로 간명하게 완결되는 뒷부분의 반복적 구조에 반영된다.

2행 1연 시를 포함하여 현대시에서도 일정한 규칙으로 정연하게 분절된 행과 연을 찾기 어렵지 않으며, 나름의 미학과 의미를 산출하는 것을 알 수 있다. 행과 연의 구성 방식은 시인의 미의식과 세계관과도 직결되어 있어 현대시에서 형식의 큰 원리로서 중요한 역할을 한다.

사향麝香 박하薄荷의 뒤안길이다.

아름다운 배암……

얼마나 커다란 슬픔으로 태어났기에, 저리도 징그러운 몸뚱아리냐.

꽃대님 같다.

너의 할아버지가 이브를 꼬여내던 달변達辯의 혓바닥이

소리 잃은 채 낼롱거리는 붉은 아가리로

푸른 하늘이다. ……물어뜯어라. 원통히 물어뜯어,

달아나거라, 저놈의 대가리!

— 서정주, 「화사花蛇」 부분

서정주는 자신이 표현하고자 하는 의미나 정서에 부합하는 다양한 리듬을 구사하였다. 앞에서 살펴본 「귀촉도」의 유연한 리듬에 비해 「화사」의 리듬은 매우 거칠고 속도감 있다. 각 행을 구성하는 마디의 수에 진폭이 심하고, 각 연을 구성하는 행의 수 또한 일정치 않아 전체적으로 불안한 리듬감을 보여준다. 대상에 대한 도취와 혐오의 이중적인 감정을 변화무쌍한 리듬으로 표현한 것이다. 이 시의 들쑥날쑥한 행과 연들은 잦은 말줄임표, 느낌표, 쉼표, 마침표가 드러내듯 통제되지 않는 흥분된 감정의 상태에서 불규칙하게 반복되는 다변과 묵언의 불안한 호흡과 호응한다.

행과 연의 자유로운 구사는 현대시의 표현력을 크게 확장하였다. 산문시에 이르러 리듬의 자유로움은 정점을 지나 영점에 근접한다. 운문과 산문이라는 절대적인 기준조차 무화하며 리듬의 자유를 추구한 결과이다. 산문시는 한 개 또는 그 이상의 연으로 구성되는데, 각각의 연이 산문의 단락처럼 줄글로 이루어지는 것이 특징이다. 행 구분 없이 줄글로 이어 쓰는 산문시는 현대인의 복잡하고 사변적인 생태와 부합하는 일면이 있다. 산문시가 단발적인 실험에 그치지 않고 지속적으로 쓰이고 있는 현실은 산문시 미학과 현대적 삶의 유사성을 일정 부분 반영한다.

산문시는 모두 줄글의 형태를 보이지만, 율독할 경우 리듬감이 분명하게 느껴지는 경우와 그렇지 않은 경우가 있다. 리듬감이 강한 산문시는 자유시 못지않게 독창적인 리듬을 창출해낸다. 산문시 중에 비교적 서정성이 강하고 분위기나 암시를 통해 시상을 전개해나가는 시의 경우가 이에 해당한다. 리듬감이 거의 느껴지지 않는 산문시들은 대개 서사성이 강하거나 말하고자 하는 의미가 선명하다.

어쩌랴, / (-) // 하늘 가득 / 머리 풀어 / 울고 우는 / 빗줄기, // 뜨락에 와 / 가득히 / 당도하는 // 저녁나절의 / 저 음험한 / 비애悲哀의 / 어깨들 // 오, / 어쩌랴, // 나 / 차가운 / 한 잔의 / 술로 더불어 // 혼자일 / 따름이로다 // 뜨락엔 / 작은 / 나무 의자椅子 / 하나, // 깊이 / 젖고 있을 / 따름이로다 // 전재산全財産이로다 / (-) //

— 정진규, 「들판의 비인 집이로다」 부분

정진규의 산문시는 일반적인 산문과는 확연히 구분되는 내밀한 리듬을 드러낸다. 임의로 율격을 표시해보면, 두마디율, 세마디율, 네마디율의 율격이 섞여 자연스럽게 리듬을 형성하는 것을 알 수 있다. "어쩌랴", "~이로다" 등의 반복적 어구들도 리듬의 형성에 기여한다. 시인은 제어할 수 없는 비애와 고독감을 표현하기 위해 산문의 형식을 취했지만, 시적인 표현과 리듬을 포기하지 않고 새로운 시의 형식을 창조해낸다.

밤마다 부엉새가 와서 울던 그 나무를 동네 사람들은 홰나무라고 불렀다.

홰나무는 우물가에 넓은 그림자를 던져주었다. 두레박이 없어지고, 펌프가 생기고, 뒤이어 공동 수도가 설치되었던 그 자리에 얼마 전에는 주유소가 들어섰지만, 홰나무는 오늘도 변함없이 그 자리에 서 있다.

— 김광규, 「홰나무」 부분

김광규의 이 시는 산문과 거의 구분하기 힘들다. 동네에서 오랫동안 한 자리를 지키던 홰나무의 이야기를 사실적으로 들려주기 위해 리듬보다는 의미 전달을 위주로 서술하고 있기 때문이다.

이처럼 산문시에서 리듬은 의미와의 상호작용 속에서 강화되거나 약화된다. 산문시의 리듬은 시와 산문이라는 상반된 장르의 특성을 양극으로 하여 널리 분포한다. 정형시보다 생동하는 리듬감이 나타나는 산문시도 있고 산문에 가깝게 명료한 진술로 일관하는 경우도 있다. 산문시의 리듬 역시 자유시처럼 의미와 긴밀하게 조응하며 다채롭게 창작된다.

행과 연의 다양한 운용, 산문시의 형식 등은 현대시가 기존의 운율에 담을 수 없는 새로운 의미를 표현하는 과정에서 대폭 확장되었다. 현대시 리듬의 새로운 표현 방식 가운데 빼놓을 수 없는 것은 시행 엇붙임(enjambement)이다. 시행 엇붙임은 통사적인 질서에 역행하여 시행을 분절함으로써 의미와 호흡의 질서에 변화를 주는 방법이다.

> 버드 비숍여사女史를 안 뒤부터는 썩어빠진 대한민국이
> 괴롭지 않다 오히려 황송하다 역사歷史는 아무리
> 더러운 역사歷史라도 좋다
>
> — 김수영, 「거대巨大한 뿌리」 부분

> 그날 아버지는 일곱시 기차를 타고 금촌으로 떠났고
> 여동생은 아홉시에 학교로 갔다 그날 어머니의 낡은
> 다리는 퉁퉁 부어올랐고 나는 신문사로 가서 하루 종일
> 노닥거렸다 전방前方은 무사했고 세상은 완벽했다 없는 것이
> 없었다 그날 역전驛前에는 대낮부터 창녀들이 서성거렸고
>
> — 이성복, 「그날」 부분

김수영과 이성복은 시에서 의미를 강조하고 비판적 시선과 긴장감을 표현하기 위해 시행 엇붙임을 즐겨 사용했다. 김수영의 시에서 "대한민국이/괴롭지 않다"로 엇붙은 시행은 '괴롭지 않다'라는 의미를 강조하기 위한 것이다. 외국인의 시선을 통해 조국의 역사를 재인식하게 되었기 때문이다. "더러운

역사" 또한 의미의 강조를 위해 시행을 의도적으로 분절한 것이다. 이는 '더러운' 역사를 새로 보기 시작한 심리 변화를 반영한다. 시행 엇붙임은 화자가 괴롭게 또는 더럽게 인식했던 역사에 새롭게 눈뜨게 되었을 때의 경이로움을 효과적으로 표현한다. 잦은 시행 엇붙임이 유발하는 긴장감과 호기심은 화자에게 일어난 그러한 인식의 변화를 강조한다.

이성복의 시에 쓰인 시행 엇붙임은 리듬의 속도감을 강화한다. 이 시는 자유시의 형태로 산문적인 진술을 행하고 있다. "낡은/ 다리," "하루 종일/ 노닥거렸다," "없는 것이/ 없었다" 등 통사적 분절과 상관없이 잘라낸 듯한 시행 처리는, 오히려 통사적 질서를 유지하고 서술의 흐름을 지속하려는 관성에 의해 빠른 호흡을 유발하고 시 전체에 속도감을 부여한다. 시행 엇붙임의 연속으로 이루어진 산문적 진술은 각각의 장면들을 빠른 속도로 전환시키며 '그날'이 상징하는 병든 사회의 다양한 풍경들을 재현한다. 시행 엇붙임이 통사적 분절과 어긋나면서 시의 전개에 속도감을 더하고 의미의 확산에 기여함을 알 수 있다. 이와 같이 시행 엇붙임은 의미를 중심으로 리듬이 생성되는 현대시의 변화과정에서 이에 합당한 작용을 하며 개성적인 리듬을 형성하는 중요한 장치로 활용된다.

4. 음성적 효과

한국시의 운율에서 압운은 지배적인 요소는 아니지만 부가적으로 중요한 역할을 한다. 압운은 특정한 음소가 시행의 일정한 위치에서 반복되는 현상이라는 엄격한 기준으로 보면 다소 거리가 있지만, 한국시에서도 압운과 흡사하게 동일한 음성적 요소가 반복되면서 유발하는 리듬의 효과는 활발한 편이다. 현대시의 리듬은 행과 연이 기능하는 통사적 차원이 주축을 이루지만, 음성적 차원에서도 압운을 계승하거나 변형한 다양한 리듬의 효과를 찾아볼 수 있다.

압운 중에서 각운은 가장 많이 논란이 되는 요소이다. 한국시에 흔히 나타나는 종결어미의 반복을 각운으로 볼 수 있느냐 없느냐를 두고 많은 논란이 있어왔다. 영시나 한시처럼 순수한 음소의 반복만을 압운으로 인정해야 한다는 견해와 한국어의 특수성을 인정하여 어절이나 문장 단위에서 이루어지는 형태소의 반복도 압운으로 인정해야 한다는 견해가 상충하는 것이다. 한국시의 리듬이 갖는 미감에 있어 동일 형태소의 반복이 통일된 정서와 분위기를 형성하는 효과는 적지 않다. 교착어인 한국어의 특성상 빈번하게 사용되는 형태소의 운율적 기능을 인정하고 활용하는 것이 한국시의 리듬을 보다 풍부하게 하는 방안이 될 수 있을 것이다.

2

구름 발바닥을 보여다오.

풀 발바닥을 보여다오.

그대가 바람이라면

보여다오.

별 겨드랑이를 보여다오.

별 겨드랑이의 하얀 눈을 보여다오.

— 김춘수, 「들리는 소리」 부분

이 시에서 각 행의 끝은 거의 "보여다오"라는 동일한 종결어미의 반복으로 이루어져 있다. 이 이외에도 "발바닥", "겨드랑이" 등의 반복으로 단순하고 분명한 리듬을 느낄 수 있다. 이 시는 전체 9연 중 첫 연과 마지막 연을 제외한 나머지 연들이 모두 동일한 서술어의 반복을 드러낸다. "~다오"를 포함하여 호소력이 넘치는 종결어미의 무수한 반복은 주술성을 불러일으킬

정도로 압도적인 리듬의 효과를 보여준다.

종결어미의 활용은 시에 일관된 정서를 형성하는 음성적 효과를 가져온다. "~라"로 이어지는 박두진 시 「해」의 종결어미는 단호하고 힘찬 느낌을, "~네"로 이어지는 신경림 시 「목계장터」의 종결어미는 유연하고 관조적인 분위기를 형성한다. 현대시에서 많이 쓰이는 "~다"는 분명하고 객관적인 시선을 드러낸다. 한국시의 종결어미가 각운처럼 작동하면서 발휘하는 음성적 효과는 무시하기 힘들다.

> 흰 수건이 검은 머리를 두르고,
> 흰 고무신이 거친 발에 걸리우다.
>
> 흰 저고리 흰 치마가 슬픈 몸집을 가리우고
> 흰 띠가 가는 허리를 질끈 동이다.
>
> — 윤동주, 「슬픈 족속族屬」

이 시에서 매 행의 첫머리에서 반복되는 '흰'은 마치 두운처럼 전체 시의 분위기를 주도하는 효과가 있다. 두운의 정확한 규칙은 연속되는 단어의 첫 자음들이 동일한 음운으로 반복되는 것이지만, 이러한 규칙을 연속되는 단어로 한정하지 않고 연속되는 어구로 확장한다면, 이 시는 매 구절의 첫 소리가 반복되면서 두운처럼 통일성을 주는 것으로 볼 수 있다. 이 시는 또한 매 연의 첫 행은 '고'로 끝나고, 끝 행은 '다'로 끝나 각운을 이룬다. 이와 같은 반복적인 소리의 구조 속에서 머리부터 발끝까지 '흰' 색의 복식을 하고 있는 여성의 모습을 강조하여 민족의 슬픔과 결연한 각오를 비장하면서도 단호하게 표현하고 있다.

음성적 차원에서도 현대시는 의미와 어울리는 자연스러운 리듬을 추구하며, 전체적으로 엄격한 규칙을 적용하기보다는 부분적으로 음성적 효과를 도모하는 경우가 많다. 음성 상징의 활용은 음성적 차원에서 현대시의 리듬을 활성화하는 대표적인 방법이다. 음성 상징은 특정 음소나 단어의 소리가 갖는 고유한 속성에 의거하여 시의 의미나 분위기를 강화하는 데 효과적이다. 가령 양성모음이나 유음은 부드럽고 섬세한 느낌을, 격음이나 경음은 거칠고 어두운 느낌을 나타내기에 적합하다.

> 굽어진 돌담을 돌아서 돌아서
> 달이 흐른다 놀이 흐른다
> 하이얀 그림자
> 은실을 즈르르 몰아서
> 꿈밭에 봄마음 가고 가고 또 간다

— 김영랑, 「꿈밭에 봄마음」

김영랑은 양성모음과 유음을 활용하여 부드럽고 단아한 분위기를 형성하는 데 있어 각별한 개성을 드러낸다. 그의 시는 또한 순우리말의 질감을 살려 써서 소박하고 정겨운 느낌을 준다. 위의 시에서는 모음운, 그 중에서도 양성 모음이 많이 사용되고 있으며, 자음의 경우도 'ㄴ,' 'ㄹ,' 'ㅁ' 등 부드러운 느낌의 소리를 써서 전체적으로 흐르는 듯한 느낌을 강조하고 있다. 이 시를 통해서도 시인이 소리의 질감을 분명하게 자각하고 적극적으로 활용하였음을 알 수 있다.

> 얇은 사紗 하이얀 고깔은
> 고이 접어서 나빌레라
>
> 파르라니 깎은 머리
> 박사薄紗 고깔에 감추오고

두 볼에 흐르는 빛이

정작으로 고와서 서러워라.

— 조지훈, 「승무僧舞」 부분

시에서만 특별히 통용되는 '시적 허용'의 경우도 운율적 효과를 고려한 것일 때가 많다. 조지훈의 「승무僧舞」에서는 "하이얀", "나빌레라", "파르라니", "감추오고" 등 시의 율격과 음성적 효과를 고려하여 늘여 쓰거나 생략한 말들을 살펴볼 수 있다. 시인이 의도적으로 행한 이와 같은 조어들은 시어의 소리와 질감에 대한 섬세한 감각의 산물이다.

그런데 시어에 대한 감각이 부드럽고 아름다운 소리만을 지향하는 것은 아니다. 현대시는 의미와 호응하는 창조적 리듬을 지배적 원리로 삼는다. 부드럽고 섬세한 정서를 표현하기 위해서는 그와 흡사한 리듬을, 어둡고 거친 내면을 표출하기 위해서는 또 그에 어울리는 거친 호흡과 음성을 사용한다.

흐르는 물처럼

네게로 가리,

물에 풀리는 알콜처럼

알콜에 엉기는 니코틴처럼

니코틴에 달라붙는 카페인처럼

네게로 가리.

혈관을 타고 흐르는 매독 균처럼

삶을 거머잡는 죽음처럼.

— 최승자, 「네게로」

이 시에서도 '흐름'을 표현하고 있지만, 이 흐름은 김영랑 시의 '흐름'처럼 마냥 부드럽고 맑은 것이 아니다. 여기서는 '알콜', '니코틴', '카페인' 등 거친 음색의 외래어를 반복적으로 사용하여 불협화음을 조성한다. '풀리는', '달라붙는', '타고', '매독균' 등도 격음이나 경음이 많아 탁하고 답답한 느낌을 주는 어휘들이고, 압운처럼 각 시행의 끝에 쓰인 '처럼'도 불안하고 거친 느낌을 강화한다. "네게로 가리"라는 화자의 다짐이 매우 힘겹고 고통스러운 과정을 동반한다는 사실을 실감나게 드러내는 음성적 장치들이다.

> 당신……, 당신이라는 말 참 좋지요, 그래서 불러봅니다 킥킥거리며 한때 적요로움의 울음이 있었던 때, 한 슬픔이 문을 닫으면 또 한 슬픔이 문을 여는 것을 이만큼 살아온의 상처에 기대, 나 킥킥……, 당신을 부릅니다 단풍의 손바닥, 은행의 두 갈래 그리고 합침 저 개망초의 시름, 밟힌 풀의 흙으로 돌아감 당신……, 킥킥거리며 세월에 대해 혹은 사랑과 상처, 상처의 몸이 나에게 기대와 저를 부빌 때 당신……,
>
> — 허수경, 「혼자 가는 먼 집」 부분

이 시의 리듬은 '당신'이라는 호명과 '킥킥' 같은 효과음, 잦은 쉼표와 말줄임표 등을 통해 인상 깊게 표출된다. '당신'이라는 말의 부드러운 음조와 '킥킥'이라는 말의 거친 음조는 '당신'과 관련된 사랑과 상처의 양면적 경험을 포괄적으로 드러낸다. 활음조와 격음조의 대립은 "단풍의 손바닥", "은행의 두 갈래"에서 느껴지는 부드러운 음조, "개망초의 시름", "밟힌 풀의 흙"에서 느껴지는 거친 음조에서도 반복적으로 나타난다. 이 시의 핵심어라 할 수 있는 '사랑'과 '상처' 역시 활음조와 격음조로 대조를 이루며 '당신'으로 인해 복잡 미묘했던 화자의 심리를 함축한다. 이처럼 시에서 활음조나 격음조 등 음성이 지니는 고유한 느낌은 통일성을 이루거나 대조를 이루면서 화자의 내밀한 정서와 심리를 효과적으로 전달한다.

현대시에서는 압운을 비롯한 음성적 장치들이 의미와 호응을 이루며 적극적으로 활용된다. 시인들은 정형의 체계나 규율에 얽매이지 않고 감각적으로 자신들의 운율적 능력을 실현하며 새로운 의미와 리듬을 창조해내고 있다. 우리말에 독특한 형태소가 갖는 압운으로서의 효과, 섬세한 음성 상징 등은 리듬의 긴요한 기능인 음성적 표현의 풍부한 가능성으로 남아 있다.

5. 리듬의 창조적 가능성

현대시는 자유시의 이념을 실현하는 과정에서 급격하게 운율을 상실해왔다. 자유시는 마치 운율로부터의 '자유'를 추구하려는 듯 운율에서 멀어져왔다. 현대시에서 리듬은 예전의 시들처럼 정형의 틀로 제시되지 않는다. 옥타비오 파스의 말처럼 모든 시들은 독립된 유기체이자 통일체이고, 완성된 하나의 기적이다. 각각의 시들은 저마다 독자적인 리듬을 보유한다. 정형의 운율은 정형의 준거가 존재하던 이전 시대의 삶의 방식과 상동 관계를 이룬다. 변화무쌍한 현대사회, 개개인이 삶의 기준이 되는 시대에 정형시보다 자유시나 산문시가 활성화되는 것은 자연스러운 현상이다.

그러나 리듬의 자유와 리듬의 무시는 구분되어야 할 것이다. 성공적인 시들의 경우 대부분 리듬에 대한 섬세한 고려와 적극적 활용을 보여준다. 시가 산문과 구분되는 언어예술의 한 절대적 지점인 한, 리듬에 대한 인식 없이 제대로 창작하거나 향유하는 것은 불가능하다. 리듬은 가장 율동적이고 자유로운 문학적 공간이며 생동하는 무한한 시적 에너지를 응축하고 있다.

리듬을 무시하는 것이 자유시의 지향에 상응한다는 착각은 불식되어야 한다. 자유시의 리듬은 개별적이고 주관적인 감각에 불과한 것이 아니라 그 기저에 공감이 가능한 보편적 운율 감각을 내포하고 있다. 자유시는 전통적인 운율을 바탕으로 리듬을 새롭게 창조하는 방식이지 그것을 전적으로 부정하는 방식이 아니다. 리듬의 자유로운 운용은 전통 운율을 이해하고 변환함으로써 가능하다. 운율은 모국어의 뿌리와 닿아있는 언어 현상이기 때문에 전통을 숙고하는 데서 창조의 동력을 견인할 수 있다.

언어예술은 언어의 육체인 소리를 배제하고서는 성립할 수 없다. 리듬은 시에 살아있는 육체를 부여하는 언어예술의 극치이다. 현대시에 창조력과 생명력을 부가하기 위해 리듬에 대한 관심을 보다 확대할 필요가 있다. 리듬에 대한 배려는 자유의 억압이 아닌 표현 가능성의 확산이 된다는 사고의 전환을 통해 자유시의 미학은 더욱 진전할 것이다.

시와 비유

최현식

1. 비유의 개념과 원리

"푸른 하늘 은하수 하얀 쪽배엔 계수나무 한 나무 토끼 한 마리". 1924년 발표되어 세월과 장소, 성별과 세대, 취향과 이념을 두루 초월하여 아직도 널리 불리는 윤극영의 동요 「반달」의 한 자락이다. 이 노래는 어떻게 지어졌을까? 첫째, 제목대로 작가는 우주의 한 요소로서 '반달'과 '은하수'를 관찰의 대상으로 삼았다. 둘째, 은하수와 달의 시간적 흐름을 지상의 강물과 쪽배의 그것에 비유하는 통합적 상상력을 발휘했다. 셋째, '쪽배(반달)'의 노젓는 사공을 전통적인 달 이야기 속의 '토끼'로 대체했다. 동화적 상상력과 구체적인 우주 현상, 친밀한 옛 이야기를 잘 버무린 작가의 뛰어난 예술혼과 능란한 솜씨 덕택에 이전에 볼 수 없던 가슴 뭉클한 '반달'이 우리들 마음에 두둥실 떠오른 것이다. 이런 뛰어난 성취에 대해서는 최상의 예술품에 대한 아도르노의 명제 "단순히 만들어진 것 이상으로 된, 잘 만들어진 것"을 아낌없이 붙여줘도 좋을 것이다.

「반달」 내의 '조선적인 것'들은 순진무구한 동심에 기대어 민족적 감수성과 문화적 자긍심을 암암리에 자극한 것으로 알려진다. 실제로 당시의 동요·동시 작가들은 조선 아동에게 "아름다움과 용기와 희망을 주는 동요를 부르게 하자"라는 목표를 내세웠으며, 「반달」도 그 일환으로 창작되었다. 이 요구에 가장 부합하는 구절은 2절의 "멀리선 반짝반짝 비치이는 건/ 샛별이 등대란다 길을 찾아라"일 것이다. '샛별은 등대'라는 비유는 1절에 담긴 풍경과 장면의 아름다움을 2절의 새 나라에 대한 다짐과 의지로 자연스럽게 전환시킨다. 이 과정은 추상적인 원관념이 실감할 수 있는 보조관념으로 전이, 통합됨으로써 숨겨진 작가의식이나 새로운 세계를 입체적으로 드러내는 비유의 확장성을 역동적으로 보여준다.

하지만 「반달」의 끝자락에 놓인 '샛별', '등대', '길'은 그 의미와 쓰임새가 꽤나 상투적인 것으로 느껴진다. 새 시대, 새 나라에 대한 희망으로 의미가 고정됨으로써 더욱 자유롭고 성숙한 동심童心의 획득에 일정한 제약을 가하기 때문이다. 이런 위험성을 어떻게 피할 수 있을까. 해법은 비교적 간단하다. 「반달」 속 시간의 서사를 소재 자체의 가치로 서둘러 환원하지 않으면 된다. 초저녁 '반달'은 이른 새벽 '샛별'이 뜨면 점차 그 빛을 잃고 조만간 작렬할 햇빛 속으로 서서히 사라진다. 하지만 저녁이 오면 붉디붉은 태양과 희디흰 반달의 위치와 행보는 또 다시 역전된다.

영원한 강자도 약자도 없다는 자연과 생의 원리에 대한 습득은 세계를 객관적으로 파악하려는 '이성적 지혜'에만 의존하지 않는다. 가장 아름답고도 자족적인 동화적 상상력과 시적 사유가 그렇듯이, 우주와 자연에게서 물려받은 우리들의 '감각적 진리' 때문에 가능한 것이다. 「반달」은 이들 지혜와 감각의 갸우뚱한 균형을 바탕으로 때 묻지 않은 동심과 성숙한 민족의식 모두를 수확물로 거둬들였다. 이를 위해 우주와 자연, 인간과 생활, 언어와 예술 전반에 대한 관심과 존중에 충실했음은 물론이다.

동요 「반달」을 화제로 먼저 올린 까닭이 없잖다. 낯익고 단순한 비유일지라도 필요한 의미의 암시와 새로운 존재의 창출에 얼마든지 기여할 수 있음을 보여주기 위함이었다. 이렇듯 멀리 돌아와 만나는 비유의 본질과 원리를 살펴보면 다음과 같다. 먼저 유추적 상상력을 통해 서로 다른 원관념(취의, tenor)과 보조관념(매개, vehicle) 사이에서 유사성을 발견한다. 다음으로 추상적인 원관념을 구체적인 보조관념으로 전이시켜 뜻밖의 의미와 새로운 가치를 창조한다. 여기서 좋은 비유란 유사성에 대한 성실한 탐색을 넘어, 혁신적 의미를 창조하는 '정신적 깊이'[1]가 존재할 때야 성취될 수 있다는 명제가 도출된다. 이 때문에 누군가는 비유를 '현실의 복잡성을 관조하는 성숙한 마음의 운동'[2]이라 불렀다. 물론 이때의 '관조'란 조용히 바라보는 수동적인 응시가 아니다. 새로운 세계의 의미를 탐색하고 거기에 적합한 가치를 부여하는 상상과 사유의 이중적 행위이다.

비유의 본질은 그 어원과 정의에서도 잘 드러난다. '비유比喩'의 원어 'metaphor'는 그리스어 'metaphora'에서 파생되었다. 'meta'는 '~을 초월하여, ~을 넘어'를, 'phora'는 '가져가다, 이동하다'를 뜻한다. 이상의 언어 작용은 비유의 과정을 두 단계로 나누고 다시 통합하는 효과를 발휘한다. 먼저 서로 이질적인 대상들의 만남과 부딪힘에 따른 '낯설게 하기'의 유발이다. 다음으로 그를 통한 일상적·관습적 표현 뒤에 감춰진 참신한 세계 및 의미의 발견과 창조이다. 이 과정에서 우리는 비교되는 대상들의 차이성에 대해서도 밝게 헤아려야 한다. 차이성이 전제될 때야 동일성이나 유사성의 발견이 가능한 것이며, 또한 둘 사이의 기호적 거리가 멀수록 시적 긴장과 미적 충격 역시 더욱 커진다는 예술적 이치 때문이다.

이를 시론에 흔히 보이는 원관념 (A)와 보조관념 (B)의 관계 및 변화에 초점을 맞춰 다시 정리해 보자. 비유는 시적 대상 (A)를 (B)로 전이시키는 언어활동이다. 이때 (B)는 (A)와 다르지만 일정한 유사성을 지닌 구체적 대상이어야 한다. 원관념 (A)는 이질적이되 닮은꼴인 (B)와 결속, 통합됨으로

---

1) 필립 휠라이트, 김태옥 역, 『은유와 실재』, 문학과지성사, 1982, 68쪽.
2) 김준오, 『시론』, 삼지원, 1982(2002), 176~177쪽 참조.

써 관습적 속성을 떨구고 세상에 둘도 없는 낯설고 혁신적인 대상으로 거듭난다. 옥타비오 파스는 이 과정을 '시적 창조'의 연쇄로 파악하면서 ① 일상적 언어의 획일적인 세계와 결별하기, ② 기존의 말을 원초적 상태로 복귀시켜 자율적인 소통의 대상으로 개방하기로 정리한 바 있다.

한편 한국어 사전에서 '비유'는 "어떤 사물이나 현상을 그와 비슷한 다른 사물이나 현상에 빗대어 표현함"으로 정의된다. 용언 '빗대다'에서 보듯이 원관념과 보조관념의 단순한 비교와 대조에 초점을 맞춘 뜻풀이에 가깝다. 이럴 경우 비유의 결과 생겨나는 새로운 영토의 고유함과 신선함, 거기서 발현하는 시적 진리와 보편적 진실에 대한 관심과 해석은 미약해질 수밖에 없다.

이 때문에 비유를 "한 명칭이 일상적으로 지시하는 바에서 다른 대상으로 전이된 것"으로 정의한 아리스토텔레스의 발화는 의미심장하다. 왜냐하면 이때의 '전환'은 원관념과 보조관념의 단순한 자리바꿈이나, 새로운 세계의 창조 없는 결합을 뜻하지 않기 때문이다. 누군가의 말처럼 비유, 특히 은유는 아직 발견된 적 없는 진리와 진실에 도달하기 위한 사유의 투쟁적 산물이다. 또한 기존 언어에 갇혀 고착화된 구세계를 해체·해방함으로써 더욱 복합적이며 자율적인 신세계를 개척하려는 움직이는 사유 자체이기도 하다.[3] 이와 같은 비유의 창조성에 지배된 부차적 소재들의 다양한 동작과 활동이 주된 대상과 그것의 상황을 어떻게 모방하고 재창조하는가를 아래 시에서 구체적으로 살펴보자.

> 그 잎 위에 흘러내리는 햇빛과 입맞추며
> 나무는 그의 힘을 꿈꾸고
> 그 위에 내리는 비와 뺨 비비며 나무는
> 소리내어 그의 피를 꿈꾸고
> 가지에 부는 바람의 푸른 힘으로 나무는

3) 엄경희, 『은유』, 모악, 2016, 12~13쪽.

자기의 生이 흔들리는 소리를 듣는다

— 정현종, 「나무의 꿈」

의인법은 무생물이나 동식물에 인격을 부여하여 진정한 가치를 추구하거나 잘못된 인간 부류를 계몽하고 비판하는 수사학의 일종이다. 인격 부여니 가치 추구니 라는 말이 성립하려면 인간과 사물 사이의 유사성 발견과 그에 기초한 상호 전환이 필수적이다. 이를 감안하면, 제목부터가 이중적이다. '나무의 꿈'은 인간의 본원적 생명력으로 표상된 나무 자체의 꿈으로도, 나무의 이상적 면면을 움켜쥐려는 화자의 욕망으로도 자유롭게 해석될 수 있다. 이에 근거한다면, 사람과 나무는 서로의 경계를 넘나들고 각자의 형상과 특질을 자유롭게 바꿔 입음으로써 개별과 통합의 존재론을 함께 살기에 이르는 것이다.

이를 보더라도 비유는 어떤 두 존재나 세계를 단순히 비교하고 유사성을 찾아내는 소극적 행위가 아니다. 종종 인구에 회자되는 대로, 우리에게 환원 불가능해 보이는 자연과 사물과 인간의 최종적인 동일성을 드러내고 유발시키는 개성적이며 독창적인 창조 행위이다. 아무려나 「바람의 꿈」의 핵심일 '나무'가 듣는 "자기의 생이 흔들리는 소리"는 '햇빛'과 '비'와 '바람'의 "푸른 힘"을 삶의 근본조건으로 내부화하지 않았다면 결코 발현되지 않았을 것이다. 비유의 힘이 건져낸 "자기의 생"이 뜻깊은 까닭은 자연과 사물과 인간을 포괄하는 "우리 모두의 것이면서 동시에 유일하고 독특한 어떤 것을 불러내고 부활시키고 재창조하는 것"4)이기 때문이다. 이곳에 비유의 궁극적 목적과 가치를 존재의 개혁에 위치시킬 수 있는 비밀이 숨어 있다.

4) 옥타비오 파스, 김홍근 외 역, 『활과 리라』, 솔, 1998, 84쪽.

2. 유사성 제시의 '직유', 사유 확장의 '은유'

비유하면 떠오르는 항목은 단연 직유直喩와 은유隱喩이다. 두 개념은 원관념과 보조관념 사이의 관계가 직접적인가 간접적인가를 기준으로 나눈 것이다. 이런 차이는 비교 대상 사이의 명시적인 연결사 유무, 비교 정황의 암시적인 표상 여부로 확인된다. 그럼에도 두 비유법은 시인의 독창적인 세계 발견과 개성적인 표현 능력의 발현, 이를 가능케 하는 작가의 정체성을 드러내는 어떤 신호로 주어진다는 점에서만큼은 예외 없이 공통적이다.

'직유(simile)'는 비교적 단순한 비유법으로 이해된다. 'simile'의 어원이 '비슷함(similar)'인 것에서 보듯이, 원관념과 보조관념은 쉽게 비교·환기되는 유사성을 반드시 공유해야 한다. 둘의 비슷함이 연결사 '~와 같이', '~처럼', '~듯이', '~인양', '~만큼'으로 매개·결속되는 것도 이 때문이다. 실제로 직유는, 이를테면 "지구는 연잎인 양 오므라들고…… 펴고……"(정지용), "열정이 사라진 자리에 건포도처럼 박힌 낯선 기호들"(나희덕)에서 보듯이, 보조관념 '연잎'과 '건포도'의 생생한 질감과 모습이 원관념 '지구'와 '낯선 기호'의 최종적 의미와 가치를 지시하고 규정한다. 직유는 원관념의 표현에 가장 걸맞은 보조관념을 취했을 때 그 효과가 극대화된다는 사실은 이런 언어 상황과 깊이 관련된다.

1) 녯날엔 통제사統制使가 있었다는 낡은 항구의 처녀들에겐 녯날이 가지 않은 천희千姬라는 이름이 많다

미역오리같이 말라서 굴껍지처럼 말없이 사랑하다 죽는다는

이 천희千姬의 하나를 나는 어늬 오랜 객주집의 생선 가시가 있는 마루방에서 만났다

— 백석, 「통영」 부분

2) 차디찬 아침인데

묘향산행 승합자동차는 텅하니 비어서

나이 어린 계집아이 하나가 오른다

옛말속같이 진진초록 새 저리고를 입고

손잔등이 밭고랑처럼 몹시도 터졌다.

— 백석, 「팔원—서행시초」 부분

백석이 남해 '통영'과 평안도 '팔원' 일대를 여행하며 남긴 시편들이다. 시공간상으로 서로 대조되는 여름과 겨울, 남쪽과 북쪽, 바다와 산을 취하고 있어, 두 시를 함께 읽자니 장면의 풍취와 정서의 색채가 더욱 다채롭고 개성적인 맛을 풍긴다. 시적 대상은 '천희의 하나'와 '어린 계집아이'다. 앞쪽은 그가 몹시 사랑하여 찾아 나섰던 젊은 여인이다. 뒤쪽은 가난한 집안을 위해 일본인 집에 애보개로 팔려온 어린 소녀이다. '천희'가 더욱 애틋하고 쓸쓸한 그리움의 대상으로, '계집아이'가 뼈저린 고통을 불러일으키는 측은한 연민의 대상으로 묘사되는 이유이다. 이상의 정황을 더욱 친밀하고 생생하게 지시하고 환기하기 위해 백석은 "미역오리같이" "굴껍지처럼", "옛말속같이" "밭고랑처럼" 같은 생활 속 자연과 환경을 직유의 대상으로 골랐다.

백석의 직유와 사물은 '천희'와 '계집아이'의 개별적 상황이나 일상생활의 면모만을 특정 짓지 않는다는 점에서 그 가치와 의미가 배가된다. 직유의 가족들은 전근대와 식민 시대를 아우르는 우리의 궁핍하고 고통스런 역사현실을 매우 실감나게 묘사하고 재현한다. 이런 점에서 백석은 그게 연정이든 아니면 연민이든 자신의 개인적 정서를 공동체 일반의 집단적 경험과 현실에 주의 깊게 녹여낸 것으로 이해된다. 이를 통해 시인은 자연 최초의 충만한 세계를 오래전부터 잃어온 또 다른 '천희'와 '계집아이'에 대한 관심을 드높였다. 나아가 그들을 낳고 길러온 향토의 뭇사람들에 대한 연대성을 열렬하게 드높였다. 보조관념의 속성을 지시하는 "말라서" "말없이 사랑하다 죽는다는" "몹시도 터졌다"와 같은 용언을 백석의 내면 상황을 고스란히 반영하고 표현하는 숨겨진 기호로 동시에 파악하는 핵심적 까닭이다.

오장환은 『사슴』(1936) 소재 백석의 시를 민족성과 지방색에 충만한 명편名篇으로 고평한 문단 일각의 평가를 거침없이 부정했다. 그의 "회상시는 갖은 사투리와 옛 이야기, 연중행사의 묵은 기억 등을 그것도 질서도 없이 그저 곳간에 볏섬 쌓듯이 그저 구겨 넣은 데에 지나지 않"[5]았기 때문이다. "질서도 없이"라는 말에는 백석의 첨예한 근대의식 부재에 대한 비판 말고도 그의 창작방법, 특히 잦은 직유 구사에 대한 불만과 편견이 숨어 있을 성싶다.

직유는 유사성의 표현이 명시적·직접적인 까닭에 이와 반대되는 은유에 비해 시적 긴장감과 표현의 응축성이 대체로 떨어진다는 부정적인 평가를 받곤 한다. 이로 말미암아 직유는 상상력과 사유와 표현의 조각들에 어떤 질서와 통일성을 부여하는 일에 곤란을 겪게 된다는 것이다. 그 결과는 더욱 심각해서 단편적 정서와 감각에 시의 지성을 소비하는 "형식의 난잡"과 "인식의 천박"(오장환)에 빠져들 위험성을 쉽사리 피하기 어렵게 된다.

하지만 「통영」과 「팔원—서행시초」의 직유를 '난잡'과 '천박'의 기호 놀이로 매도하기에는 많은 난점이 뒤따른다. 오장환이 비판한 "이상한 사투리"와 "뻣뻣한 어휘"는 시인(화자)의 실존, 향토의 개별 대상, 민족의 역사현실이 맺는 관계성을 분산시키는 동시에 수렴하는 언어적·내용적 초점이다. 이것들의 분위기나 뉘앙스를 잘 살려내어 시인이 의도하는 문장의 의미와 정서 효과를 풍요롭게 발현하도록 돕는 미적 장치가 어쩌면 직유와 은유를 포함한 각종 비유법인지도 모른다. 단순한 직유조차도 그것이 어떤 상황이든 시인이 시의 흐름과 형식을 다른 방향으로 이끌거나 그 의미와 가치를 변형시킬 때 현저히 다른 무엇을 생산하는 데 적잖이 기여한다는 시적 진리를 함

5) 오장환, 「백석론」, 『풍림』, 1937년 4월호. 박수연 외 편, 『오장환전집 2—산문』, 솔, 2018, 91쪽.

부로 무시하거나 부정할 수 없는 주된 이유인 것이다.

종종 경원시되는 직유와 달리 '은유(metaphor)'는 상징과 함께 시적 비유의 핵심적 방법으로 존중된다. 두 대상의 합리적·산문적 비교를 벗어나 뜻밖의 질적 도약을 통해 감춰진 진리와 새로운 세계를 불러내는 힘과 능력을 지녔기 때문이다. 은유의 서양말 'metaphor'는 비유의 원어이기도 하다. 그 일부인 '은유'가 비유의 원리와 가치를 공유한다는 사실은 무엇을 뜻할까. 은유가 작가 개인의 시적 능력은 물론, 한 공동체의 문화적 사유 및 향유 능력을 측정하는 균형감 있는 미학적 잣대로 작동 중임을 알려준다는 것에 결정적 의미가 존재한다.

은유에 대한 본격적 탐사에 앞서 시적 동일성의 두 가지 방법을 살펴본다면 어떨까. 자아와 세계의 동일성 추구는 모든 시적 감각과 의식, 언어의 핵심적 목표이다. 한 방법인 '동화(assimilation)'는 시인이 세계를 자아 내부로 끌어들여 그것을 인격화하는 '세계의 자아화'를 뜻한다. 자아와 대립·갈등 중인 외부세계를 자아의 감정과 욕망, 사상과 가치관에 적합한 것으로 전환시켜 둘의 새로운 동일성을 창조할 때 유용하다. 또 다른 방법인 '투사(projection)'는 자아의 내면적 정서를 상상적으로 외부세계에 투사하는 것, 곧 감정이입을 통해 자아와 세계의 일체감에 도달하는 '자아의 세계화'를 뜻한다. 주체와 타자가 서로 소외된다든지 자아가 세계를 정당한 사유 없이 초월한다든지 하는 내적 관계의 상실에서 벗어나 양자가 '연속'과 '통합'의 상태에 놓여 있음을 확인하고 드러낼 때 효과적이다.

1) 눈에서 지워진 그 길 원당 가는 길이었던
내 삶의 무너지는, 자취 없는 길

— 허수경, 「원당 가는 길」 부분

2) 뼈가 운다. 운율 맑은 피리 되어

비 내리는 어두움에 외톨이로 운다.

— 마종기, 「골다공증」 부분

먼저, "원당 가는 길"은 애초엔 벗어날 길 없는 출퇴근 노선 그것이었다. 하지만 불행하게도 "옛사랑 자취 끊긴 길"로 변질됨으로써 타나토스의 폐색 지대로 돌변한다. 연인과의 고통스런 별리가 둘이 걸었던 모든 길을 덧없고 의미 없어 더욱 무서운 길로 끌어내린 것이다. 요컨대 자아의 파멸이 인간사 유정한 길에 상실과 부재의 무정함을 불러들여 그 길을 잔혹한 비극의 통로로 전이시킨 쓰디쓴 '동화'의 현장인 셈이다.

다음으로, 딱딱한 '뼈'는 감정 없는 죽은 사물에 불과하다. 하지만 의사이자 시인이었던 화자에게 뼈는 무엇보다 의학적 관찰의 재료였지만, 그래서 오히려 더욱 은밀한 눈빛과 세밀한 손길을 던질 수 있는 또 다른 자아이기도 했다. 이 역설적인 정황 속에 고국에서 쫓겨난 외톨이 시인과 구멍 숭숭 뚫린 늙은 '뼈'가 추방과 상실의 비극을 딛고 "운율 맑은 피리", 곧 미와 예술로 충만한 존재로 거듭나는 비밀이 숨어 있다. 시인의 뼈를 향한 감정이입, 곧 투사의 동일성은 둘의 소통과 화해에 그치지 않았다. 최상의 예술품을 생산, 그것으로 서로의 마음을 노래하게 된 덕분에 시적인 존재 개혁의 유의미한 모델로 자리하게 된 것이다.

다시 은유의 현장으로 돌아와 원관념과 보조관념의 거리 정도, 의미 전이와 세계 창조의 확장성 여부에 따라 그 종류를 나눠본다. 휠라이트의 『은유와 실재』에 따른다면, 은유는 '치환은유'(置換隱喩, epiphor)와 '병치은유(竝置隱喩, diaphor)'로 대별된다. 이를 좀 더 세분한다면, 일반적 은유를 뜻하는 비교의 은유, 동일성이 강화된 은유를 뜻하는 중첩의 은유, 이질성이 강화된 은유를 뜻하는 병렬의 은유로 나눌 수 있다.[6] 치환은유가 비교의 은유와 중첩의 은유에, 병치은유가 병렬의 은유에 포괄됨을 알 수 있다. 이제 휠라이트의 견

6) 권혁웅, 『시론』, 문학동네, 2010의 "8장 비교:은유란 무엇인가" 참조.

해를 간단히 설명하는 것으로 치환은유와 병치은유의 특질과 방법에 접근해 보기로 하자.

먼저, 치환은유는 우리가 일상에서 사용하는 전통적이며 일반적인 형식이다. 추상적인 원관념을 구체적인 보조관념으로 대체, 곧 치환하는 방식을 취한다. 예컨대 "그것(—햇소금: 인용자)은 어떤 영혼이었던 거/ 먼 고대로부터 온 흰 메아리"(장석남)라는 비유를 보라. 무미건조한 '햇소금'은 고귀한 "어떤 영혼"과 아름다운 "흰 메아리"를 내면화함으로써 그것들의 소중한 가치와 윤리적 덕목을 더불어 살게 된다. 이 가치들의 궁극적 지향점은 햇소금을 섭취하는 모든 인간들일 것이다. 이처럼 치환은유는 일상의 친근한 대상과 감각의 원리에 충실하다. 그 덕분에 원관념과 보조관념에 대한, 또 그것들의 통합 결과 생겨나는 새로운 형상과 의미에 대한 효율적인 이해와 용이한 접근이 가능해진다.

저녁 노을이 지면
신神들의 상점商店엔 하나 둘 불이 켜지고
농부들은 작은 당나귀들과 함께
성城 안으로 사라지는 것이었다
성벽은 울창한 숲으로 된 것이어서
누구나 사원을 통과하는 구름 혹은
조용한 공기들이 되지 않으면
한 걸음도 들어갈 수 없는 아름답고
신비로운 그 성城

— 기형도, 「숲으로 된 성벽」 부분

우울한 심상과 절망적 분위기로 가득 찬 기형도 시에서 보기 드물게 낭만적 분위기와 신화적 상상력이 한껏 배어나오는 시편이다. 여기서 비교적 온전한 형태의 치환은유를 구성하고 있는 대목은 "성벽은 울창한 숲"이다. 이것들과 더불어 핵심 소재로 주어진 "농부"와 "성城"은 원관념이지만 표면에 노출된 보조관념을 배당받지 못하고 있다. 그렇지만 "성벽"과 "울창한 숲"의 관계, "신들의 상점"의 특성을 생각하면, "농부"와 "성"의 보조관념은 그런 대로 짚어볼 만하다. 이렁저렁 농부: '목신木神/牧神', '만 톨의 열매', 성: '신전神殿', '집들의 금빛' 같은 말들이 떠오른다. 이를 감안하면, 신비로운 "농부"와 "성"은 현실 저편의 이상적 세계와 완미한 인간 존재를 표상하기 위해 선택된 원관념으로 파악된다. 두 주체는 신성神性으로 빛나며 신비한 자연에 둘러싸인 타락한 현실 밖의 생산적·자율적·미학적 존재들이다. 해질녘 등불을 통해 이들의 존재감과 가치는 더욱 깊어지고 그윽해진다. 그렇다면 이들을 지키는 "울창한 숲"으로 된 "성벽"의 결정적 가치는 무엇일까. 세상에 둘도 없는 유토피아적 구경究竟을 그 무엇으로도 대체 불가능한 참된 장소로 우리에게 제공한다는 사실 그것일 것이다.

이토록 신성하고 완벽한 진정한 장소성과 전인적 인간상은 뒤따르는 세속적 현실 및 속물적 인간상과 극단적으로 대비됨으로써 그 가치와 의미를 나날이 더해간다. 이를테면 이윤의 비밀창고로 "성"을 점령, 소유하기 위해 함부로 "나무들을 잘라내"는 "골동품 상인"들의 허망하고 용렬한 도끼질을 보라. 이 부정적 대상들은 과거의 시간을 입고 있다는 점에서 현재와 무관한 대상으로 파악될 수도 있다. 하지만 이윤의 생산자, 아니 약탈자들이 손에 거머쥔 도끼는, 기형도의 「안개」를 빌리건대, 대도시 곳곳에 우뚝 솟은 회색 공장과 금빛 마천루의 "검은 굴뚝", 곧 "젖은 총신銃身"의 다른 모습이다. 서로 대립되는 "농부"와 "성(숲)", "상인"과 '도끼'의 의미와 가치는 이로써 더욱 분명해진다. 성 밖 군중을 소외와 파멸의 지대로 몰아가는 끔찍한 모더니티의 타나토스를 넘어, 푸르고 신성한 자연의 에로스로 천천히 그러나 용기 있게 나아가도록 격려하기 위해 치밀하게 구성된 비유물이다.

다음으로, 병치은유는 이질적인 두 대상을 갑자기 충돌시켜 시적 긴장감과 의미의 충격을 극대화하는 비유법이다. 이때 창출된 뜻밖의 신세계와 예외적 의미는 기존의 것을 반성과 회의, 파괴와 해체의 대상으로 몰아붙인다. 병치은유가 친숙한 유사성의 발견보다 낯설고 새로운 존재의 창출에 기여한다는 평가는 이런 변화의 의욕 및 혁신의 열정과 깊이 연관된다.

이를테면 꼽추 노인이 "등에 커다란 알을 하나 품고/ 그 알 속으로 들어가/ 태아처럼 웅크리고 자고 있었다."(김기택)라는 비유를 보라. 노인의 평생 불구를 가져온 굽은 등의 커다란 혹은 어떤 의미를 지닐까. 수전 손택의 어떤 책에 인용된 말을 빌리면, "신체를 (또 정신을-인용자) 갉아먹고, 짓무르게 하고, 헐어버리는 우울증"[7]으로 작동해왔을 것이다. 하지만 시인은 불길한 혹덩이를 여리고 가냘픈 '태아'와 '알'로 치환함으로써 노인의 삶에 들러붙은 질병과 죽음의 비극을 넘어선다. 나아가 육체의 그 '화농(化膿)된 오점'을 새롭고 영원한 생명력의 원천으로 돌변시킨다. 마지막 구절의 "다음날부터 노인은 보이지 않았다"라는 표현은 아마도 '죽음'을 뜻할 것이다. 하지만 소외되거나 억압된 것들의 생명현상 발견과 표현에 매진해온 시인의 창작 성향을 고려하면, 노인의 사라짐은 부정적 현실과의 결별 및 현실 저편 영원한 삶으로의 거듭남을 의미할 가능성이 훨씬 높다.

> 지렁이과. 자웅동체. 밑에 있는 것을 암컷이라 부르는 사람도 있고 위에 있는 것을 암컷이라 부르는 사람도 있으나 그 누구도 수컷과 암컷을 구분하지 못한다. (…중략…) 신선한 야채와 과일을 즐기면서도 말은 마구 냄새를 피우면서 배설한다는 소문. 입과 항문의 동체. 그 배설물의 독성은 가히 치명적(껄껄거리면서 터지는 헛방귀 소리. 그 앞에선 온갖 동물들이 피해간다). 어두운 곳에선 끝장을 볼 때까지 터널을 파기를 좋아하며 창자와 하나의 관으로 연결되어 있는 기관. 날카로운 이빨로 부드럽고 간사한 붉은 성감대를 가린다는 소문.
>
> — 김혜순, 「입술」 부분

---

7) 수전 손택, 이재원 역, 『은유로서의 질병』, 이후, 2009, 21쪽.

시를 여는 "지렁이과. 자웅동체"라는 비유와 지시로는 시적 대상, 곧 원관념이 무엇인지 쉽게 파악되지 않는다. "말", "입과 항문의 동체" "배설물", "얼굴 위의 생물 중 가장 하등동물" 따위의 정보를 종합하고 나서야 "입술"이 감춰진 원관념임을 알게 된다. '입술'하면 우리는 보통 달콤한 사랑, 붉은 생명력, 정의로운 구호 등을 먼저 떠올린다. "하등동물"로서의 "입술"은 이런 보편적 심상과 여지없이 상반되는 부정적 사물이다. 시인은 그것이 토해내는 "배설물", 곧 온갖 타락과 퇴폐, 참화와 부패 현상을 비판하기 위해 보통의 입술에 오염된 입술을 갑작스러운 듯 치밀하게 병치, 충돌시켰다.

물론 시인의 부패의 상상력은 타락한 현실의 비판과 부정으로 끝나지 않는다. 그의 무의식과 언어 저 깊은 곳에는 바람직한 생명력과 윤리성에 대한 강렬한 믿음과 희원이 함께 숨어 있다. 이를 통해 '입술'과 직접 연결된 건강한 배설의 "항문"이 있어 우리 존재는 파멸의 위험성을 딛고 씩씩하게 존립해 갈 수 있다는 역설을 음영 짙게 입체화한다. 잘 조직된 병치은유의 실천이 파괴와 창조의 넘나듦, 참신한 세계의 창조, 도발적인 존재 개혁과 깊이 연관되고 있음을 풍자의 공격성을 활용하여 날카롭게 드러내는 미학적 현장인 셈이다.

3. 속성—대상의 '환유', 부분-전체의 '제유'

은유와 구분되는 비유법으로 대유(代喩)가 있다. 이것은 사물의 속성이나 일부를 통해 사물 자체나 그 전체를 나타내는 비유법이다. 다시 말해 대체물(보조관념)이 논리적·공간적으로 인접한 피대체물(원관념)을 대신하여 목적한 의미를 드러낸다. 대유법에는 '환유(換喩, metonymy)'와 '제유(提喩, synecdoche)'가 포함된다. 두 비유는 기지(既知)의 사물이나 현상을 통해 미지(未知)의 의미나 세계를 찾고 구성하는 공통점을 지닌다. 하지만 중요한 차이점도 분명히 존재한다. 환유의 의미는 대상 내부에서 발생하지 않는다. 대상을 둘러싼 외부 환경, 곧 관습적·제도적·문화적 맥락에 의해 강제로 부여된다. 이에 반해 제유의 의미는 사물의 부분과 전체의 관계나 상위−개념의 구조적 체계를 통해 대상 내부에서 발생한다. 이를 기억하면서 환유와 제유의 구체적 원리와 효과를 살펴본다.

먼저 환유는 일상에서 흔히 접하는 대상의 속성이나 특질을 활용하여 그 대상 자체를 지시하고 재현하는 비유법이다. 이 때문에 환유의 대체물(보조관념)과 피대체물(원관념) 사이에는 공통의 의미소가 따로 존재하지 않는다. 두 대상은 그것들을 필요로 하는 실용적 동기와 사회적 맥락에 의해 의미 관계가 묶이고 결정된다. 비유 과정에서 어떤 생략이나 비약이 벌어질지라도, 대체물이 정확한 의미를 자동적으로 환기하는 구체성과 사실성을 갖춰야 하는 이유가 생겨나는 지점이다.[8)]

이를테면 "우리 바로 위층에 코끼리가 살고 있다/그는 늘 부릉거린다"(송찬호)라는 비유를 보라. 대체물(보조관념) "코끼리"는 무언가 거대하며 위압적인 인물을 지시한다. 화자의 정보에 따르면 그는 "위층"에 살며 한 번도 아래층으로 내려온 적이 없는 자이다. "코끼리"의 정체는 "지붕을 뺑아 이윤을 만들고"에서 분명하게 밝혀진다. "의자 하나를 고용한 적이 있다"가 암시하듯이, 피고용자, 곧 노동자를 좌지우지하는 고용주, 곧 자본가이다. 환유의 대체물 "코끼리"는 송찬호만의 발명품인지라 아직은 대중의 충분한 동의와 활용을 얻지 못한 형편이다. 하지만 "코끼리"는 거대한 몸체와 어마한 먹성만으로도 자신만의 이윤 창출을 위해 피고용자 위에 군림하는 폭력적인 자본가를 지시하는 대체제로 기능할 잠재성과 가능성을 풍부하게 갖추고 있다.

> 눈이 먼 뒤에도 할머니, 손에서 화투장을 놓지 않으시다 자거나 먹거나 쌀 때면 살짝 꼭 쥔 주먹이시고 보통은 가부좌를 틀고 패를 쫙 펼친 채 살짝 꼭 졸고

---

8) 권혁웅, 『시론』, 문학동네, 2010, 334~336쪽 및 권혁웅, 『환유』, 모악, 2017, 21~22쪽.

계시다 어디 어디 보자 그렇게나 뒤집혀 내게로만 뻔한 패라지만 할머니, 이매조냐 풍이냐 임이 곧 근심이거늘 할머니 흑싸리냐 빨간 싸리냐 죽음이 곧 천복이거늘 숨이 멎은 뒤에도 할머니, 끝끝내 손에서 화투장을 놓지 않으시다

— 김민정, 「화두냐 화투냐」

자음 하나 다른 두 단어를 두고 가벼운 유희와 심각한 죽음의 우리 삶을 꿰뚫는 명랑-비극의 시편이다. 이곳에서 환유를 찾는다면 화투 패가 될 것이다. 12종류 화투 패에는 1년 12달을 대표하는 꽃과 나무, 새와 나비와 동물, 해와 달 등이 그려져 있다. 같은 그림을 맞추는 놀이로 끝났다면, 화투 패에 대한 새로운 의미 부여나 확장은 더 이상 불가능했을 것이다. 하지만 12가지 그림은 놀이의 과정에서 관습적·상투적인 의미를 부여받아 만인 모두가 떠올리는 자동적 기호로 행세하게 되었다. 예컨대 이매조—임, 단풍—근심, 흑싸리·빨간 싸리—횡재에 보이는 대상과 의미의 결속은 우연적인 것이어서 모두가 동의할만한 어떤 공통점이나 진리를 찾아내기 어렵다. 하지만 대중에게 우연히 주어진 의미의 약속, 이를테면 '이매조에 단풍이 떴으니 눈물 바다겠구나'와 같은 상투적 해석이 고착되면서 화투 패마다 '연상이 가진 일종의 자동성'이 들러붙게 된다. 이것은 화투 패를 쥔 누구나 해당 의미를 관습적으로 떠올리고 소비하는 실용적·유희적 문맥이 결정되었다는 뜻의 다른 말이기도 하다.

기호학자 위르겐 링크에 따르면, 환유는 "피대체물과 대체물 사이에서 일어나는 통사적 결합의 아주 잦은 반복이 있을 때 일어난다."[9] 화투 패를 떼며 하루의 운세를 점치는 할머니의 행동은 환유가 제공한 상투화된 의미가 어떻게 반복, 재생산되며 또 사람들의 심리에 어떻게 작용하는지를 생생하게 드러낸다. 시인의 의식이 예리하다면, 할머니의 화투 놀이를 어깨너머로

9) 이 부분의 환유 및 뒷부분의 제유의 원리와 방법에 대해서는 권혁웅, 『환유』, 16~26쪽 참조.

관찰하는 데 그치지 않았다는 점에서 찾아져야 한다. "화두"라는 종교적 개념이 암시하듯이, 시인은 화투놀이로 하루를 점치며 위안을 구하던 할머니의 고단한 생애를 우리 모두의 것으로 아프게 되돌려주었다. 우리의 삶은 반복되는 일상에 그치는 한 화투 패의 사랑과 이별과 횡재와 손해의 상투성을 벗어나지 못한다. 우리 모두는 그러나 비할 데 없는 절실함으로 그것들을 죽음으로 가는 삶의 행장 속에 어떻게든 꾸려 넣느라 항상 바쁘며 또 전전긍긍한다. 이 자리에 '화투'가 '화두'로 의미 변용의 질이 느닷없이 제고되는, 다시 말해 "숨이 멎은 뒤에도 할머니, 끝끝내 손에서 화투장을 놓지 않"은 까닭의 비밀이 숨어 있다.

이제 제유를 살펴볼 차례이다. 제유는 부분과 전체, 종種개념과 유類개념으로 서로를 포괄하거나 수렴함으로써 숨겨진 세계를 드러내고 새로운 의미를 창안하는 비유법이다. 이런 포괄/종속 관계는 제유의 원관념과 보조관념이 등위적인 위치나 모습을 갖지 않음을 보여준다. 제유를 두 가지 연상 방향에 따라 ① 일반화된 제유: 부분에서 전체로 나아감, ② 구체화된 제유: 전체에서 부분으로 나아감으로 구분할 수 있는 것도 이 때문이다.

이를테면 "구두는 몰라 장화의 아픔을 / 장화의 서러움을 그 뜨거움을" (신경림)이라는 비유를 보라. "구두"와 "장화"는 '신다'라는 쓰임새는 같으나, 사용하는 시간과 장소, 투입된 재료와 만들어진 방법이 서로 다른 대체물(보조관념)이다. 두 사물은 시인의 친절한 안내대로 탄광 사무직원과 광부 사이의 계급적 차이와 갈등을 예각화하기 위해 동원되었다. 그러면 "구두"와 "장화"에 사용된 비유법은 무엇일까. "구두"와 "장화"는 사무직원과 광부가 걸친 전체 의복 가운데 하나이므로 포함관계의 사물이나 현상 사이에서 성립하는 제유로 인정된다. 하지만 두 대상은 '구두 신은 사무직원', '장화 신은 광부'에서 비롯한 준말이기도 하다. 구두와 장화 자체보다는 그것을 신은 이들의 계급적 위치와 속성을 가리키기 위해 사용한 말이므로 환유에도 해당된다. 여기서도 환유의 의미는 대체물과 피대체물의 밀접한 유사성보다는 관습, 제도와 같은 외부적 연관성에 의해 발생된다는 사실이 다시 확인된다.

> 나는 바퀴를 보면 굴리고 싶어진다.
> 자전거 유모차 리어카의 바퀴
> 마차의 바퀴
> 굴러가는 바퀴도 굴리고 싶어진다.
> 가쁜 언덕길을 오를 때
> 자동차 바퀴도 굴리고 싶어진다.
>
> 길 속에 모든 것이 안 보이고
> 보인다, 망가뜨리고 싶은 어린 날도 안 보이고
> 보이고, 서로 다른 새떼 지저귀던 앞뒤 숲이
> 보이고 안 보인다, 숨찬 공화국이 안 보이고
> 보인다. 굴리고 싶어진다, 노점에 쌓여 있는 귤,
> 옹기점에 엎어져 있는 항아리, 둥그렇게 누워 있는 사람들,
> 모든 것 떨어지기 전 한번 날으는 길 위로.
>
> — 황동규, 「나는 바퀴를 보면 굴리고 싶어진다」

'바퀴'는 '탈 것'에 달린 부속품이다. 그래서 '바퀴'하면, "자전거 유모차 리어카의 바퀴", "마차의 바퀴", "자동차의 바퀴"에서 보듯이 크기나 쓰임새에 상관없이 그것 달린 모든 '탈 것'이 자동적으로 연상된다. 그렇지만 시인은 이 정도에서 그치지 않는다. '바퀴'의 속성 '둥글다'와 '구르다'에 주목하여 "노점에 쌓여있는 귤", "옹기점에 엎어져 있는 항아리", "둥그렇게 누워 있는 사람들"까지도 굴리고 싶다고 고백한다. 이 지점에서 비유법은 더욱 확장된다. 예컨대 '귤은 유모차다', '항아리는 리어카다', '둥그런 사람은 자동차다' 같은, 아니면 둘의 앞뒤가 바뀐 문장의 은유도 생겨날 법하기 때문이

다.[10] 비유란 결박된 언어와 의식을 끊어냄으로써 사유의 확장은 물론 새로운 현실의 창조에 기여하는 예술적 모험이라는 사실이 제유와 은유의 동시적 작동을 통해 거듭 확인되는 지점이다.

한편 둥근 것이라면 무엇이든 굴리겠다는 시인의 욕망은 단순한 유희의 열정에서만 비롯된 것이 아니다. 사물과 세계의 본질을, 오늘의 세세함과 내일의 전망을 가로막는 폐쇄적이며 반복적인 일상에 대한 비판과 부정 의식에서 발생한 것이다. 움직임 없이 멈춰 선 사물과 사람뿐만 아니라 "굴러가는 바퀴"조차도 다시 굴리고 싶다는 희망의 토로가 이를 증명한다. 요컨대 부정적 현실에 대한 냉철한 이해와 비판이 아무런 변화나 개선 없이 고정된 세상을 뒤흔들거나, 감옥 같은 그곳에서 빨리 탈출하고 싶다는 파괴의 욕망과 자유의 의지를 뜨겁게 돋운 셈이다.

4. 대상 집중의 '은유', 자유로운 유동의 '환유'

수사학의 범주에서 다룬 은유와 환유를 언어의 본질적인 속성에 기대어 다루면 또 다른 형식과 내용의 은유와 환유가 가능해진다. 후자의 범주에서 "은유는 구심력을 지닌 중심화된 사유, 체계지향적인 힘을 일컫고, 환유는 그와 반대로 원심력을 지닌 탈중심화된 사유, 탈체계적인 힘을 지칭한다."[11] 이와 같은 두 개념에 대한 언어학적 전회는 언어학과 시학의 관계를 중심으

10) 유모차와 리어카를 끌고 자동차를 운전하는 이들을 '~바퀴'라는 별명으로 부르면, "바퀴가 특정사항이며 또 다른 특정사항도 운전자와 외적으로 연관되"므로 환유가 성립된다. '바퀴'의 환유에 대해서는 정원용, 『은유와 환유』, 신지서원, 1996, 165쪽. 여기서는 권혁웅, 『환유』, 20쪽 재인용.

11) 서영채, 「언어의 질서가 우리에게 가르쳐 주는 것」, 『인문학 개념정원』, 문학동네, 2013, 18쪽.

로 실어증의 성질과 양상[12]을 분석·분류했던 러시아 형식주의자 로만 야콥슨의 작업에 크게 힘입었다.

그에 따르면 모든 언어는 '선택'과 '결합' 두 양식의 배합으로 세계 인식과 개념 형성, 그에 대한 표현을 수행한다. '선택'은 비슷한 대상끼리의 교환과 대체를 위주로 하는 '유사성의 원리'를 실행한다. '결합'은 인접한 단어들의 합리적 배열과 규칙적 조합을 위주로 하는 '인접성의 원리'를 실행한다. 야콥슨은 이를 수사학, 곧 시학(詩學, 문학 일반을 일컫는 말임)에 적용하여 전자: 은유–선택–유사성의 원리, 후자: 환유–결합(배열)–인접성의 원리로 개념화했다. 나아가 선택과 결합 어느 한 쪽의 우세함을 바탕으로, 시는 은유가, 소설은 환유가 지배적이라고 보았다.[13]

실제로 서정시는 리듬과 이미지, 비유 등을 통해 사물의 핵심을 지향하는 한편 새로운 세계와 의미의 창조를 목적한다. 이를 위해서는 시적 대상과 정서의 간결한 표현 및 효과적인 내면화가 필요하다. 소설을 비롯한 산문적 글쓰기는 디테일의 정확성과 풍부함에 함께 주의한다. 그럼으로써 언어의 지시기능을 극대화하는 한편 서사와 구성의 객관적 사실성을 더욱 강화한다. 이런 차이성을 두고 서영채는 "은유는 하나의 대상을 향해 집중하는 힘이고 환유는 자유롭게 유동하는 충동이다"[14]라고 규정했다.

이런 특질의 은유와 환유를 서정시의 문법과 관련시킨다면, 로만 야콥슨의 "시적 기능은 등가의 원리를 선택의 축에서 결합의 축으로 투사한다"라는 정의가 흥미로운 대상으로 떠오른다. 그에 따르면 산문이나 메타언어에

---

12) 유사성 장애와 인접성 장애로 구분된다. 유사성 장애는 한 단어를 다른 단어로 대체하려 할 때 적절한 낱말을 떠올리지 못해, 곧 선택의 축이 훼손되어 구체적인 낱말 대신 형식적인 대명사, 접속사 등만 말하게 되는 실어증이다. 인접성 장애는 선택된 단어들을 순서와 이치에 맞게 배열하지 못해, 곧 결합의 축이 훼손되어 문장에서 접속사, 조사, 활용어미 등은 사라지고 개별 단어들이 분리된 채 제각각 떠다니는 상황, 곧 정확한 문장의 구성과 의미의 생산에 문제가 생기는 실어증이다.

13) 로만 야콥슨, 「언어 옷의 두 양상과 실어증의 두 유형」, 『문학 속의 언어학』, 신문수 편역, 문학과지성사, 1989, 110~116쪽.

14) 서영채, 「언어의 질서가 우리에게 가르쳐 주는 것」, 20쪽.

서는 등식문等式文을 만들기 위해 배열이 활용되나, 시는 배열을 만들기 위해 등식문을 사용한다. 산문은 예컨대 "시골에서 물감은 아주 귀물이었다"(박완서)에서처럼 주어와 서술어를 배열하는 방식으로 3인칭 지향의 객관적 사실에 대한 '지시기능'을 수행한다. 이와 달리 서정시는 예컨대 "한없이 느린 배밀이로 오래오래 가"는 달팽이의 "네 개의 뿔"을 "망해버린 왕국의 표장標章"(김사인)에 비유하는 형식을 취한다. 1인칭, 곧 시적 자아의 '감정표시기능'을 풍부화하기 위해 원관념과 보조관념이 등가관계를 이루는 은유나 직유를 적극 활용하는 것이다.[15]

이상의 은유에 대한 설명과 그것에 기초한 시적 문장의 출현을 윤동주의 「별 헤는 밤」을 통해 확인해보자.

(가)

별 하나에 추억追憶과
별 하나에 사랑과
별 하나에 쓸쓸함과
별 하나에 동경憧憬과
별 하나에 시詩와
별 하나에 어머니, 어머니,

(나)

어머님, 나는 별 하나에 아름다운 말 한마디씩 불러봅니다. 소학교小學校 때 책상冊床을 같이 했든 아이들의 이름과 패佩, 경鏡, 옥玉 이런 이국소녀異國少女들의 이름과 벌써 애기 어머니 된 계집애들의 이름과, 가난한 이웃사람들의 이름과 비둘기, 강아지, 토끼, 노새, 노루, "푸랑시스 쨈" "라이넬·마리아·릴케 이런 시인詩人의 이름을 불러봅니다.

15) 로만 야콥슨의 명제, 시와 산문 언어의 차이성, '지시기능'과 '감정표시적 기능'에 대해서는 로만 야콥슨, 김태옥 역, 「언어학과 시학」, 이정민 외 편, 『언어과학이란 무엇인가』, 문학과지성사, 1977, 154~156쪽 참조.

(가)에서 시인은 "별 하나"에 자신에게 특정한 가치와 의미를 지닌 명사 6개를 골라 접속시킨다. 원관념과 보조관념을 (A)+(B)의 형식으로 통합한 전형적인 은유를 취한 것이다. 시적 화자는 높고 넓은 밤하늘에 반짝이는 별들의 모습에 어울릴 법한 친근한 명사들을 세심하게 선택했다. 그럼으로써 인간이 유사 이래 별들에 부여해온 핵심적인 가치와 아름다움을 자연스럽게 드러낸다. 하지만 (가)의 은유에는 선택된 보조관념을 적절하게 설명할 수 있는 객관적인 서술어가 없다. 이 때문에 자칫 현실과 분리된 감상성이나 현실 저편의 낭만성에 묻혀 사유의 확장과 존재의 혁신을 놓쳐버릴 법한 위험이 발생한다.

이 문제에 대해 윤동주는 어떻게 대처했을까. "어머님, 나는 별 하나에 아름다운 말 한마디씩 불러봅니다."에 그 비밀이 숨어 있다. 요컨대 6개의 명사에 합당한, 다시 말해 그것들의 의미와 가치를 환기하는 대상들을 찾아내어 이치에 맞게 배열하는 방식을 취한 것이다. 물론 (나)에 등장하는 다양한 존재들은 대상의 의미와 감정을 구체적으로 드러내는 서술어가 아니다. 하지만 시인은 그것들에 간직된 가치와 정서를 바로 환기할 수 있도록 우리들 경험과 현실에서 흔히 접할 수 있는 사물과 동식물, 벗과 이웃, 그리고 서양 시인을 차례대로 선택하여 배열했다. 이를 통해 (나)는 "아름다운 말 한 마디씩"에 대상의 이름을 넣어 명명하는 문장, 곧 "어머님, 나는 별 하나에 [N1(N2, N3, N4……)]의 이름을 불러봅니다"라는 꼴을 갖추기에 이른다. 시인이 떠올리는 대상 N은 무한대로 늘어날 수 있으므로, 해당 문장은 정체성 뚜렷한 대상의 고유한 이름만으로도 명사 6개의 특성과 가치를 효과적으로 드러내게 된다. 여기 이르면 '추억~어머니에' 대한 기억과 느낌을 디테일하게 드러낼 수 있는 서술어의 선택이 가능해진다. 이 과정을 뚜렷이 드러내기 위해 후루쇼프스키가 은유에 적용했던 '지시의 틀(fr)'[16]을 이용하여 「별 헤

16) 후루쇼프스키의 '지시의 틀(fr)'은 대상을 표현할 때 고정된 단위의 문장의 한계를 뛰

는 밤」을 도해하면 아래의 그림표로 정리될 것이다.

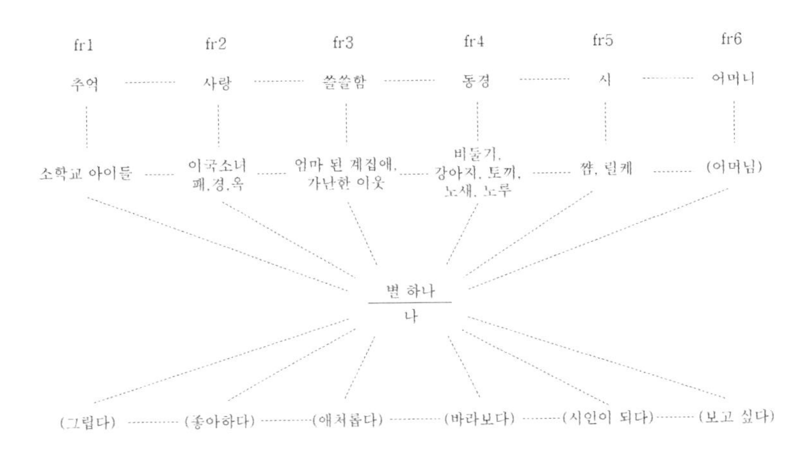

(가)에 보이는 은유처럼 윤동주는 자아의 삶과 정서의 의미를 특정 명사를 선택하여 명확히 했다. 그럼으로써 "별 헤는" 까닭과 목적에 지체 없이 도달한다. 그러나 추상적 명사들은 삶의 세목과 경험된 정서를 실감나게 표현하기에는 여러모로 힘에 부친다. 하지만 시인은 그 구체성과 고유성 때문에 이름이나 형상만으로도 자신을 충실히 드러내는 친밀한 대상을 선택하고 배열함으로써 그런 약점을 단숨에 넘어선다. 아래쪽 괄호 안의 서술어는 이런 과정을 거치면서 시인과 독자가 강렬하게 느꼈을 법한 정서와 희망을 나타내기 위해 적어본 것이다. 해당 서술어들은 당연히도 독자의 직·간접적 경험, 자연과 세계와 인간에 대한 이해, 삶의 터전인 일상현실의 분위기나 상황에 따라 얼마든지 다른 말들로 대체될 수 있다.

이 지점에 결합 기능과 인접성 원리 중심의 환유적 표현은 서사의 풍부한

어넘어 "의미론적 단위의 자유로운 상호 결합을 가능케 하는 유동적 단위"로 작동하도록 유도하기 위해 고안된 것이다.(이에 대해서는 엄경희, 『은유』, 81~82쪽 참조) '지시의 틀'에 대한 설정은 독자의 지식 수준, 텍스트의 시점과 발화 양상, 독서와 해석이 현실적 문맥과 관계 맺는 방식에 크게 의존한다. 실제로 우리는 「별 헤는 밤」에 대한 '지시의 틀'에 우리 자신의 경험 요소를 대신 집어넣음으로써 윤동주의 경험과 감각을 추체험하면서 우리들의 그것과 얼마든지 비교할 수 있게 된다.

디테일을 추구한다는 말의 진정한 뜻이 숨어 있다. 그러므로 환유를 특징짓는 '탈중심화된 사유', '탈체계적인 힘'과 같은 말은 다음과 같이 해석될 필요가 있다. 특정한 맥락에서 생겨나는 연상을 기초로 의미를 생산한다는 것, 이를 위해 구체적인 역사현실과 실제 상황에 관심을 기울여 대상의 연관 관계를 파악한다는 것이 그것이다.

이상의 환유의 원리는 윤동주의 뛰어난 시적 자질을 역설적으로 드러내는 곳인지라 더없이 소중하다. 그는 행위만을 지시하는 서술어 "불러봅니다" 앞에 자아와 밀접하게 관련된 과거와 현재 속 사물과 자연과 존재들을 목적어로 배열했다. 그럼으로써 (가)의 명사들에 담길 뻔한 추상성과 관념성, 역사현실과의 격절, 주관성에 대한 함몰 등과 같은 은유의 취약성을 슬기롭게 넘어섰다. 동시에 그것들의 본질과 가치를 표현하는 서술어 없이도 식민지 현실을 너끈히 이겨내는 범속한 트임의 구축과 낮아지는 자로의 존재 혁신에 성큼 다가섰다.

이미지

조강석

1. 이미지에 대한 기존의 논의

시 이미지에 대한 연구는 지금까지 대개 세 가지 방향에서 진행되어 왔다. 첫째는, 감각적 표상을 중심으로 시 이미지를 읽는 것이다. 예컨대, 특정 시인의 시에 나타난 시각 이미지, 청각 이미지, 촉각 이미지를 읽어내거나 혹은 공감각적 이미지를 읽어내는 것이 여기에 속할 것이다. 대표적인 예로 김광균의 「외인촌外人村」의 저 유명한, "분수처럼 흩어지는 푸른 종소리"와 같은 구절을 시각적 이미지와 청각적 이미지가 어우러진 공감각적 이미지의 대표적인 사례로 읽는 것이 여기에 속한다. 시 이미지를 감각적 분절에 의해 읽어내는 이런 방식의 독법은 오랜 동안 통용되어 왔으며 나름대로 시를 이해하는 방법을 제공해온 것도 사실이다. 그러나 시 이미지에 대한 이해를 감각의 차원으로 협소화하는 소지가 있을 수 있다.

시 이미지를 읽는 잘 알려진 두 번째 방식은 가스통 바슐라르(Gaston Bachelard)의 상상력 논의에 힘입어 이미지를 질료적 상상력에 의해 분류하는 것이다. 바슐라라는 상상력에 대한 대표적 저서들을 통해 물, 불, 흙, 공기와 같은 네 가지 기본 질료의 속성을 인간 상상력의 기본 패턴과 연관 짓고 이로부터 파생되는 상징적 함의들과 결합시켰다. 예컨대 그의 논의에 따르면 물은 내밀성의 한 타입으로서 유동하는 이미지의 공허한 운명과 관계깊고 불은 정화와 환생, 그리고 지적인 욕구와 관계되며 대지는 의지와 휴식과, 공기는 상승과 팽창, 고도와 명정함 등의 함의를 띤다는 것이다. 질료적 상상력에 의해 시 이미지를 설명하는 것은 조금 더 풍부하게 시를 해석할 여지를 제공한다. 그러나 4가지 기본적인 패턴에 의해 시 이미지를 독해하는 방식 역시 해석의 확장성을 제공하지 못한다는 아쉬움을 남긴다.

시 이미지를 읽는 세 번째 방식은 재현과 표상이라는 맥락에서 문학 이미지를 특정 시대의 사회· 역사적 환경의 증거로서 활용하는 독법이다. 이런 독법은 시 이미지를 단지 수사적 기능이나 비유적 기능 차원에 한정시키는 것이 아니라 작품이 생산된 사회적·문화적 배경과의 관계 속에서 해석할 수 있게 한다는 점에서 시 텍스트의 외연을 확장시킬 가능성을 제시한다. 다만, 시 텍스트를 단지 사회역사적 맥락으로 환원하는 데 그치는 이해의 단순성을 경계해야 한다는 과제를 남긴다.

만약, 시 텍스트에 대한 내재적 접근을 중시하는 형식주의적 완고함과 외재적 접근법으로부터 비롯되는 (시)문학에 대한 표상적 이해 모두를 지양하고 문학 텍스트를 내적 정합성 속에서 읽어내고 그 내부로부터 발원하여 텍스트를 사회, 문화, 역사적 맥락에 접속시키고자 한다면 그 유력한 장소로서 이미지가 지목되어야 할 까닭이 여기에 있다. 조르주 디디-위베르만의 말마따나 우리가 상상하는 방식 속에 근본적으로 정치하는 방식을 위한 조건이 놓여 있다고 한다면[1] 텍스트와 사회 그리고 이념과 가치의 문제 등과 두루 관련된 텍스트 내재적 요청과 외재적 요청에 동시에 부응해야 한다. 우리가 문학 이미지에 새삼 주목해야 하는 까닭은 무엇보다도 문학 텍스트의 접힘

1) 조르주 디디-위베르만 지음, 김홍기 옮김, 『반딧불의 잔존-이미지의 정치학』, 길, 2012, 60쪽 참조. 이하 『잔존』

과 펼침을 위해서이다. 다시 말해 텍스트의 '내부로부터 외부로의 전개'(develop from within)[2]를 위한 것이다. 다시 말해 "시 텍스트 내부의 내적 논리를 형성하는 근간이 되는 동시에 텍스트 바깥의 제반 물적·사회적 토대 및 제도와 접속되면서 확장성을 얻게 되는 '이상한 연결고리'[3]로서 시 이미지를 지목"[4]할 수 있다는 것이다.

2. 이미지를 어떻게 볼 것인가?

이미지란 무엇인가? 이 질문은 이미 여러 가지 난경을 포함하고 있다. 주체와 대상, 기억과 지각, 재현과 생성 등, 이 질문과 관련된 범주를 어떻게 설정하는가에 따라 그 정의와 강조점이 큰 폭으로 달라지기 때문이다. 본래 그 어원에 있어 이미지는 대략 세 가지 정도의 기원을 갖는 것으로 설명되고 있다.[5] 우선, 이미지의 어원이 아이콘(Eikon)에서 왔다는 견해가 있다. 이 용어는 닮음(resemblance)을 의미하는 것인데 이런 맥락에서라면 이미지는 실재(reality)를 닮은꼴로 재생해 내는 것을 의미한다. 또한, 에이돌론(Eidolon)이 이미지의 어원으로 꼽히기도 하는데 이는 모양, 형태를 의미하는 에이도스(Eidos)로부터 파생된 것으로 이 용어는 '본다'는 의미의 바이드(weid)에 그 기

---

2) 본래 이 표현은 코울리지(Samuel Taylor Coleridge)와 같은 낭만주의자들의 유기체론에서 나온 것이다. 필자는 이를 문학 이미지가 텍스트를 내부로부터 외부로의 전개를 가능하게 하는 장소임을 강조하기 위해 옮겨 심었다.

3) 이 표현은 더글라스 호프스태터가 사용한 것으로 뫼비우스의 띠처럼 예술 작품의 안과 밖을 이어주는 장치에 대한 비유로 사용하였다. '이상한 고리'에 대해서는 더글라스 호프스태터 저, 박여성 옮김, 『괴델, 에셔, 바흐』, 까치, 1999. 참조.

4) 이에 대한 자세한 설명은 조강석, 「시 이미지 연구 방법론 : 시 텍스트의 '내부로부터 외부로의 전개'를 위하여」, 『한국시학연구』 42, 한국시학회, 2015, 4. 참조.

5) 이하의 이미지의 어원에 대한 설명은 유평근· 진형준, 『이미지』, 살림, 2013(개정판), 22~27쪽 참조.

원을 두고 있다. 또한, 판타스마(Phantasma)가 이미지의 어원으로 제시되기도 한다. 이는 빛나게 해서 보이게 한다는 파이노(phaino)라는 동사에서 연원한 것으로 환영, 꿈, 유령 등의 의미로 쓰인다.

이미 어원적으로 이렇게 다양한 의미망을 지니고 있는 이미지는 때로는 본질이나 실재를 모방한 가시적 대상이라는 의미로, 때로는 가시적 대상에 대한 지각이나 기억을 지시하는 의미로, 그리고 때로는 지각된 대상으로부터 연원한 개념이나 관념까지 포괄하는 의미로 쓰이기도 한다. 그 정의와 작용 범위 그리고 효과 중 어떤 부분에 주목하는가에 따라 이미지라는 개념의 내포와 외연은 다양한 방식으로 축소와 확장을 거듭해왔다. 단적인 W.J.T. 미첼의 이미지 분류는 이미지의 외연이 얼마나 포괄적인 것인가를 보여준다고 하겠다.

미첼은 저서『아이코놀로지: 이미지, 텍스트, 이데올로기』의 1장「이미지의 관념: 이미지란 무엇인가」에서 현재 널리 통용되는 이미지들을 분류하며 일종의 계통도를 제시한다. 그는 이미지를 그래픽적인 이미지(그림, 조각, 도안), 광학적 이미지(거울, 투사상), 인지적 이미지(감각자료, 감각형상, 외양), 심적 이미지(꿈, 기억, 관념, 환영), 언어적 이미지(은유, 기술記述)로 대별하는 계통도를 제안한다.[6] 이때 심적 이미지는 심리학과 인식론에, 광학적 이미지는 물리학에, 그래픽적 이미지는 미술사에, 언어적 이미지는 문학의 영역에 속한다고 할 수 있다. 그런데 여기서 미첼의 의도가 분류와 계통도를 제시하는 것 그 자체에 머무는 것은 아니다. 미첼의 의도는, 이미지가 이처럼 다양한 범주에서 폭넓게 사용되고 있다는 것, 즉 이미지가 단순한 기호와 같은 것이 아니라 일종의 근본 원리로서 "사물의 질서"(미셸 푸코)라는 것을 밝히는 것이다. 바로 그렇기 때문에, 미첼이 각별히 강조하는 것처럼, 특히 이미지와 텍스트 사이의 오랜 대립과 폄하의 역사가 원인무효임을, 다시 말해 이미지

6) W.J.T. 미첼 지음, 임산 옮김,『아이코놀로지: 이미지, 텍스트, 이데올로기, *Iconology: Image, Text, Ideology*』, 시지락, 2005, 23~63쪽 참조.

와 텍스트 사이에 '상호침범'과 혼융이 없는 순수한 영역이 존재하지 않음을, 그리고 기실 모든 이미지와 텍스트는 애초에 혼융의 상태로만 존재함을 궁극적으로 주장하는 것이 그의 두 번째 의도이다.

상기한 것처럼 이미지가 정의상으로 본질과 실재의 관계, 지각과 표상의 문제, 상상력과 관념의 문제 등과 밀접한 관련을 지니고 있으며 그 작용과 효과의 측면에서는 단지 모방이나 허상에 불과한 것이라는 평가로부터 중요한 사회 변동을 촉발하는 종교적, 정치적 중심 의제로 기능한다는 관점에 이르기까지 다양한 견해를 수반하는 것이라면, 이미지 개념의 확장성 문제에 대해 살펴볼 필요가 있겠다.

3. 이미지의 양태들

3-1. 표상과 증언으로서의 이미지

이미지에 대한 가장 익숙한 관점은 이미지 재현론일 것이다. 이는 이미지가 실재의 표상이라거나 재현의 일환이라는 관점인데 이런 시각 안에도, 이미지를 실재를 충실하게 재현하는 매개로 간주하는 논의에서부터, 이미지가 역사적 현실 등으로부터 상대적 자율성을 갖는 것이며 나아가 역사를 보충하는 것이라는 주장에 이르기까지 다채로운 논의들이 포괄된다.

이미지 재현론과 관련하여 가장 흥미로운 개념 중 하나는 '목격원리(eyewitness principles)'라는 개념이다. 이 개념은 에른스트 곰브리치가 재현적 회화를 설명하기 위해 사용한 것인데, 고대 그리스에서부터 여러 문화권의 화가들이, 목격자가 특정한 장소에서 특정 순간에 볼 수 있었던 것을 재현하는 원칙을 따라 그림을 그렸다고 그는 설명한다.[7] 그러나 이미지와 관련하여 온전히 재현의 논리만을 따르게 될 경우 이미지는 항상 원본의 부속물이거나 원본을 지시하는 어떤 것의 지위를 벗어날 수 없게 된다. 목격원리 개념의 예에서처럼 이미지 재현론과 결부된 맥락에서의 중심적 문제의식은 '이미지는 무엇을 의미하는가?'로 압축될 수 있는데 결국 이런 관점에서는 이미지가 지시하는 대상이 무엇인가를 찾는 것이 최종 관심사가 되기 마련이다.

3-2. 물질과 운동으로서의 이미지

이미지를 실재의 재현이나 반영의 관점에서 파악하는 이미지 재현론과는 사뭇 다른 맥락의 설명이 있다. 바로 지각, 관념, 기억의 층위에서 이미지를 규정하고 해석하는 사유의 흐름이다. 예컨대 앙리 베르그송(Henri Bergson)은 이미지가 실재의 재현이 아니라 물질이자 운동 그 자체라고 설명한다. 베르그송은 "우리에게 물질은 <이미지들>의 총체이다. 그리고 우리가 <이미지>로 의미하는 것은 관념론자가 표상이라고 부른 것 이상의, 그리고 실재론자가 사물이라 부른 것보다는 덜한 어떤 존재–즉 <사물>과 <표상> 사이의 중간 길에 위치한 존재–이다"[8]라고 이미지에 대해 설명한다. 이 언급이 동시적으로 비판하고 있는 것은 관념론과 실재론 양자 모두이다. 즉 베르그송은 우리에게 물질은 이미지들의 총체라고 규정함으로써 우리가 대면하고 있는 대상이 우리의 정신 속에서만 존재한다는 관념론과 반대로 대상이 그것을 지각하는 의식에 독립적으로 존재한다는 실재론을 동시에 비판하고 있다. 베르그송은 "상식에 있어서 대상은 그 자체로 존재하며, 다른 한편으로 대상은 그 자체로 우리가 지각하는 대로 그림같이 펼쳐져 있다. 즉 그것은 하나

---

7) 이에 대해서는 피터 버크 지음, 박광식 옮김, 『이미지의 문화사 *Eyewitnessing: The Use of Images as Historical Evidence*』, 심산, 2009, pp. 27~30 참조.

8) 앙리 베르그송 저, 박종원 옮김, 『물질과 기억』, 아카넷, 2005, 22쪽.

의 이미지이지만, 그 자체로 존재하는 이미지이다"[9]고 설명한다. 다시 말해 이미지는 어떤 대상에 대한 것이 아니라 그 자체로 어떤 것이라는 관점이 베르그송의 관점이다.

의식으로부터 독립된 대상이나 정신 안에만 존재하는 관념으로부터 이미지를 추출하는 대신 베르그송은 이미지=물질=운동이라는 독창적 관점을 제시한다. 즉, 외적인 이미지들이 신체에 운동을 전달하고 신체는 다시 외적인 이미지들에게 운동을 되돌려주는 것이며 그 총체적 작용과 반작용의 과정 자체가 이미지의 운동과정이라고 할 수 있다는 것이다. 다시 말해 우리의 신체는 그 자체로 이미지이면서 운동을 통해 대상들에 대해 반작용한다는 것이다. 이때 이미지는 원본보다 실재성을 덜 갖는 2차적 산물이 아니라 스스로 운동하면서 관념보다 더 많은 실재성을 갖는 물질로서 규정된다. 인식 작용 역시 대상과 지각, 그리고 표상과 기억의 맥락에서가 아니라 이미지들의 연쇄와 연동 속에서의 신체 이미지의 운동 기능의 일환으로 설명된다. 이미지가 독립적인 사물이나 혹은 정신에 연원을 두고 있는 것이 아니라 오히려 세계가 작용과 반작용의 운동을 거듭하는 이미지들의 총체로 규정될 수 있다는 논의는 이미지의 다채로운 양태에 대한 사유의 폭을 전면적으로 확장시키는 것이 아닐 수 없다.

3-3. 정동적 동요

베르그송의 논의를 직접적으로 이어받은 것은 아니지만 이미지들의 작용과 반작용 속에 있는 자동기계로서의 신체와 정동(精動, 감응, affect)의 문제를 다루고 있는 브라이언 마수미의 가상계(the virtual) 개념 역시 이런 맥락에서, 문학 이미지 연구의 방법론을 모색하는 우리에게 중요한 시사점을 제공하고

9) 앙리 베르그송, 위의 책, 23쪽.

있다. 브라이언 마수미는 저서『가상계』[10] 에서 이미지가 지각 반응에 의해 행동으로 구체적으로 표현되는 차원이 아니라 그 구체적 행동 반응 이전에 형성되는, 다시 말해 현실화된 행동 이전에 잠재적으로 존재하는 광범위한 반응들의 총체와 관계된다고 흥미로운 설명을 제시한다.

『가상계』에서 브라이언 마수미의 관점을 가장 압축적으로 보여주는 문장은 "이미지 수용에 있어 정동이 가장 우선한다"[11]는 것이다. 마수미는 뇌파 기록 실험의 예를 들어 설명하고 있다. 그가 소개하고 있는 뇌파 실험에 의하면 자극에 따라 손가락으로 숫자를 가르키는 행동에서 뇌파를 기록하는 기계는 주어진 자극에 대해 행위자가 어떤 행동을 취할지 결정하기 전에 0.3초 간의 두뇌 활동이 있었다는 것을 기록했고 자극에 반응하여 손가락을 구부리기까지 다시 0.2초의 경과 시간이 있었음을 기록했다. 즉, 자극에 대해 몸에서 반응이 일어나기 시작하는 것과 그것을 외부로 표현하는 행동의 완성 사이에 0.5초라는 간극이 있었다는 것이다. 그런데 대단히 흥미롭게도 마수미는 최초의 자극을 받아들이고 그에 대해 행동으로서 의지를 표명하기까지 걸린 이 0.5초의 시간이 텅 비어 있는 것이 아니라 동참하거나 거부하는 반응들로 가득 차있다는 설명[12]을 받아들인다. 다시 말해 최초의 자극과 행동 사이의 시간은 텅 비어 있는 것이 아니라 너무나 과도하게 차 있다는 것이다. 이것이 의미하는 바는 자극이 주어진 뒤 손가락을 구부리는 행동까지의 간극이 반응의 공백에서 반응을 형성하는 과정이 아니라 충만한 반응들로부터 다른 반응들을 공제해나감으로써 최종 행동으로 표현된 의지를 선별해나가는 과정이라고 할 수 있다는 것이다. 마수미는 이를 두고 "의지와 의식은 감산적(substractive)이고, 한정적(limitative)이며, 파생적인(derived) 기능들

---

10) 브라이언 마수미(Brian MAssumi) 저, 조성훈 옮김,『가상계-운동, 정동, 감각의 아쌍블라주』, 갈무리, 2011.

11) 브라이언 마수미, 위의 책, 48쪽

12) 이런 관점은 자유 의지에 대한 벤자민 리벳의 설명을 요약한 것임. 브라이언 마수미, 위의 책, 56쪽

(functions)"[13]이라고 설명한다. 의지는 감산적 기능들이라는 말은 그 자체로 대단히 흥미로운 것인데, 왜냐 하면 현실화된 의지 이전에 수많은 반응들의 세계가 이미 놓여 있다는 것을 전제로 하기 때문이다. 바로 그 잠재적인 세계를 마수미는 가상계(the virtual)라고 정의한다. 이것이 사실이라면 이미지를 '닮음'이나 '재생'의 관점에서 실재나 본질보다 2차적인 것이라고 폄하해온 서구 형이상학의 오래된 편견은 수정될 필요가 있을 것이다. 의미와 의지가 아니라 이미지의 가상계가 바로 잠재적 실재계가 될 수 있기 때문이다. 이런 맥락에서 마수미는 논리적 설득과 합의가 아니라 "정동적 동요(affective fluctuations)"[14]가 수용자에게 더 큰 설득적 효과를 발휘한다고 설명한다. 그런 의미에서 보자면 이미지의 가상계에서 일어나는 정동적 동요야말로 문학 이미지의 중요한 기능과 관계가 깊다고 말할 수 있을 것이다.

3-4. 도상해석학적 종합의 시도

이미지 연구를 통해 시 텍스트를 확장시키기 위해 중요하게 참조할 수 있는 것은 아비 바르부르크로부터 연원하여 에르빈 파노프스키에 의해 방법과 원리가 구체적으로 정초된 도상해석학(iconology)이다. 20세기 미술사 연구에 있어 가장 큰 영향을 행사했고 지금도 여전히 중요한 방법론을 제공하고 있는 도상해석학은 이미지 연구에 있어서 결코 간과할 수 없는 방법론이다.[15]

아비 바르부르크는 프리츠 작슬, 에르빈 파노프스키, 에른스트 곰브리치[16] 등에 의해 정초된 도상해석학과 양식사 연구, 이미지 연구 등의 직접적 원류로 간주된다.[17] 아비 바르부르크의 작업은 작품에 나타난 이미지가

13) 브라이언 마수미, 위의 책, 57쪽.
14) 브라이언 마수미, 위의 책, 85쪽
15) 도상해석학의 역사와 의의, 그리고 한계 등에 대해서는 에케하르트 캐멀링 저, 이한순 등 옮김, 『도상학과 도상해석학(이론-전개-문제점)』, 사계절, 2012(초판은 1997) 참조.
16) 작슬과 곰브리치는 '바르부르크 도서관'이 세계대전의 여파 속에서 런던으로 옮겨진 후 '바르부르크 연구소'로 개편된 후 연구소 소장으로 재직한 바 있다.

단순히 당대의 역사와 문화를 재현하는 표상이라는 것을 증명하려는 것이 아니다. 그는 작품 속 이미지가 일종의 '파토스 형식'(Pathosformel)'[18]이며 작품 속에서 고유한 사유공간을 창조해내는 것이라는 사실을 밝혀냈다. 에케하르트 캐멀링에 의하면 바르부르크는 미술사를 두 방향으로 확장시키고자 했는데, 첫째그는 연구 대상을 확장하여 인류의 모든 시각 유산을 연구 대상에 포함시키고자 했으며 둘째는 분석 작업에 여러 분야의 학문 영역에서 확보된 방법을 총동원하여 시각 유산을 문화학적으로 이해하고자 했다는 것이다.[19] 이런 점에서 볼 때 이미지가 단순히 역사나 사회, 문화, 제도 등의 증거로만 활용되는 것이 아니라 광범위한 사유를 촉발하는 계기가 되고 그 사유가 당대의 '시공의 구조'와 정신사에까지 닿게 될 가능성을 직접 보여주었다고 할 수 있으니 이미지 연구의 맥락에서 아비 바르부르크의 작업은 거듭 중요성을 지닌 것이라고 하겠다.

에르빈 파노프스키는 아비 바르부르크에게서 발원한 도상해석학의 이론적 기초가 좀 더 넓은 학문적 맥락에서 활용될 수 있도록 그 방법론을 정초했다. 그는 아비 바르부르크가 사실 규명과 기술記述을 주업으로 삼는 도상학(iconography)의 한계를 넘어 당대의 여러 학문적 성과를 수렴하고 확장하는 방식으로 미술사를 새롭게 전개하기 위해 택한 도상해석학과 에른스트 카시러의 '상징적' 가치 개념을 접목시키면서 도상해석학적 방법론의 체계를 완성했다.[20]

이 서문에서 파노프스키는 자신의 방법론을 세 단계로 나누어 설명한다.

---

17) 아비 바르부르크에 대한 필자의 관점은 「아비 바르부르크와 이미지-사유」, 『이미지 모티폴로지』, 문학과지성사, 2014. 참조.

18) 다나카 준은 이를 '정념정형'이라는 말로 번역하고 있다. 다나카 준 저, 김정복 역, 『아비 바르부르크 평전』, 휴먼 아트, 2013. 참조.

19) 에케하르트 캐멀링 저, 이한순 등 옮김, 『도상학과 도상해석학(이론-전개-문제점)』, 사계절, 2012(초판은 1997), 8쪽 참조.

20) 이와 관련된 파노프스키의 저작이 번역되어 있다. 이한순 번역, 『도상해석학 연구』(시공아트, 2001)와 임산 번역, 『시각예술의 의미』(한길사, 2013) 참조.

첫 번째 단계는 주로 작품의 형식 요소들에 관심을 기울이며 이를 기술하는 단계이다. 두 번째는 주제를 도상학적으로 분석하는 단계이며 세 번째 단계는 분석대상인 작품을 통해 한 시대의 정신적 풍토를 밝히는 도상학적 해석이 이루어지는 단계이다. 정리하자면 미술작품을 읽기 위하여 전-도상학적 기술, 도상학적 분석, 도상해석학적 해석이라는 세 단계를 종합적으로 검토하는 것이 파노프스키의 방법론이라고 할 수 있다. 각 단계에서 관심을 기울이는 요소들 역시 달라지는데 우선 첫 번째 단계에서는 대상을 실제 경험과 관련된 일차적 혹은 자연적 주제의 차원에서 기술하고, 두 번째 단계에서는 이야기, 알레고리와 관련된 이차적 혹은 관습적 차원에서 분석하며 그리고 도상해석학의 단계에서는 당대의 문화적 징후 등과 관련된 본질적 의미 내용의 차원에서 대상을 종합적으로 해석하는 것이 파노프스키의 도상해석학적 기획이다.[21] 파노프스키는 그의 방법론을 다음과 같이 표로 간명하게 제시한다.[22]

해석의 대상	해석 행위	해석 도구	해석의 수정 원리
I. 일차적 또는 자연적 주제-(A)사실 (B)표현 의미-로 예술의 모티프의 세계를 구성한다.	전-도상학적 기술(일종의형식적 분석)	실제 경험(사물과 사건에 관한 친밀성)	양식사(물체와 사건이 다양한 역사 조건 아래서 어떠한 방식으로 형태를 통해 표현되는가에 관한 통찰력)
II. 이차적 또는 관습적 주제로 이미지, 이야기, 알	좁은 의미의 도상학적 분석	문헌적 지식(특정 테마나 개념에 관	유형사(특정 테마나 개념이 다양한 역사 조건 아래서 어떠한 방식으로 물체와 사건을 통해 표

21) 이에 대해서는 에르빈 파노프스키 지음, 이한순 옮김, 『도상해석학 연구』, 시공아트, 2013, 23~42쪽. 에르빈 파노프스키 저, 임산 옮김, 『시각예술의 의미』, 한길아트, 2013, 65~83쪽. 참조. 이하에서는 책 제목만 표시.

22) 아래의 표는 에르빈 파노프스키 저, 이한순 옮김, 『도상해석학 연구』, 시공아트, 2013, 42쪽에서 인용.

레고리의 세계를 구성한다.		한 친밀성)	현되는가에 관한 통찰력
III. 본래 의미 또는 의미 내용으로 '상징' 가치의 세계를 구성한다.	깊은 의미의 도상해석학적 해석(도상학적 종합)	종합 직관(인간 정신의 본질적 성향에 관한 친밀성)으로서 개인의 심리와 '세계관'에 의해 좌우된다.	문화적 징후 또는 일반적인 '상징'의 역사(인간 정신의 본질적 성향이 다양한 역사 조건 아래서 어떤 방식으로 특정 테마와 개념을 통해 표현되는가에 관한 통찰력)

5. 시 텍스트의 '내부로부터 외부로의 전개'와 이미지

이상의 논의를 참조하여 시 텍스트의 이미지에 접근하는 세 단계의 방법론을 제시해볼 수 있을 것이다.

5-1. 시 이미지의 내적 실재

시 텍스트를 내부로부터 외부로 전개시키기 위하여 우선적으로 중요한 것은 시 텍스트를 하나의 '내적 실재'로 간주하고 그 안에서의 논리적 정합성을 통해 텍스트의 의미망을 기술하는 것이다. 최종적으로 이르고자 하는 지점이 이미지의 욕망과 그것이 증언하는 가치의 문제라고 하더라도 우선적으로는 이것이 전제되어야 한다. 다시 말해 시적 이미지가 궁극적으로 내부로부터 외부로 전개되면서 자신의 욕망을 가치와 윤리, 그리고 정치라는 사회적 욕망의 차원에 기입하기 위해서는 텍스트-이미지의 내부에 그것을 가능하게 하는 장소가 우선 지정되어야 한다. 어떤 대상이 '내부로부터 외부로 전개된다'는 것은 그것이 내재적 형식을 갖추었음을 의미한다. 다양한 참고 문헌과 자료들과 관습을 참조하여 텍스트에 담긴 사유를 여러 겹으로 풀고 그것을 이미지의 사회적 삶에 접속시키기 위해서는 무엇보다도 우선적으로 시 텍스트의 내적 논리에 충실하게 텍스트를 기술하는 것이 선행되어야 한다. 내재적 접근을 위한 접힘이 펼침의 전제가 된다는 것이다. 그 순서가 헝클어질 때, 텍스트는 다시 참고자료 더미의 일부가 되거나 제도의 알리바이로서 기능적 역할만 수행할 수 있을 뿐이다. 텍스트에 대한 구심적 독해는 충분조건이 될 수는 없지만 반드시 전제되어야 하는 필수조건이다.

5-2. 이미지의 욕망과 사회적 삶

텍스트의 내적 논리 속에서 이미지를 읽고 이것을 두 번째 단계로 확장하기 위해 가장 먼저 참조의 틀이 되는 것은 작가의 고유한 렉시컨과 당대의 이미지들의 관계이다. 다음으로 요청되는 것은 문화사 속에서 해당 이미지들의 사용 용례와 관습을 분석하는 것인데 이를 통해 시 텍스트의 이미지를 당대의 사회적· 문화적· 제도적 환경과 접속시킬 수 있다. 이런 방식으로 유형사와 문화사가 결합될 수 있는 것은 이미지가 인간의 사회적 삶과 그것이 재현하는 사물들의 세계와 나란히 공존하는 사회적 집단을 형성하기 때문이다. 이와 관련된 미첼의 다른 언급을 인용해보자.

> 인간은 이미지로 이루어진 제2의 자연을 자신의 주위에 창조함으로써, 자신의 집단적이고 역사적인 정체성을 수립한다. 이러한 이미지들은 그것들을 만든 사람들이 의식적으로 의도했던 가치를 반영할 뿐만 아니라, 보는 사람들의 집단적이고 정치적인 무의식에서 형성되는 새로운 형태의 가치를 발산한다. 잉여가치의 대상이자 과대평가와 과소평가의 대상인 이 이미지들은 가장 근본적인 사

회적 갈등의 접점에 있다.[23]

미첼의 설명처럼 인간이 집단적이고 역사적인 정체성을 이미지의 창조를 통해 수립하는 것이라면, 이미지를 통해 "집단적이고 정치적인 무의식에서 형성되는 새로운 형태의 가치"를 발견, 혹은 발명하는 것은 쉽지는 않으나 충분히 가능한 일이다. 앞서 살펴보았듯이 이미지는 재현하면서 은폐하고 은폐하면서 생성한다. 그리고 이미지의 그러한 속성은 인간이 스스로의 사회적·역사적 정체성을 수립해가는 과정과 결부되어 있다.

5-3. 시 텍스트에서의 이미지-사유

만약 이미지가 사회적 삶을 통해 기존의 가치와 새롭게 형성되는 가치 체계를 동시에 보유하면서 생성을 거듭해나가는 것이라면 우리는 최종적으로 이미지-사유를 통해 문화적 징후와 가치의 문제에까지 가닿을 수 있다. 앞서 인용한 글에서 미첼이 넬슨 굿맨의 표현을 빌려 이야기하는 것처럼 이미지는 세상에 대한 새로운 배치와 지각을 만들어내는 "세상을 만드는 방식"이기 때문이다. 또한 나아가서, 조르주 디디-위베르만이 『반딧불의 잔존』에서 강조했듯이, 우리의 상상하는 방식 속에 정치하는 조건이 놓여 있기 때문이다.[24]

조르주 디디-위베르만은 이 저서에서 지평적 사유와 이미지 사유를 대비시킨다. 그는 "이미지는 산발적이고, 취약하고, 끊임없이 반복적으로 출현하고, 소멸하고, 재출현하고, 재소멸한다"[25]고 설명한다. 이는 지평적 사유와 대비되는 것이다. 디디-위베르만에 의하면 지평적 사유가 역사에 대한 통찰,

---

23) W.J.T.미첼 저, 김전유경 옮김, 『그림은 무엇을 원하는가-이미지의 삶과 사랑, *What do pictures want?*』, 그린비, 2010. 158. 이하 『그림』

24) 조르주 디디-위베르만, 『잔존』, 60쪽. 참조.

25) 조르주 디디-위베르만 위의 책, 84쪽

정치적인 입장, 메시아적 구원 등을 의미하는 강한 빛(luce)과 관계가 깊은 반면, 이미지 사유는 미광(lucciole)과도 같은 것이다. 브라이언 마수미식으로 이야기하자면 그것은 감산되기 이전의 의지 혹은 구축과 철폐를 반복하는 운동과 같은 것이라고 할 수 있다. 이미지는 그것을 만든 사람들이 의도한 가치를 반영하지만 동시에 정치적 무의식에서 형성되는 새로운 가치를 파생시킨다. 이미지의 잉여가치란 바로 이를 말함이다. 이미지의 내적 실재를 기술하고 이미지의 사회적 삶을 분석하며 이미지-사유를 통해 문화적 징후를 읽고 기성의 것과 조화와 갈등을 거듭하며 새롭게 생성되기 시작하는 가치 체계를 해석하는 작업을 통해 시 텍스트는 내부로부터 외부로 전개시킬 수 있다.

6. 시(문학) 이미지의 특징

이상의 논의를 정리하여 시(문학) 이미지의 특징을 다시 정리하면 다음과 같다.

6-1. 문학 이미지는 표상하지 않는다.

문학 이미지를 읽는 것은 문학 텍스트에 나타난 당대의 표상들을 읽는 것에 그치지 않는다. 달리 말하자면, 문학 이미지를 읽는 것은 텍스트가 재현적으로 지시하는 것을 지정해 이를 텍스트 바깥의 물적 토대나 사회적 현실로 환원하는 것을 의미하지 않는다. 즉, 문학 이미지는 외부적 환경이나 담론을 구성하는 논리에 알리바이를 제공하는 기능적 의미 단위가 되기를 거부한다. 오히려 문학 이미지는 외부로 단선적으로 펼쳐지는 대신 우선 텍스트 외적 환경이나 담론을 제 안으로 끌어들이며 내부를 향해 접힌다. 달리 말하자면 문학 이미지는 표상으로서 원심적 알리바이로 기능하는 것이 아니라 우선 구심적 의미망을 구축하는 방식으로 작용한다는 것이다. 이를 텍스트의 '내적 실재' 지향이라고 칭해도 좋을 것이다.

알랭 바디우는 '내재성'을 예술이 자신이 내놓는 진리와 정확히 외연이 같다는 것을 의미하는 것이라고 규정하면서[26] "예술이 가르치려는 바는 다름 아닌 예술 자체의 실존"[27]이라고 강조한다. 나아가 그는 "예술이 특유한, 즉 내재적인 동시에 독특한 진리의 절차"[28]이며 "예술적 짜임이 곧 예술의 진리"[29]라고 설명한다. 그러니 외부로 펼쳐지기 위해서라도 텍스트는 우선적으로 내부로 접혀야 한다. 달리 말하자면-여기까지 나아가면 바디우의 진리산출공정마저 위배하는 것이 될 터이지만-예컨대 윤리적 귀착을 위해서라도 우선적으로 '윤리적인 것의 목적론적 정지'가 이루어져야 한다. 물론 이 공정이 도식적인 방식으로 순차적으로 이루어지지는 않는다. 공시적 구조에 있어서 그렇다는 것이다. 이런 맥락에서 볼 때, 시작詩作은 외재적 윤리의 문제를 시라는 형식을 통해 거듭 확인하는 반복적인 여분의(redundant) 행위가 아니라 내적 실재의 분절을 통해, 시가 아니라면 알 수 없었을 것들에 대해 인지적 충격을 주는 행위라고 할 수 있다. 보편적인 것을 거듭 확인하는 것이 아니라 기성의 보편을 괄호 친 채 형성되는 실재를 통해 새로운 보편을 구체로부터 어림잡도록 하는 것이 시의 윤리라고 할 수 있기 때문이다[30]. 예컨대, 이상의 「오감도」 제1호에서 우리가 근대에 대한 이상의 태도보다 우선적으로 읽어야 할 것은 닫힌 공간 안에서 충돌을 키워가며 불안이 확산되는 양상, 그리고 그렇게 확산된 불안과 공포가, 마침내 공간이 개방된 뒤에도 만연하게 되는 상황을 산출한 언어적 구조물이다. 이런 방식의 정지

---

26) 알랭 바디우, 알랭 바디우 저, 장태순 옮김, 『비미학』, 이학사, 2010, 24쪽. 참조.
27) 알랭 바디우, 위의 책, 24쪽.
28) 알랭 바디우, 위의 책, 24~25쪽.
29) 알랭 바디우, 위의 책, 30쪽.
30) 조강석, 「시에 대해서 윤리를 물을 때의 몇 가지 전제」, 앞의 책, 133쪽. 참조.

작업整地作業 없이 덧붙여지는 해석이나, 텍스트의 외적 대응물을 급하게 지정하려는 시도는 이미 짜놓은 연역적 언술에 텍스트를 알리바이 삼아 불러내는 '동원령'에 불과하다. 텍스트를 선불리 표상으로 환원해서는 안 되는 이유가 그것이다.

그런가 하면 문학 이미지는 때로 표상하는 대신 은폐하기도 한다. 김춘수의 「부다페스트에서의 소녀의 죽음」은 종종, 존재론적 탐구에 몰두하던 김춘수가 사회적 문제에 대해 관심을 기울이는 전기를 맞았음을 보여주는 예로 인용되고는 한다. 그러나 이 텍스트의 개작 과정에 주목하면, 이 작품이 소위 '세타가야서(署) 사건'으로 인해 생긴 자신의 외상을 우회하는 아이러니한 글쓰기 방식을 택하고 있음을 확인할 수 있다. 다시 말해 이 텍스트는 표면적으로는 냉전질서 속에서 발생한 역사의 폭력을 표상하는 것으로 읽히지만 그 기저층위에 역사로부터 고개를 돌리고자 하는 무의식적 욕망이 자리잡고 있음을 주목해야 한다. '소녀'는 역사적 폭력의 희생자이면서 동시에 역사의 폭력을 외면하는 은근한 소망 속 '청년'인 것이다.[31] 표면적 표상과 기저의 의미가 이처럼 정반대의 벡터를 지니고 있는 예들은 무수히 많다. 그런데 기실 정반대 방향의 벡터는 오히려 쉽게 눈에 띈다. 그러나 많은 이미지들은 표상하면서 은폐한다. 문학 이미지가 단순히 환원적 표상으로 규정될 수 없는 까닭이다.

6-2. 문학 이미지의 효력은 형식적·수사적 기능에 한정되지 않는다.

문학 이미지가 단지 수사적 장식에 그치지 않고 다양한 해석적 층위를 품고 있다는 점은 여러 번 강조되어 마땅하다. 더욱이 어떤 방식의 '진리산출'(알랭 바디우)을 위해서라도 우선적으로 시 텍스트를 하나의 '내적 실재'로 간

31) 이와 관련된 논의는 『비화해적 가상의 두 양태』(소명출판, 2011)에서 자세히 설명한 바 있다.

주하고 그 안에서의 논리적 정합성을 통해 텍스트의 의미망을 기술하는 것이 전제되어야 한다는 점 역시 다시 강조될 필요가 있겠다.

어둠 속에서도 불빛 속에서도 변치 않는
사랑을 배웠다 너로 해서

그러나 너의 얼굴은
어둠에서 불빛으로 넘어가는
그 찰나에 꺼졌다 살아났다
너의 얼굴은 그만큼 불안하다

번개처럼
번개처럼
금이 간 너의 얼굴은

— 김수영, 「사랑」

이 시는 순정한 사랑 노래인가, 혁명적 애상의 전주곡인가? 사실적(factual) 차원에서 우리는 이 시의 어떤 문면에서도 혁명을 길어올 수 없다. 이 시는 짧지만 다중적인 의미망을 사실적 차원에서도 이미 보유하고 있다. 저 불안은 문면 그대로도, 비로소 발견된 '둘 됨dualite'(레비나스)의 존재론적 불안으로까지 읽을 수 있다. 그러나 저 '사랑'이 변주되어, 눈을 떴다 감는 기술이 "불란서혁명의 기술/최근 우리들이 四.一九에서 배운 기술"로, 그리하여 저 '사랑'이 "복사씨와 살구씨가/한번은 이렇게/사랑에 미쳐 날뛸 날이 올 거다!"(「사랑의 변주곡」)의 폭주로 모습을 드러내는 것은 사실적 기술을 넘어, 시인 고유의 렉시컨(lexicon)과 동시대의 사회·문화적 삶의 렉시컨, 그리고 김수영 자신의 다른 작품들과 동시대의 문화적 관습과의 관계 속에서 축적되는 유형들, 그리고 그것의 변주들, 나아가 동시대의 사회·문화적 도상과 언술들과의 관계 속에서야 비로소 가능한 것이다. 문학 이미지는 결코 연역적 상징의 지위에 놓일 수 없다.

6-3. 문학 이미지는 관념을 재현하는 것이 아니라 그 자체로 능동적 사유다.

다시 알랭 바디우를 참조하자면 그는 "현대 시(poème moderne)는 자신의 정체성이 사유라고 말한다. 현대 시는 단지 어떤 사유가 언어의 살 속에 들어와 실제로 드러난 모습일 뿐만 아니라, 이 사유가 스스로를 사유하는 데 쓰이는 모든 작용의 집합체이다"32)라고 말한다. 사실적 차원이든, 본래적 차원이든 문학 이미지는 결코 재현의 시녀가 아니기 때문이다. 오히려 그것은 사유 그 자체다. 사유는 스스로를 사유하지 않지만 시로 도래할 수 있다. 사유는 스스로 몸을 뒤집는 대신 시로 자신을 갱신한다. 이미지 사유는, 발터 벤야민의 용어를 사용하자면, 바로 사유이미지(Denkbilder)인 것이다. 아도르노는 발터 벤야민의 '사유이미지'를 설명하면서, 이런 맥락에서 "정신과 이미지와 언어가 결합되는 층위"33)를 찾는 것이 필수적임을 강조한다. 김수영 산문의 한 대목을 통해 이를 생각해 보자.

> 그러다가 며칠 후에 다시 이 글을 쓰고 싶은 생각을 들게 한 것이 역시 마루의 난로 위에 놓인 주전자의 조용한 물 끓는 소리다. 조용히 끓고 있다. 갓난아기의 숨소리보다도 약한 이 노랫소리가 「대통령 각하」와 「25시」의 거수巨獸 같은 현

32) 알랭 바디우, 앞의 책, 43쪽

33) Theodor W. Adorno, "Benjamin's Einbahnstrasse", *Notes to Literature II,* translated by Shierry Weber Nicholsen, Columbia Univeristy Press, New York. 1992, p.323

> 대의 제약諸惡을 거꾸러뜨릴 수 있다고 장담하기도 힘들지만, 못 거꾸러뜨린다고 장담하기도 힘든다. 나는 그것을 「25시」를 보는 관중들의 조용한 반응에서 감득할 수 있었다.[34]

인용문에 대한 자세한 설명은 이미 다른 글에서 제시한 바 있으므로[35] 여기서는 문제를 정식화하는 데 초점을 맞춰보자. 어떻게, 마루의 난로 위에 놓인 주전자의 조용한 물 끓는 소리, 갓난아기의 숨소리보다도 약한 노랫소리가 거수巨獸같은 현대의 제약을 못 거꾸러뜨린다고 장담하기 힘들다고 말할 수 있는가? 고작 주전자의 조용한 물 끓는 소리가……. 벤야민의 사유이미지에 대한 아도르노의 말을 받자면 바로 이와 같은 이미지의 편린이 불꽃을 점화하는 사유 그 자체이기 때문이다. 정신과 이미지와 언어가 절합되는 지점이 바로 거기이기 때문이다. 「서정시와 사회」라는 글에서 아도르노가 사용한 다른 표현을 빌리자면 이는 바로 이 이미지가 "고통과 꿈이 혼융되는 소리를 더듬을 양도할 수 없는 권리"[36]를 보유하기 때문이다. 그리고 김수영의 표현을 사용하자면 "그 자신을 배반하고, 그 자신을 배반한 그 자신을 배반하고, 그 자신을 배반한 그 자신을 배반한 그 자신을 배반하는 (중략) 무한히 배반하는 배반자"[37]로서 기성의 관념과 진부한 의미맥락의 '죽음'을 '실천'하는 시적 이미지의 '해동'[38] 작용 때문이다.

이미지 사유와 관련하여 주목해야 할 또 하나의 논의는 벤야민의 변증법

---

34) 김수영, 「삼동三冬 유감」, 『김수영 전집 2』(이하 전집2), 민음사, 2003 개정판 1쇄. 131쪽.

35) 조강석, 「김수영 후기시의 이미지 사유」, 『한국문학연구』 58, 동국대학교 한국문학연구소, 2018. 12.

36) Theodor W. Adorno, "On Lyric Poetry and Society". *Notes to Literature I,* translated by Shierry Weber Nicholsen. Columbia University Press, New York. 1991, p.38.

37) 김수영, 「시인의 정신은 미지未知」, 전집2, 253~25.

38) "새싹이 솟고 꽃봉오리가 트는 것도 소리가 없지만, 그보다 더한 침묵의 극치가 해빙의 동작 속에 담겨 있다. 몸이 저리도록 반가운 침묵. 그것은 지긋지긋하게 조용한 동작 속에 사랑을 영위하는, 동작과 침묵이 일치되는 최고의 동작이다." 김수영, 「해동」, 전집2, 144쪽.

적 이미지 개념을 원용하여, 지평적 진술과 이미지 사유를 대별한 조르주 디디-위베르만의 논의에 담겨 있다. 앞서 살펴본 그의 논의에 힘입어 우리는 '주전자의 조용한 물 끓는 소리'를, 복사씨와 살구씨의 '폭주'를 '지평적 사유의 강한 빛(luoe)'에 대비되는 '이미지적 사유의 미광(lucciole)'의 '역량'과 효력이라고 풀 수 있다. 주전자의 조용한 물 끓는 소리가 거수와 같은 현대의 제약을 거꾸러뜨리지 못하리라고 장담하기도 힘든 까닭은 문학 이미지가 바로 동시대인의 감각의 역치 값을 재조정하는 기관이기 때문이다. 또한, 지평적 진술의 크고 높고 굳은 목소리와 달리 이미지는 항상 유동하며 불안한 것이지만 정치적 무의식의 기저에서 형성되는 새로운 가치를 파생시키는 중요한 역량을 보유하고 있기 때문이다.

창백한 달빛에 네가 너의 여윈 팔과 다리를 만져보고 있다
밤이 목초 향기의 커튼을 살짝 들치고 엿보고 있다
달빛 아래 추수하는 사람들이 있다

빨간 손전등 두개의 빛이
가위처럼 회청색 하늘을 자르고 있다

창 전면에 롤스크린이 쳐진 정오의 방처럼
책의 몇 줄이 환해질 때가 있다
창밖을 지나가는 알 수 없는 사람들이 있다

있다고, 말할 수 있을 뿐인 때가 있다
여기에 네가 있다 어린 시절의 작은 알코올램프가 있다
늪 위로 쏟아지는 버드나무 노란 꽃가루가 있다
죽은 가지 위에 밤새 우는 것들이 있다

그 울음이 비에 젖은 속옷처럼 온몸에 달라붙을 때가 있다

확인할 수 없는 존재가 있다

깨진 나팔의 비명처럼

물결 위를 떠도는 낙하산처럼

투신한 여자의 얼굴 위로 펼쳐진 넓은 치마처럼

집 둘레에 노래가 있다

— 진은영, 「있다」

서두에서 언급했듯, 조르주 디디-위베르만은 "우리의 상상하는 방식 속에 근본적으로 우리의 정치하는 방식을 위한 조건이 놓여 있"[39]다고 주장한다. 좋은 시가 하는 일이, 문학 이미지의 '역량'이 바로 그것이다. 인용된 시를 보라. 이 시에 병렬된 빼어난 이미지들의 간격은 '있음(il y a)'의 존재론으로 합산되어 공제되려는 개별적 사물과 사태들을 바로 그 '있음'이라는 사태의 역장에서 충돌하며 운동하게 만든다. 이미지들이 환기하는 정서들을 양적으로 쌓아 올리고 그것들의 최종적 의미에 자발적으로 복종하는 대신 여기서 사물들은 원 없이 자신의 존재를 향유한다.[40] 정치는 바로 거기서 개시되기 마련이다.

7. 문학 이미지는 무엇을 욕망하는가?

39) 조르주 디디-위베르만, 앞의 책, 60쪽.
40) 진은영의 「있다」에 대한 위의 설명은 「이미지-사건과 문학의 정치」(『이미지 모티폴로지』, 문학과지성사, 2014)에 실린 내용을 요약한 것임을 밝혀둔다.

문학 이미지는 재현의 단위도 표상의 수단도 아니다. 반영과 재현의 관점은 항상 충족과 미만의 관점에서 이미지를 사유하게 한다. 목격된 것의 재현으로서 이미지를 설명하는 것은 항상 원본과의 우승열패의 문제를 야기하며 근본적으로 결여의 관점에서 이미지를 대하게 한다. 가장 이상적인 재현-이것은 논리적으로만 가능한 것일 터인데-의 경우에도 결국 원본과 목격자의 관계로부터 자유롭지 못하다는 것을 떠올리는 것은 어렵지 않다. 그러나, 지금껏 살펴본 것처럼 문학 이미지는 그 자체로 현실을 탈구축하여 세계를 요소적으로 재편하는 사유의 일환이다.

이미지의 삶은 사적인 것 혹은 개인적인 것이 아니다. 그것은 사회적인 삶이다. 이미지는 계보학적인 혹은 유전적인 계열 속에서 살면서 시간이 흐를수록 스스로를 재생산하고 문화들 사이를 옮겨 다닌다. 이미지는 또한 다소 분명하게 구분되는 세대나 시대 속에서 집단적으로 동시 현존하면서, 우리가 '세계상'(world picture)41)이라고 부르는 몹시 거대한 이미지 형성물의 지배를 받는다.42)

이미지의 삶이 이미 이처럼 사적이고 개인적인 것이 아니라 사회적 삶이라면 이미지는 개체적인 것이 아니라 사회적인 것이며 개체적 감각에 종속된 것이 아니라 새로운 방식으로 세계를 만들려는 가치의 문제와 결부된다. 문학 이미지를 단지 감각이나 수사의 차원에만 묶어둘 것이 아니라 '내부로부터의 자기전개'를 가능하게 하는 장소로 지정할 수 있는 근거와 필요가 바로 이로부터 발생한다. 문학 이미지가 자신의 욕망에 충실하게 스스로의 삶을 살도록 허용할 의무가 독자들에게는 있는 것이다. 바로 그런 의미에서 여기서 한 번 더 강조되어야 하는 것은 '내부로부터의 자기전개'를 가능하게

---

41) 하이데거의 용어임을 원저자가 출처에서 밝히고 있다.
42) W.J.T.미첼 저, 『그림』, 140~141쪽.

하기 위해서 우선은-이 점은 여러 번 반복적으로 강조되어야 한다- 텍스트 내부로 들어가야 하고 그런 이후에 다시 텍스트를 외부로 전개시켜야 한다는 것이다. 문학 이미지의 세계가 우선은 이미지의 욕망과 결부된 '내적 실재'로 간주되어야 하는 까닭도 그 때문이다. 욕망은 상징화되면서 동시에 실재를 남기기 마련이다. 밖으로 펼쳐지기 위해서 우선 안으로 접혀야 하는 까닭은 바로 그 실재계에 대한 구심적 탐사가 욕망에 대한 원심적 탐사의 짝패이기 때문이다.

상징과 알레고리

김진희

1. 상징과 알레고리의 개념

문학적으로 상징과 알레고리는 보조관념을 통해 원관념을 드러낸다는 점에서 유사한 것으로 함께 다루어져 왔다. 그러나 문학적으로 알레고리는 상징에 비하여 단순한 문학양식으로 평가되어 왔고, 구체적으로 보조관념과 원관념, 기표와 기의 등의 관계에 주목할 때 개념과 용법, 의미 등에 차이가 있음을 알 수 있다.

상징象徵은 어떤 말이나 형상이 일상적으로 받아들여지는 명백한 의미 이상의 무엇인가를 내포하는 경우를 말한다.[1] 부러진 칼이나 신발 한 짝은 신화에서 신성神性의 징표라는, 지시적 의미 이상의 의미를 갖는데 그 함의는 누구나, 언제나 쉽게 이해할 수 있는 것은 아니다. 이런 특성에 대해 뒤랑(Gilbert Durand)은 상징이란 기표가 기의를 완전히 설명할 수 없을 때 생겨난다고 한다. 즉 신발이나 칼이 단순히 사물을 지칭하는 명사로 쓰일 때 거기

1) Carl Gustav Jung 외, 『인간과 상징』, 이윤기 옮김, 2009, 21~22쪽.

에는 아무런 신비감이 없지만 인간이 직접적으로 체험하거나 인식할 수 없는 어떤 기의를 표현한다고 할 때 거기서 상징이 탄생한다는 것이다. 이는 상징의 언어가 비의성秘意性이나 암시성을 갖는 것과도 관련된다.

고대의 신화나 전설은 상징의 본질과 그 어원의 원형原型을 잘 보여준다. 부러진 '칼'이나 잃어버린 '신발' 한 짝 등이 중요한 징표로 등장하고 이들이 맞추어짐으로써 신성과 권위가 확립되는 이야기는 동·서양의 신화에서 무수하게 재현되는 화소話素이다. 이런 특성은 융이 주장하듯이 상징이 인간의 집단 무의식과 깊이 연결되어 있음을 환기시키기도 한다.

'Symbol'의 어원인 그리스어 'symballein'이 동사로 '조립하다'와 '짜맞추다'라는 의미를 가졌고, 명사형 'symbolon'은 징표 혹은 기호라는 뜻을 가졌다는 사실, 그리고 동양 시학에서 상징이란 '괘상卦象을 통해 표현된 하늘의 징조'라는 함의까지 헤아려 보면 상징이란 일차적으로 어떤 대상을 통해 그것과는 다른 의미를 나타내는 것이며, 기표와 기의가 결합 또는 연결됨으로써 의미를 창출하는 것임을 알 수 있다.

상징은 낭만주의에서 높게 평가되면서 문학의 본질을 드러내는 것으로 평가되었다. 특히 괴테에 의해 상징은 무한한 의미를 지니며 궁극적으로는 대상이 가진 표현 불가능성을 드러내는 것으로 낭만주의 시인들에 의해 폭넓게 받아들여졌다. 초월적 세계와 영감을 중시했던 시인들에게 유한한 언어로 절대적 세계를 표현하는 상징은 심오한 비전을 줄 수 있었다. 이에 비하여 알레고리는 다양한 해석의 여지가 없는 제한적인 의미를 가진 것으로 인식되었다.2) 특수한 것 속에서 보편적인 것을 찾는 것이 상징이고, 보편적인 것을 위해 특수한 것을 찾는 것이 알레고리인데, 이때 상징의 특수한 것에는 자율성과 독립성이, 알레고리의 특수한 것에는 타율성과 예속성이 존재한다는 것이었다. 이러한 견해는 특수한 것을 통해 풍요로운 의미에 이르지 못하

---

2) 송태현, 『이미지와 상징』, 라이트 하우스, 2005, 93쪽.

는, 단순하고 깊이 없는 양식으로 알레고리를 자리매김 시켰다.[3] 즉 작가가 드러내려는 추상적 관념이나 개념이 이미지를 통해 재현된다는 측면에서 알레고리는 우화, 우의, 교훈적 성격을 가진 문학과 관련된, 단순한 경험과 미의식으로 평가된 것이다.[4]

알레고리(allgory)의 어원은 그리스어 'allegoria'인데, 이 단어에는 '다른 것(allos)을 말하기(agoreuein)'와 '다르게 말하기(allegorein)'라는 의미가 내재해 있다. 어원의 특성에서 주목해야 할 것은 알레고리가 상징과는 달리 기표와 기의 사이의 결합에 의해 의미가 만들어지는 것이 아니라 기의와 임의적이고 우연적으로 결합된 기표가 그 자체로 자립적인 의미를 생성하지 못한다는 사실이다. 말하자면 기표와 기의 사이의 필연적인 연계성이 존재한다고 간주되어온 것이 상징이라면 알레고리는 그 양자 사이의 필연적 관계보다는 임의적이고 관습적인 관계에 근거해 있다. 예를 들어 비둘기가 평화를, 왕관이 권력을 의미하듯이 알레고리는 기표가 그 자체와는 다른 어떤 것을 의미하는 수사적 표현이고, 이 대응되는 언어의 관계 속에는 일정한 관습적 이해와 임의적인 의미부여 같은 것이 내재해 있다. 이처럼 의미와 기표사이의 거리는 우리가 흔히 상징이나 은유에서 상정해왔던 필연적인 합치의 이론을 부인한다. 폴드만은 알레고리가 가진 이런 성격에 주목하여 기호 그 자체와는 다른 것을 지시하는 언어의 효과가 알레고리라고 생각했다.[5]

---

3) 오성호, 『서정시의 이론』, 실천문학사, 2006, 280쪽.
4) 김준오, 『시론』, 삼지원, 2006, 204~205쪽.
5) 폴 드만 『독서의 알레고리』, 이창남 옮김, 문학과 지성사, 2010, 422쪽.

2. 상징 : 비의秘義와 초월의 시학

필립 휠라이트는 사물에 정신적 깊이를 가져오는 은유에서 더 나아간 확장된 형태로 상징을 제시했다.[6] 이는 상징이 재현해내는 의미가 더욱 심층적이며 복합적이기 때문이며 현실을 초월하려는 인간의 무의식과 맞닿아 있기 때문이기도 하다. 이처럼 상징이 정신적이고 초월적인 비의秘意의 재현이라는 사실은 보들레르의 시「상응」에서 잘 느낄 수 있는데, 이 작품은 가시적인 자연이 비가시적인 세계, 즉 신비롭고 신성한 초월적인 세계에 대한 현현임을 보여주고 있다.

> 자연은 하나의 신전이니 거기서
> 살아 있는 기둥들이 때로 혼돈한 말을 새어 보내니,
> 사람은 친밀한 눈으로 자기를 지켜보는
> 상징의 숲을 가로질러 그리로 들어간다.
>
> 어둠처럼 광명처럼 거대하며
> 컴컴하고도 깊은 통일 속에
> 멀리서 합쳐지는 긴 메아리처럼
> 향기와 색과 음향이 서로 응답한다.
>
> — 보들레르,「상응」부분

보들레르는 천상계와 지상계, 자연과 인간, 정신과 감각 간의 교감에 관해 이야기하는데, 숲을 이루는 나무와 풀, 메아리 소리 등은 자연이라는 거대한

---

6) 필립 윌라이트,『은유와 실재』, 김태옥 역, 문학과 지성사. 1982, 94~113쪽.

진리의 세계에 대한 표상과 이미지이며 이런 세계를 가로지르고, 체험하는 것이 바로 상징임을 강조한다. 즉 신이 신전에서 신탁을 내리듯 비가시적인 세계는 자연이라는 매개를 통해 자신을 표현한다. 시를 통해 현실의 삶과 초월적 세계 사이의 교감이 이루어지고 시인은 그 세계의 '신성神聖문자'를 해독하고 번역하는 자이다.7)

융은 인간이 자연을 지배하면서 자연의 일부인 인간 무의식의 중요성을 간과함으로써 마음과 영혼을 잃어버렸다고 한다. 인간과 자연의 교감이 끝남으로써 둘 사이의 무의식적 동일성을 상실했으며 상징적 인연이 공급해 오던 심오한 정동적(affect)에너지 또한 사라졌다. 인간은 우주에서 고립되었으므로 천둥에서 신의 진노한 음성을 들을 수 없고, 강에서 요정을 만날 수 없다고 한다. 그러나 융은 이런 비극적 상황을 보상하는 힘이 꿈과 상징으로부터 나온다고 생각했다. 이는 상징이 현실과 개인을 넘어 우주의 시간과 집단의 기억을 환기시키는 것이기 때문이며, 신성한 세계와 인간을 조응시킴으로써 세계의 중심에 자신을 위치시킬 수 있게 해주기 때문이다. 이런 상징적 체험을 통해 현대적 삶을 사는 인간은 존재론적 분열을 치유할 수 있다.

이런 상징의 순간은 한용운의 시에서도 역시 현상계인 자연과 우주적 진리가 상호 공명하는 순간으로 표현되고 있다.8)

> 바람도 없는 공중에 수직의 파문을 내이며, 고요히 떨어지는 오동잎은 누구의 발자취입니까.
>
> 지리한 장마 끝에 서풍에 몰려가는 무서운 검은 구름의 갈라진 틈으로 언뜻언뜻 보이는 푸른 하늘은 누구의 얼굴입니까
>
> 꽃도 없는 깊은 나무에 푸른 이끼를 거쳐서 옛 탑위의 고요한 하늘을 스치는 알 수 없는 향기는 누구의 입김입니까
>
> — 한용운, 「알 수 없어요」 부분

---

7) 송태현, 앞의 책, 87~88쪽.

8) 최동호, 『한용운』, 건국대 출판부, 2000, 103~104쪽.

상징은 끊임없는 질문 그 자체이다. 왜냐하면 언뜻언뜻, 스치듯 내비치는 그 '누구'는 결코 투명하게 자신의 모습을 드러내지 않기 때문이다. 상징이 갖는 이와 같은 암시성은 의미의 다의성을 낳는다. 불투명하게, 반쯤 드러낸 존재는 시를 읽는 이들의 다양한 해석과 반응을 가져온다. 이처럼 감춤과 드러냄의 미학 속에서 상징은 숭고하고, 장엄한 진리로 독자를 이끌어가고, 풍요로운 의미의 세계를 시 안에서 만나게 한다.

보들레르와 한용운의 시는 가시의 세계가 연상의 힘에 의해 불가시의 세계와 일치하게 되는 상징의 특성을 잘 드러내고 있다. 조르주 나타프는 이런 체험을 벽을 허물고 공간의 거대함을 받아들이며 각자의 생명을 우주 안에서 되살려 내는 일로 이해한다.[9] 이런 의미에서 상징은 현실과 이상, 물질적인 것과 정신적인 세계를 연결하는 의식이요 방법이라 할 수 있다. 어떤 단어나 그 이미지가 그 자체의 의미를 넘어 다른 것을 의미하려 한다는 점에서는 상징과 은유는 유사하다. 그러나 은유는 두 심상(image)과 관념(idea)이 유사성에 의해 결합하지만 상징은 심상과 관념이 내면적인 토대에 근거해 결합한다. 또한 그 결합 관계 역시 은유에서는 일회적이지만 상징은 작품 전체에 지속적으로 작용하면서 의미 형성에 기여한다. 상징은 보조관념과 원관념이 명시적으로 제시된 은유와 달리 이미지만 제시되기 때문에 그 의미가 암시적이고 다의적이며, 보조관념만 제시되므로 이미지 그 자체가 의미의 중요한 생성요소가 된다. 이에 대해 뒤랑은 기표記標와 기의記意의 관계 속에서 시니피앙(기표, signifiant)이 그 자체 하나의 의미의 운반자가 된다고 한다.[10] 따라서 상징은 애매모호하고 함축적이며 다의적多義的으로 읽히는 것이다. 이런 이유로 상징을 읽는 것은 쉽지 않기에 조르주 나타프는 상징은

9) 조르주 나타프, 『상징, 기호, 표지』, 김정란 역, 열화당, 1987, 11쪽.
10) 진형준, 『상상적인 것의 인간학-질베르 뒤랑의 신화방법론 연구』, 문학과 지성사, 1992, 46~47쪽.

수동적인 이해에 대한 부정을 의미하는 것이라고 한다.

시에서 특정한 낱말이나 이미지 역시 작품 구조 안에서 재문맥화됨으로써 기호로서의 성격을 넘어 상징으로 전환 된다[11]. 상징은 특수한 상황과 문맥 속에서 탄생한다. 따라서 어떤 언어가 상징인가 아닌가는 재현된 이미지의 층위들에 대한 세심한 이해를 통해서이다.

> 한 송이의 국화꽃을 피우기 위해
> 봄부터 소쩍새는
> 그렇게 울었나 보다.
>
> 한 송이의 국화꽃을 피우기 위해
> 천둥은 먹구름 속에서
> 또 그렇게 울었나 보다.
>
> 그립고 아쉬움에 가슴 조이든
> 머언 먼 젊음의 뒤안길에서
> 인제는 돌아와 거울 앞에 선
> 내 누님같이 생긴 꽃이여.
>
> 노오란 네 꽃잎이 필라고
> 간밤엔 무서리가 저리 내리고
> 내게는 잠도 오지 않았나 보다.
>
> — 서정주, 「국화 옆에서」

위의 작품에서 '국화'는 원관념 없이 독립적으로 드러나 있다. '국화꽃을

---

11) 오성호, 『서정시의 이론』, 실천문학사, 2006, 247쪽.

피우기 위해', '꽃잎이 필라고' 등의 시구가 반복되고 소쩍새의 울음과 천둥과 먹구름 등의 이미지가 복합되면서 국화의 의미를 찾아간다. 3연에서 국화는 '내 누님같이 생긴 꽃'으로 누님의 원관념이 되고 있다. 원래 숨어 있던 원관념의 보조관념이었던 '국화꽃'이 '누님'의 원관념으로 등장한다. 이는 국화꽃이라는 보조관념이 원관념으로 전환되어 그 자체가 하나의 의미로 작용하며[12] 의미 형성에 주도적인 역할을 하는 것을 잘 보여준다. 국화꽃은 소쩍새, 먹구름, 무서리, 누님 등이 환기하는 이미지의 연상 작용을 통해 우주와 자연과의 교감 속에서 평범한 존재성을 벗고 우주의 질서 안으로, 신성한 차원의 존재로 등극하는 상징을 보여준다.

이처럼 상징은 이미지의 복합적인 연상 작용에 의해서 의미를 환기시키는데, 휠라이트는 이를 특히 긴장 상징이라 한다. 휠라이트는 고정된 의미를 환기하는 협의 상징과 생동적 의미를 생산하는 긴장 상징을 구분한다. 상징이 갖는 본질적인 원리는 같지만 긴장 상징은 그 이미지가 복합적인 연상 작용에 의해 다양한 함의를 환기하면서 시적 의미 형성에 중심 역할을 한다. 휠라이트는, 긴장 상징은 세계의 풍요로움과 경이로움, 신비스러움 등을 표현하고 환기하는 것이기 때문에 모호성과 다양성을 자연스러운 것으로 인식하고 있다. 때문에 긴장 상징은 독자의 시 읽기에 긴장과 활력을 가져오기도 한다. 시 작품에서 주의 깊게 보아야 할 것 역시 이처럼 다양하면서도 모호한, 숨겨져 있으면서도 비치는 긴장 상징의 언어들인데, 작품 속에서 주도적 이미지로서의 기능, 개인 상징의 반복 사용, 고전을 차용한 상징, 문화적 상징, 원형 상징 등의 차원에서 평가될 수 있다.[13]

팽이가 돈다

어린 아이이고 어른이고 살아가는 것이 신기로워

12) 진형준, 앞의 책, 47쪽.

13) 필립 윌라이트, 앞의 책, 100~113쪽.

물끄러미 보고 있기를 좋아하는 나의 너무 큰 눈 앞에서
아이가 팽이를 돌린다
살림을 사는 아이들도 아름다웁듯이
노는 아이도 아름다워 보인다고 생각하면서
손님으로 온 나는 이집 주인과의 이야기도 잊어버리고
또한번 팽이를 돌려주었으면 하고 원하는 것이다
도회안에서 쫓겨다니는 듯이 사는
나의 일이며
어느 소설보다도 신기로운 나의 생활이며
모두 다 내던지고
점잖이 앉은 나의 나이와 나이가 준 나의 무게를 생각하면서
정말 속임없는 눈으로
지금 팽이가 도는 것을 본다
그러면 팽이가 까맣게 변하여 서서 있는 것이다
누구 집을 가보아도 나 사는 곳보다는 여유가 있고
바쁘지도 않으니
마치 별세계같이 보인다
팽이가 돈다
팽이가 돈다
팽이 밑바닥에 끈을 돌려 매이니 이상하고
손가락 사이에 끈을 한끝 잡고 방바닥에 내어던지니
소리없이 회색빛으로 도는 것이
오래 보지 못한 달나라의 장난같다

— 김수영, 「달나라의 장난」 부분

상징에서 이미지의 존재론적 가치는 은유나 다른 수사학적 방법에 비해

독립적이고 크다. 상징은 이미지만으로 본의를 연상해야하기 때문에 이 연상의 힘이 시 전체의 문맥 속에 퍼져 있다. '팽이가 돈다'라는 이미지는 이 시 전체에 걸쳐 반복되고 있다. 42행의 작품에서 '팽이가 돈다'라는 동일한 시구는 여섯 번 반복되고 비슷한 일련의 이미지들, '팽이를 돌린다', '팽이가 도는 것을 본다', '팽이가 돌면서', '비웃는 듯이 돌고 있다', '내앞에서 돈다', '서서 돌고 있다' 등과 쫓겨 다닌다, 별세계 같다, 달나라 장난 같다, 너도 나도 스스로 돈다 등의 시구들이 '팽이가 돈다'라는 중심이미지와 관련되며 반복되면서 연상 작용을 통해 상징의 의미를 찾아 간다.

언급했듯 상징은 기표를 통해 기의를 명쾌하게 파악할 수 없는 근본적인 특성을 갖는데 이때 이런 해독상의 문제를 되풀이(redondance) 즉 반복으로 보충한다고 뒤랑은 말한다. 그 반복은 단순한 반복이 아니라 인식 불가능한 궁극의 기의(signifie)를 중심점으로 싸고 그곳으로 수렴하는 이미지들의 성좌를 이룬다고 한다.

「달나라의 장난」에서 '팽이가 돈다'는 상징이다. 왜냐하면 이 역동적인 이미지가 여러 시적 상황과 연관되어 반복되면서 작품 전체를 지배하고 있기 때문이다. 팽이의 움직임은 작품 전체에 확산되어 약한 나와 뚱뚱한 주인과 어린 아이, 그리고 '일상'이라는 삶 자체를 움직이고 있다. 팽이의 역동적인 움직임을 통해 시인이 말하려는 상징의 함의는 무엇일까. 시인에게 팽이 돌리기는 어린 시절의 추억을 기억나게 만드는 별세계와 달나라의 장난 같이 신기한 것이기도 하고 한편으론 자신을 채찍질하며 살아가는 성인聖人으로 인식되기도 한다.

상징의 의미가 암시적인 것은 상징이 원관념은 숨고 보조관념만 제시되어 있으므로 의미의 확정 자체가 불완전하기 때문이다. 상징의 이런 특성은 작품의 음악성과도 연관되는데, 이미지의 반복에 따르는 리듬은 상징의 의미를 은폐시키거나 유예시키는 역할을 한다. 각기 다른 장면에서 반복되는 '팽이가 돈다'는 구절은 한 장면의 이미지가 생성하는 의미를 움직이고 확산하게 만들며, 다른 장면과 연결되어 새로운 이미지의 무리와 함께 연상 작용을 통해 새로운 관념을 생성하도록 한다.

> 나는 바퀴를 보면 굴리고 싶어진다
> 자전거 유모차 리어카아의 바퀴
> 마차의 바퀴
> 굴러가는 바퀴도 굴리고 싶어진다
> 가쁜 언덕길을 오를 때
> 자동차 바퀴도 굴리고 싶어진다
>
> 길 속에 모든 것이 안 보이고
> 보인다, 망가뜨리고 싶은 어린날도 안 보이고
> 보이고, 서로 다른 새 떼 지저귀던 앞뒷숲이
> 보이고 안 보인다, 숨찬 공화국이 안 보이고
> 보인다, 굴리고 싶어진다, 노점에 쌓여 있는 귤,
> 옹기점에 엎어져 있는 항아리, 둥그렇게 누워 있는 사람들,
> 모든 것 떨어지기 전에 한 번 날으는 길 위로.
>
> — 황동규, 「나는 바퀴를 보면 굴리고 싶어진다」

'나는 바퀴를 보면 굴리고 싶어진다'는 시인의 소망이 재현된 상징이다. 이 구절은 1연에서 반복되는데, '굴리고 싶다'는 움직임을 강조한다. 2연에서는 '보이다'와 '안보이다'의 반복과 노점에 쌓인 굴, 항아리, 둥그렇게 누운 사람들의 정태적인 모습을 이미지화하면서 '굴리고 싶다'의 의미가 무엇인지 유추하게 만든다. '바퀴'는 원형적인 상징으로 우주만물을 향해 창조적 영향력을 발사한다는 상징성을 갖고 있다.[14] 그러나 이 시에서의 바퀴는 생명이나 창조력을 향해 움직이는 것은 아니다. '보이다 안보이다'를 반복하는

현실과 쌓이고, 엎어지고, 누운 삶을 향해 시인의 바퀴는 굴러가려 한다. 이 작품의 상징을 1970년대 사회, 역사적 문맥 안에서 읽을 수도 있다. 즉 1970년대 현실에 대한 탐구와 비판을 주조로 하던 시세계를 염두에 둘 때 '숨찬 공화국'을 통해 현실정치적인 상징이 가능하기 때문이다.

3. 알레고리 : 파편화된 세계의 시적 전략

전통적인 문학론에서 알레고리는 성경을 해석하는 방법으로 발전하였고 신화와 문학의 해석에도 적용되었다. 표면적으로 하찮은 이야기나 부도덕한 이야기에서 교훈적이고 심각한 의미를 해석하는 것으로 이해되었는데, 그 단순성으로 인하여 낭만주의 시대에는 문학적으로 저급한 양식으로 평가되었다.[15] 그러나 20세기에 이르러 알레고리는 벤야민에 의해 단순한 교훈이나 우의의 문학 양식으로부터 역사적 시학으로 확장 이해되었다.

벤야민은 독일 바로크 비애극의 연구를 통해, 저급한 문학 양식이라는 알레고리에 대한 기존의 통념을 비판하고, 복권시켰다.[16] 알레고리는 서구의 예술철학을 지배해온 상징적 예술관, 즉 총체성과 진보의 가상과 이데올로기가 지배하는 세계관과 역사관에 맞서는 예술과 미학의 핵심 카테고리이자 역사철학적 비전으로 재고될 수 있었다. 벤야민은 낭만주의에서 추구하는 현상과 본질의 일치, 즉 상징에서의 기표와 기의의 일치라는 초월적 순간은 형이상학적 가정이라고 비판했다. 그리고 오히려 기표와 기의가 불일치하는 알레고리의 우연적이고 파편화된 경험을 통하여 근대세계의 총체성과 대면

---

14) 필립 윌라이트, 앞의 책, 127쪽.
15) 이상섭, 『문학비평용어사전』(개정판), 민음사, 2001, 233쪽.
16) 최성만, 『발터벤야민- 기억의 정치학』, 도서출판 길, 2014, 116~133쪽.

할 수 있음을 이야기한다. 이런 점에서 알레고리는 근대의 문학과 예술, 그리고 사회와 역사를 사유하는 역사철학적 인식론이자 사유의 포괄적인 방법론으로 이해될 수 있었다. 즉 상징의 초월적인 보편성과는 달리 현실의 균열 지점을 몽타주하면서 이를 통해 역사와 현실의 총체성을 현재적으로 재구성하는 사유의 방법론으로서 알레고리는 현실의 의미작용 양상을 철저하게 역사적인 관점에서 재구성하는 사유와 글쓰기 양식으로 자리매김 되었다.17)

폴드만 역시 근대라는 시간성의 영향 하에 쓰여진 모든 글쓰기가 알레고리 속성을 지닌다고 함으로써 벤야민과 같은 사유에 근거해 있다. 그는 언어라는 것이 의미를 투명하게 드러낼 수 없는 불안정한 것이라는 관점 위에서 글쓰기와 읽기의 알레고리에 접근한다. 벤야민의 알레고리가 역사철학적 비전을 읽게 한다면 폴드만의 알레고리는 기존의 의미론적 지시체계에 대한 성찰을 기반으로 언어적, 문법적, 독서의 방법, 시 읽기 등에 대한 재인식을 요청한다.

현상과 본질, 기표와 기의의 임의적이고 우연적인 관계에 기초한 알레고리는 현실과 이상의 불일치를 그대로 노출시키고 파편적이고 현실적인 역사성을 드러낸다는 점에서 현대적 삶을 살아가는 시인의 경험을 반영하는 시적 전략으로 활용될 수 있으며18) 특히 현대성의 미학인 모더니즘을 탐구하는 시인들의 역사적 비전과 사유와도 관련되어 있다.

> 아무도 그에게 수심水深을 일러준 일이 없기에
> 흰나비는 도무지 바다가 무섭지 않다.
>
> 청靑무우밭인가 해서 내려갔다가는
> 어린 날개가 물결에 절어서

---

17) 정의진, 「발터 벤야민의 알레고리론의 역사시학적 함의」, 『비평문학』, 41호, 2011.
18) 위의 글.

공주처럼 지쳐서 돌아온다.

삼월三月달 바다가 꽃이 피지 않아서 서글픈
나비 허리에 새파란 초생달이 시리다.

— 김기림, 「바다와 나비」

위의 시에서 '나비'와 '바다'의 원관념은 등장하지 않는다. 작품 속의 나비는 바다의 물결에 지쳐 돌아온 어린 공주의 이미지를 나비에 투사하여 원관념에 대한 이해를 돕고 있다. 무력한 존재로서의 나비와 푸르고 시린 바다. 시인은 나비를 통해 연약하고 순진한 존재의 비극성을 그리는 것, 그 너머의 상징적 의미를 부여하고 있다. '수심水深을 몰랐다', '청무우밭인 줄 알았다' 등이 환기시키는 무지와 오인誤認의 상황은 '나비'의 존재성을 보다 복잡하게 만든다. 알레고리에서 원관념은 당대의 관습적 사고나 언어공동체에 근거하여 해석할 수 있다. 시에서 '바다'는 광활한 생명력의 의미보다는 거대한 죽음의 공간을 환기함으로써[19] 냉혹하고 폭력적인 바다를 연상시킨다. 이러한 공간은 결국 1930년대 식민지 조선의 근대와 문명을 알레고리로 증거한다. 그리고 나비는 근대와 문명을 상징한 역사적 현실을 오인한 무력한 주체를 상징한다.

김기림은 시 「바다와 나비」에서 바다의 깊이와 물결의 높이를 오인한 나비로 비유된 시적 자아를 통해 더 이상 문명과 희망을 환기하지 않는 '근대'를 문제 삼고 있다. 바다에 대한 이런 시적 상상은 제국주의와 식민지, 그리고 전쟁이라는 근대의 현실 앞에 선 김기림의 내면의식을 투영하고 있다. 그러므로 '청무우 밭인 줄 알고 내려갔다가 지쳐서 돌아온 나비'는 이상과 현실이 불일치하고 파편화된 '근대'를 경험한 식민지 주체의 알레고리이다. 이

19) 아지자 · 올리비에르 · 스크트릭 공저, 『문학의 상징 · 주제 사전』, 장영수 옮김, 청하, 1989, 154~156쪽.

는 알레고리가 시적 발화의 표면에 드러나지 않으나 그 모든 발화가 지시하는 체계 바깥의 현상과 관련되어 있기 때문이다.[20]

아방가르드 연구자인 피터 뷔르거는 벤야민의 알레고리 개념이 아방가르드적 작품에서 비로소 그 개념에 맞는 대상을 발견하게 되었다고 평가한다. 즉 아방가르드 예술 미학의 중심인 몽타주가 현실의 단편들로 조합되었고, 이러한 작품이 근대 세계와 전통 예술의 총체성이라는 가상을 파괴할 수 있었다는 의미이다.[21]

3

강변가로 위집한 공장촌-그리고 연돌들

피혁-고무-제과-방적-

양주장-전매국……

공장속에선 무작정하고 연기를품고 무작정하고 생산을한다

끼익-끼익-기름마른피대가 외마듸소리로 떠들제

직공들은 키가줄었다.

어제도오늘도 동무는 죽어나갓다.

켜로날리는 몬지처럼 몬지처럼

산등거리 파고올으는 토막들

썩은새에 굼벵이떨어지는 춘여들

이론집에선 먼-촌 일가로 부처온 여공들이 폐를앓고

세멘의쓰러기통 룬펜의寓居-다리밑 거적때기

노동자숙소

행려병자 無主屍 -깡통

수부는 등줄기가 피가 나도록 긁는다.

---

20) 권혁웅, 『시론』, 문학동네, 2010, 415쪽.

21) 페터 뷔르거, 『아방가르드의 이론』, 최성만 역, 지식을 만드는 지식, 2013, 173~184쪽.

4

신사들이 드난하는 곳

쭈삣쭈삣하눌을찔너 위협을보이는 고층건물

둥그름한 주탑-점잔흔 높게 뵈려는 인격

꼭대기 꼭대기 발도듬을하야 소속의 旗ㅅ발이 날린다.

무던이도 펄넉이는 旗ㅅ빨들이다.

씩,씩, 뽑아올나간 고층건물-

공식적으로 나열해나가는 도시의 미관

수부는 가장 적은 면적안에 가장 많은 건물을 갖는다.

— 오장환, 「首府」 부분

오장환은 일제 강점과 근대화라는 부침 속에 놓인 식민지 조선의 현실을 전통과 현대, 도시와 문명이라는 테마를 통해 비판적으로 접근했다. 인용시 「수부」(1936)에서도 역시 총 11장으로 이루어진 장시를 통해 근대와 문명에 의해 은폐된 식민 도시 경성의 가난과 죽음, 착취와 억압을 문제 삼고 있다. 오장환은 일찍이 「캐메라, 룸」에서 에이젠슈타인이 말한 '몽타쥬'의 기법을 실험적으로 사용했는데, 이 시에서도 단편적으로 파편화된 도시의 이미지를 배치하기 위해 이 기법을 적극적으로 사용했다. 오장환은 고층건물이 늘어선 번화한 도시의 풍경과 노동자와 행려병자, 토막과 공장 등이 산재한 도시의 전혀 다른, 단절적인 이미지를 결합시키는 몽타주의 기법으로 식민지 도시의 문제적 현실을 폭로한다.

벤야민은 필연적 계기가 결여된 알레고리의 파편 속에서 총체성을 만날 수 있을 것이라 생각했는데 몽타주 형식의 파편화된 도시 이미지들을 통해 시인이 의도하고자 한 주제의식이 드러난다. 오장환은 일제에 의해 계획된 식민도시가 은폐한 가난과 죽음, 억압과 폭력의 공간으로서의 수부, 경성의 모습을 영화의 한 컷 한 컷의 장면처럼 제시하는데, 이 장면들이야말로 대면해야할 사회문화적이고, 역사적인 현실이라는 점에서 현실의 총체성에 다가가게 하는 작은 지점, 지점들이다.

일반적으로 영화 속에서 카메라에 잡히는 도시의 풍경은, 스쳐 지나가던 풍경들에 의미를 부여하고, 그 이미지를 사유하게 만든다. 모더니즘 시에 등장하는 거리의 풍경 역시 단편적인 것이지만, 파편적이고 흩어진 이미지 그 자체로 의미를 요구한다. 1940년 조선 총독부는 <경성>이라는 영화를 제작했는데, 이는 당시 『경성 관광안내서』와 유사한 공간 배치와 스토리를 갖추었다. 이 영화는 경성의 근대화된 면모를 부각시키면서도 한편으론 향토적인 조선의 이미지를 배치하여 경성의 식민지성을 강조하기도 했는데, 총독부의 의도는 식민지 경성의 근대적 이미지를 강화하고, 근대성을 학습시키고자 하는 의도가 있었다.[22] 총독부의 카메라에 의해 선택적으로 구성된 경성이 은폐한 이미지는 바로 「수부」에서 보여지는, 근대와 문명의 이상과 단절된, 빈곤과 죽음의 이미지로 점철된 식민 도시 경성의 풍경이다. 이런 점에서 김기림의 「기상도」나 오장환의 「수부」 등이 보여준 1930년대 도시 이미지의 시각적 배치는 제국 이데올로기에 대한 알레고리적 특성을 갖고 있다. 「수부」는 몽타주 기법을 통해 궁극적으로는 알레고리를 통해 당대 현실에 대한 인식에 이르게 한다. 이런 점에서 알레고리의 역사적, 실천적 성격을 이해할 수 있다.

벤야민은 보들레르의 산문시 『파리의 우울』을 통해 알레고리를 근대 세계를 드러내는 중요한 양식으로 재인식했다. 자본주의 대도시 문화와 상품사회에 대한 비판은 현대적 삶을 유기체적 삶에서 파편화된 알레고리로 느끼게 한다. 벤야민은 타락하고 부패한 도시의 풍경을 통해 근대라는 시공간이 더 이상 진보와 발전, 이상과 구원이라는 비전을 제시할 수 없음을 깨달

22) 황빛나, 「극장과 영화관」, 『모던 경성의 시각문화와 관중』, 한국미술연구소, CAS, 2018.

았다. 그리고 이런 점에서 상징이 가상하는 현실과 이상의 초월적 통합이라는 미학이 현대적 삶의 미학이 될 수 없으며 알레고리를 통해 그 균열의 지점을 폭록할 수 있음을 인식할 수 있었다.

> 나는 자연을 부정하고 인공을 예찬하는 위대한 허무주의자이다 저 도시의 불빛을 보라 살인과 근친상간과 약물중독의 나의 성 타즈마할 나는 죽을 때까지 신의 말씀과 싸울 것이다 오해하지 마시길 이곳은 생명의 장소가 아니라 죽음의 장소이자 모든 환각과 약물의 성전이다
>
> — 함성호, 「聖 타즈마할」 부분

타지마할은 알려진 대로 인도 무굴제국의 왕 샤자한이 왕비의 죽음을 애통해하며, 묘지로 지은 건축물이다. 타지마할은 죽음과 그 육체를 미화시키며 산자들에게 끊임없이 죽음을 상기시키고 매혹적인 것으로 각인시키는 공간이다. 자연의 죽음으로부터 파편화된 나는 이미 자연과 단절된 존재인데, 알레고리의 관점에서 주인공의 죽음에 주목해 볼 필요가 있다. 상징에서는 몰락이 이상화되는 가운데 자연의 변용된 얼굴이 구원의 빛 속에서 순간적으로 계시된다고 한다. 상징을 통해 표현되는 죽음은 결국 타락에 대한 징벌인 동시에 죽음을 통한 구원을 의미했다. 그러나 알레고리적인 죽음은 완료된 죽음이 아니라 죽어가는 얼굴, 미완료된 죽음을 묘사한다. 알레고리 속에서는 역사의 죽어가는 얼굴표정이 굳어진 원초적 풍경으로 관찰자 앞에 모습을 드러냄으로써[23] 멜랑콜리와 허무, 죽음과 삶의 경계, 그 결정적인 한 순간의 이미지를 통해 죽음의 역사적 함의를 성찰하게 한다.[24]

시인에게 타지마할은 근대 문명을 알레고리화한 공간이다. 아름답고 성스러운 타지마할은 살인과 근친상간, 약물 중독이라는 이질적인 현실과 병치

---

23) 발터 벤야민, 『독일 비애극의 원천』, 최성만, 김유동 역, 한길사, 2009, 247쪽.
24) 정의진, 앞의 글.

되어 있다. 불안과 혼돈의 장소, 구원과 신이라는 허위의식과 싸우고, 환각과 약물로 생을 연명하면서 '나'는 스스로의 몰락을 죽음을 지켜봐야 할 자이다. 이처럼 자본주의와 근대가 이루어온 사상과 가치들에 불신과 의혹을 표명하며, 그것들을 포장해내는 체제와 권력에 저항하는 시인은 알레고리를 통해 죽음을 생산하는 그 현실을 폭로한다.

벤야민은 모든 삶과 지식이 파편화된 현대사회에서 그 파편들의 짝을 맞추어 새로운 의미를 읽어내는 것이 알레고리 시인의 행동이라고 생각했다. 이런 의미에서 알레고리는 현대시의 시적 전략으로서 유의미한 사유이자 시학이라 할 수 있다.

아이러니와 역설

여태천

1. 문맥의 이중화, 의미의 두 겹

언어는 한계가 있다. 지시하는 것이 개념이건 구체적인 사물이건 간에 언어는 이 세계를 낱낱이 모두 보여줄 수는 없다. 하지만 우리는 비유를 통해서 종종 언어의 한계를 뛰어넘을 수 있다. 아마 시의 중요한 의의 중의 하나는 비유를 통해 언어의 한계를 뛰어넘고 새로운 세계를 보여준다는 사실에 있을 것이다. 비유란 '어떤 개념이나 사물'(=A)을 직접 설명하지 아니하고 '다른 개념이나 사물'(=B)에 빗대어서 설명하는 것을 말한다. 이때 A와 B가 지니는 유사성을 발견하는 것이 중요하다. 이처럼 비유란 A를 B가 대신하는 유비적 사고에 의해 만들어진다. 유비는 이 세계를 동일한 지평 위에서 사고하는 방식이다. 우리가 A와 비슷한 B를 쉽게 떠올릴 수 있는 것은 A와 비슷한 속성이나 자질을 B가 지니고 있기 때문이다.

이와 달리 A와 B가 서로 맞부딪치는 대조에 의해서 새로운 의미와 가치가 발생하기도 한다. 말하자면 서로 다른 의미와 가치를 지니는 A와 B가 만나서 생기는 예상치 못한 대립, 긴장, 마찰, 불균형 등을 이용하여 설명하기 어려운 상황이나 논리적으로 이해하기 어려운 현실을 보여주는 것이다. 아이러니와 역설이 여기에 해당한다. 비유가 동일성에 의한 미적 효과라면, 아이러니와 역설은 비동일성에 의한 미적 효과다. 어떤 개념에 대한 서로 다른 생각이 시의 기본구조를 이루고 있는 다음 시에서 비동일성의 미적 효과를 어렵지 않게 발견할 수 있다.

> 뻔질나게 돌아다니며
> 외박을 밥 먹듯 하던 젊은 날
> 어쩌다 집에 가면
> 씻어도 씻어도 가시지 않는 아배 발고랑내 나는 밥상머리에 앉아
> 저녁을 먹는 중에도 아배는 아무렇지 않다는 듯
> —니, 오늘 외박하나?
> —아니요, 올은 집에서 잘 건데요
> —그케, 니가 집에서 자는 게 외박 아이라?
>
> 집을 자주 비우던 내가
> 어느 노을 좋은 저녁에 또 집을 나서자
> 퇴근길에 마주친 아배는
> 자전거를 한 발로 받쳐 선 채 짐짓 아무렇지도 않다는 듯
> —야야, 어디 가노?
> —예…… 바람 좀 쐬려고요.
> —왜, 집에는 바람이 안 불다?
>
> 그런 아배도 오래 전에 집을 나서 저기 가신 뒤로는 감감 무소식이다.
>
> — 안상학, 「아배생각」

대부분의 부자父子 관계가 그렇듯, 이 시에서도 아버지와 아들은 그다지 사이가 좋지 않다. 1연과 2연에서 진술되고 있는 아버지와 아들의 어긋난 대화가 그 사실을 보여준다. 또 대부분의 철이 든 아들이 그렇듯, "외박을 밥 먹듯" 했던 아들은 뒤늦게야 돌아가신("오래 전에 집을 나서 저기 가신") 아버지를 그리워한다. 아버지의 죽음을 아들이 자주 했던 '외박'에 비유하고 있다는 점에서, 이 시는 유비적 사고의 큰 틀을 골격으로 하고 있다. 그런데 이 시의 특별한 재미는, '외박'과 '바람'에 대한 아버지와 아들의 서로 다른 생각에서 발생한다. 그것이 이 시의 또 다른 구조를 이루고 있다. 그러므로 '외박'과 '바람'에 대한 두 개의 문맥을 알아채는 것이 시의 의미를 전체적으로 이해하는 데 중요한 관건이 된다.

일반적으로 '외박'이란 '자기 집이나 일정한 숙소에서 자지 아니하고 딴 데 나가서 자는 잠'을 뜻한다. 1연에서 아버지가 "니, 오늘 외박하나?"라고 물었을 때, 아들은 "아뇨, 올은 집에서 잘 건데요"라고 다소 능청스럽게 답한다. 아들은 보편적 개념에 기대어 '외박'이라는 말을 사용한 것인데, 아버지는 평소 아들이 보여준 행동에 비추어서 "그케, 니가 집에서 자는 게 외박 아이라?"라고 눙치는 듯하며 되묻는다. 외박을 밥 먹듯 하고 다니던 아들이 집에서 잠을 잔다는 게 아버지에게는 필시 '외박'일 것이다. 그런 아들이 마음에 내키지는 않지만 아버지는 작정하고 따져 묻지 않는다. 하지만 아버지의 이 반문이 아들의 말문을 막는다. 1연에서 아버지와 아들 사이의 어긋난 대화는 '외박'에 대한 서로 다른 이해 때문에 발생했다.

2연에서 '바람'을 둘러싼 아버지와 아들의 대화도 이와 비슷한 상황에서 이루어지고 있다. 흔히 '기분 전환을 위하여 바깥이나 딴 곳을 거닐거나 돌아다니는 것'을 '바람을 쐬다'라고 관용적으로 표현한다. 아들이 저녁에 또 집을 나서자 아버지가 "야야, 어디 가노?"라고 묻는다. 아들은 특별한 목적이 없었기 때문이기도 했겠지만, 딱히 그 목적이 있더라도 아버지에게 시시콜콜 다 얘기하기가 마땅치 않아 "예…… 바람 좀 쐬려고요"라고 시큰둥하게 대답했다. 분명치 않아도 아들은 '바람을 쐬다'라는 관용적 표현을 염두에 두고 있었을 것이다. 그런데 아버지는 그 관용적 표현을 무시하고, '바람'이라는 말이 지닌 사전적 의미에 기대어 "왜, 집에는 바람이 안 불다?"라고 다시 아들에게 못마땅하다는 듯 묻는다. 집을 자주 비우는 아들의 행동이 마음에 들지 않았기 때문일 수도 있지만, 한편으로는 아들과 함께 있고 싶은 아버지의 따뜻한 마음이 여기에는 담겨 있다. 역시 아버지의 이 반문도 아들의 말문을 막아버렸다. 2연에서 아버지와 아들 사이의 어긋난 대화는 '바람을 쐬다'라는 관용적 표현에 대한 서로 다른 이해 때문에 발생했다.

아들이 생각하는 '외박'과 '바람을 쐬다'는 일상적으로 사용되는 보편적인 개념에 가깝다. 하지만 아버지가 생각하는 '외박'과 '바람을 쐬다'라는 표현의 뜻은 보편적인 이해의 범주를 벗어난 지점에 있다. 아버지가 보여주는 보편적 개념에 대한 반성적 거리 감각이 지금까지 아들이 무심코 사용했던 보편적 개념을 의심하게 만든다. 아버지와 아들의 대화에서 드러나는 '외박'과 '바람을 쐬다'에 대한 서로 다른 생각은 이 세계가 단일한 의미와 가치로 이해될 수 없음을 보여준다. 이처럼 두 문맥의 관계가 만들어 내는 대립, 긴장, 마찰, 불균형에 의해 새로운 의미와 가치가 발생하게 되는 것이다. 그 과정에서 이 세계의 무한성과 인간의 유한성을 발견하기도 한다.

2. 아이러니의 의미와 그 양상

특별한 경우에 우리는 누군가에게 이유 없이 화를 내기도 한다. 만약 그 이유가 상대방의 관심을 끌기 위해서라면, 그것은 진심이 아닐 가능성이 매우 높다. 이처럼 어떤 낱말이 문장에서 표현된 뜻과 반대되는 의미를 갖는 용법을 반어反語라고 한다. 흔히 아이러니(irony)라고 부른다. 수사학에서는 의미를 강조하거나 특정한 효과를 유발하기 위해 자기가 생각하고 있는 것과는 반대되는 말을 사용하여 그 이면에 숨겨진 의도를 은연중 나타내는 표현법을 말한다.

아이러니는 '숨김' '위장僞裝'을 의미하는 그리스어 'eironeia'에서 유래했다. 고대 그리스 희극에 등장하는 에이런(eiron)은 비록 힘은 약하지만 겸손하고 현명했다. 반면에 알라존(alazon)은 강자임에도 불구하고 자만하고 우둔했다. 에이런은 무지無知를 가장하여 어리석은 허풍쟁이 알라존을 물리치고 언제나 승리한다. 에이런과 알라존이라는 두 개의 페르소나(persona)가 아이러니를 만든다. 그러므로 알라존의 말(=드러난 의미)을 곧이곧대로 받아들이면 안 되며, 반드시 에이런의 말(=숨겨진 의미)에 귀를 기울여야 한다. 예컨대 잘난 체하는 친구가 또 자기자랑을 늘어놓을 때, '잘났어. 정말!'이라고 옆에 있던 친구가 마지못해 응수를 할 때가 있다. 이때 옆에 있던 친구가 진심으로 그 친구의 행동과 생각이 바람직하고 멋있다고 생각해서 그런 말을 했다고 믿을 사람은 많지 않다. 우리는 언술이 이루어지고 있는 정황과 그 정황을 알려주는 어조의 도움을 받아, 그 언술이 보여주는 표면의 의미와는 다른 숨겨진 의미에 주목해야 한다. 그런데 표면의 의미와는 달리 숨어 있는 의미는 쉽게 파악되지 않는다. 어린 화자를 내세워 보편적 행동이란 과연 어떤 것인가에 대해 질문하고 있는 다음 시를 읽어보자.

> 미숫가루를 실컷 먹고 싶었다
> 부엌 찬장에서 미숫가루통 훔쳐다가
> 동네 우물에 부었다
> 사카린이랑 슈가도 몽땅 털어 넣었다
> 두레박을 들었다 놓았다 하며 미숫가루 저었다
>
> 빰따귀를 첨으로 맞았다

— 박성우, 「삼학년」

현실과 이상 사이의 거리를 보여주고 있는 이 시에는 두 개의 주체, 두 개의 시점이 존재한다. 어린 아이와 어른이라는 두 주체는 미숫가루를 우물에 들어붓는 것에 대해 서로 다른 생각과 반응을 보인다. 미숫가루를 우물에 들어부은 아이의 행동은 에이런의 태도에 가깝고, 그 아이의 뺨을 때린 어른의 행동은 알라존의 태도라고 할 수 있다. 미숫가루를 우물에 들어부어서는 안 된다는 것이 표면에 드러난 이 시의 의미다. 어른의 입장(=보편적 상식)에서 보자면 미숫가루를 우물에 들어붓는 것은 해서는 안 되는 행동이다. 먹어야 할 미숫가루를 먹을 수 없게 낭비한 것은 옳지 않다. 이것이 쉽게 떠올릴 수 있는 첫 번째 이유다. 여기에 더해 여러 사람이 함께 사용해야 하는 우물을 더럽혔다는 사실이 아마 두 번째 이유일 것이다. 이와 같은 잘못된 행동에 대한 윤리적 처벌이 뺨따귀가 된다. 물론 우물에 미숫가루를 들어부은 아이의 행동은 보편적 상식을 벗어난 것이다. 그러나 아이의 그 행동이 옳지 않다고 주장할 만한 근거 역시 그리 많지 않다. 설령 있다고 하더라도 사회적 질서를 위해 필요한 것들일 가능성이 매우 높다. 하지만 우리가 꿈꾸는 이상은 언제나 보편적 질서나 현실의 법칙을 벗어난 어떤 곳에 있게 마련이다. 아이의 행동은 그 이상에 가닿고 싶은 우리의 근원적 욕망을 보여준다. 보통의 아이라면 현실적 상황을 정확하게 이해할 만한 지적 능력을 충분히 지니고 있지 않다. 그러므로 좋아하는 미숫가루를 마음껏 먹고 싶어서 미숫가루를 우물에 들어부을 수도 있다. 그런 아이의 행동이 과연 처벌받을 만한 일인가에 대한 자연스러운 의문이 생기게 된다. 이것이 바로 이 시가 숨기고 있는 또 다른 의미며, 오히려 이 해석이 삶의 진실에 가까울 수 있다. 이 시에서 어린 아이와 어른은 각각 이상과 현실을 대신한다. 이 둘은 결코 타협할 수 없다. 이처럼 현실과 이상의 대립, 유한한 것과 무한한 것의 대립 등 이원론적 대립에서 종종 아이러니가 발생한다. 이 경우를 낭만적 아이러니라고 부른다.

숨어 있는 문맥은 드러나 있는 문맥에 대한 다른 견해이므로 대체로 비판적이거나 풍자적인 경우가 많다. 이 경우에는 특히 상황을 바라보고 인지하는 주체의 태도가 문제가 된다. 지적知的인 주체가 비非지적인 주체(=자기 자신)를 비판할 때 종종 아이러니가 발생한다.

헤어지자고 했습니다

수신확인 확인안함 수신확인 확인안함
수신확인 확인안함 수신확인 확인안함
수신확인 확인안함 수신확인 확인안함
수신확인 확인안함 수신확인 확인안함
수신확인 확인안함 수신확인 확인안함
수신확인 확인안함 수신확인 확인안함
수신확인 2007-10-26 13:50

헤어졌습니다

— 성기완, 「당신의 텍스트 6」

이별이라는 사건을 대하는 주체의 태도가 이 시의 아이러니를 만들어낸다. '나'는 '당신'에게 헤어지자고 이별을 통지했다. '당신'의 마음을 알고 싶은데도 알 수 있는 방법이 없다("수신확인 확인안함"). 하지만 '나'는 끊임없이("수신확인 확인안함"의 반복) '당신'의 마음을 알고 싶어 한다. 이미 헤어지자고 결정한 상태라면 상대방의 태도가 그 결정에 큰 영향을 주어서는 안 된다. 애초에 이별할 마음이 없었을 수도 있겠지만 '나'는 자신이 내린 결정에 대해 확신이 없다. 예상을 뒤엎게도 그 결정은 '당신'이 내린다. "수신확인 2007-10-26 13:50"을 확인하고서야 '나'는 '당신'과 헤어졌다. 그러므로 "헤어졌습니다"라는 사건은 결국 '당신'이 만들어낸 것이다. '나'가 내려야 할 이별의 결정을 '당신'이 내리게 되는 엉뚱한 일이 벌어졌다. 이 시는 끊임없이 '당신'의 마음을 확인하고 싶어 하며 '당신'의 태도에 따라 이별을 결정한 비지적인 주체의 행동을 숨어 있는 지적인 주체가 비판하고 있는 것이다. 대부분의 사람은 현실에서 이와 같은 실수를 숱하게 저지른다. 주체란 불완전하며 불안정한 상태라는 진실을 이 시가 보여준다. 지적인 주체가 비판하는 대상이 비지적인 주체인 자기 자신을 넘어 보편적인 세계인 경우도 있다.

— 아버지 송지호에서 좀 쉬었다 가요.

— 시베리아는 멀다.

— 아버지 우리는 왜 이렇게 날아야 해요?

— 그런 소리 말아라 저 밑에는 날개도 없는 것들이 많단다.

— 이상국, 「기러기 가족」

이 시는 아버지 기러기와 아들 기러기가 나누는 대화를 통해 삶에 대한 근원적인 질문을 하고 있다. 표면상으로는 갈 길이 먼데 힘들다고 쉬어가자는 아들 기러기가 비지적인 주체에 가까우며, 이를 윽박지르듯 타이르고 있는 아버지 기러기가 지적인 주체로 보인다. 이미 "날개도 없는 것들"에 대해 알고 있는 아버지 기러기는 날고 있다는 사실 자체가 행복임을 아들 기러기에게 강조하고 있기 때문이다. 반드시 그런 것은 아니지만 분수와 처지를 알면 삶이 행복할 수 있다. 아버지 기러기는 자신의 체험을 통해 그 사실을 알고 있으며, 아들 기러기의 마음은 고려하지 않은 채 그것을 알려주려고 한다.

그런데 아들 기러기의 "아버지 우리는 왜 이렇게 날아야 해요?"라는 질문은 아버지 기러기의 막무가내에 가까운 대답에 의문을 품게 한다. "그런 소리 말아라"라고 말하는 아버지 기러기의 태도는 삶에 대한 진지한 고민에서 나왔다고 보기 힘들다. "저 밑에는 날개도 없는 것들이 많단다"라는 사실은 날아야 하는 이유에 대한 적절한 대답일 수 없기 때문이다. 아버지 기러기와 아들 기러기의 대화를 끝까지 듣고 곰곰이 생각하면 처음 품었던 판단이 옳지 않음을 알게 된다. 날아야 하는 근원적인 질문에 대해 함구하는 아버지 기러기가 오히려 비지적인 주체며, 그것에 대해 의문을 품고 있는 아들 기러기가 지적인 주체에 가까워 보인다. 그러므로 이 시를 삶에 대해 진지한 성찰과 고민을 하지 않고 어떤 목표만을 향해 질주하는 많은 사람들을 비판하고 있는 것으로 읽을 수 있다. 속도 경쟁주의에 몰려 어디로 가는지도 모르고 자신을 혹사하고 있는 현대인의 모습을 떠올리는 것도 자연스럽다. 현대 성과사회에서 흔히 발견되는 피로한 개인 역시 이와 다르지 않다. 주어진 일을 열심히 하면서 자신을 소모하는 복종적 주체는 자신이 어디로 가야 하는지 알지 못한다. 그들은 뭐든지 가능하다는 믿음에 의지한 채 자신을 혹사한다. 현대인들은 끊임없이 어디론가 가는 것이 삶의 전부인 것처럼 살고 있다. 아버지 기러기와 아들 기러기의 대화는 이와 같은 현실을 비판적으로 보여주고 있다.

이중적인 의미를 지니는 시적 구조는 종종 예상한 것 혹은 알맞은 것과 다른 결과로 이어지는데, 이 경우에도 아이러니가 발생한다. 이 경우를 상황적, 구조적, 극적 아이러니라고도 한다.

> 집을 나서는데 옆집 새댁이 또 층계를 쓸고 있다.
> 다음엔 꼭 제가 한 번 쓸겠습니다.
> 괜찮아요, 집에 있는 사람이 쓸어야지요.
> 그럼 난 집에 없는 사람인가?
> 나는 늘 집에만 처박혀 있는 실업잔데
> 나는 문득 집에조차 없는 사람 같다.

나는 없어져 버렸다.

— 김영승, 「반성 99」

'실업자'란 '경제 활동에 참여할 연령의 사람 가운데 직업이 없는 사람'을 뜻한다. 일반적인 경우 실업자들은 대체로 집에 있게 마련이다. 물론 예외적으로 집에서 일을 하는 경우도 있겠지만, 대부분 직업을 가진 사람은 집밖에서 일을 한다. 아마 새댁의 남편도 일을 하러 당연히 집을 나갔을 것이다. '나'는 "늘 집에만 처박혀 있는 실업자"지만, 새댁이 바라볼 때 집을 나서고 있는 '나'는 경제 활동을 하고 있는 사람일 가능성이 높다. 그러므로 층계를 쓸고 있던 새댁을 보고 '나'가 "다음엔 꼭 제가 한 번 쓸겠습니다"라고 했을 때, 새댁이 "집에 있는 사람이 쓸어야지요"라고 대답하는 것은 이상하지 않다. 대부분의 남자들이 밖에서 일을 하고 집에는 여자들이 가사를 책임지고 있다고 새댁이 생각했기 때문이다. 그런데 문제는 여기서 발생한다. '나'는 늘 층계를 쓸고 있는 새댁에게 미안한 마음으로 "다음엔 꼭 제가 한 번 쓸겠습니다"라고 말했지만 예상치 못한 결과가 이어진다. 새댁의 진심과는 무관하게 사회의 보편적인 통념이나 일반적인 상황이 상황을 악화시킨다. 실업자이지만 집에 있는 '나'는 새댁의 말에 의해 갑자기 집에 없는 사람이 되고만 것이다. 옆집 새댁의 말로 인해 이와 같은 이상한 상황이 생기자, '나'는 자신의 존재를 의심하게 된다. 물론 여기에는 실업자로 살아가고 있는 '나'가 지니고 있을 모종의 자의식이 개입한다. 실업자가 쓸모없는 사람이라는 통념은 기어이 '나'를 "집에서조차 없는 사람"으로 만들고, 급기야 "나는 없어져 버렸다"라는 모순적인 상황을 낳게 하였다.

아이러니는 표면적 진술에 비해 실제 의미나 실제 의도가 다를 때 발생한다. 아이러니에서 문면에 드러나 있는 것은 보편적인 개념이며 숨어 있는 것은 보편적 개념을 뒤집는 개념이다. 그러므로 시에 등장하는 주체와 시를 읽는 독자 사이에 긴장이 조성된다. 이런 측면에서 아이러니는 기지奇智의 싸움이라고 말할 수 있다. 이 싸움에서 이기기 위해서는, 말하자면 시를 제대로 이해하기 위해서는 독자의 특별한 노력이 요구된다. 독자는 시적 구조의 상충관계를 발견하고, 이를 바르게 이해할 수 있는 분석적인 정신과 비판적인 정신을 가지고 있어야 한다.

3. 역설의 의미와 그 양상

역설逆說은 흔히 패러독스(paradox)라고 부른다. 패러독스는 '의견'을 뜻하는 그리스어 'doxa'와 '거스른다'는 뜻의 접두어 'para'가 결합해서 생긴 말이다. 그런데 이 역설이 성립하기 위해서는 합당한 진술(doxa)이 먼저 있어야 한다. 합당한 진술을 전제하고 난 뒤에야 그것과 반대되는 역설이 가능하기 때문이다. 흔히 어떤 상황이 정말로 마음에 들 때, 사람들은 '너무 좋아서 죽을 지경이다'라는 표현을 종종 사용한다. 이것은 보편적인 통설과 상식적 판단에 부합하지 않는 모순어법이다. 좋다면 죽을 이유가 없으며, 또 죽어서도 안 된다. 사실 이 표현은 '어떤 상황이 너무 좋다'라는 합당한 진술을 통해 만들어진 것이다. 그런데도 우리는 '너무 좋아서 죽을 지경이다'와 같은 표현을 일상생활에서 흔히 사용한다. 그 이유는 합당한 진술이 언술 주체의 특별한 감정 상태를 정확하게도 효율적으로도 표현하지 못하기 때문이다. 합당한 진술은 이미 우리가 알고 있는 것이어서 그다지 독창적이지 않은 경우가 대부분이다. 반면 역설은 합당한 진술에 비해 훨씬 독창적이고 주관적이다.

여기서 역설적 표현은 다시 1차적 사실과 2차적 사실이라는 개념으로 이해할 수 있다. 1차적 사실은 대체로 과학적이고 합리적인 세계에 속한다. 우리가 알고 있는 보편적 지식이란 과학적이고 합리적인 세계의 것이다. 우리는 그것을 지식이라고 부르며, 이 기준을 잣대로 하여 이 세계의 모든 것들을 이해한다. 그런데 합당한 진술은 인간의 관점에서 본 것이어서 불완전한 지식에 해당하는 경우가 더러 있다. 뿐만 아니라 우리가 알고 있는 지식의 범위를 벗어난 것들도 상당히 많다. 상식으로는 이해할 수 없는 것들이 있으며, 따라서 이를 단일한 기준으로 판단할 수는 없다. 이에 비하여 2차적 사실은 과학적이고 합리적인 세계로부터 벗어난 것이다. 이 세계에는 우리의 눈으로 볼 수 없는 것들이 무수히 많으며, 우리의 귀로 들을 수 없는 것들도 매우 많다. 예를 들어 유치환의 시 「깃발」은 이러한 상황을 염두에 두고 읽어야만 그 의미를 오해하지 않고 이해할 수 있다.

> 이것은 소리 없는 아우성.
> 저 푸른 해원을 향하여 흔드는
> 영원한 노스탤지어의 손수건.
>
> — 유치환, 「깃발」 부분

'아우성'이란 '떠들썩하게 기세를 올려 지르는 소리'를 뜻한다. 1차적 사실로서의 아우성이라면 당연히 소리가 없을 수 없다. 그런데 2차적 사실의 세계에서는, 말하자면 그 소리가 인간이 들을 수 없는 어떤 영역의 것이라면 "소리 없는 아우성"도 충분히 가능하다. 사람은 돌고래나 박쥐가 내는 초음파를 들을 수 없으며, 주파수가 매우 낮은 소리도 듣지 못한다. 일반적으로 인간의 귀로 들을 수 있는 음파의 범위(가청주파수)는 20Hz 이상에서 20,000Hz 이하 영역의 진동 횟수이고, 소리의 크기는 4~130phon 정도의 영역이다. 그렇다고 이 범위를 벗어난 음파와 소리가 없는 것이 아니다. 아우성의 소리가 상식적인 수준에서는 이해할 수 없을 만큼 강하거나 크다면, 그 소리가 들리지 않을 수 있다. 겉으로 보기엔(1차적으로 보기엔) 사실이 아니지만, 자세히 보면 사실(2차적으로 사실)이 되는 경우다. 이 세계에는 보편적 지식으로 이해되는 1차적인 사실보다 그것을 벗어난 2차적 사실에 해당하는 것들이 더 많을지도 모른다. 일반적인 언어는 거의 예외 없이 1차적 사실을 지시하며, 2차적 사실에 대해서는 제대로 말하지 않는다. 실제로 말할 수 있는 가능성이 없다. 대부분의 시적 역설이란 바로 이러한 2차적 사실들의 세계를 알려주는 것과 다르지 않다. 그것은 언어의 한계에서 비롯되는 것이기는 하지만 시는 종종 그 언어의 한계를 벗어나려는 위험하고 의미 있는 시도를 한다. 거기서 놀랍고 아름다운, 때로는 감동적인 시적 진실이 만들어진다. 자식에 대한 어머니의 사랑을 잘 보여주는 다음 시에서 역설적인 표현을 발견할 수 있다.

싸리재 너머
비행운 떴다

붉은 밭고랑에서 허리를 펴며
호미 든 손으로 차양을 만들며
남양댁
소리치겠다

"저기 우리 진평이 간다"

우리나라 비행기는 전부
진평이가 몬다.

— 윤제림, 「공군소령 김진평」

"우리나라 비행기는 전부/ 진평이가 몬다"라는 마지막 연이 역설로 이루어져 있다. 보편적인 상식에 어긋나는 이 표현은 사실일 수도 있는 진술 "저기 우리 진평이 간다"라는 '남양댁'의 말까지 역설이 되게 하였다. 자식을 사랑하는 어머니의 마음을 측정하기란 쉬운 일이 아니다. 공군소령을 아들로 둔 '남양댁'은 그 자식이 이 세상에서 가장 자랑스러울 것이다. 하지만 어머니의 마음이 그렇다고 해서 세상의 모든 비행기를 아들인 '진평'이가 조종할 수 있는 것은 아니다. 그럼에도 불구하고 밭일을 하던 '남양댁'은 하늘에 비행기가 날아가기만 하면 "저기 우리 진평이 간다"고 크게 소리친다. 힘들게 농사일을 하면서 키운 자식이 보란 듯이 비행기 조종사가 되었으니 여하한 말로 그 자랑스러움을 표현할 수 있겠는가. 사정이 그렇다면, 하늘에 비행기만 보이면 아들이 몰고 있다고 생각하는 '남양댁'을 이해하지 못할 것도 없다. '남양댁'의 자식에 대한 사랑과 자부심은 합리적인 언어로 설명하기 어려운 것에 속한다. 말하자면 이 시는 자식을 사랑하는 지극한 어머니의 마음을 역설의 언어를 통해 보여주고 있는 것이다.

역설은 보편적인 일상의 언어로 설명하기 어려운 상황을 표현하는 데 적합하다. '道可道 非常道'(『도덕경道德經』), '色卽是空 空卽是色'(『반야심경般若心經』)처럼 신비스럽고 초월적인 진리를 나타내는 역설적인 표현들이 철학이나 종교에서 자주 쓰이는 이유도 여기에 있다. 시에서도 사정은 마찬가지다.

우리의 사랑을 위하여서는
이별이, 이별이 있어야 하네

— 서정주, 「견우의 노래」 부분

연인간의 사랑은 두 사람이 함께 있을 때 가능한 것인데, 그 사랑을 위해서 이별이 필요하다는 시적 진술은 보편적인 상식을 벗어난 이야기다. 그러나 우리는 드물게 미래의 사랑을 얻기 위해 현재의 이별을 과감하게 수용하기도 한다. 현실의 모든 사랑이 그렇다고 말할 수는 없지만, 때로는 현재의 이별이 진정한 사랑의 의미를 깨우쳐주기도 한다. 그 일이 견우와 직녀에 얽힌 이야기에서나 가능한 것은 아니다. 때로는 그것과는 반대로 "아아, 님은

갔지만은 나는 님을 보내지 아니하였습니다"(한용운, 「님의 침묵」)에서처럼, 현실적 이별과 사랑의 부재가 항상 일치하는 것도 아니다. 비록 현실에서의 이별이 사랑을 방해하지만, 사랑은 현실적인 상황과는 무관하게 존재하는 것인지도 모른다. 오히려 이와 같은 생각으로 사랑이 더욱 공공해지기도 했음을 우리는 여러 사례를 통해 알고 있다. 예나 지금이나 인간의 감정은 단순한 사실만으로 받아들이기 어려운 것임에 틀림없다. 김소월의 시 「진달래꽃」이 보여주는 것도 이와 다르지 않다.

> 나 보기가 역겨워
> 가실 때에는
> 말없이 고이 보내드리우리다
>
> — 김소월, 「진달래 꽃」 부분

사랑하는 연인이 자신을 버리고 떠나는 마당에 그 어떤 불만이나 슬픔도 보이지 않은 채 고이 보내주겠다는 이의 심사란 쉽게 이해할 수 있는 보편적인 것이 아니다. 눈에 보이지 않는 감정이 그 대상이니 쉽게 확인할 수 없는 것은 당연하다. 그러나 이해할 수 없다고 해서 그이의 태도를 잘못되었다고 말할 수 없다. 뿐만 아니라 그이의 이해할 수 없는 심정을 아예 없는 것이라고 말할 수도 없다. 종종 감정뿐만 아니라 일상에서도 우리가 이해하기 어려운 일들이 일어나기도 한다. 그것이 없었다고 말할 수 없다.

> 술에 취하여
> 나는 수첩에다가 뭐라고 써 놓았다
> 술이 깨니까
> 나는 그 글씨를 알아볼 수가 없었다
> 세 병쯤 소주를 마시니까

다시는 술마시지 말자

고 써있는 그 글씨가 보였다

— 김영승, 「반성 16」

술에 취해 쓴 자신의 글씨를 술이 깬 상태에서는 알아보지 못하더니 술을 다시 마시자 그 글씨가 보이더라는 내용의 시다. 보이지 않던 글씨가 술을 마셔야 보인다는 사실을 상식적으로는 받아들이기 어렵다. 술은 인간의 정신활동을 둔화시켜 어떤 상황을 이성적으로 판단하는 것을 방해한다. 그러므로 술을 마셨더니 글씨가 보인다는 것은 표면상으로는 말이 안 되는, 즉 모순적이고 부조리한 사실이다. 이 시는 역설적 상황을 통해 이성적 능력의 한계를 보여주고 있다. 그런데 이성이 모든 상황을 정확하고 올바르게 판단하는 것은 아니다. 어른에 비해 사고의 능력이 떨어지는 아이의 판단이 때로 정확한 경우도 있고, 인간보다 동물의 직감이 뛰어난 경우를 어렵지 않게 발견할 수 있다. 그러므로 술을 마시지 않은 상태보다 술을 마신 상태에서 더 좋은 판단을 할 가능성이 전혀 없는 것은 아니다. 눈으로만 읽으려고 할 때 알아볼 수 없는 글씨가 마음으로 읽을 때 갑자기 보일 수도 있다. 역설이란 이처럼 깊이 있는 해석의 과정을 거쳤을 때, 그 의미가 올바르게 전달될 수 있는 진술을 말한다. 역설은 공통된 견해와 상반되는 진술을 통해 새로운 의미나 예상하기 어려운 감정을 전달한다.

그날 아버지는 일곱시 기차를 타고 금촌으로 떠났고

여동생은 아홉시에 학교로 갔다 그날 어머니의 낡은

다리는 퉁퉁 부어올랐고 나는 신문사로 가서 하루 종일

노닥거렸다 전방前方은 무사했고 세상은 완벽했다 없는 것이

없었다 그날 역전驛前에는 대낮부터 창녀들이 서성거렸고

몇 년 후에 창녀가 될 애들은 집일을 도우거나 어린

동생을 돌보았다 그날 아버지는 미수금未收金 회수 관계로
사장과 다투었고 여동생은 애인愛人과 함께 음악회에 갔다
그날 퇴근길에 나는 부츠 신은 멋진 여자를 보았고
사람이 사람을 사랑하면 죽일 수도 있을 거라고 생각했다
그날 태연한 나무들 위로 날아오르는 것은 다 새가
아니었다 나는 보았다 잔디밭 잡초 뽑는 여인들이 자기
삶까지 솎아내는 것을, 집 허무는 사내들이 자기 하늘까지
무너뜨리는 것을 나는 보았다 새점占 치는 노인과 변통便桶의
다정함을 그날 시내市內 술집과 여관은 여전히 붐볐지만
아무도 그날의 신음 소리를 듣지 못했다
모두 병들었는데 아무도 아프지 않았다

— 이성복, 「그날」

"모두 병들었는데 아무도 아프지 않았다"는 「그날」의 마지막 구절은 보편적 상식으로 이해하기 어렵다. "모두 병들었는데 아무도 아프지 않았다"라는 역설적 상황은 2차적 사실에 가깝다. 1차적 사실의 세계에서는 누군가 병이 들면 반드시 아프게 마련이다. 그런데 "전방前方은 무사했고 세상은 완벽했다"는 구절이 '모두 병들었다'는 진술에 뭔가 문제가 있음을 보여주고 있다. 아무런 일도 없이 평온하고 완벽한 세상인데, '모두'가 병이 들었다는 사실은 이해하기 어렵기 때문이다. 그렇다면 "모두 병들었는데 아무도 아프지 않았다"는 문장을 다시 읽어보아야 할 필요가 생긴다. 만약 병이 들었는데도 아프지 않다면, 분명 언어로 설명할 수 없거나 논리적으로 해명할 수 없는 어떤 이유가 있을 것이다. 가령 "잔디밭 잡초 뽑는 여인들"이 자신의 삶을 "솎아내는 것"과 "집 허무는 사내들"이 자기의 하늘을 "무너뜨리는 것"은 어떻게 보더라도 정상적인 상황은 아니다. 그렇다면 "모두 병들었는데 아무도 아프지 않았다"라는 역설적인 표현을 곧이곧대로 받아들여서는

안 되는 것이다. 이 진술은 누구도 아프다고 말을 할 수 없는 상황을 의미한다. 그것이 아니라면 아프다는 감각조차 잃어버린 삶에 대한 비극적 표현이라고 이해해야 한다. 전자의 경우든 후자의 경우든, 그 구절 바로 앞에 놓인 "아무도 그날의 신음 소리를 듣지 못했다"는 구절을 이해하는 데는 크게 방해가 되지 않는다. 만약 이 시가 놓여있는 시대적 배경을 참조한다면, 처참한 삶을 역설적 표현으로 마무리할 수밖에 없었던 까닭을 조금 더 쉽게 이해할 수 있을 것이다.

역설은 겉으로 보기에는 명백히 모순되고 부조리하다. 하지만 표면적인 논리를 떠나 자세히 생각하면 그 진술이나 상황이 진실에 가까운 경우가 대부분이다. 역설에서 드러난 것은 보편적 이해의 범위를 벗어난 표현이며, 전제되어 있는 것은 매우 상식적인 개념이다. 역설은 그 진술이 모순적인 상황을 지시하면서 동시에 새로운 의미를 지니고 있다는 점에서 아이러니에 포함된다. 근시안적인 과학적 사실, 고식적인 인과율을 벗어난 지점에 삶의 진실이 있다. 역설은 바로 이런 것들을 노리고 있다.

4. 삶의 아이러니와 역설

아이러니와 역설에는 두 개의 문맥이 존재한다. 그런데 두 문맥 중 하나는 겉으로 드러나고 나머지 하나는 숨어 있다. 숨어 있거나 전제되어 있는 문맥이 드러나 있는 문맥과 만나 새로운 의미와 가치가 발생한다. 아이러니와 역설의 구분이 모호한 이유는, 이처럼 드러난 표현과 드러나지 않은 표현이라는 이중적인 문맥 때문이다. 이중적인 문맥에 의해 모순이 생기며, 우리는 거기에서 새로운 시적 진리를 발견하게 된다.

현대시에서 아이러니와 역설은 강조된다. 그 이유는 우리가 살고 있는 현실과 무관하지 않다. 무엇이 옳고 무엇이 그른가를 명확하게 판단하기 어려운 모순적인 현실을 언어로 분명하게 표현하는 것은 쉬운 일이 아니다. 언어가 이 세계와 우리의 삶을 모두 담을 수 없다. 그래서 언어는 모순적으로 이 세계를 그대로 보여주기도 한다. 동시에 우리는 이 세계가 그런지 그렇지 않은지 정확하게 알 수 없다. 그 엄연한 사정은 우리의 삶에 있어서도 마찬가지다. 다음 작품에서 '지평선'을 두고 나누는 아버지와 아들의 대화는 그 사실을 잘 보여주고 있다.

> 난생처음 지평선을 마주한 아이에게 다니엘 파울 슈레버는 말했다 아들아 나도 지평선은 처음이구나 그러자 아이가 물었다 지평선이 뭐야? 슈레버는 곡식의 낟알을 살찌우는 가을볕 같은 목소리로 대답했다 저기 하늘과 땅이 맞닿아 만든 선 그것이 지평선이란다 그러자 아이가 다시 물었다 지평선에 갈 수 있을까? 슈레버는 황금빛 평야를 가로지르는 실개천 같은 목소리로 대답했다 시간과 노력이 필요한 일이지만 마음만 먹는다면 충분히 가능한 일이란다 그러자 아이가 되물었다 지평선에 가면 지평선을 밟을 수 있을까? 슈레버는 해넘이를 등지고 홀로 날아가는 홍부리황새의 날갯짓 같은 목소리로 대답했다 지평선에 가면 지금의 지평선은 사라지고 또다른 지평선이 멀리 보일 거란다 그러자 아이가 또다시 물었다 그렇다면 지평선에 결국 갈 수 없는 거 아냐? 슈레버는 끝이 보이지 않는 밀밭에 점점이 흩어져 이따금 허리를 펴는 농부들의 기지개 같은 목소리로 대답했다 다가가는 만큼 지평선은 밀려나며 멀어질 거란다 그러자 아이가 물었다 그렇다면 아빠가 거짓말한 거 아냐? 슈레버는 느긋하게 물결을 만들다가 사라지는 곡창지대의 여린 하늬바람 같은 목소리로 대답했다 아들아 나도 지평선은 처음이구나
>
> 다니엘 파울 슈레버는 좀처럼 해가 질 것 같지 않은 서녘의 시간 속에 아이와 함께 서 있었다 슈레버는 옆에 선 아이에게 한발짝 다가섰지만 아이는 그만큼

멀어지고 있었다

— 임경섭, 「지평선」

아버지 다니엘 파울 슈레버와 그의 아들은 지평선을 바라보고 있다. 아버지와 아들이 지평선을 두고 나누는 대화는 우리가 익히 알고 있다고 믿고 있는 지평선에 대한 의문에서 출발한다. 언어는 언제나 무엇에 대한 언어며, 까닭에 언어는 어떤 전제와 문맥에 구속되어 있다. 현실을 담거나 지시하는 언어를 사용하는 시 역시 이와 같은 모순적인 현실로부터 자유로울 수 없다. 특히 아버지가 사용하는 말에서 쉽게 아이러니를 발견할 수 있다. 그런데 주목해야 할 것은 말의 아이러니가 단지 인식의 차이만을 드러내는 것으로 끝나는 것이 아니라 점이다. 아버지와 아들이 나누는 대화에서 발견되는 말의 아이러니가 결국엔 삶의 아이러니와 역설로 이어진다는 점이 중요하다.

1연 첫 부분에서 아버지 슈레버는 아들에게 "아들아 나도 지평선은 처음이구나"라고 말한다. 역시 지평선이 처음인 아들은 "지평선이 뭐야?"라며 아버지에게 궁금한 듯 묻는다. 지평선이라는 사실과 의미를 이미 알고 있는 아버지와 그 사실과 의미를 아예 모르는 아들의 태도는 다를 수밖에 없다. 아버지는 아들에게 "저기 하늘과 땅이 맞닿아 만든 선 그것"이라고 자신 있게 말한다. 아이는 궁금증을 이기지 못하고 "지평선에 갈 수 있을까?"라고 아버지에게 재차 묻는다. 아버지 슈레버는 "충분히 가능한 일"이라며 긍정적으로 대답한다. 여기서 "충분히 가능한 일"은 두 가지 측면에서 해석할 수 있다. 한편으로 그것은 아버지와 아들이 함께 지평선에 가는 것이 가능하다는 뜻이다. 아버지 슈레버는 아들에게 눈앞에 보이는 지평선에 갈 수 있다고 말한다. 또 한편으로는 아버지 슈레버가 아들에게 지평선에 대해 자신이 알고 있는 지식으로도 충분히 설명할 수 있음을 의미한다. 물론 아버지는 "시간과 노력이 필요한 일"임을 알고 있다. 그런데 상황이 변한다. 아들이 "지평선을 밟을 수 있을까?"라고 묻자 아버지는 고민하기 시작한다. 지평선을 밟아본 경험이 없는 아버지는 당황한다. 자신이 알고 있는 지식으로 감당할 수 없는 질문을 아들이 한 것이다. 아버지는 지금까지의 자신만만한 태도를 슬며시 거둬들이며 "지평선에 가면 지금의 지평선은 사라지고 또 다른 지평선이 멀리 보일 거란다"라며 자상하게 설명한다. 아들이 "지평선에 결국 갈 수 없는 거 아냐?"라며 아버지에게 따져 묻자 갑자기 상황은 역전된다. 경험이든 지식이든 아들보다 자신이 뛰어나다고 생각했을 아버지 슈레버는 머쓱해지게 된 것이다. 이제 지평선에 대해서조차 아버지 슈레버는 아들에게 자신이 알고 있는 것을 사실이라고 말할 수 없는 곤란한 상황에 빠져버렸다. 급기야 아버지는 "다가가는 만큼 지평선은 밀려나며 멀어"지는 것이라고 말함으로써 대화의 첫머리에서 보여주었던 자신의 주장이 사실이 아닐 수 있음을 인정하고 만다. 아들이 "아빠가 거짓말한 거 아냐?"라고 대들자 아버지는 "아들아 나도 지평선은 처음이구나"라며 완전히 두 손을 들고 만다. 1연의 처음과 마지막에 등장하는 "아들아 나도 지평선은 처음이구나"라는 아버지의 말은 동일한 형식이지만 그 의미는 완전히 달라진다.

아버지와 아이가 지평선에 대해 서로 나누는 대화는 우리의 편협한 생각이 지니는 문제점을 매우 잘 보여준다. 말하자면 아버지가 알고 있는 세계란 결국엔 언어로 알고 있는 것에 지나지 않으며, 더 나아가 우리가 알고 있는 모든 사실이 진실이 아닐 수도 있다는 무서운 의미가 여기에 숨겨져 있다. 이 시는 아버지의 고백을 통해 자신이 언어로만 알고 실제로는 모르고 있던 사실을 다시 언어를 통해 인식하게 되는 과정을 매우 흥미롭게 보여준다. 1연의 이야기는 그렇게 끝나지만 2연의 이야기가 계속 이어진다. 2연은 1연에서 확인한 말의 아이러니가 실상은 삶의 아이러니이자 역설이었음을 아버지와 아들의 행동으로 보여준다. 다니엘 파울 슈레버는 다시, 좀체 해가 지지 않을 것 같은 저녁 시간에 아들과 함께 서 있다. 1연의 말의 아이러니가 지평선이라는 공간의 무대에서 펼쳐졌다면, 2연은 "서녘의 시간"이라는 공간과 시간이 확장된 무대에서 삶의 아이러니와 역설을 넌지시 일깨워준다. 모든 아버지가 그렇듯 슈레버 역시 아들과 친해지기 위해 "한발짝 다가섰지만" 현실은 달라지지 않는다. 아버지의 물리적 다가섬은 아버지와 아들 사이의 현상학적 친밀성으로 이어질 수 있어야 한다. 그런데 아들은 아버지가 가까이 오는 순간 멀어지게 된다("그만큼 멀어지고 있었다"). 아버지는 애정 어린 눈으로 아들을 바라보지만 아들은 그 마음을 사랑으로만 온전히 받아들이지 않는다. 때로는 애정이 간섭으로 변질되기도 한다. 아버지의 마음이 진실이라고 하더라도 진실이 언제나 좋은 결과를 얻게 되는 것은 아니기 때문이다. 삶의 아이러니와 역설이란 이런 것이다.

우리가 알고 있는 지식의 한계를 넘어서는 세계는 분명히 존재한다. 그 세계는 쉽게 이해할 수 없다. 그렇다고 그 세계가 없다고 말할 수는 없다. 우리가 알고 있는 것, 우리가 보는 것이 자명한 사실이 아닐 수 있다. 아이러니와 역설은 이와 같은 중요한 사실을 알게 해준다. 또한 한 개념을 다른 관점에서도 이해할 수 있다는 것을 넘어서서 그것이 어떤 사실성에 속하며, 이러한 사실성이 무수히 많을 수 있음을 보여준다. 그러므로 아이러니와 역설은 이 세계가 동일한 질서로 이해되는 것에 대한 완곡한 부정이다. 많은 현대시는 이와 같은 아이러니와 역설에 기대고 있다.

삶의 진실을 정확하게 포착하고 진리를 발견하려는 깊이 있는 관찰에서 아이러니와 역설이 만들어진다. 사색적 삶은 마구 밀려들어오는 물질적 자극에 대한 저항을 수행하며, 시선을 외부의 자극에 내맡기기보다 주체적으로 사용한다. 머뭇거림이 늘 긍정적인 결과를 만들어내는 것은 아니지만, 우리의 행동이 단순한 노동의 수준으로 내려가는 것을 막는 데 필요하기도 하다. 아이러니와 역설은 우리의 단편적이고 직선적인 사유에 여유를 주며, 조금 더 천천히 느리게 생각하게 만든다. 우리는 아이러니와 역설을 통해 즉각적으로 반응하는 것, 충동을 따르는 것이 일종의 자기몰락이며 자기탈진일 수 있음을 깨닫기도 한다.

시적 정의

이현승

1. 아름답고 올바른 (시)

이 글은 일종의 시론試論이자 소박한 시론詩論이라는 점을 밝힌다. 필자로서는 이와 같은 주제에 무겁게 부딪쳐볼 용의가 별로 없으며, 이러한 주제는 엄정함도 좋겠지만 유연함이 더 중요하다고 생각하기 때문이다. '정의'는 '올바름'이나 '바른 도리'라는 뜻으로 풀이될 뿐 역시 그 올바름이 무엇이며 바른 도리를 어떻게 찾아야 하는가에 대해서는 스스로 말해주지 않는다. 하물며 '시적인 올바름'이라는 것은 두말할 나위 없다. 이 글은 '시적 정의'를 특정하고 그것을 설득하는 일에 관심을 두고 있지 않다. 그럼에도 불구하고 시적인 정의에 대해서는 함께 고민할 만한 의제라고 생각한다.

시적인 정의란 무엇인가? 시를 아름다움과 미학 일반을 지칭하는 용어로 이해한다면 시적 정의는 아름다운 정의, 감성적인 정의를 말한다. 감성적인 정의란 무엇인가? 동명의 책을 쓴 마사 누스바움의 견해를 참조해 보자. 마사 누스바움에 의하면 시적 정의는 '시인 재판관'에 의해서 추구될 수 있다. 그는 월트 휘트먼의 한 글에서 '시인 재판관'의 영감을 얻는다.1) 그리고 그가 인용한 휘트먼의 문장 "그는(시인) 논쟁자가 아니다. 그는 심판이다. 그는 재판관이 재판하듯 판단하지 않고 태양이 무기력한 것들 주변에 떨어지듯 판단한다. ……그는 남자들과 여자들 안에서 영원을 보며, 남자들과 여자들을 꿈이나 점으로 보지 않는다."는 이러한 문제의식이 어디에 있는지를 비교적 명확하게 보여준다. 햇빛은 대상을 가려서 비추지 않으니 이는 편견없는 법의 공평성을 가리킨다고 할 수 있다. 남자들과 여자들을 점이나 꿈으로 보지 않고 그들에게서 영원을 본다는 것은 인간을 도구적으로 바라보지 않으며 인간의 감정을 더욱 적극적으로 이해하는 관점이다. 그러므로 법적 심판이란 언제나 행위와 결과에 대해 책임을 묻는 과정일 수밖에 없으되, 그 행위와 결과가 갖는 다각적인 의미를 따지기 전에 우선 그 행위자를 '감정을 가진' 보다 온전한 인간으로서 고려해야 한다는 것이다.[2] 이를 명제화한다면 '판단하기 전에 공감하라' 정도일 수 있을 것이다. 물론 마사 누스바움 자신은 법철학적인 고민에서 문학적 상상력을 경유하기에 문학적 상상력이 담보하는 인간 존재의 감성적 측면을 합리적 추론능력보다 위에 두지는 않는다. 그는 문학이나 시가 추구해야 할 비전으로서 정의를 제시한 것이 아니라 법이나 정의가 놓쳐서는 안 되는 인간의 본질로서 시와 감성을 언급한 것이다. 그는 책 전체의 얼개를 문학적 상상력이 재판관의 합리적 추론에 도움을 줄 수 없다고 생각하는 네 가지 이유(말하자면 일반적으로 감정을 폄하하는 사람들의 주장)를 들고 이에 대한 반론을 논증하는 방식으로 책을 서술하고 있는데 이는 그의 주장의 핵심이 감정의 해방이 아니라 감정의 존중 쪽에 있다는 것을 수행적으로 말해준다. 심지어 그는 4장에서 휘트먼의 시인-재판관을 옹호하면서도 문학적 판단에 대한 예상 가능한 세 가지 반론을 검토한다.[3]

1) 마사 누스바움, 박용준 옮김, 『시적 정의』, 궁리, 2013, 11쪽. 174~178쪽. 마사 누스바움의 이 책에서 시인-재판관, 혹은 시적인 정의에 대척점에 놓은 사고는 수학적, 과학적, 경제학적인 사고로 편향된 인간형이다. 그는 그 모델을 찰스 디킨즈의 소설 『어려운 시절』에 나오는 인물인 그래드그라인드에게서 찾는다.

2) 김영란, 『책 읽기의 쓸모』, 창비, 2016, 73쪽.

곧 그는 아름다움에 대한 공감능력은 보다 인간적인 판단에서 중요한 부분이며, 법적 추론 기술과 법 지식, 판례의 제약 등 법의 합리적 판단능력보다 우선하는 것은 아니지만 그러한 추론의 결함과 제약을 보완해 줄 수 있는 사유를 제공한다고 믿는다.

마사 누스바움의 이 책에서 가장 흥미로운 지점은 두 군데인데, 첫 번째 장면은 서문에서 제시한 마사 누스바움의 법철학 강의실 풍경이다. 시카고 대학의 한 학생은 마사 누스바움의 <법과 문학> 강의의 기말 보고서로 '포스터의 『모리스』 같은 작품을 읽는 것이 동성애자에 대한 혐오와 편견을 가진 사람에게 그 이유를 묻게 할 수는 있지만, 결과적으로 그것은 (동성애에 대한 다중의) 편견과 증오에 맞서는 아주 미약한 보호막에 지나지 않을 것'이라는 취지의 페이퍼를 제출한다. 이 학생의 페이퍼에 담긴 생각은 소수자 개인의 입장보다는 언제나 그를 포함한 전체사회의 공리에 더 비중을 두는 공리주의적 관점이며, 결과주의적인 사고이기도 하다. 소수자들을 향한 편견과 혐오가 불식되고 더 넓은 사회적 이해와 인정으로 흡수되는 이 더딘 과정에는 많은 인내심이 소용된다. 그리고 이 지리멸렬한 투쟁과 해체의 과정을 괄호친다면 세상은 어떤 폭력과 억압도 다수를 위해서 어쩔 수 없이 정당화되는 세계일 수밖에 없을 것이다. 마사 누스바움은 소수자의 관점을 이해하는 '공상'이 문제가 아니라 불평등하고 협소한 인간적 공감을 가진 사람의 결함이 오히려 문제라는 것을 명확하게 한다. (거칠게 요약하면 소수의 취향이 문제가 아니라 다수의 편견이 문제라는 것) 이 책의 두 번째 흥미로운 장면은 고전 경제학자인 아담 스미스의 『도덕감정론』을 언급하면서 이른바 경제적 공리주의가 이익의 극대화만을 맹목적으로 좇는 순간 인간과 그 본연의 감정이 일종의 장소이자 배경으로 소외된다는 점을 논박하는 부분이다. 마사 누스

---

3) 첫째, 회의적인 객관성을 함양하는 재판관, 둘째 법적 추론을 과학의 형식적 추론 모델에 기반을 둔 것으로 받아들이는 재판관, 셋째, 사법적 중립성을 이유로 개별적인 것으로부터 고고한 거리를 두고자 하는 재판관의 견해가 그것이다. 마사 누스바움, 앞의 책, 178~179쪽.

바움이 소개하는 아담 스미스는 그의 후예들에 의해서 착색된 것과는 다르게 인간의 감정에 대해 마치 문학자처럼 깊은 이해를 보여준다.[4] 그러므로 마사 누스바움은 공리주의가 목적으로 삼는 '최대 다수의 최대 행복'이란 실로 그것을 제약하는 인간적 한계와 고통에 대한 이해를 우선 고려해야 한다는 점을 강조함으로서 경제적 공리주의나 인간의 감정에 대한 배제가 공리주의 자체의 성격과도 배치되는 것임을 논박한다.

시적 정의는 상처받은 사람, 고통 받는 사람에 대한 공감을 내세운 '도덕능력'이 포함된 정의를 주장한다. 이러한 주장은 문학이나 시가 자신의 사회에 생산자로서 오랫동안 제공하고 있는 '공감능력'의 중요성을 새삼 이야기하면서 동시에 그것이 새삼 강조되는 현실의 맥락을 함께 가리킨다. 마사 누스바움이 경제학자의 '분별'을 재전유하면서 시적 공감과 정의를 주장하는 것도 도덕 판단의 절대적인 비판자이자 방해자가 바로 감정을 배제한 채 비용편익만을 계산하는 경제학이기 때문이다. 그의 사유에서 이런 경제학은 또한 일반적인 과학으로서의 외연을 갖추고 있다. 언제나 가장 합리적이라고 이해되는 사고의 방법으로서의 과학 말이다. 그리고 편익 계산의 경제학이 곧 과학의 언어라는 말이 갖는 함의는 간단하다. 그것은 이 세계의 언어와 사유가 어디를 경유하든 그것의 최종적인 목적지가 비용과 편익의 셈이라는 것이다. 초법적인 힘을 행사하는 신자유주의의 시장이 그 배후의 군주라는 것은 두말할 나위가 없다. 민주주의의 제일 원칙인 자유가 평등이라는 원칙에 의해서 조정되지 않을 때 민주주의는 얼마든지 약육강식의 무대로 전락했던 것이다. 그러므로 마사 누스바움이나 그를 재전유하는 논의들은 일반적으로 이 경제적 비용과 편익만이 인간을 이해하고 설명할 수 있는 모든 합리성이 아니라는 것을 웅변하기 위한 조처이다. 따라서 이 글은 월트

4) 마사 누스바움, 앞의 책, 159~167쪽. 아담 스미스는 "분별 있는 관찰자"라는 용어를 통해 어려운 상황에 처한 사람들의 처지와 느낌에 공감하고 상상할 수 있는 '도덕적 능력'을 강조한다.

휘트먼의 '시인 재판관'을 차용하면서 시적 정의를 주장하는 마사 누스바움이 자신의 강의실에서 그 내적 갈등을 첨예하게 다루기 위해서 소설을 읽었던 것에 착안하여 시를 읽는 일/혹은 시를 쓰는 일(시로 대답하는 일)이 어떻게 정의를 첨예하게 합리화할 수 있는지를 살펴보고자 한다. 이를 위해 시와 정의가 만나는 역사적 맥락, 그리고 아름다움이 올바름과 하나가 될 수 있는 가능성을 타진해 보고자 한다.

2. 시적 정의의 역사와 재맥락화

'시적 정의란 무엇인가?'라는 질문은 다음의 질문들을 포함하거나 연속될 수 있다. '시적 정의는 시와 정의의 관계를 어떻게 위계화하는가?', '시적 정의는 명시적인 목표를 제시할 수 있는가?', '시적 정의는 어떻게 추구될 수 있는가?', '시적 정의가 가져올 효과는 어디에 어떻게 존재하는가?' '왜 지금 시적 정의인가?' 등등. 이 질문들은 사실 어느 것 하나를 질문하고 답하더라도 서로 조금씩은 연관될 수밖에 없는 것들이다. 그러므로 소박하나마 하나씩 질문을 분별하고 정리해 보자.

우선 시적 정의는 정의와 어떻게 다른가를 검토해 보는 것이 좋겠다. 2009년에 한국에 번역 소개되어 신드롬을 불러일으킨 마이클 샌델의 『정의란 무엇인가』는 정의가 실현될 수 있는 방법에 따라서 세 가지 다른 이상을 가지고 있음을 명쾌하게 제시했다. 그것은 복지, 자유, 미덕이다. 복지적 정의는 공리주의적 관점으로 복지의 극대화를 목적한다. 자유는 공리주의가 자꾸만 최대다수의 최대행복과 같은 전체의 복리증진을 이야기하면서 모든 주체들을 일률화하는 것에 반대한다. 개인의 권리를 존중하는 것이 우선적으로 고려되어야 한다는 생각이 자유적 정의의 토대를 이루는 생각이다. 마지막으로 미덕으로서의 정의는 그 유래가 가장 오래되었으며 현대에는 주로 보수적인 정치 성향과 함께 나타나는 경향이 있다. 그럼에도 불구하고 이 오래된 사유의 방법은 오늘날 최첨단의 과학이 더 단순한 알고리즘으로 인간의 사유를 정복하려고할 때마다 그에 대한 일종의 대항담론으로 등장한다. 정의는 분배의 원리이기 이전에 한 사회가 추구해야 마땅할 올바름이라는 가치의 문제로서 인식되며, 공동선의 추구와 차별 철폐를 위한 조처들로서 이행된다. 정의라는 말이 사유되는 방식에 따라 추구되는 방법, 그에 따른 여러 딜레마들이 구체적인 사례들과 함께 검토되는 샌델의 '정의론'은 결국 정의라는 텅빈 기표를 어떤 의미로 균열시키는가에 따라 다른 의미와 세계를 파생시켰듯이 정의란 인간과 사회에 대해 어떤 가치를 중심에 놓고 사유할 것인가라는 질문을 낳는다. 또한, 그러한 질문들은 질문에 담긴 함의들만큼이나 그 함의를 분별하게 하는 어떤 맥락을 함께 가시화한다.

언제나 질문은 그 질문을 발생시키는 맥락으로부터 온다. 또한, 질문을 제기하는 주체가 누구인가도 중요하다. 마사 누스바움의 시적 정의가 사실은 법이 시를 경유하려고 하는 것이었고 법의 보다 인간적인 판결에 대한 요구를 반영하는 것이라면, 시나 문학이 제기하는 정의로움도 있을 것이다. 그것은 아름다움의 추구가 곧 올바름의 추구일 수 있다는 다른 축의 미학적 올바름에 대한 주장이다. 그것은 시나 문학의 자율성을 근간에 놓고 그 운동력을 일종의 사회정의로 흘러가게 하는 에너지의 흐름을 기도하는 것이다. 또한 이는 시가 동시대에 무엇을 할 수 있는가라는 질문이자 그에 대한 답변이기도 하다. 2008년에 진은영 시인이 촉발시킨 후 뜨겁게 쟁점화했던 '시와 정치'에 대한 일련의 논의는 이러한 시-운동의 가장 가까운 예로 포함될 수 있을 것이다. 실제로 시와 정치에 대한 일련의 논의는 시기와 대상 범위는 다를지언정 1920~30년대의 카프, 1960년대의 순수 참여 논쟁, 1970~80년대의 민중문학론이나 노동해방과 관련된 시대적 의제에서도 반복적으로 제출된 것이었다. 그렇다면 시의 정치에 대한 '전유'가 아니라, 시의 정치에 대한

'전유의 반복적 등장'이 던져준 함의는 무엇일까? 사회 변혁을 시가 주도하거나 또는 가담하려는 열망이며, 아름다움의 편에서 올바름을 전유하고자 하는 열망이다. 예술적 아름다움이 현실을 떠나는 순간 그것은 언제나 장식적인 요소로 제 존재의 의미를 축소시켜 버리는 것이기 때문이다. 그럼에도 불구하고 카프로부터 전향을 선언한 회월의 저 유명한 말, "얻은 것은 이데올로기요, 잃은 것은 예술이다"라는 말에서 보듯, 시의 정치화란 언제나 시의 도구화라는 위험(한계)에 너무 쉽게 노출되어 있었다.[5] 시나 문학이 갖는 정치성은 단순히 정치적 의제의 고발이나 소재화를 넘어서지 않는 한 윤리가 아니라 윤리 교과서가 되는 도식화의 문제를 내장하고 있다. 그러므로 김수영의 시구처럼 '혁명의 육법전서가 말 그대로 혁명적'이어야 하듯, 시적 정의는 그 올바름에 대한 문제제기부터 시적이어야만 하는 것이라는 과제를 남긴다.

진은영 시인은 2000년대 시의 정치성을 위해서 시적 아방가르드를 옹호하면서 그 탈주선이 기성의 감각적 분배방식을 고수하는 습속의 윤리를 파열하는 모럴로부터 시작되어야 한다고 주장했다. 미학적 아방가르드가 내장한 방만한 자기만족이나 도식화를 극복하기 위한 제안이었다.[6] 말하자면 아름다움과 올바름 모두가 그 역사적 현실 속에서는 부정과 지양의 과정 속에서 추구될 필요가 있는 것이다. 그리고 박노해나 백무산과 같은 시인들의 시와 그들과는 다른 방식의 노동시, 정치시를 추구하는 2000년대의 아방가르드 시인들에게 지지와 연대의 뜻을 보내면서 "노동자 시인이 예술가의 시간과 혁명가의 시간에 자기 신체를 침입적으로 기입하듯이, 미학적 아방가르드를 추구하는 젊은 시인은 철거민의 시간, 황폐해진 강과 산 등 자연물의 시간 속으로 자기 신체를 침입시킬 수 있다. 이러한 침입의 틈새가 사투리를 넘어서는 중요한 순간을 구성하게 된다."며 시적 지양의 방법을 제안한 것이

5) 박영희, 「최근 문예이론의 신전개와 그 경향」, 『동아일보』, 1934. 1. 2.~ 1. 11.
6) 진은영, 「시와 정치 : 미학적 아방가르드의 모럴」, 『비평문학』 39, 비평문학회, 2011.

다.[7] 물론 한 걸음 물러서서 시나 문학이 자기 영토 안에서 화석화되는 것을 거부하고 더욱 적극적으로 현실과 타자의 제약 속으로 파고들어가야 한다는 주장 자체는 처음 있었던 것은 아니다.[8] 그러나 이런 시적 정의를 요청하는 사회적 고통을 목격하고 문제를 해결하기 위한 일종의 예술적 연대와 행동을 시 안에서 모색하는 것이야 말로 시적 정의가 갖는 한 의미라고 할 수 있다.

3. 감정의 주권과 입법 기관으로서의 시

(시적 정의를 재맥락화하는 과정에서) 시가 자신을 에워싼 사회 역사적 환경 속에서 허락된 자율적 경계선을 넘어 삶과 타자가 처한 제한과 고통 속으로 파고들어가려고 하는 이유는 무엇인가? 정답이 주어져 있고 결과가 뻔한 질문에 스스로 갇히지 않는 것이야말로 시적 정의가 윤리 교과서로 전락하는 것에서 벗어날 수 있는 방법이기 때문이다. 삶의 조건과 환경들이 시시각각 변해가고 있는데, 시가 언제나 같은 질문만 하고 있다면 그 역시 하나의 퇴행이라고 할 수 있을 것이다. 그러므로 시적 정의란 무엇인가라는 질문은 시

7) 진은영, 앞의 글, 494쪽.

8) 정의진, 「자끄 랑시에르의 '문학의 정치'의 재맥락화 : 진은영의 문제제기를 중심으로」, 『비교한국학』23(2), 국제비교한국학회, 2015. 정의진은 이 글에서 진은영이 의미부여한 것과는 다르게 2000년대의 젊은 시인들을 둘러싼 논쟁(일명 '미래파'논쟁)은 1960~70년대의 참여문학론이나 1980년대의 민중문학론이 불러일으킨 파장에 비할 것이 못되었다고 평가절하하고, 진은영이 재전유하고 있는 랑시에르의 문학과 정치가 놓인 프랑스적인 맥락은 한국의 그것과는 엄연히 다르다고 지적한다. 그러면서도 그는 과거의 노동문학이 노동자들의 경험과 사고를 글로 표현하여 보이지 않고 들리지 않는 것을 보이고 들리게 만들고자 하는 실천의 걸음마 단계에서 급격한 상황변화와 함께 쇠퇴해버렸지만, 노동과 관련된 제반 상황들이 더욱 악화되면서 이러한 문학적 요청이 재부상하게 된 것이라고 진단하였다. 그러므로 진은영의 방향제시나 전유가 완전무결한 것이 아니라고 하더라도 그 실천 자체에서 충분히 유의미한 시도라고 평가하였다.

가 무엇을 할 수 있는가라는 질문으로 이해될 수 있다.

시는 무엇을 할 수 있을까? 시는 감정을 형식화하는 장치이자 기제라고 재정의될 필요가 있다. 흔히 감정은 지극히 개인적인 영역이라고 오해되기 쉽다. 한 개인의 내면에 머무는 감정에 대해서라면 얼마간 개인적인 것이라고 할 수도 있다. 그러나 그 감정이 언어화하여 표명되는 순간부터 감정은 보다 사회적인 위계를 갖는다. 언어가 느낌과 생각의 표현도구라고 단순화되기 전에 이미 생각과 느낌을 존재할 수 있도록 하는 하나의 형식이었듯이, 감정도 언어 표현의 한 결과물로서 학습되고 동시에 감정의 형식으로서 재구축된다. '감정'과 '감정표현'은 마치 소쉬르의 언어의 '랑그'와 '빠롤'처럼 비슷한 보편성의 영역에 있지만 실제적으로는 다른 대상이다. 그리고 이 양자의 관계는 그 차이를 가시화하면서 공진화하는 관계이다. 감정은 그 감정의 표현을 통해 더 구체화되고, 감정의 표현이 만드는 구체화를 통해 감정은 새로운 의미와 양상을 얻는다. 감정은 언어적 표현이라는 과정을 거치면서 더욱 구체화하고, 구체화된 감정은 그 자체로 일종의 사회적 실천이자 활동이 된다. 최귀숙은 "감정의 표현은 곧바로 '언어적인 행위'와 등치된다"면서 감정의 표현을 '감정의 정치'라고 명명한다.[9] 그의 말처럼 "표현되지 않은 감정은 이미 감정이 아니다. 말해지지 않은 의사가 의견으로 취급되지 않는 것처럼" 감정이나 견해는 언어적 표명을 통해서 감정이나 견해가 좀 전까지 머물던 일반적인 한계선을 넘어 나아간다.

그러나 여기서 간과해서는 안 될 더욱 중요한 지점이 발생한다. 그것은 감정의 표현이란 그냥 느낌을 표현하기만 하면 되는 것이 아니라는 점이다. 표현 주체의 개성과 감정의 천변만화에 기대어 단지 그것을 언어화하기만 하면 된다면, 그래서 감정을 언어로 표현하는 일이 그리 간단한 것이라면 그토록 자주 상투적인 감정이 남발되지는 않을 것이다. (같은 맥락에서 '상투적'이란 말

---

9) 최귀숙, 「감정이라는 복잡계, 인문적 신호와 접속하기-<치코와 리타>의 감정-정치학」, 『감정의 인문학』, 봄아필, 2013, 14쪽.

의 뜻은 언제나 '부정확한'으로 이해해도 무방하다.) 감정의 주체가 느끼는 것을, 최대한 느끼는 것에 가깝게 표현하고자 한다고 하더라도 그러한 행위는 "자신의 모든 것을 바쳐야 하는 비용을 요구하고 있음"을 깨달아야 한다.[10] "자신의 모든 것을 바쳐야 하는" 비용이란 영화 <치코와 리타>의 주인공 리타가 여성이자 유색인종으로서 백인 남성들의 사회에서 살아남기 위해서 강요받는 (감정의) 포기와 (그러한 세계와의) 타협에 대한 표현이다. 이 '비용'은 자신의 사랑(이라는 감정)을 느끼고 그것을 표현하는 데서 포기해야 하는(발생하는) 희생에 대한 표현이지만, 그 자체로도 정직한 감정 표현이 어려운 이유를 잘 설명해주는 문장이다. "정직하게 자신을 드러내는 것은 분명 위험한 일일 수도 있지만, 어떤 면에서 그것은 '불가능한' 것이기도 하다."[11] 감정표현과 관련된 여러 경험에 비추어 볼 때 최귀숙의 이 말은 매우 정교한 것이다. 보통 감정의 주체들은 특정한 감정을 느끼고 그것을 언어화하지만, 엄밀하게 말하면 언어로 구체화하기 전에는 그 자신조차 자신의 감정에 대해 완전히 알지 못한다. 그러니까 감정의 표현을 통해서만 감정이 구체화되는 특수한 상황이 감정 표현의 어려움을 단적으로 드러내 주는 것이기도 하다. 단순히 다른 느낌을 가지고 있지만 표현하기 어려운 것이 아니라, 표현하기 전에는 자신이 가지고 있는 다른 느낌을 제대로 포착하지 못한다는 것이다. 감정의 표현을 통해 자신의 감정을 엿보고, 감정과 감정 표현 사이의 괴리를 첨예하게 목격하지 않는 한 감정과 감정 표현 양자는 공진화하지 못하는 것이다.

문제는 감정의 지각과 표현이 상투적인 영역에 머무는 한 감정을 표현하기 위해서 바쳐지는 어떤 희생도 최소화하지만, 그 결과로써 좁아지는 것은 그 주체의 권한과 위계이기도 하다는 점이다. 이하나는 감정의 부정이나 표현의 절제가 불러오는 문제를 지적한다. "감정표현의 절제 내지 부정은 결국 감정 자체에 대한 몰이해와 타인의 감정을 이해하려 들지 않는 태도를 초래

10) 최귀숙, 앞의 글, 18쪽.
11) 최귀숙, 앞의 글, 19쪽.

하였고, 그것은 그 자체로 관계의 단절과 위계화를 의미하였다."는 것이다.[12] 감정의 정치, 감정의 사회학을 논하는 맥락 위에서 최귀숙은 감정의 자각과 표현을 가로 막는 '인간 정글'을 비판하면서 "정글의 법칙보다 정글이 우선"이고 "존재가 존재의 법칙에 우선한다"는 명제를 제시한다. 감정이 인간 '이후'에 있는 것이 아니라 인간 '안'에 포함되어야 함을 주장하는 것이다. 감정(아름다움)의 포착과 표현을 경제적 번영을 이룬 후에 자연히 따라오는 문화나 교양의 세련 정도로 이해해서는 곤란하다. '감정보다는 경제'가 아니라 '경제 이전에 존재'이며, 존재는 감정과 떨어져서 이해될 수 없다는 것이다. 최귀숙의 견해 역시 시학을 사회-정치학으로 경유하는 논지이지만, 법적 토대 위에서 시학을 소환했던 마사 누스바움의 견해보다는 적극적인 차원에 서 있다. 최귀숙이나 이하나의 논의들은 감정의 표현과 그 세련화를 주체의 권한과 관련지어 이해할 만한 흥미로운 시사점을 제공한다.[13]

민주주의 사회에서 시민들 스스로가 정치적 주체라는 것을 입증하는 방식은 흔히 선거와 같은 제도를 통한 참정권으로 설명되곤 한다. 시민 개개인의 정치적 의사 표명을 합하여 사회적 의사결정을 이루어내는 과정은 종종 그 위의에 맞춰 개인의 결정이 곧 사회의 결정이 되는 것으로 비쳐지곤 한다. 그러나 민주주의 사회가 보장하고 있는 자유와 평등의 권한은 의사결정에 참여할 권한이지만 그 자체가 의사결정의 권한과 전혀 동일한 것은 아니다. 만약 자기결정권이라는 이 민주적 용어가 가지고 있는 모순이 (결정에 참여할 권리가 아니라)'결정의 권한'에 있다는 것이 비판되지 않는다면 민주주의 사회에서 표현의 자유는 결국 그 결정능력에 비추어 경제적 능력이나 정치적 권력의 크기에 맞추어서(비례해서) 재정의될 수밖에 없을 것이다. 이러한 권한의 문제를

12) 이하나, 「감정은 어떻게 역사화되는가?」, 『감정의 인문학』, 봄아필, 2013, 34쪽.

13) 이들 논자들의 공통된 전제를 이하나는 다음의 문장으로 압축했다. "인간이 이토록 감정에 좌지우지되는 존재라는 것, 감정을 제대로 들여다보지 않으면 인간에 대한 탐구는 겉핥기에 그친다는 것을 제대로 인식하는 것, 이것이 감정을 문제 삼는 첫 걸음이다." 이하나, 앞의 글, 35~36쪽.

감정의 영역에서 살펴보자. 시민들이 가지고 있는 감정의 '다양성'이란 그 감정이 표현된 것이라고 간주되는 영토에서의 그것과 정확하게 일치하지 않는다. 결정권의 착시가 불러온 해프닝 중의 하나가 영화 <디 워D-War, 2007>를 둘러싼 시민들과 전문가 집단의 의견 충돌이었다고 필자는 생각한다. 영화평론가들의 <디 워>에 대한 평가 절하는 <디 워>를 보고 애국심 마케팅에 응답한 시민 관객들에게 감정 주권의 침해로 받아들여졌던 것이다. 세련의 정도에 대한 (전문가 집단의) 심미안이 (시민들의) 다양하게 느낄 자유에 대한 침해로 받아들여졌다는 것은 감정의 형식화와 제련화의 타당성도 중요하지만 감정이 그러한 주권적 향유의 자리라는 점을 잘 보여준다.

우스갯소리지만, 필자는 성과 젠더에 대한 이해가 다른 중동에서 어떻게 한국의 감성이 표현된 드라마가 그토록 열렬한 지지를 얻을 수 있는지 의아했다. 우리가 일반적으로 가능성에 관해 논한다는 것은 한계에 대한 지각을 포함한다는 것을 의미한다고 생각되기에 사랑과 결혼에 대한 전통과 풍속이 (이해가) 다른 사람들이 어떻게 공감을 가질 수 있는지 신기하다고 생각했던 것이다. 소영현은 장 주네의 유명한 희곡 「하녀들」의 모델이었던 살인 사건 –파팽자매의 살인–을 사회적으로 위계화되고 억압된 감정이 폭발한 히스테리의 케이스로 본다.14) 사회적 위계가 감정의 주권을 억압할 때 수치심은 분노의 에너지로 전환되었던 것이다. 소영현은 같은 글에서 "낮은 곳에서 더 강화된 위계의 폭력성"과 함께 숱한 이주민 여성들에게 가해지는 '친밀한 폭력'을 함께 다루고 있는데, 이는 우리의 사회가 얼마나 위험한 지각활동 위에 놓여 있는지에 대한 참담한 경고이다. 그는 다른 글 「Occupy! 르상티망」에서는 김기영 감독의 영화 <하녀>를 통해 성적·감정적 노동자로 분열하는 가정 내 여성의 자리를 분석한다.15) '하녀'는 가정이라는 사적 공간에서 '아내'나 '엄마'가 하던 일을 분담하면서 은연중에 아내와 엄마의 감정을 강

---

14) 소영현, 「감정 사회학: 수치와 분노라는 공감」, 『감정의 인문학』, 봄아필, 2013, 58~60쪽.
15) 소영현, 「Occupy! 르 상티망」, 같은 책, 104~105쪽.

요받게 되는 자리에 놓인다. 그리고 그 자리가 '비슷한' 자리이지만 '같은' 자리는 아니라는 점에서 분열된다. 아마도 파팽 자매 역시 단순한 가사 도우미에서 출발해 자신들도 모르는 사이에 감정의 주권을 학습하고 이를 전유하면서 스스로 대등해진 것이라고 할 수 있다. '네가 느끼는 것을 나도 느낄 수 있다면 우리는 다르지 않은 존재이지'라고 생각되는 자리에서 수치심은 분노와 살의로 분열된 것이다. (장 주네의 희곡 「하녀들」에는 하녀들이 안 주인의 목소리를 흉내내면서 희화화하는 장면이 반복적으로 등장한다)

"감정은 누구의 것인가." 소영현은 같은 글에서 묻고 답한다. "개인의 내부에서 생겨난 감정은 개별체의 피부 바깥을 넘지 못한다."16) 일반적으로 감정은 철저하게 자기 소유로 인지된다는 것이 중요하다. 그러나 세계를 구축하는 일반원리에 접속할 때에만 주체의 세계 이해가 온전해질 수 있는 것처럼, 감정도 주체의 안에서 매우 편의적인 변환의 원리를 가지고 있다는 점을 이해할 필요가 있다. 사람들이 영화를 보거나, 소설을 읽거나, 시를 읽으면서 텍스트의 주체와 자기를 동일시하고, 그 과정에서 손쉽게 감정의 주인이 되는 것처럼 감정에는 일종의 자기실현을 가능하게 하는 원리와 양식이 포함되어 있다. 따라서 만약 모든 주체가 자신이 느끼는 어떤 감정의 신호를 감지했으나 그것을 표출할 수 없는 사회적 억압이나 폭력에 직면한다면 이 감정은 더욱 증폭되고 과격화한 방식으로 자기 분열과 분출을 이루어낼 것임에 틀림없다.

말하자면 감정에는 일종의 자기실현의 축소화된 형식이 포함되어 있다. 따라서 감정을 느끼고 그것을 표현하는 일은 언제나 자기실현에 준하는 것이다. 동시에 감정의 표현을 통해서 주체는 주체의 욕망을 인식할 수 있는 기회를 얻는다. 감정은 감정의 표현을 통해서 보다 완전해지는 것이기에 감정의 표현이 가로 막힌다는 것은 감정을 통한 자기 인식의 실패와 좌절로 이어질 수밖에 없다. 또한 조금 더 진전된 영역에서 보자면 상투화된 감정의

---

16) 소영현, 앞의 글, 92쪽.

영역에 머무는 것은 감정의 인식을 통해 주체의 자기 인식이 좌절된 것이기에 감정의 억압과 같은 의미를 가진다. 그렇다면 주체 자신도 정확하게 인지하지 못하는 감정을 어떻게 인지할 수 있단 말인가? 감정이 마치 감각처럼 굴절되지 않는 신호체계를 가지고 있다면 그래서 감정의 주체가 직접 인지가 가능하다면 상투화의 문제는 발생하지 않을지도 모른다. 마찬가지로 감정의 상투화란 주체의 상투화된 자기인식으로 받아들여져야 한다. 그러므로 감정의 주체에게는 바로 자기 자신에 대한 보다 이질적이고 타자화된 관심이 필요하다. 이국의 풍경을 마주한 여행자처럼 자기 감정을 들여다볼 수 있다면 주체는 상투화보다는 한 걸음 나아간 감정의 표현에 도달할 수 있을 것이다. 그리고 이러한 감정의 표현은 주체에게 보다 완전한 주권을 되돌려 줄 수 있게 될 것이다. 따라서 감정의 표현이란 이러한 프로세스에 입각해서 본다면 '이미 느낀' 감정의 표현이나 표출이라기보다, '이미' 알고 있는 감정과는 '다른', 감정의 발명에 더 가깝다.

감정 발명의 한 사례를 살펴 보자.

> 우는 애들을 달랠 순 없어요. 난 머릿속이 출렁거릴 때까지 울죠. 애들이 날 달래지 않으면 애들이…… 애들이…… 익사할지도 몰라요.
>
> 애들은 정말 겁도 없어요. 물속에서 노래를 해요. 엄마…… 엄마…… 엄마…… 저 뻐끔거리는 입들을 좀 보세요.
>
> 표면으로 올라온 물방울들이 잇달아 터지고 있어요. 공기가 가시처럼 찌르나 봐요. 애들이 너무 오래 물속에서 놀고 있어요.
>
> — 김행숙, 「우는 아이」[17]

17) 김행숙, 『사춘기』, 문학과지성사, 2003, 20쪽.

이 작품에는 억압된 감정이 매혹적으로 표현되어 있다. 아이를 돌보는 엄마의 자리는 아이의 관점에서 아이를 이해하기 위한 노력을 잠시도 멈출 수 없다는 점에서, 자연인으로서 개인의 감정과는 다른 이식된 감정을 삶을 지속해야 하는 자리이다. 이는 엄마 자신의 감정을 아이의 감정과 일치시켜나간다는 의미에서는 눈물겨운 사랑이지만, 반대로 아이의 불완전함 때문에 언제라도 자신의 감정이 먼저 양보되어야 하는 아이 보호자로서의 삶은 여성 주체의 사회적 존재에 대한 일종의 죽음을 강요한다. 프로이트적인 의미에서 1연에는 엄마의 이러한 죽음에 대한 공포가 아이의 죽음에 대한 공포로 전환되어 나타난다. 아이와 이토록 밀착된 삶에서 아이의 죽음이 곧 아이 엄마의 죽음을 의미할 수밖에 없지만, 아이를 돌보는 엄마의 이러한 이중의 공포와는 무관하게 아이는 물이 갖는 죽음의 이미지에는 아랑곳하지 않고 물속에서 엄마를 부르는 놀이를 태연하고 즐겁게 한다. 그러므로 엄마와 아이의 이 대립적인 입장의 차이는 아이가 물속에서 만들어 올리는 공기방울이 위로 올라오면서 터지는 것에 대해 '공기 중에 있는 가시'라는 표현으로 제시된다. 곧 엄마라는 주체의 불안과 공포가 공기 안에 존재하지 않는 '가시'를 발명한 것이다. 왜냐하면 물속에서 뚜렷하게 지각된 그 둥근 공기방울은 수면으로 올라오면서 터지는 모양을 이루기 때문이다. 가시는 보통 첨단공포증에서처럼 보다 친숙한 이미지와 함께 공포증을 형성하지만, 이 시에서처럼 '공기 중에 있는 보이지 않는 가시'로 이미지화 되지 않는다. 그러므로 이 시에서 '가시'이미지는 엄마의 아이 돌보기가 마주한 여러 사랑과 걱정, 그리고 불안과 공포라는 여러 감정선을 결집시킨 '날카롭고 뾰족한' 사례에 속한다. 물론 양수 속에서 친숙함 그대로 물을 좋아하는 아이의 물놀이를 한껏 자애롭고 행복한 그림으로 묘사할 수도 있겠지만, 그러한 클리셰는 아이와 엄마의 감정이 갖는 온도차를 작품 속에 포함시키지는 못했을 것이다. 마찬가지로 엄마의 이런 공포와 불안이 없다면 아이의 천진난만함은 이와 같은 깊이를 얻지 못했을 것이다. 아이와 함께 하는 '지복'은 그 행복감이 일깨우는 불안과 공포와 함께 인식될 때 더욱 깊이 있게 경험될 수 있다.

이처럼 세련된 감정 표현은 기존의 확립된 감정의 체계에서 더 나아가 새로운 감정의 각성으로 진행되어야 한다. 그러한 의미에서 감정의 표현은 감정의 발명에 더 가깝다. 주체가 자기 실존에 대한 끊임없는 재정의를 통해서 자기 성장과 실현을 이루어 나가듯이 감정의 표현 역시 자기감정을 끊임없이 타자화하면서 대면하는 과정을 거칠 필요가 있다. 그것이 진정한 감정의 표현이고 감정의 주권자가 되는 길이다. 왜냐하면 주인이 된다는 것은 양도와 폐기, 변화와 실험의 주인이 된다는 뜻이기 때문이다. 정의가 개인의 자유를 극대화하면서 그 자유가 차별로 억압되는 것을 재조정하고, 그 과정에서 더 나은 미덕과 만나고자 하듯이 시적인 정의는 모든 개인에게 자기 감정의 주인이 될 것을 허락하고, 자기감정을 타자화된 대상으로 인식할 수 있는 더욱 성숙하고 세련된 감정의 창안에 이를 수 있도록 이해될 필요가 있다. 그래서 감정의 표현이 곧 감정의 창안일 수밖에 없는 것이라면 감정의 생산과 소비가 이루어지는 시나 문학은 문헌화된 현실의 법이 가지는 한계와 모순을 직시하면서 그것을 더 넓은 정의로 재조정해나가려고 노력하는 입법기관의 지위와 다를 것이 없다.

4. 감정과 언어의 입법기관에서

언어가 소리와 뜻을 자의적으로 결합시키고 있다는 것은 소쉬르 언어학의 기본 전제이다. 이 결합은 내적 필연성으로부터 도출되지 않고, 언어 사용자들의 관습과 사회적 약속에 기초한다. 그럼에도 불구하고 소리와 뜻의 결합은 언어가 구현되는 여러 콘텍스트 속에서 발생하는 취향과 모순을 통해 유동한다. 소리는 더 간결하게 언중들의 욕구를 파고들고 소리와 뜻의 결합은 마침내 전혀 다른 방식으로 진행되기도 한다. 언어 자체가 소리와 의미 사이에서 운동하는 것처럼 언어를 통한 감정의 표현 역시 마찬가지의 자의성과 유동성을 포함하기 때문에 감정의 표현은 이 맥락과 운동의 벡터 위에서만 정교함을 얻을 수 있다. 시적인 정의란 아름다운 올바름에 대한 사회적 요청을 통해 올바름이 놓칠 수 있는 인간적이고 감정적인 영토를 포함(시키려고)하는 말이면서 동시에 그러한 요청을 자각하지 못한 주체의 느낌과 감정을 표백할 수 있는 권한을 의미하고, 최종적으로는 이러한 요청의 자각과 실행을 통해서 감정의 주체가 자신과 자신을 둘러싼 현실을 더 깊이 있게 포착하고 이로써 자기 한계와 세계의 한계를 넘어서기 위한 시도를 감행할 수 있는 실험장이자 입법기관으로서의 시의 위상을 제안하고 있다. 마사 누스바움이 경제적 비용 편익이라는 좁은 공리성을 인간이란 무엇보다 감정적 존재라는 사실과 이를 담지한 '분별 있는 관찰자'라는 개념을 통해 더 나은 공리에 도달한 것처럼, 시적인 정의가 갖는 위험성에도 불구하고 이러한 정의가 가지는 타자를 향한 열림을 통해 시적 정의는 보다 나은 삶과 사회를 위한 하나의 혁신적인 장치로서 시를 목격하게 한다.

시와 전통傳統

— 전통의 세 가지 범주

이상숙

1. 남아 있는 것과 받아들인 것

이 글은 전통傳統에 대한 일반적인 정의와 기본적 개념의 설명에서 시작하고 시의 전통에 대한 소략한 분석으로 마칠 것이다. 전통을 정리하는 것은 물론이고 전통에 대한 정의와 개념을 살피는 것 또한 한 편의 글로 해결하기에 매우 복잡하고 방대한 일이기 때문이다. 전통론의 사적 전개와 우리 문학 전통에 대해서는 또 다른 독서와 연구가 필요하다. 시의 기본적 이해를 위한 시론詩論의 한 부분으로 쓰여진 이 글이 감당할 수 있는 부분은 극히 선택적이어서, 배제하는 이견과 조망을 위해 건너뛴 섬세한 맥락과 작품들이 무수히 많다는 점을 미리 밝혀둔다.

일반의 상식차원에서 이해한 전통傳統은 '어떤 집단이나 공동체 안에서 과거에서 현재로 전해진 것'이다. 즉, 과거부터 지금까지 남아 있으며 자신들이 공유한 것의 통칭이 전통이다. 여기에는 복식服飾 같은 유형의 유물이나 혼례婚禮나 무예武藝와 같은 무형의 문화유산도 포함되는데 이때 전통은 남아 있는 과거의 모습 혹은 남아 있는 것들로 대표되는 과거 전체를 포용한다. 에드워드 쉴즈는 남아 있는 것으로서의 전통을 하나의 '유산traditum이며 전래되고 전수된 것'으로 규정한다. "과거에 존재했고, 이행되어 왔고 믿어졌던 것"으로서의 전통에 구성원들이 애착을 가지는 것은 당위적이라 했다.[1] 오랜 시간이 지난 후에도 남아 있고 전해진 과거의 것은 그 존재만으로 애착과 숭배의 대상이 되고, 구성원들은 전통을 자신들의 존재나 정체성을 대표하는 상징으로 받아들인다는 것이다. 이는 자신이 속한 집단이나 공동체의 형성과 실제가 매우 임의적이어서 그 경계와 범주를 떠올리는 것이 상상에 가까운 일일지라도 사람들이 집단과 공동체를 민족으로 쉽게 대체하는 것과 같다. 자신의 공동체에 대한 애착과 숭배는, 전통이 절대로 변하지 않으며 타자와 구분되는 고유함이 있다는 믿음에서 기원한다. 이는 과거/유산/전통을 자기 민족, 자신들의 역사와 일치시켜 이를 맹목적으로 존중하고 고수하는 전통주의로 진행되고 민족성, 고유성, 정체성을 강조하는 민족주의로 확산되어 배타적이고 맹목적인 우월주의로 변질된다. 언어, 민족, 지역적 순혈純血의식이 있는 우리에게 전통은 곧 민족 정체성의 정수精髓였고 전통을 찾는 것은 문화 원형arche을 찾는 것과 같았다.

전통은 과거에서 온 것이지만 과거의 모든 것 혹은 과거의 전체상일 수 없다. 현재의 우리가 과거의 전체를 이해하고 목격할 수 없기 때문에 과거는 남겨진 것으로 대표될 수밖에 없는 상징적이며 전통은 상징에 기댄 임의의 범주일 수밖에 없다. 흔히 전통, 관습慣習, 인습因襲을 구분하여 가치 평가를 하지만 이 또한 단순한 임의적인 구분일 뿐이다. 전통이 관성적인 관습과 구분되고 부정적인 인습과 구분되는 것은 그것이 현재에 의미가 있기 때문이며 새롭게 해석될 여지가 있기 때문이다. 애초에 전통, 인습, 관습이 구분되어 있었던 것이 아니라 현재적 의미를 획득하고 그 위상이 강화되어 현재에

1) 에드워드 쉴즈, 『전통 : 변하는 것과 변하지 않는 것』, 김병서·신현순 역, 대우학술총서 번역 51, 민음사, 1992. 26쪽.

소환된 것이 인습이나 관습의 오명汚名 대신 전통의 이름을 얻게 되는 것일 뿐이다. 거친 예를 들어 본다. 창극이나 마당놀이는 흔히 판소리의 전통을 계승하였다고 한다. 이 양식들은 양반네 잔치 연희演戲였던 판소리의 예술적 기원과 전통적 형식을 계승하기보다는 노래로 전개되는 이야기 형식, 풍자와 해학의 언어, 연희자와 청중의 어울림과 교호작용으로 흥겨워지는 공연 양식을 활용하고 재해석한 새로운 양식이다. 판소리가 가진 다면적 전통 가운데 특정 부분이 강화되고 의미화된 것으로 민중의 어울림, 풍자와 비판의 언어, 대중적인 주제 전달 방식이 현재에 필요했기에 탄생한 양식이다. 과거로부터 이어진 지속성보다 현재에도 긴요하고 필요한 현재성이 더 중요한 조건이었던 것이다. 과거와 현재에 모두 존재하는 동시성과 현재에도 필요한 현재성을 강조할 때 전통은 '받아들여진 것'이 라는 두 번째 정의를 얻게 된다.

과거와 현재에도 지속되는 가치의 동시성과 현재성은 과거에 대한 현재의 인식 즉 시대의식, 역사의식과 관련 있다. 현재의 정치적, 문화적, 미학적 필요를 인식하고 과거에서 그것을 소환하려면 과거에 대한 역사 인식이 필수적이다. 전통의 계승과 창조에서 역사의식을 강조하는 것은 1930년대 우리 문학사에 소개된 이래 지금까지 여전히 위력적인 T. S. 엘리엇에서 시작되었다. 엘리엇은 "고귀한 사람들의 위대한 도덕적인 힘"을 과거의 작가와 작품에서 보고 이를 창작과 문학비평의 기준으로 삼았고[2] 현재는 과거/전통을 의식하고 해석해야 하고 과거/전통 또한 그 과정에서 새로워지며 서로 완벽해지는 역동적인 관계가 만들어진다고 설명하였다. 최근 연구에 의해 엘리엇의 전통 개념이 도출된 철학적 배경[3]과 이후 엘리엇이 스스로 보수적으로 견해를 수정하는 과정이 규명되면서 엘리엇의 전통에 대한 정의나 개념에

---

2) 최희섭, 「엘리엇의 '전통'의 형성과 발전」, 『현대영미시연구』 7호, 현대영미시학회, 2001. 120~121쪽.

3) 김구슬, 「브래들리 철학의 관점에서 본 엘리엇의 비평이론」, 『T. S. 엘리엇 연구』 7호, 한국 T. S.엘리엇 학회, 1999.

대한 재평가가 이루어지고 있지만 엘리엇은 이상적인 질서로서의 과거 전통, 이상적 유기체로서의 과거 작품을 개인의 재능보다 더 강조한다.

> (시인은) 자신의 사적인 정신보다 훨씬 중요한 것이라고 머지않아 알게 될, 유럽의 정신과 자기 나라의 정신이 변한다는 점, 그리고 이러한 변화는 그 과정에서 어떤 것도 폐기하지 않는 발전, 즉 셰익스피어, 호머, 혹은 구석기 시대 말기 화가의 암벽화 중 어느 하나도 물리치지 않는 발전이라는 점을 확실히 알아야만 한다.[4)]

시인 혹은 개인의 재능/정신보다는 셰익스피어나 호머와 같은 위대한 전통과의 관계성 속에서 시와 시인이 태어나고 새로워진다는 것이 엘리엇 전통론의 핵심이다. 과거의 전통에 대한 숭배와 동경이라는 점에서는 '전통은 남아있는 것'이라는 생각과 가깝지만 문학 창작에서 문학적 전통에 대한 해석을 강조하고 그를 통해 현재 시인의 창작이 새로운 질서를 만든다는 관계성을 강조한다는 점에서는 구분된다.

과거를 적극적으로 인식하여 과거와 현재가 동시적으로 존재해야 한다는 엘리엇의 전통 개념은 현재 시인의 개성이나 재능보다는 과거의 전통을 더 강조하는 몰개성론이나 객관적 상관물 등의 시학적 개념으로 확산되는 과정으로 가볍게 이해해야할 지도 모른다. 엘리엇의 전통 개념이 남아 있는 위대한 것에 대한 숭배와 애착이 현재의 개인/재능/정신을 압도하는 것으로 보이기 때문이다. 다소 보수적인 엘리엇의 전통 개념은 옛것을 해석하면서 주체의 정체가 드러나고 옛것의 의미가 새로워진다는 리쾨르와 연결되면서 새로이 이해될 여지를 가지게 된다.[5)] 리쾨르 역시 전통 개념자체보다 해석의 역

---

4) T. S. Eliot, "Tradition and the Individual Talent"(1919), *selected Prose of T.S. Eliot, ed.* Frank Kermode (New York:HBJ 1975), p.39. 김준환, 「T. S. 엘리어트의 '전통'은 얼마나 역동적인가?」, 『새로 읽는 비평』 19호, 영미문학연구회, 2005. 247쪽. 에서 재인용.

할을 강조하기 위해 전통을 활용한 것으로 보이지만, 전통은 현재의 해석을 통해 부지런히 길어 올려야 보물이 되고 그렇지 못하면 죽은 침전물에 불과하다는 그의 생각은 전통이란 현재의 주체에 의해 재해석되는 것이라는 지점에서는 엘리엇과 조우한다.

2. 만들어진 전통

홉즈봄과 베네딕트 앤더슨은 전통을 해석하는 현재/주체의 의식을 강조하는 것에서 나아가 현재/주체가 전통을 선택하고 창출하는 것이라 주장한다. 이들에 따르면 전통은 '만들어진 것'이다. 주체에 의해 과거가 재해석되고 새로워지는 것을 홉즈봄은 전통의 '창출'이라 한다.[6] 홉즈봄은 문학적 전통뿐 아니라 제도, 의례, 행사 등 여러 분야를 논의 대상으로 했는데, 그는 전통이 주관/주체의 이익과 가치관에 따라 의도적으로 구축될 수 있으며 권장되거나 강요될 수도 있다고 했다.

> 새로운 전통들이 어느만큼 오래된 자료들을 활용할 수 있을 것인지, 그리고 새로운 전통에서 어느 정도 억지로 새로운 언어와 장치를 만들어 낼 수 있을 것인지 또는 기존의 범위를 넘어서 오래된 상징적인 어휘를 어느 정도 확대할 수

---

5) 폴 리쾨르, 『해석학과 구조주의』, 양명수 역, 아카넷, 2001, 33쪽. "우리는 전통에서 산다. 진공에서 해석하는 것이 아니라, 전통을 밝혀내고 이어 생생하게 유지하기 위해 해석한다. 그러나 아무리 전통이 건네받은 <침전물>이라고 해도 그 침전물을 계속 해석하지 않으면 그것은 죽은 전통이다. <유산>은 꽉 막힌 채 손에서 손으로 옮겨지는 것이 아니라, 부지런히 길어 올려야 할 보물이고, 길어 올리면서 새로워진다. 전통은 해석의 은혜로 산다. 해석 덕분에 전통은 이어지고 살아 있게 된다."

6) E. Hobsbawm, "Introduction: Inventing Traditions," in The Invention of Tradition, Edited by Eric Hobsbawm and Terence Ranger, (Cambridge: Cambridge university press, 1983), p.1.

있을 지는 여기에서 논할 수 없다. 분명한 점은 많은 정치제도, 이데올로기적인 움직임과 집단-적어도 민족주의 형태로-들이 유례없는 것들이어서 예컨대 반(半)허구성(Boadicea, Vercingetorix, Arminius the Cheruscan) 또는 조작(Ossian, the Czech medieval manuscripts)으로 역사적인 연속성을 초월하여 일종의 고대적인 과거를 새로이 만들어내서 심지어 역사적인 연속성조차 새로이 만들어졌다는 사실이다.7)

새로 만들어지고 창출된 전통의 효능에 대해 단언할 수는 없지만, 정치나 이데올로기 집단들이 민족주의 같은 '상상의 영역이지만 강력한' 일체감을 내세워 역사적인 정당성과 연속성까지 갖춘 전통을 만들어내는 것이 가능하다는 것이 그의 생각이다. 반쯤은 허구이고 조작일 수도 있는 이 만들어진 전통에서는 전통의 기본 요건인 역사적 연속성의 부재도 문제가 되지 않는다. 역사적 연속성을 초월할 수도 있고 심지어는 역사적 연속성마저 만들 수 있기 때문이다. 홉즈봄은 일찍이 '상상된 공동체imagined community인 민족'8)과 전통을 강조하는 것이 애국주의로 인식되고 그것이 정치적 힘으로 커가는 과정에 의문을 가졌다. 홉즈봄은 "민족적 애국주의national patriotisam와 같이 대다수 인간의 실제 경험과 동떨어진 개념이 왜 그리고 어떻게 그토록 빨리, 그처럼 강력한 정치적 힘이 될 수 있었는가?"9)라는 질문을 스스로에게 던졌다. 그리고 베네딕트 앤더슨의 근대민족은 '상상된 공동체imagined community'라는 생각과 자신이 주장한 '대중적 원형민족주의'라는 개념에서 해답을 찾는다. 민족이란 실체가 아닌 집단적인 '상상의 존재'이지만, 사람들은 민족 성원 또한 집단적으로 상상하는 '단일한 민족 단위'에 속해 있다는 믿음을 가지고 있고, 이러한 가상의 존재와 믿음이 '정치적 힘'으로 작용한다는 것이다. 홉

7) 홉스보옴, 랑거 편, 『전통의 날조와 창조』, 최석영 역, 서경문화사, 1996, 46쪽.
8) 베네딕트 앤더슨, 『상상의 공동체: 민족주의의 기원과 전파에 대한 성찰』, 윤형숙 역, 나남출판, 2002.
9) 홉즈봄, 『1780년 이후의 민족과 민족주의』, 강명세 역, 창작과비평사, 1994, 68~69쪽.

즈봄은 동질적인 인구 구성을 가진 국가 즉 단일민족 국가에서 "종족과 정치적 충성이 실제로 연계될 수 있다"고 한 바 있다.[10] 이는 민족이 대중에게 당위적이며 호의적인 소속감을 주기 때문에 민족을 강조하는 정치권력의 성공 가능성이 매우 높다는 의미이다. 그는 또, 사회주의 국가에서 민족주의의 경향이 더 강하며, 그 민족주의가 정치에서 가장 보편적인 정통성이 된다고 하였다. 이는 소련이나 중국은 물론 북한에도 적실하게 들어맞는다.

> 에릭 홉스봄(Eric Hobsbawm)이 "맑스주의 운동과 맑스주의 국가들은 형태에서뿐만 아니라 내용에 있어서도 민족주의적인, 즉 명실상부하게 민족주의자가 되는 경향이 있다. 이러한 추세가 계속되지 않을 것이라고 암시해주는 것은 아무것도 없다"[Eric Habsbawm, "Some Reflection on 'The Break-up of Britain,'" New Left Review, 105(September-October 1977), p.13.]라고 말한 것은 전적으로 옳다. 이러한 추세는 사회주의 세계에 한정된 것이 아니다. 거의 매년 유엔은 새로운 회원을 받아들인다. 또한 한때는 완전히 통합되었다고 생각되던 많은 '구국가'(old nations)들이 그들의 국경 안에서 하위 민족주의(sub-nationalism)-당연히 이 하위성(sub-ness)을 벗어나는 기쁜 날을 꿈꾸는 민족주의-의 도전을 받고 있음을 발견한다. 현실은 아주 명백하다. 즉, 그렇게 오랫동안 예언된 '민족주의의 종말'은 요원하다는 것이다. 실로 민족됨(nation-ness)은 우리 시대 정치생활에 있어서 가장 보편적으로 정통성을 인정받는 가치이다.[11]

10) 같은 책, 94쪽. "종족의 그러한 부정적인 면은 중국, 한국 및 일본에서처럼 국가전통과 같은 어떤 것과 융합될 수 있거나 융합돼 있지 않는 이상 사실상 언제나 원형민족주의와 무관하다. 위의 나라들은 종족이라는 면에서 거의 또는 완전히 동질적인 인구로 구성된 역사적 국가의 극히 희귀한 사례이다. 이러한 나라에서는 종족과 정치적 충성이 실제로 연결될 수 있다."

11) 베네딕트 앤더슨, 앞의 책, 21쪽.

앤더슨은 홉스봄의 말을 인용하여 사회주의와 민주주의를 막론하고 민족주의는 여전히 강고하다고 단언했고 특히 정치에서 가장 보편적인 정통성을 인정받는 가치로 판단했다. 전통이 특정한 주체의 특정한 목적을 위해 창출되거나 선택될 수 있는 현재적이고 전략적인 개념이라는 견해는 윌리엄스나 쉴즈에게서도 찾을 수 있다. 윌리엄스는 전통을 과거의 유산이 아닌 현재적 가치관에 의해 영향력을 갖는 문화적 힘으로 간주하면서, 전통은 과거가 현재를 규정하는 것이 아니라 현재에 의해 과거가 재해석되고 구성되는 '선택적 전통selective tradition'[12]이라고 했다. 전통의 체계와 이론에 선구적인 업적을 보인 쉴즈 또한 전통을 현재와 미래에도 영향력을 가진 선택된 과거로서 강조한 것이다.[13] 쉴즈는 또한 "모든 국가사회주의 운동과 마찬가지로 전통주의 요소를 지녔다"[14]고 하여 전통적 요소의 활용을 '국가차원'의 '운동'으로 확대하여 인정하였다.

최근에 발표된 일련의 저작들은,[15] 전통이란 현재의 국가, 정치, 권력의 의도에 의해 새로이 강조되고 새로이 창출된다는 것을 구체적으로 실증하고 있다. 사회주의 국가의 '전통 활용'을 K. Jowitt는 "신전통주의 Neotraditionalism"[16]로 A. Walder[17]는 "공산주의적 신전통주의communist neo traditionalism"로 설명한다. 이들은 주로 소련이나 중국을 대상으로, 정치와 권력, 사회운영에

12) R. Williams, Maxism and literature, 『마르크스 주의와 문학』, 이일환 역, 문학과 지성사. 1982. 147~148쪽.

13) Edward Shils, *Tradition*, (Chicago: The University of Chicago Press, 1981), pp.34~35. "past in the present."

14) 에드워드 쉴즈, 『전통:변하는 것과 변하지 않는 것』, 김병서·전현순 역, 민음사, 1992, 274쪽.

15) 국내에 소개된 저작을 소개하면 다음과 같다. 이성시, 『만들어진 고대 : 근대 국민 국가의 동아시아 이야기』, 박경희 역, 삼인, 2000; 하루오 시라네, 스즈키 토미 편, 『창조된 고전: 일본문학의 정전 형성과 근대 그리고 젠더』, 왕숙영 역, 소명출판, 2002.

16) Jowitt, Ken, *New World Disorder*; The Leninist Extinction, (Berkeley and Los Angeles: University of California Press, 1992).

17) Walder, Andrew G, Communist Neo-Traditional, (Berkeley and Los Angeles :University of California Press, 1986).

주목하여 전통의 활용양상을 살폈다.[18] 후속 연구를 통해, 사회주의 혁명과 산업화와 과정에서 전통을 강조하는 전략이 사회주의 혁명 초기부터 최근까지 지속적이며 대상 범위도 당과 개인, 생활과 의식, 문학을 망라하여 광범하게 점증되며 부활한다는 것이 입증되었다. '만들어진 전통'이 주로 사회주의 국가에서 강력했던 것은 사회주의가 새롭게 세력화하기 위해 전통을 발굴하고 활용할 필요가 있었기 때문인데, 북한이 전후 복구시기에 천리마의 기수, 애국주의, 민족의식과 적개심 등을 민족적 특성이며 민족의 전통적인 도덕적 품성으로 강조한 것 또한 그 예가 될 수 있다. 대중의 노동력 동원을 위해 근면함을 부각하고 애국심을 강조하는 동시에 타민족에 대한 적개심을 고취하고 이를 민족적 특성이며 민족 고유의 품성으로 주장하는 것은 전통이 기반한 공동체 의식, 고유성, 정체성, 배타성에 의존하고 활용하는 전통 창출의 전략이었다. '남아 있는 전통'이 강조하는 고유성, 정체성, 배타성이 '만들어진 전통'에서 더욱 강조되는 양상은 전통의 세 가지 범주가 명쾌히 구분될 수 없는 연결성과 중첩성을 가진 개념으로 서로 교호하고 순환한다는 것을 확인케 한다.

여러 위험성과 반론을 예상하면서도 전통 개념의 기초적 이해를 위해 '남아있는 것,' '받아들여진 것,' '만들어진 것' 세 범주로 굳이 나누어 살펴보았다. 기초적 이해를 위한 것인 만큼 다음 장에서 살필 시적 전통에 적용할 정도로 충분히 객관적이지도 논리적이지 못했다. 다만 전통의 세 가지 범주가 배타적으로 구분되기보다는 연결된 것임이 드러났기를 바라며, 전통이란 과

18) 박광호, "김일성 통치에서 전통의 활용에 관한 연구"(정치학박사학위논문, 서울대학교, 2003), 참조. Jowitt는 소련의 사회주의 혁명 초기의 레닌주의나 스탈린이 활용한 '초개인주의적 영웅조직'에 동원된 전통과 함께 스탈린 사망 이후 나타난 일련의 혼란스런 사회, 정치, 제도의 "카리스마적이고 동시에 전통적이며 또한 현대적인 복합적 특성을 레닌주의와 비교적 관점에서 신정통주의라고" 부른다. Walder는 중국 특유의 전통적 인간관계인 '관시[關係]'를 비롯하여 작업장 내의 복잡한 관계 형태에 대한 세밀한 고찰을 통해 신정통주의의 이론적 기반을 다진다. 신전통주의가 사회주의 체제 성립 초기부터 배태된 것이며 조직의 변화에서 지속적으로 내재한다고 하였다.

거와 현재, 미래의 관계 안에서 받아들여지고 만들어지는 관계적 역동성을 가진다는 것이 설명되었기를 바란다.

3. 탁월한 예술가의 탁월한 예술혼

> 伐木丁丁이랬거니 아람도리 큰 솔이 베혀짐즉도 하이 골이 울어 멩아리 소리 쩌르렁 돌아옴즉도 하이 다람쥐도 좃지 않고 뫼ㅅ새도 울지 않어 깊은산 고요가 차라리 뼈를 저리우는데 눈과 밤이 조히보담 희고녀! 달도 보름을 기달려 흰 뜻은 한밤 이 골을 걸음이란다? 웃절 중이 여섯판에 여섯번 지고 웃고 올라 간뒤 조찰히 늙은 사나히의 남긴 내음새를 줏는다? 시름은 바람도 일지 않는 고요에 심히 흔들리우노니 오오 견디란다 차고 兀然히 슬픔도 꿈도 없이 장수산 속 겨울 한밤내
>
> — 정지용, 「長壽山 1」

정지용의 「장수산長壽山 1」 중 "벌목정정伐木丁丁"은 『詩經』의 「소아小雅」 편 「벌목伐木」의 "伐木丁丁 鳥鳴嚶嚶"에서 온 것이다.[19] 나무를 벨 때 숲을 울리는 소리 "伐木丁丁"을 정지용이 시어로 쓴 것은 분명 전통을 인식하고 현재로 이끌어낸 것으로 봐야 한다. 『시경』「벌목」의 내용은, 나무 베는 소리가 울리는 숲 속에서 새들이 벗을 찾아 울고 있으니 사람도 벗을 찾아야 한다는 것이다. 이 시는 丁丁, 嚶嚶, 鳴, 鳥, 聲 등 소리로 가득하다. 그러나 「장수산

---

19) 『시경』「소아小雅」「벌목伐木」

伐木丁丁 鳥鳴嚶嚶　나무 베는 소리 쩡쩡 울리고 새 우는 소리는 꾀꼴꾀꼴
…… 중략 ……
嚶其鳴矣 求其友聲　꾀꼬리 울음이여 벗을 찾는 소리로다
相彼鳥矣 猶求友聲　저 새조차도 벗을 찾아 우는데
矧伊人矣 不求友生　사람이 벗을 찾지 않는 것인가

1」에는 “뼈를 저리우는,” “시름도 바람도 일지 않는”과 같은 고요로 가득하다. 때문에 그 가운데 울리는 “伐木丁丁”은 고요를 더욱 부각시키는 소리이며, “차고 兀然한” 정신의 소리와도 같다. 『시경』 구절을 가져왔지만 정지용은 『시경』 「벌목」을 그대로 차용하지 않은 것은 물론이고 “丁丁”을 한겨울 고요와 외로움, 차가움을 견디는 강인한 정신의 소리로 바꾸었다. 『시경』 「벌목」 이후 “伐木丁丁”을 활용한 시로는 두보杜甫의 「제장씨은거題張氏隱居」,[20] 김시습金時習의 「제수락산성전암題水落山聖殿庵」[21]을 들 수 있다.

『시경』 「벌목」은 엘리엇 식으로 말하면 정지용 시에 재현된 ‘위대한 시,’ ‘위대한 전통’이라 할 수 있고, 그 사이에 있는 두보와 김시습의 시편 역시 정지용의 시에 재현된 위대한 과거, 위대한 전통일 것이다. 네 편 모두에 ‘산 속 나무 베는 소리,’ ‘친구가 없는 외로운 산 중’이라는 소재는 공통적인데, 두보의 경우 벌목정정은 봄산의 분위기를 돋우기 위한 선경先景으로 활용한 반면 김시습은 여름 숲의 활기를 주는 소리로 활용하였다. 지용이 고요를 위해 사용한 것과는 대조적이다. ‘벗’의 경우도 『시경』 「벌목」과 두보의 경우에는 벗이 없는 외로움을 드러낸 반면, 김시습의 시에는 바둑 두고 돌아가는 노인과 도가 경전인 『황정경黃庭經』을 읽는 화자의 모습이 담겨 있고 지용의 시에는 여섯 판에 여섯 번 지고 웃고 올라가는 윗절 중의 모습이 드러나는

20) 두보(杜甫), 「제장씨은거題張氏隱居」

春山無伴獨相求 伐木丁丁山更幽	봄산을 친구 없이 홀로 가니 나무 베는 소리 산은 더욱 고요하다
…… 중략 ……	
乘興杳然迷出處 對君疑是泛虛舟	흥에 취해 나갈 곳을 모르니 그대를 보니 빈 배를 탄 것과 같다.

21) 김시습(金時習), 「제수락산성전암題水落山聖殿庵」

山中伐木響丁丁 處處幽禽弄晚晴	산속에서 나무 베는 소리 울리고 곳곳에 숨었던 새들 저녁 햇빛 즐기네
碁罷溪翁歸去後 綠陰移案讀黃庭	개울가 사는 늙은이 바둑두고 간후 녹음 아래 책상 옮겨 황정경을 읽노라
…… 중략 ……	
誰家有約敲碁子 夜下燈火愁倚窓	어느 집에서 바둑두는 소리 들리고 밤등불 아래 창문에 기대어 시름하노라.

차이점이 있다. 옛 시, 옛 시인을 불러오는 것만으로 훌륭한 작품이 될 수 없듯 옛 시와의 차이점을 가지는 것이 전통의 창조적 활용과 계승의 좋은 예가 되는 것은 아니다. 문제는 현재의 시, 현재 시인의 예술적 탁월함이다.

'伐木丁丁'은 단적으로 말해 남아 있는 전통이다. 종장 낙구의 감탄사, 3장 6구나 3음보, 4음보, 혹은 기승전결의 4단 구성, 달이나 기러기, 님 같은 관습적 소재, 안빈낙도, 권선징악, 충의정절 주제와 같이 남아 있는 문학적 전통이다. 남아 있는 전통을 네 시인들은 모두 다르게 활용하였다. 「벌목」의 '벗'을, 두보는 은거하는 친구를 보니 마치 신선을 보는 듯하다는 반가움과 유배로 점철된 그의 인생을 지배하는 쓸쓸함과 무욕無慾의 마음으로 드러내었고, 시대의 천재天才를 지니고도 긴 유랑 생활을 한 문인 김시습은 신선을 연상시키는 바둑 두는 노인으로 표현하였으며, 정지용은 김시습의 영향이 부각되는 "여섯 판에 여섯 판 지고도 웃고 올라가는 웃절 중"으로 드러내었다. 나무 베는 소리, 숲의 고요와 소리, 벗 등의 겹겹이 쌓여 있는 문학적 전통을 『시경』을 강의한 바 있는 정지용은 충분히 인식하고 있었다. 그 교호작용 아래 「장수산 1」은 창작되었기에 이 시는 그에 맞추어 해석되어야 한다. 차고 올연히 견디려는 산중 겨울과 같은 시련은 두보, 김시습의 생애와 겹쳐지고 그들을 이끈 견인堅忍의 정신이 당시 정지용이 택한 정신적·시적 지향점일 수 있다. 이 시에서 최동호는 동양적 세계와 일체화하는 정신적 고투의 기록, 정신주의의 허정虛靜의 세계로 몰입하는 의식을 읽으며22) 정지용시에 나타난 물아일체를 설명하는데 이 또한 정지용의 탁월한 전통의 활용과 창조적 계승에 대한 평가라 할 수 있다. 정지용의 전통성을 설명하는 산수시山水詩, 은일隱逸의 정신, 물아일체物我一體, 정경교융情景交融 등의 표현은 우리 시인들의 동양시학적 전통을 입증하는 용어와 다르지 않다. 『시경』이나 두보가 우리 민족의 저작도 우리 시인도 아니지만, 한국 한시를 포함한 근현대의

22) 최동호, 『정지용시와 비평의 고고학』, 서정시학, 2013, 135쪽.

우리 시가 뿌리내리고 있는 동양시학 전통의 활용과 계승 양상의 예가 되기에는 충분할 것이다.

시에는 '伐木丁丁'이나 '벗' 같은 전통뿐 아니라 시를 창작할 당시의 시대적 상황과 종교적 영향이 농축되어 있으며, 귀향하지 못하는 두보의 설움, 김시습의 울분과 방황이 들어 있다. 후대의 시인 정지용은 그를 의식하고 시를 쓰는 것이며 독자는 정지용을 통해 수천 년 동양시의 언어와 인간의 마음을 함께 받아들이고 느끼게 된다. 이때 깨우쳐지는 전통이란 "고귀한 사람들의 위대한 도덕적인 힘"이라는 엘리엇의 용어에서 벗어나 "탁월한 예술가의 탁월한 예술혼"이 되어야 한다. 예술의 도덕이란 탁월함이며 탁월함만이 과거의 예술을 현재에 살아 있는 동시적이며 교호하는 전통으로 만들기 때문이다. 『시경』과 두보, 김시습이라는 위대한 전통을 불러와서 「장수산 1」이 탁월하고 의미 있는 것이 아니라 「장수산 1」이 탁월한 시이기 때문에 전통을 활용한 지용의 시도가 전통론의 논의 대상이 되는 것이다. 그 안에서 『시경』, 두보, 김시습이 위대한 전통의 지위를 얻게 된다.

『시경』 「벌목」의 '남아있는 전통'이 두보와 김시습을 거쳐 정지용에 이르러 '받아들여진 전통'으로 재현되었으며, 현재의 연구자들은 「장수산 1」에서 차고 올연한 정신을 길어 올려 해석하고 싶은 것이다. 과거는 전해지고 소환되며 재현되고 해석되면서 전통의 지위를 얻는다. 이는 영속적이거나 고유 불변한 것이 아니다. 전통은 늘 현재의 해석 주체에 의해 움직이고 선택되기 때문에 미래에는 미래의 해석에 의해 미래의 전통이 태어날 것이다. 해석의 주체는 전통을 구현하는 작가이기도 하지만 전통의 재현을 용인하고 해석하는 독자이기도 하다. 예술의 탁월함은 작가에서 시도되어 독자에 닿아 해석될 때 얻어지기 때문이다.

4. 독자와 전통

문학적 전통을 계승한다는 것이 새로운 텍스트가 옛 텍스트를 불러오고 의식하는 행위라면 표절剽竊, plagiarism, 패스티시pastiche, 리메이크remake, 인유引喩, Allusion, 패러디parody, 오마주Hommage 등과의 관계를 생각해볼 필요가 있다. 이들 모두 텍스트 상호간의 관계성에 대한 태도이기 때문이다. 이 중 다른 텍스트에 대한 인식 과정을 숨기고 인정하지 않는 표절이나 재창작인 리메이크, 나열적 모방의 패스티시를 제외한, 텍스트의 한 부분을 옮겨오는 인유, 원작에 편승하지만 자신을 드러내는 목적성이 분명한 패러디, 옛 텍스트에 대한 경배와 존경을 드러내는 오마주는 전통 계승의 방법일 수 있다. 그러나 이들은 전통을 인식하는 창작법의 부분일뿐 전통 계승의 요건은 아니다.

시인이 문학적 전통을 인식하지 않고 창작하는 경우가 더 일반적인데 그렇더라도 그런 시 안에 전통은 이미 내재해 있고 찾아질 수 있다. 엘리엇에게 전통의 계승과 인식이란 시인에게 부여된 임무이지만, 지금의 우리에게 전통이란 독자나 연구자가 인식하는 감상의 영역에 속한다. 한국어의 언어구조는 이미 한국어의 전통적 율격을 재현하고 있으며, 선경후정先景後情과 같은 시상 전개 방식은 오랜 창작의 관습으로 채택되며, 자연, 계절, 풍경은 물론 역사적 체험을 공유한 공동체 안에서 심상(心象, Image)는 그 자체로 시적 전통에 속한다. 전통적 요소를 인유하고 패러디하고 오마주하는 것은 오히려 쉬운 일이며 발견하기도 쉽다. 그러나 전통의 활용과 발견이 중요한 이유는 전통 계승의 당위성과는 다른 곳에 있다. 현재의 텍스트가 얼마나 아름다운지, 독자에게 어떠한 감동을 주는지, 고귀한 정신을 담고 있는지에 대한 감각 즉 탁월함의 문제이며 예술성의 문제일 것이다.

그렇다면 우리 시의 전통은 무엇인가? 다른 말로 하면, 오늘날의 시인들이 떠올리고 영향을 받고 자신의 작품으로 불러와 인유하고 모방하며 숭배하고 재현하는 우리 문학의 "고귀한 사람들의 위대한 도덕적인 힘," "탁월한 예술가의 탁월한 예술혼"은 무엇일까?

이 필연적인 질문에 답하기 전에 점검할 것이 있다. 먼저, 우리 민족의 특성이나 미학적 전통을 '한恨,' '은근과 끈기' 등의 특정 시인, 특정 표현, 특정 감정에서 찾으려한 전통주의자, 전통론자들과 같은 시도를 지양해야 한다. 특정한 것으로 획정하려는 의도는 전통을 만들고, 창출하고, 조작할 수 있다는 점에서 전략적・정치적으로 전통을 발명하려 했던 사회주의 신전통주의자의 기획 전통과 같기 때문이다. 우리문학사에서도 이처럼 전략적 정치적으로 기획된 전통논의가 있었다. 1920년대의 시조부흥운동, 1930년대의 조선적인 것을 찾는 조선담론, 1950년대의 전통론은 모두 운동처럼 맹렬히 전통을 발굴하고 추구하였다. 그러나 무성한 논의에 비해 그 결과는 시조 형식이나 호고고완好古古玩 취미, '맛,' '멋,' '한'과 같은 가지각색의 파편으로 드러났을 뿐이다.

두 번째 문제는 탁월한 예술가의 탁월한 예술혼이란 전통담론 안에서만 찾아지는 것이 아니라는 점을 인정해야 한다. 더 이상 엘리엇의 전통 개념에 묶여 예술적 탁월함을 과거의 전통을 숭배하는 데 고정시켜서는 안 될 것이다. "고귀한 사람들의 위대한 도덕적인 힘"이라는 표현은 엘리엇의 것이지만 예술 창작과 예술혼의 탁월함은 엘리엇도 전통도 심지어 문학의 범주도 넘어서는 것이어야 한다.

우리 시의 전통이 되는 "탁월한 예술가의 탁월한 예술혼"은 어디에서 찾을 수 있는가? 라는 질문으로 돌아간다. 시인들의 시인 백석을 떠올려 본다. 산문시형, 길게 겹쳐지는 수식어 문장, 토속어와 유년 풍경, 가난과 연민에 대한 성찰 등 백석시의 풍부한 자양을 흡수한 오늘날의 시들을 어렵지 않게 만날 수 있다.23) 신경림, 안도현, 문태준의 시에서 우리는 쉽게 백석을 읽어낸다. 그들이 의식적으로 드러내었든 드러내지 않았든 백석이 그들의 시에서 찾아진 것인데 이때 중요한 것은 그들의 시가 백석이라는 전통을 얼마나 발전적으로 계승했는지보다는 독자들이 느끼는 문학적 정서적 감동의 깊이와 두께가 백석을 인식하지 않을 때와 다르다는 점이다. 이들의 시는 백석에 편승하지 않더라도 아름답고 탁월하지만 독자들은 백석의 시적 유산을 소환하여 향유하고, 백석 시를 통해 지금 시인들의 시를 더욱 핍진하게 즐기게 된다. 신경림과 문태준의 시를 즐기는 또 하나의 방법이 생긴 것이다. 뿐만 아니라 백석의 시를 중심으로 신경림과 독자 사이에 입체적인 관계성이 생성된다. 백석, 백석시, 신경림, 신경림의 시, 백석의 시를 사랑하는 독자, 백석의 시를 알고 있는 독자, 신경림의 시에서 백석을 만나는 독자 등등의 많은 문학적 경험 인자因子들이 유동적으로 관계를 맺게 된다. 그것은 꽤 입체적인 관계성으로 성립되어 문학적 성취, 감동을 증폭시킨다. 이는 단순한 전통의 영역에서 벗어난 것이며 예술적 체험의 확대와 감동의 심화에 관한 문제 즉 예술의 핵심에 접근하는 과정으로 직입直入하는 문제이다. 전통이 예술의 핵심으로 연결되는 지점인 것이다.

앞으로 전통의 창조와 계승이라는 관점에서 좀 더 많은 개별 연구들이 축적될 것이다. 이때 시간을 기준으로 구분되는 연구 장벽이나 장르 장벽 없이 연구 성과를 적극적으로 공유하는 자세도 긴요하다. 또 전통 연구에서 필요한 관점은 우리 문학의 전통, 우리 전통, 우리 정체성으로 좁혀지는 것이 아니라 동양문학, 문학적 보편성과 특수성, 시대적 문화적 환경을 함께 고려하는 확장성이라는 점도 강조하고 싶다.

* 이 글은 『북한문학의 민족적 특성론』(고려대 박사학위논문, 2004) 중 일부를 포함하고 있음)

---

23) 유성호는 이를 「백석 시의 세 가지 영향」(『한국근대문학연구』, 17호, 한국근대문학회, 2008)에서 신경림의 「목계장터」, 문태준의 「어두워지는 순간」을 백석 시의 영향으로 상세히 다루고 있다. 이에서 보듯 전통연구는 영향관계 혹은 계보적 연구와도 맞닿아 있다.

현대시조

권성훈

1. 시조의 기원과 현대시조의 탄생

오늘날 시조는 유일한 민족 고유의 정형시로서 3장 6구 12음보의 기본형으로 구조화된 형식미 속에서 언어미학을 감각적으로 전달하는 '현대시조'로 진화해 왔다. 시의 하위 장르인 현대시와 함께 현대시조는 '현대성'과 '문학성'의 두 축을 중심으로 현대라는 시대의 요구와 문학이라는 표현 방식의 다양화로 심층적 의미를 산출하고 있다. 그것은 당대 사회와 문화를 전통적인 형식과 미학적인 내용으로 담아내기 위하여 지속적인 시적 변용과 양식의 개량을 통해 불완전한 언어의 한계를 극복함으로서 새로운 시대를 맞이해온 결과이기도 하다. 이처럼 현대시조는 복잡하고 다양해진 세계에 대한 이해와 각성으로서 현실적 통찰이 필요했기 때문이다. 시조가 오랜 역사적 흐름 속에서 고유의 생명력을 유지하면서도 현실에 대응하기 위한 방식으로서 과거에 고립되지 않는 가운데 새로운 양식적 확장을 통해 전통성과 현대성이 만나고, 소통하려는 적극적인 시도를 보여 왔던 것이다.

현대 시조에서 말하는 3장 6구 45자 내외의 전통적인 구성은 리드미컬

(rhythmical)한 생동감을 연출하기 위하여 창작자의 의도에 따라서 율격을 나누고 더하고 빼면서 시화하고 정형성의 소통 불가능성을 해소하며 자연과 세계를 감각적으로 발견하며 표현한다. 그것은 단시조, 연시조, 사설시조, 동시조 등 다양한 시조의 갈래 속에서 변모하는 시대에 그 형식과 구조를 세계의 몸에 맞추고 변화하는 언어의 미학을 보인다. 이 가운데 시조 내용은 어조와 문체라고 한다면 시조의 기본형은 시세계를 담아내는 형식이 된다. 한 편의 시조가 내용만으로 혹은 형식만으로 있을 수 없듯이 형식과 내용은 서로 분리된 것이 아니라 일체된 것으로 세계를 읽어내는 시인의 고유한 자질을 구성하는 방식이 아닐 수 없다. 이렇듯 조화로운 시조 내용과 균형 잡인 시조 형식은 현대시조를 지탱하는 표현기법으로서 수많은 시조 시인들을 유의미하게 배출하였고, 시조단에 따르면 해방 전후 20여명이 채 되지 않던 시조시인이 현재 2,000여명이 넘는 것은 고무적인 일이 아닐 수 없다.

이러한 시조의 기원은 고려말 13세기경 고려가요의 악곡과 시형을 모태로 하여 발생했다는 주장이 일반적인 견해다. 조선시대 들어와 시조를 단가短歌라고 했는데, 단가는 곡조曲調와 가사歌詞를 합쳐진 말로서 곡조는 빼놓고 단순히 작품내용만을 '시조'라고 명명하게 되었다. 이렇게 시조는 근대 이전부터 가창으로 창작되고 향유되었던 장르로서 조선시대에 시를 지어 불렀던 가곡창歌曲唱 또는 시조창時調唱의 가사歌詞라는 점이다. 주지하다시피 시조는 원래 악곡의 종류를 가리키는 말이었는데, 후대에 와서 짧은 시형을 가리키는 개념으로 발전했다는 것이다. 그 예로 조선시대 영조 시기 신광수가 쓴 『관서악부』에 '시조'가 음악곡조로 등장하는데, 사실 '시조'라는 단어는 문학이 아니라 음악에서 유래되었다는 것이다. 아직도 국악계에서는 시조를 악곡이라고 하여 '시조곡'이나 '시조창'으로 통용되고 있다는 사실에서 알 수 있다.

조선시대 시조가 시절가나 시절단가 등이 함께 혼용되어 쓰였던 점으로 미루어 시조라는 명칭은 '그 시절 유행하던 노래'를 뜻하는 '시절가' 로 전해

오는 것도 이 때문이다. 이른바 시조時調를 뜻하는 한자 '시'를 '말씀 시'詩가 아니라 '때 시'時를 뜻하는 것으로 '고를 조'調와의 합성어이다. 당시 시조는 '가곡창' 또는 '시조창'을 시대적인 취향에 맞도록 개편한 유행가조의 또 다른 명칭인 '시절가조'時節歌調의 준말이라는 점을 강조할 수 있다.

조선시대 말까지 '시조 르네상스'를 맞이했던 시조는 조선의 몰락과 함께 서구문명의 유입으로 점차 쇠퇴했다. 그러나 일제 강점기를 거치면서 시조는 "근대계몽기 국권회복을 위한 기획 중 하나로 시조를 재발견하고 정전화"1)하면서 시조부흥운동으로 전개된다. 그것은 1919년에 와서 3.1운동이 좌절되면서 식민지에 있던 민족의 고난극복운동으로써의 시조를 재인식하게 되었다. 노래 가사로 인식되었던 시조가 민족정신으로서 쓰여 지고 읽혀지기 시작했다.

> 협실에 솟은 대는 충정공 혈적이라
> 우로를 불식하고 방 중에 푸른 뜻은
> 지금의 위국충심을 진각세계 하고자
>
> 충정의 굳은 절개 피를 맺어 대가 되어
> 누상의 홀로 솟아 만민을 경동키는
> 인생의 비여 잡쵸키로 독야청청 하리라
>
> 충정공 곧은 절개 포은 선생 우희로다
> 석교에 솟은 대도 선죽이라 유전커든
> 하물며 방 중에 난 대야 일러 무삼 하리오
>
> — 대구여사, 「혈죽가」, 『대한매일신보』(1906. 7. 21)

---

1) 이형대, 「1920~30년대 시조의 재인식과 정전화 과정」, 『고시가연구』 제21집, 2008.

최초 현대시조로 알려진 대구여사의 「혈죽가」는 일제에 항거하여 자결한 충정공 민영환(1861~1905)의 충정을 형상화한 작품이다. 충정공이 자결한 방에서 피가 묻는 대나무가 솟아나 그 절개가 정몽주보다 높았다는 것이 이 시의 내용이다. 당시 이 시는 일제강점기 때 백성들에게 민족정신의 귀감이 되었고 독립운동을 전개하는데 본보기가 되기도 했다. 이후 이와 유사한 제목과 내용의 시들이 3.1운동 전후해서 나타날 정도로 파장이 컸지만 이 시의 작가가 '대구여사'로만 알려져 있을 뿐이다.

3수 연시조 된 이 시를 최초의 현대시조로 보는 근거는 시가詩歌가 아니라 문학으로서의 첫 작품이라는 점에서 의미가 있다. 이전까지의 시조는 가락을 붙여 부르는 게 목적이었지만 '혈죽가'는 처음부터 활자로 표기되어 발표함으로써 바야흐로 읽히는 문장이 되었다.「혈죽가」이후의 시조는 노래가 아니라 문학으로서의 시조로 역사를 다시 쓰게 된 것이다. 또한 이 시기 서구문학의 영향으로 창가·신체시·자유시 등이 시문학의 분파가 생겨났으며, 이러한 시형들과 구분 짓기 위해 '시조'라는 명칭이 통용되었던 것이다.

본격적인 시조의 현대화는 최남선에 의해서다. 실제로는 111수가 실린 그의 1926년 시조집 『백팔번뇌』로 인해 시조가 시조창에서 벗어나 '읽히는 문학'으로 자리 잡았다는 평가를 받는다. 당시 최남선 · 이광수 등은 조선프롤레타리아예술가동맹(KAPF)의 계급문학에 맞서 시조를 내세웠으며, 문학의 서구화에 대한 반성에서 민족적인 정신으로서의 시조를 보급하기 시작했다. 말하자면 1920년부터 최남선이 「朝鮮國民文學으로서의 時調」[2]를 조선 문단에 발표하는 등 시작된 '시조부흥운동'이 그것을 시사해 준다. 이것은 "일제강점이라는 고난의 상황에서, 민족의 갱생이라는 욕망이 '오래된 형식'인 시조에 투사되고, 질긴 '생명력'을 매개로 시조와 민족이 동일시되는 것이다. 이러한 동일시와 투사를 통해 근대 초기에 국시개념으로 등장한 우리말로

2) 최남선, 「朝鮮國民文學으로서의 時調」, 『朝鮮文壇』, 1926. 5..

된 노래"[3]가 현대시조이다. 시조가 민족이라는 동일시의 개념에서 출발하여 전통성을 담보하고 민족정신을 수호했다는 점에서 "시조가 다른 어느 시가보다도 가장 조선민족의 국민성에 적합한 시형을 가지고 있다"[4] 1920년대 발의된 '시조부흥운동'이 민족과 동일한 정신적 가치로서 현대시조의 전문성과 절대성을 부여받게 되었다. 시조부흥운동의 주체로서 최남선을 중심으로 정인보, 이은상, 조운, 이병기 등이 활약했는데, 시대적으로 계몽적 성격이 강했던 시조는 형식보다는 내용적 측면에서 고시조 형식을 탈피하지 못했다. 이렇게 출발한 현대시조는 근대와 전통을 봉합하려는 형식적 측면에서의 미학성과 작품 자체의 심층적 측면을 고려하여 시행착오를 겪으면서도 민족정신의 발로라는 점을 상기하면서 면면히 민족문학이라는 계보를 이어왔다. 오늘날 현대시조는 단시조, 연시조, 사설시조, 동시조 등 다양한 표현양식으로 다채롭게 선보이고 있다.

2. 원형적인 시조 형식과 운율

세계적으로 어느 나라든지 시가 존재하지만 시조처럼 모국의 언어로 민족정신을 담아내는 고유한 정형시는 드물다. 동양 지역만 보더라도 중국에는 오언五言, 칠언七言 절구의 한시가 있고, 일본에는 5음 · 7음 · 5음으로 된 3행 단형시로 된 하이쿠가 있다. 중국의 오언칠언은 형식면에서는 질서와 조화의 추구이고, 내용 면에서는 현실사회의 개선이었다고 한다면 일본의 하이쿠는 정형성을 고수하면서 내용적으로 대개 자연에 대한 관조와 직관으로

---

3) 고은지, 「『천희당시화』에 나타난 애국계몽기 시가인식의 특질과 그 의미」, 『한국시가연구』 제15집, 2004.
4) 조윤제, 『朝鮮詩歌史綱』, 東光堂 書店, 1937, 115쪽.

된 선시풍이다. 이러한 민족 전통 시들은 시풍을 이루는 나름대로의 정형화된 형식 속에서 고유한 운율이 존재하고 있다. 여기서 오는 시적 리듬감은 같은 문화와 전통을 향유하는 민족이라면 무의식적으로 형언할 수 없는 안정감과 전달감이 배가된다는 점에서 시조 율격은 오랜 시간 내려오는, 민족공동체에서 발이 된 '생체 리듬감'이 아닐 수 없다.

일반적으로 3장 6구 12음보 45자 내외의 시조형으로 인식되어 온 시조는 고유의 전통성과 민족성이 깃든 '언어적 장치'라고 할 수 있다. 시조 언어가 고려시대부터 전해 오는 음악적 요소와 섞여 리듬감을 형성하고 있으며 무의식적으로 보편적인 원형성을 가진다. 시조에 함이 된 원형은 리듬을 통해 발현되면서 민족 정신을 지탱해 온 숨소리로 통한다는 것이다. 근원적으로 시조는 자연과 사물에 대한 감각적이고 즉물적인 것의 이면에는 원형성을 상징적으로 드러내는데, 전통성과 민족성을 아우르면서 자연적 세계관과 함께 시정을 일체화시키고 있다.

이러한 상징은 총제적인 인류의 보편성인 원형原形에서 출발하며 문학예술의 상상력으로 배양되어 왔다는 점이다. 원형은 집단 무의식의 심층에서 잠재적인 패턴을 가지며 전체적 의미로서 세계적으로 공통적으로 형성되어 오면서 상징적 체계로 기능한다. 인류 문화와 역사 속에서 의식화된 원형은 어느 국가와 민족을 막론하고 신화·종교·풍속 등의 문화적 패턴을 중심으로 예술 전반에서 상징적 진료로 작용된다. 이것을 칼 G, 융(Jung, Carl Gustave, 1875년 ~ 1961)은 집단적 무의식이라고 명명하였으며, 이러한 원형(Archetypus)은 "모든 민족 사이에서 동일한 또는 유사한 방식으로 나타나는 '신화적 모티프들'로 발현되며, 현인의 무의식으로부터 자연 발생적으로 솟아나올 수 있다."5) 인간의 무의식적 속에 잠재되어 온 원형은 공동체 안에서 유할 수 있는 신화와 전설 등은 문학, 음악, 미술, 연극 등의 문화예술로 구성되어 있

5) Carl Gustav Jung, 한국융연구원, 『원형과 무의식』, 솔, 2002, 106쪽.

는 바, 원초적으로 집단 무의식에 속하며 의식화 되었을 경우 쾌락과 불쾌를 동반하면서 다양한 방식으로 변주되고 있다는 점이다.

여기서 문학적인 의미에서 동일한 테제로서 보편성을 가진 상징을 '원형적 상징(archetypal symbol)' 이라고 하는데, 원형 상징은 "모든 인간에게 동일하며 모든 사람에게 존재하는 개인적 성질을 지닌 보편적 정신의 토양을 이루고 있기 때문이다. 그렇지만 원형이 의식의 표면으로 드러나게 되면 다양하게 나타날 수 있다."6) 이렇듯 의식의 표면에 내재된 운율은 보편적인 원형이 주입된 것으로 시적 내용과 더불어 일정한 리듬을 형성하는데, 이 리듬은 고유한 민족의 상징이 되면서 무의식적으로 가슴에 와 닿는 노래이면서 동시에 집단 무의식에 가 닿고 있다는 것이다.

한편 이지엽은 "문학으로서의 시조는 3장 45자 내외로 구성된 정형시라고 할 수 있다. 그러나 이 기본형은 어디까지나 하나의 가상적인 기준형에 지나지 않는다. 우리말이 가지고 있는 아름다움은 시조를 건너뛰어 생각하기 힘들다. 자유시를 창작하려는 사람도 당연히 시조를 쓸 수 있어야 한다." 라고 주장하면서 "시조는 우리 말이 천여 년 이상을 지내오면서 가장 정제된 형태로 남아 있기 때문이다. 시조를 모르면 우리 리듬을 모르는 것이고, 리듬이 없는 시는 난삽한 시가 되기 쉽다"7)는 것이다. 여기서 두 가지를 살필 수 있는데, 시조의 기본형과 민족 언어의 원형성을 들 수 있다. 시조의 기본형인 3장 6구 12음보 45자 이내는 일반적인 형식장치로서 존재하며 얼마든지 시인의 창작 방식에 의하여 시조 기본형의 구조를 달리할 수 있다는 것이다. 말하자면 일반적으로 자수율에 의해 규정되어 있는 '3장 45자 내외'는 불문율이 아니라는 점에서 [(기본형 4음보, 음절 수 : 초장 3/4/3(4)/4, 중장 3/4/3(4)/4, 종장 3/5/4/3)] 자수 개념의 수정과 변형의 필요성을 역설하고 있다. 그것은 고시조의 수천편의 작품을 통해 이에 맞는 시조가 4~5% 밖에

6) 위의 글, 108쪽.
7) 이지엽, 『현대시조 창작강의』, 고요아침, 2014, 20쪽.

되지 않는다는 문제의식에서 온 것으로써 기존 기본형의 방식에 대한 잘못을 지적하고 있다. 반면 현대시조는 기본 시형의 변화와 혁신을 통해 종장의 1음보 3자와 2음보 5자(이상)만을 지키게 하면서 나머지는 허용하는 추세가 대세적이다.

또한 시조는 민족의 말을 대신하는 천여 년 이상을 함께 한 가장 '정제된 형태'로 남아있는 우리말로서 원형적 보편성을 지니고 있다는 것인데, 같은 민족이라면 자유시를 창작하는 시인들도 시조를 창작하는 것은 바람직한 현상이다. 현대시에서 주로 목격되는 것이 바로 동일성의 미학을 추구하는 서정시일수록 시조의 기본율이 무의적으로 시행에 함이 되어 시적 의미가 안정적으로 전달되고 있다. 이것은 시조가 가진 정형성이 기질적으로 창작자에게 배태되어 생채 리듬과 함께 문학 속에서 작동되고 있는 것을 의미한다.

> 내 사랑 내 딸이여 내 자랑 내 딸이여
> 오늘도 네가 있어 마음속 꽃밭이다
> 오! 네가 없었다 하면 어쨌을까 싶단다
>
> 술 취해 비틀비틀 거리를 거닐 때도
> 네 생각 떠올리면 정신이 번쩍 든다
> 고맙다 애비는 지연紙鳶, 너의 끈에 매달린
>
> — 나태주, 「딸에게」

> 그대를 뼈로 삼아
> 버텨야 할 때가 있다
> 그대를 두 팔로 삼아
> 휘둘러야 할 때가 있다
> 그대를 가슴으로 삼아

침묵해야 할 때가 있다

— 이재무, 「철근」

자리공 검은 씨앗

분홍 똥 속에 숨어 있다

갈라진 시멘트 틈에서

움을 틔워 키우겠지

밑동이 굵어지면서

시멘트를 부수겠지

— 공광규, 「새똥」

위 3편의 시는 '국민 시인'이라고 불릴 만큼 자유 시단에서는 잘 알려진 시인들의 작품이다. 나태주의 「딸에게」와 이재무의 「철근」은 공통적으로 가족을 모티브로 하고 있는데, 나태주는 자신의 딸이 '마음 속 꽃밭'이며 삶의 원동력으로 존재하며 마치 딸의 '끈에 매달린 연'으로 비유한다. 이재무는 세상 밖에서 '철근'처럼 버티고 있는 가장의 모습을 드러내며 원초적 힘을 '그대를 뼈'로 상정하면서 아내를 상징적으로 나타낸다. 공광규의 「새똥」은 어느 날 '시멘트 틈'에 배설한 새의 똥에서 피어내는 '자리공 검은 씨앗'을 통해 작은 생명이 발화하는 힘을 부각시키고 있다.

이 세 작품 모두 시로 창작되어 있지만 사실상 나태주의 작품은 2수로 된 연시조이며, 이재무와 공광규의 작품은 단시조라는 점이다. 살펴볼 시편들처럼 좋은 시 일수록 자연스럽게 작자의 감정에서 흘러나오는 리듬에서 생기며, 이때 리듬은 내용과 의미의 조화를 통해 독자들에게 울림을 주는데 있다. 또한 시의 리듬이 가장 정제된 방식으로 무의식 속에서 발현된다면 시조에 가까운 운율이 생겨나는 것이며, 그것은 집단무의식에서 발견되는 원형적인 것으로 민족 정서와 무관하지 않다고 할 수 있다.

나태주의 경우 1수 초장 "내 사랑/ 내 딸이여// 내 자랑/ 내 딸이여" 4음보(2구)를, 종장 "오늘도/ 네가 있어// 마음속/ 꽃밭이다" 4음보(2구)를, 종장 "오! 네가/ 없었다 하면// 어쨌을까 싶단다" 4음보(2구) 율격과 종장의 1음보에서 3자와 5자의 형식을 지키면서 3장 6구 12음보 구조를 가지며, 2수 역시 같은 시형을 구성하며 반복적인 리듬감을 형성하고 있다. 그러면서 1수의 화자가 딸에 대한 사랑의 마음을 드러냈다라고 한다면 2수에서는 아버지의 마음이 구체적 이미지로 작용하고 있다는 것이 특징이다.

1수 6행으로 된 이재무 시는 초장 "그대를/ 뼈로 삼아// 버텨야 할/ 때가 있다" 4음보(2구)를, 중장 "그대를/ 두 팔로 삼아// 휘둘러야 할 때가 있다" 그리고 종장에서는 "그대를/ 가슴으로 삼아// 침묵해야 할/ 때가 있다"라고 종장의 1음보에서 3자와 6자의 형식을 취하면서 시조 창작 방식을 차용하고 있는데, 시행 끝에 '삼아'와 '있다'를 각운으로 번갈아 사용하면서 전달 효과와 함께 안정된 리듬감을 형성하고 있다.

공광규의 1수, 3연, 6행으로 된 이 시 또한 초장, 중장, 종장이 각 2행, 2음보로 구성되어 종장 1음보에는 "밑동이/ 굵어지면서" 3자와 5자의 형식을 지키고 있다. 또한 단수 안에서 3단 구성의 서론, 본론, 결론의 형태를 취하면서 '씨앗'을 둘러싸고 시상이 전개된다. 1연에서는 '숨어 있다' 2연에서는 '키우겠지' 3연에서는 '부수겠지'라고 확장식 은유를 통해 시적 상상력과 함께 사유의 폭을 증가시키고 있다.

3. 시조의 갈래와 형식의 변주

1) 단시조

허공을 찢으며 우는 기러기떼 발톱이여

멀건 국물에 뜬 노숙의 눈발들이여

한평생 오금이 저릴 저 강변의 아파트여

— 정수자, 「슬픈 편대」

에워쌌으니 아아 그대 나를 에워쌌으니 향기로워라 온 세상 에워싸고 에워쌌으니 온 누리 향기로워라 나 그대 에워쌌으니

— 이정환, 「에워쌌으니」

상자 속 귤들이 저들끼리 상하는 동안

밖은 고요하고
평화롭고
무심하다

상처는
옆구리에서 나온다네, 어떤 것도

— 류미야, 「곁」

인도 사람조

심

비 보 호

역사에 이름 남는 건

장신들 뿐 이겠지

여전히 찬란하구나,

평원 위에 침묵은

— 서정화, 「지렁이」

위의 시편들은 단시조로서 내용에 따라 시행들을 분행시키면서 의미가 확장되거나 극적 변화를 모색한다. 3장 6구 12음보, 1수로 구성된 단시조는 초기 시조사에서 가장 먼저 생겨난 표본형의 형태다. 모든 시조의 형식은 바로 이 기본 형식을 통해 반복과 재현되고 있으며 연시조, 사설시조 실험시조 등으로 확장되었다. 그러나 오늘날 단시조는 고시조와 근대시조의 획일적인 구성과 형태의 단조로움을 탈피하여 행과 행, 행과 연, 연과 연의 구성과 배열이 감각적이고 실험적으로 변화했다. 또한 현대시조에서 장, 구, 음보를 시적 의미에 따라서 행과 연을 자유롭게 선택 배치하여 절제미와 압축미의 시조 미학을 보여준다.

3행으로 된 정수자의 「슬픈 편대」는 허공의 '기러기 떼'가 편대를 지어 날아가는 풍경 속에 '기러기의 발톱'을 보면서 무리지어 살아가는 인간의 삶을 들여다보는 상징적 기법을 차용하고 있다. 이정환의 「에워쌌으니」는 1행이라는 형식 안에서 자아와 타자와 그 사이 향기 나는 세상을 에워싸고 있는 형상을 한 줄로 묶고 감각적으로 나타낸다. 3연으로 된 류미야의 「곁」 상자 속

귤들이 서로 맞닿아 상해가는 모습을 역설적으로 고요하고, 평화롭고, 무심하다는 근원적 사유를 담아낸다. 실험적 형식을 취하고 있는 서정화의「지렁이」는 빠름의 대척점에 있는 느림의 미학을 통해 살아남은 존재가 찬란하다고 하는데, 이때 표지판을 그대로 옮겨온 형식 실험 속에서 세계의 속성과 삶의 원리를 찾아낸다.

2) 연시조

허공에 피고 지는 바람꽃에 이끌려서
돌계단 층층 밟고 애써 오른 산사 다실
투박한 손맛이 도는 백토분장 찻사발

말차가루 한 술 넣고 지난날을 저어보면
안으로 빗장 지른 마른날을 열뜨리고
구름꽃 파랗게 일어 뜬 마음 갈앉는다

어제보다 더 얇아진 오늘의 언저리가
보리말차 온기만큼 촉촉하게 스며들어
가을도 무게를 덜며 저만치 가고 있다

— 이두의,「구름꽃 무게」

유리창 불빛 아래 붉은 꽃 맨드라미

어젯밤의 벼락에 목이 꺾인 단면들

새빨간 발자국들이 새겨진 살덩어리

지금은 눈귀가 필요 없다 일축하듯

여기에 남은 자는 살아야 한다는 듯

아프간 긴 공습에도 식탁은 만찬이다

눈을 닫은 현실은 혼자서 배부르고

풀밭에 들려오는 먼 나라 총소리에도

일상의 소파 위에서 과자를 먹는다

— 배경희, 「정육점에서」

밤은 매일 찾아오고
수만 권 재고가 되고

무너질 듯 견고튼 곳
무심히 던져둔 곳

세상에
없는 단 한 권
찾지 못하는
단 한 권

*

신간新刊은 구간 자리로
구간은 또 구간으로

납골당처럼 정연하게
창고는 완성되지만

모두를
순식간, 한꺼번에
무너뜨릴
단 한 권

— 김남규, 「밤의 창고」

원죄의 옷을 걸친 달콤한 독침으로
탐욕스런 두 눈을 섬광처럼 번뜩이며
어느새
너는 나에게
공
 습
  을
시작한다.

생사를 가르는 지상전과 공중전
저승을 갈구하는 저주스런 몸부림
마침내
화학무기에

추

락

하

는

너의 시신.

살아남기 위하여 초개처럼 살다간

줄지어 늘어선 너의 최후를 바라보며

고죄告罪의 조종을 울리는 새벽을 맞이한다.

— 박영우, 「모기」

위의 연시조는 현대시조의 유형 중에서 가장 많이 쓰이는 형태로, 두 개 이상의 연결성을 가진 다수의 작품을 일컫는다. 연시조는 단시조로서 시적 내용을 담아내기에 어려움이 있든지, 또는 시적 의미를 구현하기에 불가능할 경우 선택적으로 시인의 세계관을 연시조를 통해 구현한다. 15세기 말엽 시가사문학에서 처음 나타난 연시조는 "16세기에 그 기틀을 마련하여 17세기에 성형하였다. 16세기에는 사대부 문학이 주도되던 시기로, 우리나라를 대표할 시가 양식인 시조와 가사가 발전하였던 때로서 사대부 중심의 문학이란 공통점 지니고 있다."8) 단형시조를 단순하게 배가시킨 형태의 초기 연시조의 전통을 계승, 발전시킨 현대시조의 연시조는 전통성과 현대성이라는 두 축을 중심으로 형식과 내용이 실험적이고, 감각적으로 변모해 왔다.

기본 형태로 창작된 이두의의 「구름꽃 무게」는 3수, 3행으로 현대시조에서 가장 많이 쓰는 구조다. 이 시편은 가을을 중심으로 1수에서는 '바람꽃'을, 2수에서는 '구름꽃'을, 3수에서는 '가을의 무게'를 조화롭게 드러낸다. "유리창

8) 김상진, 「연시조 성격의 대비적 고찰-16세기 작품을 대상으로」, 『시조학논총』, 2005, 196~197.

불빛 아래 붉은 꽃 맨드라미"로 시작되는 배경희의 「정육점에서」는 3수 9행의 형식을 통해 인간의 욕망을 보여준다. 그것은 "어젯밤의 벼락에 목이 꺾인 단면들" "지금은 눈귀가 필요 없다" "여기에 남은 자는 살아야 한다" 등의 시행에서 카니발적인 '만찬'의 육식성을 견인하고 있다. 2수 각 3연 8행으로 된 김남규의 「밤의 창고」는 무의식의 저장고를 '밤의 창고'라고 지칭한다. 저장된 기억을 상징화된 밤에서 소환하는데, 그것은 무의식 속에서 정돈된 책과 같이 존재하면서 의식과 전의식에의 '구간은 또 구간'으로 통하는 방이라는 사실이다. 3수 된 박영우의 「모기」는 실험적인 시행의 배열과 배치를 통해 '모기'의 움직임을 충실하게 포착하면서 생존의 윤리성을 보인다. 1수 종장 3음보에서는 모기의 '공습을' 각각 1행으로 엇갈리게 처리하면서 어느 방향으로 다가 올 줄 모르는 모기의 위협을 회화하며, 2수 종장 3음보에는 모기향을 맞고 '추락하는' 모기의 죽음을 각각 1행으로서의 형식미를 구축한다.

3) 사설시조

아홉배미 길 질컥질컥해서
오늘도 삭신 꾹꾹 쑤신다

아가 서울 가는 인편에 쌀 쪼간 부친다 비민하거냐만 그래도 잘 챙겨묵거라 아이엠 에픈가 뭔가가 징허긴 징헌갑다 느그 오래비도 존화로만 기별 딸랑하고 지난 설에도 안와브렀다 애비가 알믄 배락을 칠 것인디 그 냥반 까무잡잡하던 낯짝도 인자는 가뭇가뭇하다 나도 얼릉 따라 나서야 것는디 모진 것이 목숨이라 이도저도 못하고 그러냐 안.

쑥 한 바구리 캐와 따듬다 말고 쏘주 한 잔 혔다 지랄 놈의 농사는 지먼 뭣하냐 그래도 자석들한테 팥이란 돈부, 깨, 콩 고추 보내는 재미였는디 너할코 종신서원이라니… 그것은 하느님하고 갤혼하는 것이라는디… 더 살기 팍팍해서 어

째야 쓸란가 모르것다 너는 이 에미더러 보고 자퍼도 꾹 전디라고 했는디 달구
똥마냥 니 생각 끈하다

복사꽃 저리 환하게 핀 것이
혼자 볼랑께 영 아깝다야

— 이지엽, 「해남에서 온 편지」

노래 자랑에 입상하신 여든한 살 할머니가 분홍 셔츠에
흰 바지 차려입고 이은미의 <애인 있어요>를 다소곳 환희
부르네

숨은 턱에 찼으나 손 모아 파르르 입술 모아 애인 있어요,
말 못한 애인 있다니 여든넷 어머니 그늘 겹쳐 오네 새치
뽑던 파마머리 젖가슴 뭉클 잡히던 얼굴 연하고질煙霞痼疾이여,
희미한 내 노래여

나도 애인 있어요, 춘천 어디 산비탈 가지마다 매어 두신
실오리, 실오리 스쳐 돈담무심頓淡無心 내려온 데 목메도록
애인 있어요 천석고황泉石膏肓이여, 희미한 내 노래여 골도
좋아 물 시린 집, 다시 못올 흔들의자에 내가 버린 애인 있
어요

나 날 적 궁전이었으나 내가 버린 폐가 있어요

— 홍성란, 「애인 있어요」

노란색 스쿠터를 몰고 나간 다방 언니

상점마다 굳게 다문 입을 열고 파릇한 아침 공기를 마신다 지난밤에 취객이 쏟아놓은 비린 것이 말끔하게 치워져 있다 전봇대에 낡은 양복 걸어둔 채 심해에 가라앉아 산란을 꿈꾸던 사내도 도망친다 바람의 꼬리를 물고 늘어지는 읍엔 빈 소문들이 무성하다

소읍의 삼거리 지나며 또 바람소릴 듣는다

허기진 배 움켜쥐고 얘기 나누고픈 철물점과
간판이 너덜거리는 역전 광장 이발소와
언니는 버스 터미널까지 물음표를 찍고 온다

노란색 스쿠터가 거리를 달릴 때면
끝내는 어지러워, 날갯빛이 노랗다
더듬이 힘들게 세운 노랑나비 우리 언니

— 박현덕, 「스쿠터 언니」

그 하도
무덥던 날에
난분蘭盆이나
갈자 할 때

지네 새끼 한 마리가 갑자기 툭, 튀어나와 난분 쥔 손을 탁 놓고 기절초풍하는 판에,

환장컷네, 지네 새끼 저도 기절초풍하여 엉겁결에 팔뚝 타고 겨드랑에 쏙 들

어와 혈압이 팍 치솟것네, 혈압이 팍, 치솟것어, 헐레벌떡 웃통 터니 아래통에 내려가서 거기가 어디라고 거길 감히 들어오네. 너 죽고 나 죽자 이놈 망 할 놈의 지네 새끼……

마당귀에 툭 떨어져 이리저리 숨는 놈을 딸딸이 들고 따라가 타악, 때렸더니,

윽-?.!, 하고 입적하셨네
이것 참,
머쓱하네.

— 이종문, 「입적入寂」

서사적이거나, 이야기 형식으로 된 위 시편들은 사설시조다. 사설시조는 조선 말기 편시조, 엮음시조에서 연원하여 장시조, 장형시조라고 불리면서 "초장, 중장, 종장의 3장과 시창작의 정형구성 중 삼단구성을 연결시키면서 사설이 가지고 있는 특성을 활용하고 있다. 그것은 사설이 갖는 의미와 연결하여 말이나 글을 길게 늘어놓는 '엮음'의 속성에 주목하여 시의 어조와 관련시켜 시적 자아의 고백적 이야기가 이와 가장 유사한 성격을 가지게 됨에 따라 이야기 시를 통한 창작방법을 제시하였다."9) 서사의 형식으로 시조의 파격성과 의외성을 가진 사설시조는 단시조나 연시조가 모방할 수 없는 형식과 내용에서 다양한 창작방식에의 미학적 사유를 산출한다. 또한 새로운 시적 의미와 담론으로서 단조롭고 고갈된 형식의 현대시조를 충족시키는 역할을 한다. 사설시조의 특성상 중장이 길어지는 경우가 대부분을 차지하는데 단순히 늘어나는 것이 아니라 열거와 반복 그리고 점층과 확대 및 축소 등의 표현기법을 통해 시적 의미의 전환과 반전 등의 변화를 동반하고 있을

9) 이지엽 「현대시조 창작교육의 실천적 연구 : 사설시조를 중심으로」, 『비평문학』, 한국비평문학회, 2012, 436쪽.

때 사설시조라는 형식 미학을 살릴 수 있다. 이같이 "사설시조는 평시조의 엄숙하고 선언적이며 절제되고 긴장된 그런 진정성의 언술로는 도저히 풀어낼 수 없는 세계상의 제약이나 절도 혹은 긴장에서 일탈하여 느슨하게 풀어버리는 데서 미적 호소력을 획득하는 방식이고, 평시조 담론이 유발하는 진지성이나 규범적 미학을 가볍게 뒤틀고, 흩트리고, 유희적으로 회화화 하는 놀이 정신에서 그 표현 미학을 획득하는 방식이다."10)

1수 3장과 삼단구성으로 배치하고 있는 이지엽「해남에서 온 편지」는 초장과 종장이 정형성을 가지고 있지만 중장에서 사설적 요소가 가미된다. 이 시편은 토속 어조의 회화성을 통해 노모의 고백적 이야기를 엮어가고 있으며, 여성성에 대한 근원적 정체성을 해학적으로 처리하고 있다. 1수 3장으로 된 홍성란의「애인 있어요」는 춘천이 고향인 할머니가 노래자랑에서 고향산천을 그리며 구슬프게 부른 노래가 시적 모티브다. 이 시편은 어머니의 몸과 산수의 경치인 '연하煙霞'를 동일화함으로 '자연 속' 집이 '여성 속' 집인 것으로서 여성적 생명성과 자연적 생태성을 동화시키고 있다. 3수 5연으로 된 박현덕의「스쿠터 언니」는 스쿠터를 타고 시골 읍내에서 차 배달을 하며 소문을 몰고 다니는 의문의 다방 언니를 소재로 하고 있다. 이 시편은 1연, 2연, 3연이 각장의 1수로, 4연이 2수로, 5연이 3수로서 각 장의 행간은 오토바이를 타듯이 경쾌한 이야기 형식으로 전개된다. 자유시와 산문시의 경계를 넘나들고 있는 이종문의「입적入寂」은 사설시조가 추구하는 언어 놀이의 유희성과 실험성을 바탕으로 생동감을 유발하고 있으며 사설시조의 절정을 보여준다. 3수 5연으로 된 이 시편은 1연과 2연이 1수, 3연이 2수, 4연과 5연이 3수를 구성하고 있는데, 화자와 지네라는 미물 간에 벌어지는 고백적 에피소드를 회화하고 있으며 인간의 미묘한 감정을 방언과 함께 섞어 유희적으로 해석하고 있다.

10) 김학성,「시조의 양식적 원형과 시적 형식으로서의 행, 연 갈이」,『만해축전』, 2010, 32~33쪽.

4) 동시조

호박꽃을 들여다보면

벌 한 마리 놀고 있다

호박꽃을 들여다보면

초가삼간이 살고 있고

경상도 어느 산마을

노란 등불이 타고 있다.

— 정완영, 「호박꽃」

빛 고운 깃으로도

안접히는 생각들을

부리로 쪼아보다

발톱으로 비집다가

먼데 산 푸른 빛 띠고

가만 울어도 보는가

— 임종찬, 「산새」

등나무에 기대서서

신발 코로 모래 파다가

텅 빈 운동장으로

힘빠진 공을 차 본다.

내 짝궁 왕방울눈 울보가

오늘 전학을 갔다.

— 김일연, 「친구 생각」

하루종일 내리는 비

창가를 맴돈다

친구는 지금 쯤

무얼하고 있을까

지웠다 다시 그려보는

친구 얼굴 내 얼굴

— 권갑하, 「비 오는 날」

위의 시편들은 공통적으로 1수, 6행으로 된 동시조로서 정형화된 동심을 보여준다. 아이의 감성으로 창작된 동시조는 굳이 부연설명을 하지 않더라도 시적 의미가 전달되는 것이 특징이다. 동시와 시조를 함의하는 '동시조'는 국어사전에 등재되어 있지 않을 정도로 시문학사 및 아동문학사에도 그다지 비중이 크지 않고 그 개념 역시 명확하지 않다. 그러나 동시조는 아동문학의 한 갈래로서 동요, 동시, 동화시 등과 같이 동심을 주제로 창작한 운문이다. 여기서 동요, 동시, 동화시가 자유시 범주에 속한다면, 동시조는 소년의 감성으로 쓰여 진 '동시'와 고유의 전통시의 기본 형태를 가진 '시조'가 합쳐진 정형시다. 동시조도 자유시형인 동시와 같이 어린이를 독자로 하거나, 어린이의 정서로 창작된 정형시형으로 분류되며, 시조라는 형식에 동심이라는 내용으로 창작한 것이 바로 '동시조'라고 정의할 수 있다.

동시조와 동시를 정형동시와 자유동시로 분석한 신현득은 "모두 동심을 주제로 한 율문이며 정형시와 자유시의 차이만 지니고 있다. 이들 동심적 율문은 크게 정형동시와 자유동시로 나눌 수 있는데, 정형동시와 자유동시가 모두 동시이므로 한국 현대 아동문학이 동시의 장르에서 시작되었다는 주장에는 이의가 있을 수 없다."[11] 동심적 율문을 지닌 동시의 어원을 보면 「海에게서 少年에게」로 아동문학의 근간이 된 최남선이 1908년 출간한 창가시집 『경부텰노래』[12]에서 파생되었다. 개화와 계몽 의지를 담고 있는, 7, 5조 율격의 이 작품은 동심적 율문의 정형동시로서 최초의 아동문학이라는 주장에 비추어 보면 동시조의 어원도 광의적 의미로서 최남선의 창가시집에서 소급해서 비롯되었다고 볼 수 있다.

동시조의 역사는 지금까지 동시조로 밝혀진 가장 오래된 작품이 심훈의 「

11) 신현득, 「한국 현대아동문학의 기점 연구」, 『아동문학평론』, 아동문학평론사, 37집 2002, 117쪽.
12) 공륙公六, 『경부철노래』, 신문관, 1908.

달밤」(1934)이라는 점에서 최초의 동시조라고 할 수 있다. 이 작품은 70년이 넘었지만 동시조 창작에 대한 자각이 구체적으로 일어난 1968년을 기준으로 보면 40여 년 밖에 되지 않았다. 사실상 동시조 창작은 심훈의「달밤」(『中央』, 1934)에 이어서 조윤재의 「봄비」(『四海公論』, 1935), 박경용의 「버들강아지」(『카톨릭 소년』, 1968), 이근배의 「잠자리」(『소년』, 1969) 등 일제강점기에서 현대에 이르기까지 작가들이 잡지나 기관지에 단편적으로 발표한 것이 고작이며, 열거한 작품 외 1968년 이전 다른 동시조는 찾아보기 힘들 정도로 한국시문학사에서 관심을 가지고 개척해야 할 장르가 아닐 수 없다.

정완영의「호박꽃」은 호박꽃 안에 들어있는 '벌'을 시작으로 '초가삼간' '경상도 어느 산마을'을 상상하는데, 화자는 '노란 등불'처럼 타고 있는 고향에 대한 그리움을 형상화하고 있다. 임종찬의「산새」는 산에 사는 새들의 생각들을 동심으로 불러와 "부리로 쪼아보다" "발톱으로 비집다가" "가만 울어도" 보는 등 자아와 세계간의 서정적 동일화를 보인다. 전학을 가는 짝꿍과의 이별을 그리고 있는 김일연의「친구 생각」은 화자와 친구가 동화되어 헤어지기 힘들어하는 동심의 이미지를 화자의 동작으로 애틋하게 담아낸다. 권갑화의 「비오는 날」 역시 헤어진 친구와 화자가 동일적 시선으로 투사되는데, 그것은 비오는 날 창가에서 '지웠다 다시 그려보며' '친구 얼굴 내 얼굴'로 교차되면서 나타난다.

5. 한류 시조를 위하여

처음 정몽주가 시조 형식으로 시를 창작한 후 한편의 시조가 600여년 역사 속에서 살아남아 민족을 대표하는 문학이 되었다. 이제는 수많은 후예들이 시조라는 형식미학을 통해 민족의 정신을 수호하고 전통성을 계승해오면서 민족의 주체성을 지켜왔다.

현대시조는 '현대시조 태동기'(1910)를 기점으로 '현대시조개척시대'(1920~40), '현대시조 형식의 안정기'(1950) '현대시조의 독자성 확보기'(1960~1970) 등을 거치며 '현대시조의 개성화시대'(1980~2000)에 이르렀다. '현대시조의 개성화시대'를 맞이하여 시조단에서 활약하고 있는 주요 시조시인으로는 박시교, 이우걸, 유재영, 민병도, 이정환, 박기섭, 오승철, 문무학, 이지엽, 정수자, 홍성란, 권갑하 등을 들 수 있다. 이 밖에도 2,000여명이 넘는 시조시인들이 시조단을 형성하고 있다는 점에서 '시조 르네상스'를 맞이하고 있다고 해도 과언은 아니다. 이것은 고전과 전통이라는 테제에 현대시조가 전복되지 않으면서도 반하지 않고, 합일된 양식의 확장을 통해 수립된 결과가 아닐 수 없다. 현대성이 전통성을 해치지 않고, 전통성이 현대성을 거부하지 않으면서 다양한 창작에의 탐미로서 현대시조가 존재한다는 것을 강조할 수 있다.

현재 시조시인들은 현대시조문학사의 연장선에서 나름대로의 시조미학을 통해 독자적인 시세계를 구축하고 있다. 마찬가지로 현대성과 문학성을 아우르며 전통성을 계승하면서 세분화된 형식 실험을 통한 '자구적 창작방법'과 '보편적 시 의식'으로서 현대시조를 '다양한 시조미학의 변체'로 구현, 발전시키고 있다는 점이다. 나아가 세계적으로 한류 시대를 맞이하고 있는 가운데 현대시조의 역할이 크다고 할 수 있다. 현대시조가 우리나라를 넘어 세계적인 시조 미학으로 발전하기 위해서는 우기가 먼저 시조에 대한 관심과 이해로부터 촉발될 수 있을 것이다.

* 이 글은 책의 성격에 맞게 『현대시조의 도그마 너머』(고요아침, 2018) 등 필자의 저서와 논문을 일부 차용 수정하였다."

디지털 시대의 현대시

노춘기

1. 텍스트 경험의 패러다임 쉬프트

신문과 잡지 등 인쇄물을 통해 20세기의 근대적 경험이 구축되고 유통되었다면, 21세기는 네트워크에 링크된 디지털 장비와 스크린을 통하여 중요한 경험들이 생산되고 공유된다. 종이 신문과 잡지의 몰락은 20세기적인 텍스트 경험이 더 이상 전과 같은 유효성을 갖기 어려워졌다는 것을 증명하였다. 어마어마한 양과 속도를 동시에 갖춘 디지털 텍스트들은 20세기적인 읽기와 쓰기에 익숙한 세대들에게 참기 어려운 피로감을 던져주었지만, 그 환경 속에서 태어나고 성장한 세대들에게 네트워크와 가상세계는 자신의 안방과 같은 것이 되었다. 정보혁명이라고 불리는 이러한 변화는 개인의 선택을 넘어선 것으로서 우리를 둘러싼 세계에 이미 벌어진 사건이며 경험과 인식을 포함한 생존의 조건이 되었다.

지금 여기에서 던지고자 하는 질문은 종이가 만들어지기 전부터 존재했던 시문학의 가치와 의미가 어떻게 재규정될 수 있는가에 관한 것이다. 디지털 중심의 21세기적 텍스트 경험과 가장 아날로그적인 장르인 시가 공존할 수 있을 것인가. 만일 그렇다면 그것은 20세기적인 것과 얼마나 그리고 어떻게 다를 것인가. 우리가 이러한 질문들을 생략한다면 어쩌면 스스로 현대시를 20세기라는 박물관 안으로 유폐시키는 일이 될 수 있다.

근대 문학 중에서도 유독 시는 그 존재 근거인 독자 대중과 일정한 거리를 유지해 왔다. 인터넷이 새로운 글쓰기 공간으로 등장한 이후 독자 대중은 더 이상 창작물의 소비자에 머물지 않고 생산과 유통의 주체로서 등장하게 되었다. 블로그, 소셜 미디어 등 새로운 매체 환경에 최적화된 커뮤니케이션의 플랫폼이 가상세계 속의 개인을 비전문적이지만 즉각적이며 일상에 밀착한 텍스트를 생산하는 1인 미디어로 부각시킨 것이다. 종이 책이 아닌 가상세계의 텍스트 환경 속에서는 전문가와 비전문가의 구분이 점차 희박해지고 있으며, 따라서 직접 텍스트 생산에 참여하지 않는 개인도 자신이 원하는 텍스트를 선택하고 소비하는 데에 굳이 저자의 전문성이라는 기준을 따지지 않게 되었다. 이에 따라 문학뿐만 아니라 문화의 전방위에 걸쳐서 첨단 기술과 결합한 일종의 대중화 혹은 민주화의 흐름이 심화되고 있으며, 엘리트주의의 붕괴가 촉진되고 있다.

이제 '저자의 죽음'이란 더 이상 예외적이거나 국지적인 현상이 아니다. 롤랑 바르트는 일찍이 독자의 탄생을 저자의 죽음과 함께 예언한 바 있다. 바르트에 의하면, 텍스트는 많은 문화들로부터 나오게 되고 대화·패러디·논쟁의 상호적 관계를 시작하는 다양한 글쓰기로 이루어지지만, 이 다양성이 초점을 맞추고 있는 한 장소가 있는데, 그것은 저자가 아니라 독자이다. 독자는 글쓰기를 만드는 모든 인용들이 하나도 상실되지 않고 기재되는 공간인 것이다. 따라서 텍스트의 통일성은 그 기원이 아니라 목적지에 놓이게 된다. 이 독자라는 목적지도 개인이 아니며 역사, 전기, 심리가 없는 존재로서 쓰여진 텍스트를 구성하고 있는 흔적들을 하나의 단일한 영역으로 모으는 누군가일 뿐이다. 디지털 시대에 독자라는 공간은 가상세계와 접속함으로써 역사상 가장 복잡한 글쓰기들의 충돌을 경험하고 있으며, 이 충격은 비단 독자 대중뿐만 아니라 시인들까지도 텍스트 경험의 근본적인 변화 속으로 던져 넣었다.

2. 퍼스널 컴퓨터: 텍스트 경험의 디지털화

디지털 사회로의 전환에 대한 창작자들의 가장 격렬하고 적극적인 반응은 우선 퍼스널 컴퓨터가 글쓰기의 일반적 도구로 처음 자리 잡았던 1990년대에 이루어졌다. 모니터 앞에서 키보드를 두드리며 화면의 커서를 바라보는 시인들에게 이 기계는 낯설고 기괴한 것이었으며 일종의 디스토피아적인 감수성으로 다가오는 것이었다. 원고지나 노트가 아닌 흑백의 모니터 위에서 이루어지는 글쓰기 행위는 텍스트가 물질의 차원에서 가상의 차원으로 전환되는 과정을 경험하게 만들었다.

> 그는 항상 빠져나갈 키를 갖고 있다
> 능란한 외교관처럼 모든 걸 알고 있고
> 아무것도 모른다
>
> 이 파일엔 접근할 수 없습니다
> 때때로 그는 정중히 거절한다
>
> 그렇게 그는 길들인다
> 자기 앞에 무릎 꿇은, 오른손 왼손
> 빨간 매니큐어 14K 다이아 살찐 손
> 기름때 꾀죄죄 핏발선 소온,

솔솔 꺾어
길들인다

(중략)

이 기록을 삭제해도 될까요?
친절하게도 그는 유감스런 과거를 지워준다
깨끗이, 없었던 듯, 없애준다

우리의 시간과 정열을, 그대에게
어쨌든 그는 매우 인간적이다
필요할 때 늘 곁에서 깜박거리는
친구보다도 낫다 애인보다도 낫다
말은 없어도 알아서 챙겨주는
그 앞에서 한없이 착해지고픈 이게 사랑이라면

아아 컴-퓨-터와 씹할 수만 있다면!

— 최영미, 「Personal Computer」 부분

타자기와는 비교할 수도 없이 편리한 컴퓨터라는 도구는 글쓰기의 중간과정을 종이에서 해방시켰다. 단순히 글쓰기의 도구가 변경되는 것을 넘어서 글을 쓴다는 행위 자체의 의미가 달라진다는 사실을 이 시기의 시인들은 민감하게 받아들였다. 최종적으로 완성되어 깨끗한 글씨로 정서한 글을 얻기까지 책상 위에 싸이던 파지破紙들이 사라졌다. 이제 사고와 언어는 종이라는 평면 위에 자신의 육필로 새겨지는 것이 아니라, 깔끔하게 다듬어진 글꼴로 화면 위에 희미하게 깜빡거리는 이미지가 되었다. 파지 위에 새겨지던 글씨들, 잉크자국과 교정부호들, 고민의 흔적들은 더 이상 불필요한 것이 되었다. 컴퓨터는 단 한 번의 키보드 터치로 모든 과거를 말끔하게 지워준다. 최영미는 글쓰기의 주체가 의도한 바를 신속하게 처리해주는 이 친절한 기계를 친구나 애인보다 낫다고 말한다. 물론 이는 반어적 표현이다. 모니터 너머에서 사용자를 능란하게 길들이고, '삭제할까요'라는 교묘한 질문을 던지는 존재는 허구이며, 그 언어의 내부에 트랜지스터 회로로 이루어진 기계적 시스템이 작동 중이라는 사실을 너무나 잘 알고 있는 것이다. 따라서 '그'와 '나' 사이에 사랑은 없다. 시인은 마지막 행에서 도발적인 가정을 통해 그 불가능성을 역설적으로 강조하고 있는 것이다.

> 나의 사유는 16비트 컴퓨터의 스위치를 올리는 순간부터 작동된다.
> 모니터의 녹색 화면에 불이 켜지고
> 뇌하수체의 분비물이 허용치를 넘어 적신호가 울릴 때까지
> 키보드를 두드리는 나의 손은 검다
> 부화되지 못한 욕망과 도덕적 관점에서 비난받아 마땅할 내 개인적 삶의 흔적은
> 컴퓨터 파일 <삭제>키를 누르기만 하면 사라진다
> 나의 하루는 컴퓨터 스위치를 올리는 것
> 그리고 끊임없이 기록하고 기억을 저장시키는 것
> 세계는, 손 안에 있다
> 나는 컴퓨터 단말기를 통하여 지상의 모든 도시와
> 땅 밑의 태양 그리고 미래의 태아들까지 연결된다
>
> — 하재봉, 「비디오/ 퍼스널 컴퓨터」 부분

하재봉의 시에서 컴퓨터의 스위치를 올리는 순간 작동되는 새로운 사유의 공간은 컴퓨터가 꺼지는 순간 혹은 삭제 명령이 내려지는 순간 사라지는 것

이다. 일시적으로 존재했다가 한 순간 사라지는 이 허깨비 같은 화면 앞에서 체험되는 언어들은 허구적이다. 따라서 "세계는, 손 안에 있다"라고 말하고 있는 동안에도 그것은 일시적일 수밖에 없으며, 물질적 실체를 갖지 않는 불안한 '접속'에 의해 유지될 수밖에 없다는 점이 뚜렷하게 각인되어 있는 것이다.

불지 마 꺼질 것 같아
건드리지 마 다칠 것 같아
상처 옆에 눈이 내린다 창문을 두드린다
한밤중에 일어나 눈동자를 열고 모니터를 꺼낸다
붉고 싱싱한 잘 익은 놈으로
너에게 줄게 아무것도 먹지마
이것만 있으면 모니터 속 아이리스
보라색 꽃잎 가장자리 휘어진 옮게 눈웃음치는
이슬보다 영롱한 0과 1
샤갈의 마을에 내리는 눈은 녹지도 않고
나의 모니터 속에 쌓인다
눈보다 차가운 아이리스 눈이 없는 꽃
천만 개쯤 되는 눈들을 달고
늘 살아야 되는 꽃
수미산 꼭대기에 피어나고 싶어
불지 마 거봐 날아가잖아

— 유형진, 「모니터킨트(Monitor Kind)」

'모니터킨트'란 흙을 밟지 못하고 '도시에서만 자란 아이' 라는 뜻의 '아스팔트킨트'라는 단어에서 착안한 조어이다. 시인에게 모니터는 글쓰기의 도구이지만 어떤 경우에 글쓰기의 공간, 글쓰기의 대상이 되기도 한다. 유형진은 이 작품에서 한밤중에 일어나 시를 쓰는 자신의 행위 자체와 그 형상을 묘사하고 있다. 시가 시작되기를 기다리며 백지 위의 펜이 아니라, 환하게 켜진 모니터 안의 깜박이는 커서를 물끄러미 쳐다보는 사람의 얼굴은 어둠 속에서 희미하게 정지해 있게 된다. 다음 문장을 고민하느라 잠시 시쓰기가 중단되고 일정 시간이 흐르면 워드프로세서 화면에 화면보호기가 작동하면서 화면에 흰 눈이 날리는 것 같은 효과가 쌓이기 시작한다. 화면에 흩뿌려지며 쌓여가는 눈의 이미지는 아이리스(iris)로 점프하고 그것은 "보라색 꽃잎"이었다가, "눈이 없는 꽃" 즉 아이리스(eyeless)로 변주된다. 이 변주의 과정을 상상하는 것이 아니라 관찰하고, 그 순간에 몰입하는 주체는 가상과 실재의 경계에 걸쳐진 상태가 된다. 모니터는 어떤 대상을 가상의 이미지로 재현해주는 도구가 아니라 대상 자체가 구현되는 공간이다. 그 구현의 순간을 인식하는 동안의 주체는 실재와 잠시 분리된 가상의 존재가 되고, 이 분리의 경험이 누적되면서 '모니터킨트'가 만들어지는 것이다.

디지털 혁명은 컴퓨터의 일상화에 네트워크가 결합하면서 질적으로 비약한다. 하이퍼텍스트에 기반을 둔 월드와이드웹(WWW)이 출범하면서 인터넷이 디지털 체험에 질적 변화를 가져오게 된다. 네트워크를 통한 광대한 공간으로서 가상공간이 등장하여 퍼스널 컴퓨터에 연결된다. 네트워크 이전의 개인은 모니터 앞에서 스스로를 마주하고 있는 고독한 개인이었으나, 이제 모니터 화면은 나와 나의 분신으로서의 글꼴이 존재하는 사적인 사유의 공간이 아니라, 얼굴 없는 무수한 타자들과 부딪치는 거대한 세계의 한 단면이 된다. 이 모든 변화들은 아주 빠른 시간 안에 진행되었고, 초고속인터넷의 기술적 발전과 함께 이 낯선 공간은 우리 모두의 일상이 되었다.

3. 하이퍼텍스트와 하이퍼 리얼리티

네트워크의 출현은 가상세계와 현실세계의 벽을 허물기 시작했다. 모뎀 기반의 PC통신은 이미지와 하이퍼텍스트로 무장한 월드와이드웹으로 순식간에 대체되었고, 대중들뿐만 아니라 지식인과 예술가들도 광대한 인터넷의 세계가 제공하는 압도적인 감각과 정보에 포위되기에 이렀다. 까만 화면에서 깜박이는 커서와 복잡한 명령어를 거치지 않고, 간단한 마우스 클릭으로 전세계와 동시에 접속할 수 있다는 가능성은 네트워크의 대중화를 이끌었을 뿐 아니라 현실세계의 복잡한 구조와 관계들을 블랙홀처럼 흡수하며 스스로 거대한 하이퍼 리얼의 세계를 구축하게 되었다. 현실세계의 상당 부분이 가상세계에서 더 효율적이고 감각적인 방식으로 재현되었으며, 현실세계보다 더 실제 같은 하이퍼 리얼리티는 현실 영역의 많은 부분을 대체해 나갔다. 개인들은 기계 앞에 서 있다는 압도적인 이질감과 고독감 없이 더 오랜 시간 더 다양한 활동들을 모니터 앞에서 경험하게 되었다. 보드리야르가 보르헤스의 소설 「과학의 정밀성에 대하여」에서 '영토와 일치하는 크기의 지도'를 들어 비유했던 하이퍼 리얼리티는 가상의 미래가 아니라 현실 그 자체로서 우리 앞에 던져져 있다. 한없이 커져서 현실을 뒤덮고 있는 거대한 지도 위에 우리는 있다.

```
<body>
<table border=0 cellpadding=0 cellspacing=0 width="100%">
<tbody>
<tr>
<td valign=center width="1%"><a href="http://www.spider.web/">
<img alt="muolchatsu?" border=0 height=40 src="뭘찾수? 검색결
```

과.files/sm4.gif" width=141></a></td>

<td valign=center>

[……]

<small> Copyright ⓒ 2000-3000 muolchatsu? inc. All rights reserved.
 Copyright ⓒ 2000-3000 muolchatsu? Corp. All rights reserved.

</small>

</form>

</center></body></html>

— 연왕모, 「<html><head><title>뭘 찾는데요?</title></head>」 부분

연왕모의 위 작품은 웹페이지를 제작하는 기계언어인 HTML로 작성되어 있다. 이 작품을 제대로 이해하기 위해서는 HTML 언어의 기본적인 문법과 용어에 대한 지식이 있어야 한다. 그러나 월드와이드웹에 접속하는 대부분의 개인들은 그러한 지식을 결여하고 있으며 그 필요조차 느끼지 못하는 것이 현실이다. 풍자를 담은 표현들을 포함하고 있으나, 정확하게 기계언어의 문법을 지키고 있는 이 작품은 인터넷 브라우저로 '실행'이 가능하다. 이 작품의 핵심적인 문제의식은 여기에 있다. 간단한 마우스 클릭으로 전세계 곳곳에 흩어져 있는 웹사이트들을 점프하며 이동하는 개인들은 그 내부의 장치들과 작동방식에 무관심해지면서 스스로 브라우저라는 친절한 대리자에게 종속되고 있다. GUI(Graphic User Interface)는 기계에 대한 대중의 거부감을 줄이면서 동시에 의존도를 높이는 시스템이다. 연왕모는 이 작품에서 GUI의 이면에서 작동 중인 낯설고 조잡한 기계언어를 드러냄으로써 모니터 앞에서 우리가 실제로 하고 있는 접속행위의 내부구조와 그에 대한 대중의 무지를 폭로하고 있다. 문제는 이러한 폭로가 실제로는 거의 아무것도 변화시킬 수 없다는 데에 있다.

선형적이며 논리적인 언어로 구성된 일반 텍스트에 대비하여 하이퍼텍스

트가 가지는 특징은 이질적인 텍스트 사이에서 불연속적이며 비선형적인 비약이 이루어진다는 것이다. 이러한 비약은 테크놀로지에 의하여 하이퍼텍스트가 실현되기 이전에 이미 초현실주의자들이 보여준 바 있다. 인터넷 미디어를 구성하는 하이퍼텍스트는 현대시의 사유방식과 상당한 유사성을 갖고 있다. 텍스트 내에 기존의 질서를 넘어서는 비약을 포함하려는 시도는 어쩌면 상징주의 이후 현대시의 일반화된 미학에 속하는 것이다. 물론 현대시의 비약과 하이퍼텍스트는 엄연한 차이를 가지고 있다. 자유로운 연상과 비약을 내장한 다다이스트 시인의 작품에서 텍스트 내부의 '하이퍼'한 링크들은 논리적인 시어와 문장의 질서들을 넘어서도록 추동하는 내적 불안과 무의식의 욕동(欲動, drive)을 표현하는 것이었다. 그 표현들은 시인이 감행한 내면으로의 침잠과 귀 기울임의 결과물이었으며, 때로는 예측불가능하고 때로는 위험하기까지 한 자아의 또 다른 얼굴을 대면하는 순간을 계시하는 것이었다. 그러나 테크놀로지가 구축한 하이퍼텍스트 속에서 링크를 따라 이루어지는 '클릭'의 비약은 존재를 서서히 소진시킨다.

> 프린터 아래의 내 무릎 위로
> 쿠폰이 동백 꽃잎처럼 뚝 떨어진다 나는
> 동백 꽃잎을 단 나를 클릭한다
> 검색어 나에 대한 검색 결과로
> 0개의 카테고리와
> 177개의 사이트가 나타난다
> 나는 그러나 어디에 있는가
> 나는 나를 찾아 차례로 클릭한다
> 광기 영화 인도 그리고 나………나누고
> ……나오는…나홀로 소송…또나(주)…
> 나누고 싶은 이야기……지구와 나…………

따닥 따닥 쌍봉낙타의 발굽 소리가 들린다
오아시스가 가까이 있다
계속해서 나는 클릭한다 고로 나는 존재한다

— 이원, 「나는 클릭한다 고로 나는 존재한다」 부분

작품의 생략된 전반부에서 이원은 "클릭 한 번에 한 세계가 무너지고/한 세계가 일어선다"라고 썼다. 텍스트와 텍스트를 연결하는 링크로 이루어진 하이퍼텍스트는 그 자체로 거대한 미로이다. 끊임없이 그러나 서서히 의식을 침식하면서도 해소되지 않는 갈증을 유발시키는 하이퍼 리얼리티의 휘황한 유혹의 내부에는 모든 미디어가 그러하듯이 수요 창출을 위해 결핍을 창조해 내는 자본주의의 매커니즘이 작동한다. 그 '보이지 않는 손'은 개인으로 하여금 금단증상에 허덕이는 중독자처럼 다시 한 번 클릭하라고 압박한다. '클릭'의 순간 우리는 마치 미지의 영역으로 자유로운 여행을 떠나는 것처럼 느낄 수도 있으나, 실은 그곳에 진정한 자유는 없다.

나는 갑자기 멈추어 선다
막힌 세계 너머에는 광활한
신대륙이 펼쳐지고 있겠지만
창은 금방 벽이 되어 내 앞에 선다
진공 포장되어 장기 보존되고 있는 것이
나일 수도 있다
그러나 나는 정보가 아니어서
의자에 엉덩이를 놓고
허리를 의자의 등받이에 바싹 붙인다
여전히 땀냄새가 난다
새들의 울음 소리는 들려오지 않는다

나는 스피커를 켜놓지 않았다

— 이원, 「나는 검색 사이트 안에 있지 않고 모니터 앞에 있다」 부분

영화나 영상이 끝나는 순간 몰입에서 빠져나오면서 우리는 그 이미지의 경계와 외부를 비로소 낯설게 인식한다. 네트워크에 접속하여 검색이나 서핑이 주는 비약적 경험을 한참 동안 따라가다가 문득 멈추는 순간 우리는 마치 극장 문을 나서는 사람처럼 몰입이 걷히면서 자신의 육체와 현재의 시간을 뚜렷하게 자각한다. 그리고 벽이 되어 내 앞에 서는 모니터 너머의 세계의 실재성이 사라지고 불현 듯 내가 "진공 포장되어 장기 보존"된 존재와 다르지 않다는 것을 깨닫는다. 땀냄새 나는 육체에 대한 자각은 불가피하게 비루하지만 접속과 몰입의 구속에서 벗어나 가상에서 로그아웃하는 유일한 탈출구이다. 클릭의 행위는 우리를 탈출시켜줄 수 없다. 링크는 주어진 선택지일 뿐이며, 하이퍼텍스트 내부에 출구는 없다. 진정한 탈출은 마우스에서 손을 놓고 전원 스위치를 끄는 순간에 있기 때문이다. 영화가 끝나고 극장에 불이 켜지는 순간 일제히 몸을 일으키는 사물들처럼, 접속이 끊기는 순간 멍하니 이곳이 아닌 곳에 의식을 던져둔 고독한 육체의 피로 속에 우리는 있다. 불가피하게도 다시 한 번 우리는 대중들만이 아니라 지식인과 예술가 그리고 시인마저도 그 공허 속에 놓여 있다는 사실을 인정해야 할 것이다.

4. 후기산업사회와 디지털 세대의 미학

디지털이 일상화된 21세기의 현대사회는 후기산업사회 즉 소비사회이기도 하다. 영화 <전함 포템킨>보다 더 전위적인 몽타주 기법들이 상업영화와 뮤직비디오에 넘쳐나고, 랭보나 이상만큼이나 비약적인 언어들이 대중음악

에 깃들어 있다. 감각적 차별성을 전면에 내세우는 광고에는 인간의 무의식에 관한 심리학의 총체적 지식이 동원되고 있다.

현대사회의 여러 국면에서 현실에 대응하는 이미지들 대신 디지털 기술로 창조된 인공적 이미지들이 점점 더 중요한 비중을 점유하고 있다. 영화와 광고에서 컴퓨터 그래픽 기술은 상상하는 모든 것을 현실화하여 보여주고 있다. 이제 우리가 일상적으로 교환하는 기호의 대다수는 대중문화에서 비롯되었거나 그에 상응한 함의를 가지고 있다. 우리들 자신의 기억과 삶의 이야기들을 더듬어 고유하고 특별한 경험을 찾으려는 시도는 종종 자신의 세대가 공유하는 기억의 중요한 장면들이 대중문화를 통하여 매개되어 있다는 사실의 발견으로 귀결된다. 대중에게 일상적, 비일상적 경험을 제공하고, 그 가상적 경험의 공유를 통해 타인과 접속하도록 하는 세계의 프레임이 곧 대중문화이며, 그 속에서 하이퍼 리얼의 감각을 구현하는 디지털 기술은 그 세계와 일체화 되었다. 그 결과 디지털의 경험은 어떤 세대들에게는 자신의 감각과 기억, 정체성의 깊은 부분에서 이미 떼어낼 수 없는 정신적 기관이 되었다고 볼 수 있다.

에테르 입장

그 자연주의자의 노트에선 늘 푸른 눈이 내리고 있지

나는 늘 뇌관이 아니라 물관이어야 한다고 생각해

이것은 내 폐 속에 살고 있는 아주 오래된 인어의 멸미에 관한 이야기

ID 비둘기우유:

나는 아무래도 아무 데로나 갈 것 같다

알 수 없는 아이디:

휘발……

ID 미스터 미미:

아무개가 말한 대로 그녀와 나는 지우개 가루를 모으는 명(命)

ID 스왈로우테일버터플라이:

그녀의 이름은 에테르

(중략)

ID 키싸스키싸스:

그녀는 발끝을 세운 토슈즈처럼, 톡톡톡 횡경막을 뛰어다니지

ID 고래를기르는어항:

그녀를 알게 된 오늘, 비포 선라이즈에서 비포 선셋까지 살고 있다

ID 소규모아카시아밴드:

신데렐라88을 알게 되면 냉장고를 열 때마다 사막이 펼쳐진다고 해

십일월엔 노란 튤립을 토하면서 시를 쓰거나……

— 김경주, 「릴리 슈슈의 모든 곳 1」 부분

한때 이름과 얼굴을 가린 삭막한 인간관계의 상징이던 '채팅'은 지금은 추억의 대상이 되었다. 자신의 이름을 스스로 만들어 내고, 또 그 이름을 수시로 바꾸어 가면서 모니터 화면 위에 문자언어를 한 줄씩 던지는 대화의 형식 속에서, 말하는 자의 정체성은 그 경계가 매우 흐릿해진다. 김경주의 시에서 저 "ID"들은 모두 다른 사람일 수도 있으며, 어렵지 않게 저 이름들 모두가

'나'일 수도 있다. 각자 타자에게 무관심한 듯 독백을 던지고 있지만 실은 예외 없이 자신의 외로움을 노출하고 있다. '에테르'라는 이름의 그녀에 대해서 모든 대화 참여자들이 보여주는 환대와 몰입은 익명성 속에서 희미하면서도 오히려 돌올해지는 성차性差를 확인시켜 준다. 사실은 누구도 그것이 '그녀'일 것이라는 확신이 없는 상태에서 이루어지는 대화는 애써 자신이 고독하지 않다는 확인이지만, 가상의 공간 속에 흩어지는 문장들은 그 확인 이후의 공허감을 미리 예감하고 있기라도 한 것처럼 건조하다.

어두운 화면에 문자로 등장하는 새로운 타자들과의 흥미진진한 파티는 골방의 퍼스널 컴퓨터 앞에서 이루어지는 것이었지만, 이제 우리는 길 위에서, 손바닥 위에서, 애인의 옆 자리에서 유비쿼터스Ubiquitous의 대기 속에 존재하는 네트워크와 접속한다. 개인과 개인의 관계는 SNS(Social Network Service)에서 강화되며, 때로는 생성되거나 증식되기도 한다. 이제 네트워크에서 만나는 타자는 문자 그대로의 타자가 아니다. 디지털 사회 속의 개인들은 텅 빈 기표라고 불러야 할 얼굴이나 이름들과 충실히 대화하는 방법을 충분히 잘 알고 있는 것처럼 보인다.

붉은 진흙과 트럼펫
은빛 모래와 색소폰
좋은 날에는 그리로 가리
그리로 가리
진주와 금과 마호가니 상자
이음새 없는 반지, 가브리엘, 깊은 우물
브러시, 스네어, my funny valentine, 고목의 백사
화살 기도, 꽃 상여. 발꼬락과 빨간 매니큐어
와이어리스 안테나, 방미 나무 네크의 fender startocaster
수박을 많이 줄까, 우유를 많이 줄까

검은 새 타고

두둥실 음악이 흐르는

그곳으로

— 성기완, 「검은 새 타고」

인용된 성기완의 작품은 문장을 이루지 않는 단편적 이미지와 사물의 나열을 통해 선험적 질서를 따르지 않는 감각의 흐름을 묘사하고 있다. 중요한 것은 이 자유로운 연상이 가능한 공간이다. '그리' 혹은 '그곳'으로 반복적으로 지칭되는 거대한 공간에는 작품에서 언급하지 않은 무한한 다른 사물들과 감각들을 잠재적으로 내포하고 있다. 그곳은 완결되지 않은 세계이며 완전히 경험할 수 없는 세계이다. 화자는 음악을 따라 그곳으로의 여행을 소망하고 있으나, 그곳에 도달하는 것은 불가능해 보인다. 어쩌면 화자에게 유토피아적 이상향일 수 있는 '그곳'은 언어의 질서를 통해 기술될 수 없다는 점에서 낭만적이며 고유하지만, 단편적인 감각 경험을 통해서 부분적으로만 지각될 수 있다는 점에서 무의식적이다. 이 작품은 반성적 사고나 형이상학적 깊이를 의도적으로 배제함으로써 감각의 제국으로서 하이퍼 리얼리티의 실재를 드러낸다. 작품의 몽롱한 화자와 그가 경험하고 있으나 언어로 표현할 수 없는 세계는 하이퍼 리얼리티 앞에 선 디지털 사회의 개인과 그 내면의 풍경을 보여주고 있다.

5. 다중적 세계에서 살기: 가상세계와 나

하이퍼 텍스트가 등장하면서 많은 문학 연구자들은 새로운 텍스트 형식에 대해서 열광하거나 깊은 우려를 표했다. 하이퍼 텍스트로 이루어진 거대한 텍스트-우주를 실험한 '언어의 새벽'이나 '생시생시' 프로젝트가 한 때의 실험으로 잊혀지고 만 것은 어쩌면 하이퍼 텍스트의 사유방식이 별스럽게 새로운 것이 아니었기 때문일 수 있다. 지난 세기의 다다이스트들이 선취했으며, 영화와 대중음악에서 끊임없이 생산해 온 '하이퍼'스러운 비약을 내재한 텍스트들은 이제 대중적인 것이 되었기 때문이다. 이것은 디지털 사회에서 시와 시인의 존재에 관해서 그리고 시쓰기와 시읽기의 의미에 관해서도 매우 중요한 사실이다. 디지털, 그것은 우리가 숨 쉬는 공기가 되었고, 우리의 감정이 오고가는 일상적 통로가 되었다. 어떤 세대들에게는 그 사실이 자연스럽고 혹은 어떤 세대들에게는 그것이 거북할지라도 적어도 거부할 수 없는 리얼리티로서 우리 곁에 존재한다.

고민
하게돼

우리
둘사이

— 하상욱 단편 시집 '축의금' 中에서 —

너를
잡은손

놓지
않을래

— 하상욱 단편 시집 '스마트폰' 中에서 —

슬픈

내모습

아픈
내모습

— 하상욱 단편 시집 '페북에 올려야돼' 中에서 —

몰라
보게

달라
졌네

— 하상욱 단편 시집 '당선 후 정치인' 中에서 —

2010년대에 들어서 본격화된 모바일 디바이스의 발전은 디지털 경험의 질적 전환을 가져왔다. 굳이 모니터가 있는 곳으로 가지 않더라도 언제라도 네트워크와 상시적으로 접속이 가능해지면서 그 소통의 방식이나 언어의 형식도 단속적인 형태로 변화하였다. 트위터는 그 형태 중 가장 상징적이면서 또 가장 성공적인 언어 형식으로 각광받았다. 트위터 공간에서 생산되고 유통된 하상욱의 시편들은 그것이 굳이 기존의 미학적 기준에 의하여 시 장르로 편입될 수 있는 것인가의 논쟁과는 별개로 하상욱 자신의 선택에 의하여 스스로 가장 이 시대에 어울리는 시적 양식이 되었다. 그 선택은 그에 열광한 팔로워들의 공감에 의하여 기꺼이 받아들여졌다. 하상욱 시에서 '공감'은 어떤 포에지보다 우선시되는 지표이다. 시의 타이틀은 텍스트의 말미에 반전을 주는 형식으로 제공되며, 실제로 존재하지 않는 가상의 시집에서 발췌된 것 같은 형식을 취하고 있다. 그는 필요에 따라 띄어쓰기를 의도적으로 생략하고 있다. 가장 간결한 시각적 형태를 '디자인'하고자 하는 자신의 의도에 의한 것이다. 그의 작품들은 최초에 자신의 SNS에 공개될 때부터 텍스트가 아니라 이미지 형태로 제공되었고 그 형태 그대로 유통되었다. 그는 나중에 종이책 형태로 발간된 시집에서 목차 대신에 목을 발로 차는 이미지를, 작가소개와 작가의 말 대신에 소, 개, 말의 그림을 삽입하면서 기존의 시가 유통되던 형식 그 자체를 유쾌하게 희화화하기도 하였다.

> 아무리 살림이 궁해도 마당 매화나무는 향을 팔지 않는다
>
> 매화가 언제 엄동설한을 팔았더냐
>
> — 조정권, 「살림이 궁해도」

> 전철 속 젊은 얼굴들 파란, 밝은 빛 어룽져 있다. 휴대폰 들여다보며 나를, 서로를, 본다. 나는 外面.
>
> — 이하석, 「휴대폰」

디지털 시대의 역동적인 텍스트 경험은 기존의 시인들에게도 일정한 영향을 미치기 마련이다. 이를테면 최근에 등장한 위와 같은 작품들은 디지털 사회와 디지털 세대들의 언어에 대하여 깊은 우려를 표했던 그룹들이 제시하는 시적 지향을 담고 있다. 씨앗처럼 단단한 시적 언어를 통하여 서정시의 본령을 포착하려는 시도이다. 무엇보다 흥미로운 것은 그것이 바로 SNS에 익숙해진 디지털 세대들이 최근에 열광하고 있는 문자언어의 소통방식과 어떤 측면에서 놀랍도록 유사하다는 것이다.

디지털 시대에 대하여 우리가 목격한 여러 대응방식들이 있었다. 비문자 요소의 결합을 통해 그 '하이퍼'한 감각과 적극적으로 결합하려는 '하이퍼시'나 '멀티포엠'이나 '디카시'가 있었고, 쌍방향적 커뮤니케이션을 반영하려는 '팬포엠'이 있었다. 그 감각들로부터 독립된 방어진지를 구축하려는 '극서정시'도 등장하게 되었다. 모두 다 가능한 형식들이며, 제 각각의 의미를 지닌

다. 그러나 불가피하게도 우리는 우리가 취하는 여러 태도들에도 불구하고 이미 디지털의 세계가 우리 정신과 언어의 분리불가능한 일부를 구성하고 있으며, 결코 완전히 단절하거나 탈출할 수 없는 세계로서 하이퍼 리얼리티가 우리 앞에 실존한다는 사실을 인정해야 한다. 이제 그 사실을 부인하는 것은 무의미한 일이 될 가능성이 매우 높아졌다.

'나'는 현실세계에도 있고 가상세계에도 있다. 가상세계의 익명성은 곧 나의 정체성이 단수가 아닌 복수라는 사실을 드러내는 것에 불과하다. 노-네임이 아니라 멀티-네임의 형식이다. 그것은 화장실이나 엘리베이터에서 혼자 있을 때의 '나'처럼 타인의 시선으로부터 일시적으로 차단됨으로써 형성된 '나' 안의 또 다른 나를 드러내는 것일 뿐, 제거되어야 할 병변病變이 아니다. 그리고 우리 대부분은 그 사실을 이미 잘 알고 있다. 디지털, 그것은 우리 시대의 존재방식의 일부가 되었다. 종이나 촛불이 그러했듯이. 기차나 전기가 그러했듯이. 그것은 우리의 삶과 언어를 혁명적으로 변화시켰다기보다는 슬며시 우리의 일상이 되었다. 점점 더 빈번하게 잊어버리긴 하지만 우리는 소셜 미디어 안이나 채팅창 안이 아니라, 디바이스의 바깥에 웅크린 육체로서, 사회적 실존으로서 있다. 그리고 우리가 있는 바로 지금 그곳에 네트워크가 동시에 접속해 있다.

▣ 저자 약력 ▣

고형진 문학평론가, 고려대 사범대학 국어교육과 교수

1959년 서울 출생. 고려대 국어교육과 및 동 대학원 국문과 졸업. 1988년 『현대시학』을 통해 평론가로 등단. 2001년 김달진문학상을 수상. 현재 고려대 국어교육과 교수로 재직. 저서 『시인의 샘』, 『서정시가 있는 21세기 문학강의실』, 『또 하나의 실재』, 『현대시의 서사 지향성과 미적 구조』, 『백석 시 바로읽기』 등. 엮은 책 『정본 백석 시집』.

권성훈 시인, 문학평론가, 경기대 교양대학 교수

1970년 경북 영덕 출생, 수원에서 성장. 한신대 종교학과와 경기대 대학원 국문과 졸업. 고려대학교에서 박사 후 과정 수료. 2002년 『문학과 의식』에서 시, 2013년 『작가세계』 평론 신인상으로 등단. 인산시조평론상 수상. 시집 『밤은 밤을 열면서』외 2권. 저서 『시치료의 이론과 실제』, 『폭력적 타자와 분열하는 주체들』, 『정신분석 시인의 얼굴』, 『현대시 미학 산책』, 『현대시조의 도그마 너머』. 편저 『이렇게 읽었다—설악 무산 조오현 한글 선시』 등.

김종훈 문학평론가, 시인, 고려대학교 국어국문학과 교수

1972년 서울 출생. 고려대학교 국어국문학과와 동 대학원 졸업. 2008년 「한국 근대시의 '서정'; 기원과 변용」으로 문학박사 학위. 2006년 『창작과비평』에서 평론가로, 2013년 『서정시학』에서 시인으로 등단. 『실천문학』, 『시와시』 편집 위원 역임. '젊은평론가상', '조지훈 문학상' 수상. 저서 『한국 근대 서정시의 기원과 형성』(서정시학, 2010), 『미래의 서정에게』(창비, 2012), 『정밀한 시 읽기』(서정시학, 2016) 등. 상명대학교를 거쳐 현재 고려대학교 국어국문학과 재직 중.

김진희 문학평론가, 이화여대 이화인문과학원 교수

1966년 서울 출생. 이화여대 국문학과을 졸업하고 동대학원에서 박사 학위를 받았다. 1996년 『세계일보』 신춘문예 평론 부문 당선. 대표 저서 『근대문학의 장과 시인의 선택』, 『회화로 읽는 1930년대 시문학사』, 『한국근대시의 과제와 문학사의 주체들』 등. 학술서 『시에 관한 각서』, 『불우한 불후의 노래』, 『기억의 수사학』, 『미래의 서정과 감각』 등. 편서 『김억 평론선집』, 『모윤숙 시선』, 『노천명 시선』, 『한무숙 작품집』 등. 2014 김달진문학상 비평부문 수상. 2016 김준오시학상 수상.

김행숙 시인, 강남대 한영문화콘텐츠학과 교수

1970년 서울 출생. 고려대 국어교육과 및 동 대학원 국문과 수료. 현재 강남대학교 한영문화콘텐츠학과 교수. 1999년 『현대문학』으로 등단. 시집 『사춘기』(2003), 『이별의 능력』(2007), 『타인의 의미』(2010), 『에코의 초상』(2014), 『1914년』(2018). 산문집 『마주침의 발명』(2009), 『에로스와 아우라』(2012), 『천사의 멜랑콜리』(2016), 『사랑하기 좋은 책』(2016) 등. 연구서 『문학이란 무엇이었는가』(2005), 『창조와 폐허를 가로지르다』(2005), 『문학의 새로운 이해』(2인 공저, 2013) 등.

노춘기 시인, 강남대학교 참인재대학 교수

1973년 경상남도 함양 출생. 고려대학교 국어국문학과 및 동 대학원 졸업. 2003년 『문예중앙』 신인문학상으로 등단. 월하 지역문학상, 조지훈 문학상 등 수상. 시집 『오늘부터의 숲』, 『너는 레몬 나무처럼』 등.

여태천 시인, 동덕여대 국어국문학과 교수

1971년 경남 하동 출생. 고려대 국문과와 동 대학원 졸업. 2000년 『문학사상』 신인상으로 등단. 2008년 제27회 '김수영 문학상'을 수상. 현재 동덕여대 국문과 교수로 재직 중. 비평서 『김수영의 시와 언어』, 『미적 근대와 언어의 형식』, 『경계의 언어와 시적 실험』, 시집 『국외자들』, 『스윙』, 『저렇게 오렌지는 익어 가고』 등.

이경수 문학평론가, 중앙대학교 국어국문학과 교수

1968년 충남 대전 출생. 고려대 국문과 및 동 대학원을 졸업. 1999년『문화일보』 신춘문예 문학평론 부문 당선 및 등단. 2008년 대산창작기금 수여. 2012년 김달진문학상 수상. 저서『불온한 상상의 축제』,『바벨의 후예들 폐허를 걷다』,『춤추는 그림자』,『이후의 시』,『너는 너를 지나 무엇이든 될 수 있고』 등. 중앙대학교 국어국문학과 재직 중.

이상숙 문학평론가, 가천대 글로벌 교양대학 교수

1969년 서울에서 태어나 고려대학교 국어국문학과를 졸업하고 같은 학교 대학원에서 박사학위를 받았다. 민족문화연구원 연구교수, Harvard University Korea Institute Fellow를 거쳐 2007년 이후 현재 가천대학교 교수로 재직 중이다. 1995년 세계일보 신춘문예 평론 당선하였고 2005년 한국문학평론가협회 제6회 젊은 평론가상을 수상했다. 평론집『시인의 동경과 모국어』(2004), 편저에『백석문학 전집 2』(2012),『박재삼 시선』(2013),『정지용 시선』(2013),『북한의 시학연구』(2013) 등이 있다.

이현승 시인, 가천대학교 리버럴아츠칼리지 교수

1973년 전남 광양 출생. 원광대학교 국어국문학과, 고려대학교 대학원 수료. 현재 가천대학교 리버럴아츠칼리지 교수. 1996년 전남일보 신춘문예. 2002년 계간『문예중앙』으로 등단. 시집『아이스크림과 늑대』(2007),『친애하는 사물들』(2012),『생활이라는 생각』(2015). 공저 및 공저 및 편저『김수영 시어 연구』(2013),『이용악 전집』(2015) 등.

이혜원 문학평론가, 고려대 미디어문예창작과 교수

1966년 강원 양양 출생. 고려대 국어교육과와 동 대학원 석사·박사 학위. 현재 고려대학교 미디어문예창작학과 교수. 1991년 『동아일보』 신춘문예 평론 부문 당선으로 등단. 저서『현대시의 욕망과 이미지』(1998),『세기말의 꿈과 문학』(1999),『현대시 깊이 읽기』(2003),『현대시와 비평의 풍경』(2003),『적막의 모험』(2007),『생명의 거미줄 – 현대시와 에코페미니즘』(2007),『자유를 향한 자유의 시학』(2012), 「현대시 운율과 형식의 미학」(2015), 「지상의 천사」(2015), 「현대시의 윤리와 생명의식」(2015) 등.

장만호 시인, 국립 경상대학교 국어국문학과 교수

1970년 전북 무주 출생. 고려대학교 국어국문학과와 동 대학원을 졸업. 현재 국립 경상대학교 국어국문학과 교수. 2001년 「세계일보」 신춘문예에 시 「수유리에서」 당선. 2008년 김달진문학상 젊은 시인상 수상. 시집 『무서운 속도』(2008). 저서 『한국시와 시인의 선택』(2015) 등.

정끝별 시인, 문학평론가, 이화여대 국어국문학과 교수

1964년 전남 나주 출생. 이화여대 국문과와 동대학원 졸업. 1988년 『문학사상』 신인발굴에 시 당선, 1994년 『동아일보』 신춘문예 평론 당선. 시집 『자작나무 내 인생』, 『흰 책』, 『삼천갑자 복사빛』, 『와락』, 『은는이가』, 『봄이고 첨이고 덤입니다』. 시론평론집 『패러디 시학』, 『천 개의 혀를 가진 시의 언어』, 『오룩의 노래』, 『파이의 시학』, 시선해설집 『어느 가슴엔들 시가 꽃피지 않으랴』, 『밥』, 『돈시』 등.

조강석 문학평론가, 연세대학교 국어국문학과 교수

1969년 전북 전주 출생. 연세대학교 영어영문학과 및 동대학원 졸업. 2005년 『동아일보』 신춘문예 평론 당선. 현대문학상, 김달진 젊은 평론가상 등 수상. 저서 『한국문학과 보편주의』(2017), 『이미지 모티폴로지』(2014), 『비화해적 가상의 두 양태』(2011), 『경험주의자의 시계』(2010), 『아포리아의 별자리들』(2008) 등.

최현식 문학평론가, 인하대학교 사범대학 국어교육과 교수

1968년 충남 당진 출생. 연세대학교 국어국문학과 및 동대학원 졸업. 1997년 『조선일보』 신춘문예 평론 당선. 현대문학상, 소천 이헌구 비평문학상, 김달진 문학상 평론상 등 수상. 저서 『시를 넘어가는 시의 즐거움』(2005), 『신화의 저편』(2007), 『시는 매일 매일』(2011), 『감응의 시학』(2015), 『최남선 근대시가 네이션』(2016) 등.